Una buena chica

Primera edición: septiembre de 2022
Título original: *Good Girl Complex*

© Elle Kennedy, 2022
© de la traducción, Tamara Arteaga y Yuliss M. Priego, 2022
© de esta edición, Futurbox Project, S. L., 2022
Todos los derechos reservados.
Se declara el derecho moral de Elle Kennedy a ser reconocida como la autora de esta obra.

Diseño de cubierta: Taller de los Libros
Imágenes de cubierta: iStock - Mushakesa | Freepik - Rawpixel - Undrey
Corrección: Gemma Benavent

Publicado por Wonderbooks
C/ Aragó, 287, 2.º 1.ª
08009, Barcelona
www.wonderbooks.es

ISBN: 978-84-18509-37-7
THEMA: YFM
Depósito Legal: B 15261-2022
Preimpresión: Taller de los Libros
Impresión y encuadernación: Liberdúplex
Impreso en España – *Printed in Spain*

ELLE KENNEDY

UNA BUENA CHICA

Traducción de
Tamara Arteaga y Yuliss M. Priego

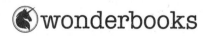 wonderbooks

CAPÍTULO UNO
COOPER

Estoy hasta las narices de servir chupitos de Jäger. Ayer preparé piñas coladas y daiquiris de fresa como si trabajara para una fábrica clandestina: la batidora parecía una extensión de mi mano. Esta noche toca hacer vodkas con Red Bull y Fireballs. Y no nos olvidemos del rosado. Estos imbéciles y su rosado. Están todos pegados a la barra, como una muralla de camisas de lino de color pastel y peinados de trescientos dólares, mientras me piden copas a gritos. Hace demasiado calor para esta mierda.

En Avalon Bay las estaciones vienen marcadas por un ciclo interminable de éxodos e invasiones. Igual que las mareas se convierten en tormentas, el verano termina y el revuelo comienza. Los turistas quemados por el sol se montan en sus furgonetas con sus hijos hasta arriba de azúcar y regresan al interior, de vuelta a los suburbios y a sus cubículos. Y los releva un aluvión de universitarios mimados y bronceados con *spray:* el ejército clon regresa a Garnet College. Los pijos cuyos palacios en la costa bloquean las vistas del océano para los demás, que debemos contentarnos con la chatarrilla que se les cae de los bolsillos.

—¡Oye, tío, seis chupitos de tequila! —ladra uno de los clones, y estampa una tarjeta de crédito sobre la empapada barra de madera del bar, como si eso fuera a impresionarme. En serio, este tío solo es otro capullo más de Garnet salido de un catálogo de Sperry.

—Recuérdame por qué hacemos esto —le pido a Steph mientras dejo una hilera de chupitos de Jack Daniels con Coca-Cola en la zona de las camareras.

Se mete la mano en el sujetador y se sube las tetas bajo la camiseta negra de tirantes del Chiringuito de Joe.

—Por las propinas, Coop.

Cierto. Lo que más rápido se gasta es el dinero de los demás. Y los niños ricos sueltan billetes en un alarde de superioridad, por cortesía de la tarjetita de crédito de papá.

Los findes en el paseo marítimo son como el Mardi Gras. Hoy es el último viernes antes de que empiece el curso en Garnet, o lo que es lo mismo: tres días de fiesta continua hasta el lunes por la mañana y los bares a reventar. Prácticamente nadamos en el dólar. Aunque no pretendo dedicarme a esto para siempre. Echo unas horas aquí los fines de semana para ahorrar algo de dinero con el objetivo de dejar de trabajar para los demás y ser mi propio jefe. En cuanto haya ahorrado lo suficiente, me iré por patas.

—Ten cuidado —le advierto a Steph mientras coloca las bebidas en la bandeja—. Pégame un grito si necesitas que vaya a por el bate.

No sería la primera vez que le doy una paliza a alguien por no saber aceptar un no por respuesta.

En noches como esta se palpa una energía distinta. Hay tantísima humedad que puedes untarte la sal del aire como si fuera crema solar. Cuerpos contra cuerpos, cero inhibiciones y testosterona llena de malas intenciones y mezclada con tequila.

Por suerte, Steph es una tía dura.

—No te preocupes. —Con un guiño, toma las bebidas, se le dibuja una sonrisa en la cara y da media vuelta, lo que hace que su larga coleta negra se bambolee.

No sé cómo soporta que estos tíos la manoseen como les venga en gana. No me malinterpretéis, yo también recibo bastante atención femenina. Algunas se envalentonan mucho o se comportan con demasiada amabilidad. Pero a las tías les lanzas una sonrisa y les sirves un chupito y, como mucho, se ríen con sus amigas y te dejan en paz. Los sobones no son así; son unos imbéciles de primera y unos salidos, material habitual de las fraternidades. A Steph la agarran, la toquetean y le gritan toda clase de guarradas al oído por encima del volumen atronador de la música. Y no sé cómo, pero ella casi nunca les da un tortazo para cerrarles la boca.

Es una batalla constante. Atender a estos parásitos estacionales, esta especie invasiva que nos exprime, nos deja secos y luego deja toda su basura por medio.

Y, aun así, apenas subsistiríamos de no ser por ellos.

—¡Eh, tú! ¡Ponme los chupitos! —ladra el clon de nuevo.

Asiento, como si le dijera «Sí, ya voy», cuando lo que de verdad quiero decir es: «¿No entiendes que paso de tu cara?». Pero, entonces, un silbido al otro lado de la barra me llama la atención.

Los habitantes del pueblo tienen preferencia. Sin excepción. Seguidos por los clientes habituales que dejan buenas propinas, la gente educada, las tías buenas, las abuelitas y después estos imbéciles insaciables. Dejo un chupito de *bourbon* para Heidi al fondo de la barra y me sirvo otro para mí. Nos los bebemos y se lo vuelvo a llenar.

—¿Qué haces aquí? —le pregunto, porque ningún lugareño que se precie vendría al paseo marítimo esta noche. Hay demasiados clones.

—He venido a dejarle las llaves a Steph. Me he pasado por su casa. —Heidi era la niña más guapa de primaria, y la cosa no ha cambiado mucho desde entonces. Hasta vestida con unos pantalones deshilachados raídos y una camiseta azul con el ombligo al aire es, sin duda, la chica más guapa del bar—. ¿Hoy te toca cerrar?

—Sí, seguramente no salga hasta las tres.

—¿Quieres pasarte por casa después? —Heidi se pone de puntillas para inclinarse sobre la barra.

—Qué va, mañana me toca hacer turno doble. Tengo que dormir.

Hace pucheros. Al principio de forma juguetona, pero cuando se percata de que esta noche no me apetece echar un polvo, se pone más seria. Puede que nos acostáramos varias veces a principios de verano, pero tomarlo como una rutina con una de mis mejores amigas empieza a parecerse mucho a una relación, y esa no es mi intención. Espero que se dé cuenta algún día y deje de preguntar.

—Eh. ¡Oye! —El rubito impaciente al otro lado de la barra trata de llamar mi atención—. Joder, tío, te cambio un billete de cien dólares por un puto chupito.

—Será mejor que vuelvas al trabajo —dice Heidi con una sonrisa sarcástica, y me lanza un beso.

Pero me tomo mi tiempo para acercarme a él. Parece sacado de la cinta transportadora de una fábrica: un Ken pijo común y corriente con la mejor sonrisa que un seguro dental pueda comprar. A su lado hay otro par de copias cuya idea de trabajo manual sea probablemente tener que limpiarse el culo ellos mismos.

—A ver si es verdad —lo reto.

El clon estampa cien pavos en la mesa. Qué orgulloso. Le sirvo un único chupito de *whisky* porque no recuerdo lo que me ha pedido, y se lo acerco. Él suelta el billete para agarrar el vaso y yo lo recojo y me lo guardo en el bolsillo.

—Te he pedido seis —me dice, el engreído.

—Pues suelta otros quinientos y te los pongo.

Espero que se queje o que monte un numerito. En cambio, se ríe y me señala con el dedo. Esto no es más que parte del encanto que buscan en los barrios bajos. Los niños ricos adoran que les saquen la pasta.

Para mi absoluta sorpresa, el cabeza de chorlito saca cinco billetes más del fajo y los deja en la barra.

—De lo mejor que tengas —dice.

Lo mejor que puede ofrecer este bar es un *whisky* Johnnie Walker Blue y un tequila de una marca que no sé pronunciar. Ninguno cuesta más de quinientos dólares la botella, así que me hago el asombrado y me subo a una banqueta para bajar una botella de tequila polvorienta de la balda superior porque, vale, sí que recuerdo lo que me ha pedido, y les sirvo los carísimos chupitos.

Con eso, don Ricachón se queda satisfecho y se aleja hasta una mesa.

Mi compañero Lenny me mira de soslayo. Sé que no debería alentar este tipo de comportamientos. Solo refuerza la idea de que estamos a la venta, de que son los dueños del pueblo, pero a la mierda, no voy a servir copas hasta que me muera. Tengo mejores aspiraciones.

—¿A qué hora terminas? —me pregunta una voz femenina desde la izquierda.

Me giro despacio, a la espera de la frase estrella. Por lo general, a esa pregunta la siguen una de estas dos opciones: «Porque me muero por terminar encima de ti» o «Porque me muero por tenerte sobre mí».

Es una manera fácil de determinar si vas a acabar con una mujer egoísta en la cama o con una a la que le encante hacer mamadas.

Ninguna de las frases es muy original, pero nadie ha dicho que los clones lo sean.

—¿Y bien? —insiste la rubia, y caigo en que esta vez no hay una frase cutre detrás.

—El bar cierra a las dos —respondo sin más.

—Vente con nosotras cuando salgas —continúa. Tanto ella como su amiga tienen el pelo brillante, un cuerpo perfecto y la piel resplandeciente después de haber pasado el día bajo el sol. Son monas, pero no me apetece lo que me ofrecen.

—Lo siento. No puedo —respondo—. Pero estad atentas por si veis a alguien igualito que yo. Mi hermano gemelo debe de estar por aquí, en alguna parte. —Señalo con la mano a la muchedumbre apiñada como sardinas en lata—. Seguro que estaría encantado de pasar tiempo con vosotras.

Lo digo, sobre todo, porque sé que Evan se enfadará, aunque, por otro lado, puede que hasta me lo agradezca. Es cierto que odia a los clones, pero las princesitas ricas no parecen importarle demasiado cuando están desnudas. Os juro que el tío pretende acostarse con el pueblo entero. Él dice que es porque «se aburre». Yo hago como que le creo.

—¡Ostras! ¿Que hay dos como tú? —Casi al instante, a las dos chicas los ojos les hacen chiribitas.

Tomo un vaso y echo varios cubitos de hielo dentro.

—Sí. Se llama Evan —añado de buen grado—. Si lo encontráis, decidle que vais de parte de Cooper.

Cuando por fin se alejan, cócteles afrutados en mano, suelto un suspiro de alivio.

Menuda mierda de trabajo es poner copas.

Acerco un *whisky* con hielo al tío delgaducho que me lo ha pedido y tomo la pasta que me tiende. Me paso una mano por el pelo y respiro hondo antes de atender al siguiente cliente. Durante la mayor parte de la noche, la turba de borrachos consigue comportarse. Daryl, el portero, echa a todos los que podrían ponerse a vomitar, mientras que Lenny y yo atizamos a los idiotas que insisten en colarse detrás de la barra.

Echo un vistazo a Steph y a las otras camareras mientras se mueven entre la multitud. La primera tiene una mesa llena de universitarios de Garnet que le salivan encima. Ella les sonríe, pero conozco muy bien esa mirada. Cuando intenta alejarse, uno de ellos la agarra por la cintura.

Entrecierro los ojos. Es el mismo tipo al que le he sacado los seiscientos dólares.

Ya casi he saltado la barra del bar cuando sus ojos se topan con los míos. Sacude la cabeza como si supiera lo que estoy a punto de hacer y luego se suelta del capullo sobón y regresa al puesto de las camareras.

—¿Quieres que los eche? —le pregunto.

—Qué va. Puedo con ellos.

—Lo sé, pero no hace falta. Les he sacado seiscientos pavos a esos imbéciles. La mitad para cada uno. Déjame que los eche.

—No pasa nada. Tú solo ponme tres Coronas y dos Jäg...

—Ni se te ocurra decirlo. —Mi cuerpo se encoge ante la mera mención de la palabra. Ojalá no tuviera que volver a oler ese líquido asqueroso—. Voy a tener que ponerme tapones en la nariz.

—Madre mía, qué trauma. —Se ríe al verme sufrir mientras los sirvo.

—Deberían pagarme un plus de peligrosidad. —Termino y deslizo las bebidas hacia ella—. Ahora en serio, como esos tíos no mantengan las manos quietas, voy para allá.

—Que estoy bien. Aunque, también te digo, ojalá se fueran ya. No sé quién es peor; si el señor Manos Largas o el que está en el patio lloriqueando porque su papi no ha cumplido su promesa de comprarle un yate para la graduación.

Me río.

Steph se aleja con un suspiro y con la bandeja llena de bebidas.

Durante la mayor parte de la hora siguiente, no me da tiempo ni a levantar la vista. El bar está tan lleno que lo único que hago es servir copas y deslizar tarjetas de crédito hasta que activo el piloto automático y apenas soy consciente de mis movimientos.

Cuando vuelvo a comprobar cómo va Steph, veo que don Ricachón trata de convencerla para que baile con él. Ella se mueve como los boxeadores, lo esquiva y zigzaguea para intentar alejarse de él. Es imposible oír sus palabras exactas, pero no son difíciles de suponer: «Estoy trabajando, por favor, deja que vuelva al trabajo; no puedo bailar contigo, estoy trabajando».

Ella trata de mostrarse cortés, pero sus ojos iracundos me dicen que está harta.

—Len —lo llamo y señalo la escena con la barbilla—. Dame un segundo.

Él asiente. Siempre cuidamos de los nuestros.

Me encamino hacia allí a sabiendas de que mi aspecto impone muchísimo. Mido casi uno noventa, hace días que no me afeito y tampoco me vendría mal cortarme el pelo. Espero que estos capullos opinen lo mismo y dejen de hacer tonterías.

—¿Todo bien por aquí? —pregunto cuando llego hasta el grupo. Mi tono de voz indica que sé que no y que más les vale parar si no quieren que los saque a rastras.

—Déjanos en paz, payaso —suelta uno entre risas.

El insulto no me afecta. Ya estoy acostumbrado.

Enarco una ceja.

—No me iré hasta que mi compañera me lo diga. —Miro intencionadamente la mano de don Ricachón, que aún retiene a Steph—. Dejarse manosear no forma parte de su trabajo.

El tipo tiene la sensatez de apartar la mano. Steph aprovecha la oportunidad para colocarse a mi lado.

—¿Ves? Todo bien. —Me mira con desdén—. No hay ninguna damisela en apuros por aquí.

—Más vale que siga siendo así. —Acentúo la advertencia con otra mirada de desdén—. Y las manos, quietecitas.

Steph y yo estamos a punto de marcharnos cuando se rompe un vaso.

No importa el ruido que haya ni lo lleno que esté el bar, un vaso se hace añicos en el suelo y, de inmediato, se podría oír hasta una mosca a cien kilómetros de distancia.

Todo el mundo gira la cabeza. Uno de los colegas de don Ricachón, el que ha tirado el vaso al suelo, parpadea de forma inocente cuando lo miro a los ojos.

—Ups —dice.

Las risas y aplausos rompen el silencio momentáneo. Entonces, las conversaciones vuelven a aflorar y la atención colectiva del bar regresa a lo que estuvieran haciendo antes.

—Joder —murmura Steph entre dientes—. Vuelve a la barra, Coop. Lo tengo controlado.

Ella se aleja, molesta y con el ceño fruncido, mientras el grupito de imbéciles nos da la espalda y empieza a charlar y a reírse a gritos entre ellos.

—¿Todo bien? —me pregunta Lenny cuando regreso.

—No lo tengo muy claro.

Echo otro vistazo al grupo y frunzo el ceño cuando reparo en que su cabecilla no está con ellos. ¿Dónde narices se ha metido?

—No —respondo despacio—. Creo que no. Dame otro segundo.

De nuevo, dejo que Lenny se ocupe de la barra mientras salgo en busca de Steph. Me dirijo al fondo, donde supongo que habrá ido a buscar la escoba para barrer los trozos de cristal del suelo.

Entonces, oigo:

—¡Suéltame!

Doblo la esquina y aprieto la mandíbula cuando diviso el polo color pastel de don Ricachón. Tiene a Steph acorralada al fondo del pasillo estrecho donde está el almacén. Cuando intenta esquivarlo y separarse de él, este se interpone en su camino y la sujeta de la muñeca. Con la otra mano intenta agarrarle el culo.

A la mierda.

Me lanzo hacia delante y lo agarro por el cuello del polo. Un segundo después, lo empujo al suelo pegajoso.

—Fuera —gruño.

—Cooper. —Steph me sujeta, aunque sus ojos rebosan gratitud. Sé que se alegra de que la haya salvado.

Me la quito de encima porque ya estoy harto.

—Levántate y vete —le digo al tipejo sorprendido.

Él despotrica a gritos mientras se pone de pie.

Como los baños están justo a la vuelta de la esquina, era solo cuestión de tiempo que sus gritos de rabia atrajeran la atención de los demás. Unas cuantas chicas chillonas de una sororidad se aproximan a toda prisa, seguidas por otros tantos curiosos.

De repente, se oyen más voces en el pasillo.

—¡Pres! Tío, ¿estás bien?

Dos de sus amigos se abren paso a través de la multitud. Hinchan el pecho a su lado y flanquean a su campeón porque, si los echan de aquí delante de toda esta gente, se pasarán un añito muy largo bebiendo solos en casa.

—¿Qué narices te pasa, tío? —escupe el sobón, y me fulmina con la mirada.

—¿A mí? Nada —contesto y me cruzo de brazos—. Solo estoy sacando la basura.

—¿Hueles eso, Preston? —le dice su colega con una sonrisita provocadora—. Hay algo que apesta aquí.

—¿Lo de fuera es un contenedor o tu caravana? —se burla el otro.

—¿A que no tenéis huevos de repetirlo? —los reto porque, bueno, estoy aburrido y las caras de estos imbéciles me están suplicando que les pegue una paliza.

Evalúo la situación. Son tres contra uno, y tampoco es que estén muy delgados; cada uno medirá, fácilmente, más de metro ochenta y serán, más o menos, de mi misma constitución. Por lo que sé, podrían estar en el equipo de waterpolo patrocinado por la marca Brooks Brothers. La diferencia es que yo trabajo para ganarme la vida y mis músculos no son solo para presumir. Así que confío en mis posibilidades.

—Coop, déjalos. —Steph me aparta a un lado y se interpone entre nosotros—. Olvídalo. Yo me ocupo. Vuelve a la barra.

—Sí, Coop —me vacila Preston. Y entonces se dirige a sus amigos—: No merece la pena perder el tiempo con este paleto.

Miro a Steph y me encojo de hombros. El imbécil tendría que haberse marchado cuando le he dado la oportunidad.

Mientras se ríe, pensando que es superior a los demás, estiro el brazo, lo engancho por el polo de Ralph Lauren y le asesto un puñetazo en la cara.

Se tambalea y cae contra sus amigos, que lo empujan hacia mí. Se me lanza como una criatura cutre en una película de miedo, torpe y lleno de sangre. Chocamos con el grupo de chicas chillonas y seguidamente contra la pared. Me clavo la antigua cabina que lleva quince años sin funcionar en la espalda, y eso le da la oportunidad a Preston de asestarme un puñetazo en la mandíbula. Entonces, cambio las tornas y lo aplasto contra la pared de pladur. Estoy a punto de destrozarle la cara cuando Joe, el dueño, Daryl y Lenny me sujetan y me separan a rastras.

—Maldito paleto de mierda —balbucea—. Sabes que estás muerto, ¿verdad?

—¡Basta ya! —grita Joe. El canoso veterano de Vietnam con una barba *hippie* gris y coleta señala a Preston con un dedo grueso—. Fuera de aquí. No quiero peleas en mi bar.

—Quiero que despidan a este psicópata —ordena Preston.

—Anda y que te den.

—Coop, cierra el pico —dice Joe. Deja que Lenny y Daryl me suelten—. Esto te lo voy a descontar del sueldo.

—No ha sido culpa de Coop —le cuenta Steph a nuestro jefe—. Este tío no me dejaba en paz. Luego me ha seguido hasta el almacén y me ha acorralado en el pasillo. Cooper solo intentaba echarlo de aquí.

—¿Sabes quién es mi padre? —inquiere Preston, que echa humo y se aprieta la nariz para contener la hemorragia—. Su banco es dueño de la mitad de los edificios de esta asquerosa costa. Una palabra mía y os arruino la vida.

Joe aprieta los labios en una fina línea.

—Tu empleado me ha puesto las manos encima —prosigue Preston, furioso—. No sé cómo llevarás tú esta ratonera, pero si esto hubiera pasado en otro lado, ya habrían despedido a la persona que ha agredido al cliente. —Su sonrisa engreída consigue que me hormigueen los puños. Quiero estrangularlo con mis propias manos—. Así que, o te ocupas de esto, o saco el teléfono y llamo a mi padre para que lo haga por ti. Sé que es tarde, pero no te preocupes, estará despierto. Es un búho. —Sonríe todavía más—. Así es como ha conseguido su fortuna.

Hay un largo momento de silencio.

Luego, Joe suelta un suspiro y se gira hacia mí.

—No irás en serio —exclamo, asombrado.

Joe y yo nos conocemos desde hace mucho tiempo. Mi hermano y yo ganábamos algo de dinero aquí en verano, en la época del instituto. Lo ayudamos a reconstruir el bar después de dos huracanes. Hasta llevé a su hija al baile de bienvenida, no me jodas.

Resignado, se pasa una mano por la barba.

—Joe. En serio, tío. ¿Vas a dejar que uno de ellos te diga cómo llevar el bar?

—Lo siento —dice Joe por fin. Sacude la cabeza—. Tengo que pensar en el negocio. En mi familia. Esta vez has ido demasiado lejos, Coop. Coge lo que te debo de esta noche de la caja. Te daré un cheque mañana.

Satisfecho consigo mismo, don Ricachón me mira con desdén.

—¿Lo ves, paleto? Así es como funciona el mundo real. —Le lanza un fajo de billetes llenos de sangre a Steph y escupe un buen gargajo de sangre y mocos en el suelo—. Toma. Limpia este sitio, encanto.

—Esto no se ha acabado —advierto a Preston mientras él y sus amigos se alejan con tranquilidad.

—Ha acabado antes de que empezara —grita sarcástico por encima del hombro—. Eres el único que no se ha dado cuenta.

Desvío la mirada hacia Joe y atisbo la derrota en sus ojos. Ya no tiene fuerza ni ganas de librar estas batallas. Así es como nos ganan. Poco a poco. Nos machacan hasta que estamos demasiado agotados como para seguir adelante. Y, entonces, nos quitan la tierra, los negocios y la dignidad de nuestras manos moribundas.

—¿Sabes? —le digo a Joe mientras recojo el dinero y se lo dejo en la mano—. Cada vez que uno de nosotros cede ante ellos es como si les diéramos permiso para que se rían de nosotros la próxima vez.

Solo que… ni de coña. No habrá una «próxima vez». Ya me he cansado de ser el saco de boxeo de esta gente.

CAPÍTULO DOS

MACKENZIE

Desde que esta mañana me he ido de la casa de mis padres en Charleston, tengo una sensación que cada vez me insiste más en que dé la vuelta. Que escape. Que huya. Que me fugue y me enfade porque el año sabático que me había tomado está llegando a su fin.

Ahora, me entra el pánico mientras el taxi me conduce por un camino flanqueado de robles hacia Tally Hall, situado en el campus de Garnet College.

«Lo estoy haciendo de verdad».

Más allá del césped verde y las filas de coches, los alumnos de primero y sus padres entran con cajas al edificio de ladrillo rojo de cuatro plantas que se alza hacia el cielo despejado. Las ventanas y el tejado tienen marcos blancos, un detalle característico de uno de los cinco edificios originales de este campus histórico.

—Ahora vuelvo a por las cajas —le digo al taxista. Me cuelgo la mochila a la espalda y dejo la maleta con ruedas en el suelo—. Solo quiero cerciorarme de que estoy en el lugar correcto.

—No hay problema. Tómese el tiempo que necesite. —Se muestra tan tranquilo porque seguramente mis padres le habrán pagado mucho dinero por hacer de chófer durante todo el día.

Camino bajo la enorme lámpara que cuelga del travesaño de la entrada y me siento como una prófuga que ha sido arrestada tras haber campado a sus anchas durante un año. Supongo que fue bonito mientras duró. ¿Ahora cómo vuelvo a los deberes y a los exámenes sorpresa? Después de un año de libertad, mi vida vuelve a estar supeditada a los ayudantes de profesores y los distintos planes de estudios.

Una madre me para en las escaleras para preguntarme si soy la encargada de la residencia. Genial. Me siento vieja. Me dan ganas de darme la vuelta y echar pestes por la boca, pero me controlo.

Me cuesta llegar hasta la cuarta planta, donde las habitaciones son un poco más grandes y mejores y las pagan los padres dispuestos a soltar el PIB de una isla. El correo que tengo en el móvil dice que mi habitación es la 402.

En el interior veo una pequeña salita y una cocina que separan las dos habitaciones. La de la izquierda cuenta con una cama vacía, un escritorio de madera y un armario a juego. A la derecha, y a través de una puerta medio abierta, veo a una rubia con unos pantalones cortos y sin camiseta que salta y baila mientras cuelga la ropa en perchas.

—¿Hola? —digo para tratar de llamar su atención. Dejo el equipaje en el suelo—. ¿Hola?

Sigue sin oírme. Vacilante, me encamino hacia ese cuarto y le doy un toquecito en la espalda. Ella pega un bote y se cubre la boca con la mano para reprimir un grito.

—Ay, tía, ¡qué susto me has dado! —dice con un marcado acento sureño. Respira de forma agitada al tiempo que se quita los auriculares inalámbricos y se los mete en el bolsillo—. Casi me meo encima.

Tiene las tetas al aire y ni siquiera se molesta en cubrirse. Intento mirarla a los ojos, pero me siento incómoda, así que desvío la mirada a la ventana.

—Siento entrar sin permiso. No esperaba... —«Encontrarme a mi compañera recreando la primera escena de una porno *amateur*».

Ella se encoge de hombros con una sonrisa.

—Ni te agobies.

—Puedo volver, eh, dentro de un rato si...

—Nah, quédate —me asegura.

No puedo evitar mirarla, con esa postura erguida y las manos en las caderas, mientras me apunta con semejantes melones.

—¿Había algún tipo de casilla nudista en el formulario que he marcado por accidente?

Se echa a reír y por fin estira el brazo para ponerse una camiseta de tirantes.

—Me gusta limpiar la energía de los sitios. Una casa no se convierte en tu hogar hasta que pasas tiempo desnuda en ella, ¿no crees?

—La persiana está subida —señalo.

—Para que no me queden marcas en el bronceado —responde antes de guiñarme el ojo—. Soy Bonnie May Beauchamp. Supongo que tú eres mi compi.

—Mackenzie Cabot.

Me da un fuerte abrazo. Por norma general, consideraría ese gesto como una invasión de mi espacio personal, pero, por alguna razón, no quiero ser una aguafiestas con esta chica. Tal vez sea una bruja y me haya hipnotizado con sus pechos. Pero bueno, por ahora me transmite buenas vibraciones.

Sus rasgos son suaves y redondeados, y tiene unos ojos grandes y marrones. Su sonrisa perlada no resulta amenazadora para las mujeres, pero sí seductora para los hombres. Es como la hermanita pequeña de los demás, pero con unas buenas tetas.

—¿Dónde están tus cosas? —me pregunta tras soltarme.

—Mi novio vendrá más tarde con casi todo. He dejado algunas cosas abajo, en el coche. El chófer me está esperando.

—Te ayudo a subirlas.

No hay mucho, apenas un par de cajas, pero agradezco que se preste y me acompañe. Cogemos todo y lo dejamos en el cuarto antes de pasearnos por los pasillos y echar un vistazo al barrio.

—¿Eres de Carolina del Sur? —pregunta Bonnie.

—De Charleston, ¿y tú?

—De Georgia. Papi quería que fuera a Georgia State, pero mami vino a Garnet, así que se apostaron a dónde iría en un partido de fútbol americano, y aquí estoy.

En el tercer piso, un chico carga con una nevera portátil llena de cócteles frosé y nos intenta ofrecer una copa a cambio de nuestros números. Tiene los brazos, el pecho y la espalda llenos de números escritos en rotulador permanente negro, y a la mayoría le falta un número o dos. Todos parecen falsos.

Rechazamos la oferta y sonreímos para nuestros adentros a la vez que lo dejamos atrás.

—¿Te has trasladado? —pregunta Bonnie mientras proseguimos nuestro camino a través de las microcomunidades .
No te lo tomes a mal, pero no pareces de primero.

Sabía que esto pasaría. Me siento como la supervisora. Soy dos años mayor que mis compañeros debido al año sabático y al hecho de que empecé infantil con un año de retraso porque mis padres decidieron alargar su viaje en velero por el Mediterráneo en lugar de volver para que empezara la escuela.

—Me he tomado un año sabático. Hice el trato con mis padres de que iría a la universidad que ellos quisieran si me daban tiempo para montar mi empresa.

Aunque, si por mí fuera, me habría saltado este capítulo de mi etapa de maduración.

—¿Ya tienes una empresa? —inquiere Bonnie con los ojos como platos—. Yo me he pasado el verano viendo episodios de *Vanderpump Rules* y de fiesta en el lago.

—He diseñado una web y una aplicación —le confieso—. A ver, no es nada del otro mundo. Ni que hubiera fundado Tesla.

—¿Qué tipo de aplicación?

—Una en la que la gente sube cosas divertidas o vergonzosas sobre sus novios. Empezó como una broma para algunos de mis amigos del instituto, pero al final se me fue de las manos. El año pasado creé otra para que la gente publicara cosas sobre sus novias.

Empecé con un blog, y el año pasado hasta tuve que contratar a un responsable de publicidad, moderadores y a todo un equipo de *marketing*. Tengo una nómina, pago impuestos y en mi cuenta de empresa hay una cifra con siete ceros. Y ahora voy a tener que preocuparme por los trabajos de clase y los exámenes trimestrales. Pero, bueno, un trato es un trato y he dado mi palabra, aunque todo esto de la universidad me parece una chorrada.

—Ay, no me digas, pero si la conozco. —Entusiasmada, Bonnie me da un golpe en el brazo. Madre mía, qué fuerza tiene esta mujer—. *¡AscoDeNovio!* Ostras. Creo que mis amigas y yo pasamos más tiempo ahí el año pasado que haciendo los deberes. Había una publicación sobre un chico que sufrió una indigestión después de la cita y, cuando el padre de ella los estaba llevando a casa en coche, le entró diarrea en el asiento trasero.

Se inclina muerta de risa. Yo esbozo una sonrisa porque me acuerdo de esa publicación. Tuvo trescientas mil visitas, miles de comentarios y dobló los ingresos de cualquier otra publicación de ese mes.

—Vaya tela —dice en cuanto recupera la compostura—. ¿Entonces, ganas dinero con eso?

—Sí, por los anuncios. Va bastante bien —respondo con modestia y me encojo de hombros.

—¡Qué guay! —Bonnie hace un puchero—. Me das envidia. No sé qué hago aquí, Mac. ¿Te puedo llamar Mac o prefieres Mackenzie? Es que suena tan formal.

—Puedes llamarme Mac, si quieres —contesto mientras trato de reprimir la risa.

—Se supone que después del insti hay que ir a la uni, ¿verdad? Aunque no tengo ni idea de qué estudiar ni de qué quiero ser de mayor.

—La gente dice que nos conocemos de verdad en la universidad.

—Creía que eso era en Panamá.

Sonrío. Pues sí que me cae bien esta chica.

Una hora más tarde, mi novio llega con el resto de las cajas. Hace semanas que no nos vemos. He tenido muchísimo trabajo en la empresa antes de cederle las riendas al personal, así que no he podido tomarme ningún día libre para visitar a Preston. Ha sido la vez que más tiempo hemos pasado sin vernos desde el verano en que su familia se fue al lago de Como.

Le propuse alquilar un apartamento juntos fuera del campus, pero se negó. ¿Para qué pasarlo mal en un sitio cutre cuando ya tenía piscina, chef privado y asistenta en casa? No encontré ninguna respuesta que no sonara condescendiente. Si no le motiva el hecho de independizarnos de nuestros padres, no sé qué más decirle.

La independencia ha sido mi objetivo principal desde el instituto. Vivir con mi familia es como hundirte en arenas movedizas; me habrían tragado entera de no haber fabricado una cuerda con mi propio pelo para salir. No estaba hecha para ser una mantenida. Quizá ese es el motivo por el que, cuando el novio al que llevo más de un mes sin ver aparece por la puerta con la primera tanda de cajas, no siento esa sensación de deseo en la boca del estómago ni unas ganas locas de verlo después de tanto tiempo separados.

A ver, sí que lo he echado de menos, y me alegro de que haya venido. Es solo que… Me acuerdo de cuando iba al colegio. El tiempo entre ver al chico que me gustaba a la hora de la comida y después en la sexta clase se me hacía eterno y me rompía el corazón. Supongo que he madurado. Preston y yo tenemos una relación cómoda. Estable. Somos casi como un matrimonio de ancianos.

Se pueden decir muchas cosas sobre la estabilidad.

—Hola, nena. —Pres está un poco sudado después de haber subido los cuatro pisos, pero me da un fuerte abrazo y un beso en la frente—. Te he echado de menos. Estás genial.

—Tú también.

La atracción sexual no es el problema. Preston está como un queso. Es alto, esbelto y de complexión atlética. Tiene unos ojos azules preciosos que son increíbles bajo la luz del sol, y esa típica cara angulosa que llama la atención allá donde va. Se ha cortado el pelo después de la última vez que lo vi; lo lleva un poco más largo por arriba y cortito a los lados.

Cuando gira un poco la cara veo que tiene unos moratones en la zona de la nariz y el ojo derecho.

—¿Qué te ha pasado? —exclamo, preocupada.

—Ah, esto. —Se toca el ojo y se encoge de hombros—. Los chicos y yo estábamos jugando al baloncesto el otro día y me dieron un balonazo en la cara. No es grave.

—¿Seguro? Tiene pinta de doler. —La verdad es que la herida es un poco fea, como si le hubiera goteado un huevo quemado por la cara.

—Estoy bien. Ah, antes de que se me olvide. Te he comprado esto.

Mete la mano en el bolsillo de los pantalones militares y saca una tarjeta de plástico en la que se lee BIG JAVA.

Acepto la tarjeta regalo.

—Gracias, cariño. ¿Es para la cafetería del campus?

Él asiente, serio.

—Supuse que sería el regalo de bienvenida perfecto para una adicta al café como tú. La he rellenado con dos mil dólares, así que vas servida.

Bonnie, que pululaba por la cocina, ahoga un grito.

—¿Dos mil dólares? —repite.

Vale, dos mil dólares en café igual es pasarse, pero una de las cosas que adoro de Pres es lo atento que es. Ha conducido tres horas hasta la casa de mis padres para recoger mis cosas y después venir al campus, y todo con una sonrisa. Ni se queja ni me hace sentir como una carga. Lo hace para ser amable.

Ya podría haber más gente así.

Miro a mi compañera.

—Bonnie, este es mi novio, Preston. Pres, ella es Bonnie.

—Encantado —se presenta con una sonrisa sincera—. Voy a por el resto de las cajas de Mac. ¿Qué os parece si os invito a comer?

—Me apunto —responde Bonnie—. Me muero de hambre.

—Genial, gracias —digo yo.

En cuanto se va, Bonnie me lanza una sonrisa pícara y levanta el pulgar.

—Bien hecho, tía. ¿Cuánto lleváis juntos?

—Cuatro años. —Voy con ella al baño para arreglarnos para la comida—. Íbamos al mismo instituto privado. Yo iba a segundo y él, a último curso.

Conozco a Preston desde que éramos unos niños, aunque no éramos muy amigos debido a la diferencia de edad. Lo había visto alguna que otra vez en el club de campo al que mis padres me llevaban a rastras o durante celebraciones, galas benéficas y demás. Cuando empecé en Spencer Hill, fue lo bastante amable como para saludarme por los pasillos y en las fiestas, cosa que me ayudó a ganar la reputación necesaria para sobrevivir en esa agua infestada de tiburones llamada instituto.

—Seguro que estás superilusionada por estar en la uni con él. Yo, en tu lugar, me habría puesto histérica al imaginar qué habrá hecho aquí solo.

—No somos de esas parejas —le aclaré—. Preston nunca me engañaría. Es de los que buscan formar una familia y siguen el plan a pies juntillas.

—¿El plan?

Nunca me había sonado raro hasta ahora, cuando Bonnie me mira a través del espejo con una ceja enarcada.

—A ver, nuestros padres son amigos desde hace años, así que salimos juntos desde hace mucho tiempo. Supongo que se da por hecho que nos graduaremos, nos casaremos, y esas cosas. Ya sabes, el plan de futuro.

Ella me mira con el ceño fruncido.

—¿Y a ti… te parece bien ese plan?

—¿Por qué no iba a parecérmelo?

Es casi como lo que hicieron mis padres. Y los suyos. Sé que se parece mucho a lo de los típicos matrimonios concertados de antes, y, si os soy sincera, sospecho que sus padres fueron los que le sugirieron que me pidiera una cita. Él iba a último curso y yo no era más que la novata vergonzosa que, por no saber, no sabía ni cómo usar una plancha. Pero, sugerencias aparte, ni él ni yo sentíamos que nos estuvieran obligando a salir. Nos gustaba pasar tiempo juntos y, a día de hoy, eso no ha cambiado.

—Pues a mí en tu lugar me enfurecería que dictaran mi vida antes de haber empezado siquiera el primer día de uni. Es como si te destriparan una peli en la cola de las palomitas. —Bonnie se encoge de hombros y se pone brillo en los labios—. Pero, oye, si a ti te hace feliz, adelante.

CAPÍTULO TRES
COOPER

Nosotros, la juventud inadaptada y desperdiciada de Avalon Bay, tenemos una tradición desde que éramos unos críos y echábamos carreras por las dunas descalzos, dormíamos la mona frente a mansiones de millones de dólares o huíamos de la poli: el último domingo del verano siempre culmina con una hoguera.

Solo hay una regla y es que es, exclusivamente, para gente del pueblo.

Esta noche, mi hermano gemelo y yo celebramos la fiesta en casa. Es una casita de dos plantas que está en la playa y lleva tres generaciones en nuestra familia, y se nota. La pobre se cae a pedazos y necesita mil reformas, pero su encanto lo compensa. Vaya, como sus residentes, supongo. Aunque Evan es el más encantador de los dos. A veces, yo no puedo evitar ser un cabrón.

En el porche trasero, Heidi se acerca a mí con disimulo y deja una petaca en la barandilla de madera.

—En el sótano hay alcohol. Y mucho —le digo.

—Las petacas no son para eso.

Se coloca de espaldas a la baranda y apoya los codos en ella. Heidi es así. No hay nada en el mundo que la satisfaga; sus intereses van más allá de todos y de todo. Esa fue una de las cosas que me atrajo de ella cuando éramos pequeños. Los ojos de Heidi siempre miraban más allá, y yo quería ver lo mismo que ella.

—¿Entonces? —pregunto.

—Para sentirse un poquito travieso. Las petacas guardan secretos.

Me mira con una sonrisa taimada. Esta noche se ha arreglado, al menos tanto como lo hace uno en el pueblo. Se ha rizado el pelo y se ha pintado los labios de rojo oscuro. Lleva una antigua camiseta mía de los Rancid a la que le ha cortado las mangas y que ahora deja a la vista su sujetador negro de encaje. Se ha esforzado por estar guapa, pero, aun así, no funciona conmigo.

—No te apetece demasiado, ¿verdad? —dice al ver que no le sigo el juego.

Me encojo de hombros porque no, dar una fiesta no me apetece nada.

—Nos podemos ir, si quieres. —Heidi se endereza y señala con la cabeza al exterior—. Podemos ir a dar una vuelta en coche. Como cuando le robábamos las llaves a tu madre, ¿te acuerdas? Nos íbamos a Tennessee y pasábamos la noche en la parte trasera de la camioneta.

—Sí, y como cuando nos echó un guardia de un parque nacional a las cuatro de la madrugada.

Se ríe y me da un toquecito en el brazo.

—Echo de menos nuestras aventuras.

Bebo un trago de la petaca.

—Pierde la gracia cuando ya tenemos coche propio y beber es legal.

—Todavía podemos meternos en líos, te lo aseguro.

El brillo insinuante de sus ojos me entristece, porque antes nos lo pasábamos bien y ahora me parece forzado. Incómodo.

—¡Coop! —me grita mi hermano desde abajo—. Es una fiesta, tío. Ven aquí.

La telepatía entre gemelos aún funciona. Dejo a Heidi en el porche, bajo las escaleras y tomo una cerveza de camino a la playa, donde Evan está con algunos amigos junto a la hoguera. Bebo durante la siguiente hora mientras ellos comparten las mismas historias que llevamos contando desde hace diez años. Entonces, nuestro colega Wyatt organiza un partido de fútbol a la luz de la luna, la mayor parte de la gente se dispersa hacia allí y nos dejan solo a unos pocos junto al fuego. Evan está sentado en la butaca de madera junto a la mía, donde se ríe de algo que nuestra amiga Alana acaba de decir; a mí se me hace difícil pasarlo bien esta noche. Es como si tuviera un bicho bajo la piel. Uno que hurga, que me araña y que no deja de aovar ira y resentimiento.

—Oye. —Evan me da una patada en el pie—. Espabila, hijo.

—Estoy bien.

—Sí —repone con sarcasmo—. Ya lo veo. —Me quita el botellín vacío que tengo en la mano desde hace un buen rato y me pasa otra cerveza de la nevera—. Llevas dos días de mal humor. Entiendo que estés enfadado, pero ya está. Emborráchate, fuma hierba. Heidi está por aquí. A lo mejor te deja acostarte con ella otra vez si se lo pides bien.

Contengo un quejido. No hay secretos en este grupo. Cuando Heidi y yo nos acostamos por primera vez, apenas nos habíamos quitado las legañas al día siguiente y ya se habían enterado todos. Razón de más por la que fue una mala idea. Enrollarse con amigas solo trae problemas.

—Cómemelo, capullo. —Heidi le lanza arena desde el otro lado de la hoguera y le enseña el dedo corazón.

—Ups... —dice, aunque sabía perfectamente dónde estaba sentada—. No me he dado cuenta.

—¿Sabes? Es increíble —comenta ella en ese tono serio, señal de que está a punto de arrancarte las pelotas—. Sois iguales y, aun así, no te tocaría ni con un palo, Evan.

—Uhhhh —grita Alana, que se ríe al lado de Heidi y Steph. Las tres han vuelto locos a todos los chicos de Avalon Bay desde tercero de primaria. Una trinidad profana de sensualidad y terror.

Evan responde con un gesto lascivo porque las pullas no son lo suyo. Luego se gira hacia mí.

—Yo insisto en que esperemos a que el clon ese salga de casa y le demos una paliza. Las noticias vuelan, Coop. Como la gente se entere de que dejaste a ese imbécil en pie, cualquiera pensará que puede meterse con nosotros.

—Cooper tiene suerte de que el imbécil ese no vaya a presentar cargos —señala Steph—. Pero como deis pie a una guerra, podría cambiar de opinión.

Tiene razón. Si no he pasado los dos últimos días en el calabozo es porque el tal Preston se quedó satisfecho con humillarme. Aunque nunca admitiré la derrota, sigo enfadado porque me hayan despedido. Evan tiene razón; no podemos hacer como si nada. En el pueblo tenemos una reputación que mantener. En cuanto la gente huele debilidad, se hacen ideas que no son. Aunque no tengamos nada, siempre hay alguien que nos lo quiere arrebatar.

—¿Quién era, a todo esto? —pregunta Heidi.

—Preston Kincaid —contesta Steph—. Su familia es dueña de una finca enorme en la costa donde el mes pasado talaron esos robles de doscientos años para poner una tercera pista de tenis.

—Uf, conozco a ese tío —dice Alana. Su reluciente melena pelirroja resplandece bajo la luz de la hoguera—. Hace unas semanas, Maddy estuvo a cargo del barco de paravelismo de su padre y los llevó a él y a algunas chicas. Vaya, intentó ligar con Maddy delante de la chavala con la que iba. Hasta le pidió salir. Cuando ella le puso una excusa porque, bueno, quería que le dejaran una buena propina, el tío la intentó convencer de hacer un trío allí mismo. Maddy estuvo a punto de tirarlo por la borda.

Steph puso una mueca.

—Qué asco de tío.

—Ahí lo tenéis. —Evan abre otro botellín de cerveza y le da un trago—. El chaval se lo está buscando. Le estaríamos haciendo un favor a la comunidad al darle una lección.

Miro a mi hermano con curiosidad.

—Venganza, tío. Si a ti te ha jodido, a él lo joderemos el doble.

Tengo que admitir que me muero por cobrarme la revancha. Llevo dos días acumulando rabia y odio. Poner copas no era mi única fuente de ingresos, pero me hace falta el dinero. Al despedirme, todos esos planes se han alejado más todavía.

Le doy vueltas a la idea.

—No puedo partirle la cara, o acabaré entre rejas. No puedo quitarle el trabajo porque, bueno, ¿a quién vamos a engañar? El imbécil ese no tiene ninguno. Nació con una cuchara de plata en el culo. Así que, ¿qué nos queda?

—Ay, pobre chica inocente —dice de pronto Alana, que se acerca a nuestro lado de la hoguera para enseñarnos el móvil—. Acabo de cotillear sus redes sociales. Tiene novia.

Clavo la mirada en la pantalla. Interesante. Kincaid ha publicado hoy una *story* sobre la mudanza de su novia a una residencia universitaria en Garnet. La publicación incluye emoticonos de corazones y toda la parafernalia empalagosa y cursi que no es más que un claro indicio de querer compensar el haberle puesto los cuernos.

—Ostras —comenta Evan, que le quita el móvil. Pasa las fotos de ellos en el asqueroso yate de Kincaid—. Pues la tía está buena.

No le falta razón. La foto que Evan amplía muestra a una chica alta y morena de ojos verdes y piel bronceada. Lleva una camiseta blanca y corta que le cae por el hombro y enseña la tira de un bañador azul, y, por alguna razón, esa fina tira de tela es más sensual que cualquier otra imagen pornográfica que haya visto. Es provocadora. Una invitación.

Una idea horrible se me pasa por la cabeza.

—Quítasela —dice Evan, porque, por diferentes que seamos, no dejamos de ser iguales.

A Alana se le iluminan los ojos.

—Hazlo.

—¿El qué? ¿Robarle la novia? —inquiere Heidi, incrédula—. No es un juguete. Es…

—Una idea maravillosa —la interrumpe Evan—. Quítale la novia a ese clon, restriégaselo por la cara y luego manda a la mierda a la niñita de papá.

—Qué asco, Evan. —Heidi se levanta y le arrebata el móvil—. Es una persona, por si no te habías dado cuenta.

—No, es una clon.

—Lo que quieres es que deje a Kincaid, ¿verdad? Entonces, ¿por qué no lo pillamos poniéndole los cuernos y luego le mandamos la prueba a ella? Hala, mismo resultado —señala Heidi.

—No es lo mismo —rebate mi hermano.

—¿Cómo que no?

—Pues porque no. —Evan señala a Heidi con el botellín de cerveza—. Kincaid no puede perder sin más. Tiene que saber quién le ha ganado. Tenemos que hacer que le duela.

—Cooper no tiene por qué conseguir que se enamore de él —la tranquiliza Alana—. Solo seducirla lo suficiente como para que deje a su novio. Unas cuantas citas, como mucho.

—¿Seducirla? Vaya, que se acueste con ella. —Heidi revela la verdadera razón por la que no le hace gracia el plan—. Sigo diciendo que es asqueroso.

Cualquier otro día habría estado de acuerdo con ella, pero esta noche, no. Esta noche estoy enfadado, resentido y sediento de sangre. Además, si la rescato de Kincaid, le habré hecho un favor a la muchacha. Le ahorraré una vida de desdicha con un cabrón infiel que solo la trataría bien hasta que pariera a dos o tres hijos y luego se centraría en sus amantes.

Llevo toda la vida cruzándome con tipos como Preston Kincaid. Uno de mis primeros recuerdos es de cuando tenía cinco años y estaba en el muelle con mi padre y mi hermano, confundido y sin saber por qué todas esas personas elegantes se dirigían a mi padre como si importara menos que una mierda de perro en sus zapatos. Vaya, puede que la chica de Kincaid sea hasta peor que él.

Steph menciona un posible imprevisto.

—Pero si ya la está engañando, ¿entonces, cuánto le importa esta chica? A lo mejor le da igual que lo deje.

Miro a Evan.

—Tiene razón.

—No sé... —Una pensativa Alana se asoma por encima del hombro de Heidi para echar un vistazo al móvil—. Al ojear su perfil, creo que llevan varios años juntos. Me apuesto lo que queráis a que es con quien quiere casarse y formar una familia.

Cuanto más pienso en ello, más me atrae la idea. Sobre todo, para ver la cara que se le quedará a Kincaid cuando se dé cuenta de que he ganado. Aunque también porque, incluso si no supiera que es la novia de Kincaid, intentaría salir con ella.

—Hagámoslo más interesante —dice Steph, que se involucra cada vez más en la idea. Comparte una mirada con Alana—. No puedes mentir. No puedes fingir estar enamorado de ella, ni acostarte con ella a menos que ella dé el primer paso. Besar está permitido. Y no puedes decirle que rompa con él. Tiene que ser idea suya. Si no, ¿qué sentido tiene? Para eso, hacemos lo que propone Heidi.

—Hecho. —Es casi injusto lo fácil que va a ser.

—Omitir información sigue siendo mentir. —Heidi se levanta con un resoplido—. ¿Qué te hace pensar que uno de ellos se rebajará a salir contigo? —No espera a que le responda. Simplemente, sale echando humo de la casa.

—Pasa de ella —dice Alana—. Me encanta el plan.

Evan, mientras tanto, me mira serio y luego asiente en la dirección en la que se ha marchado Heidi.

—Vas a tener que hacer algo con ella.

Sí, eso parece. Después de acostarnos unas cuantas veces, Heidi y yo habíamos vuelto a nuestra relación platónica de siempre. Durante el verano, no habíamos tenido problemas, pero entonces algo cambió y ahora está resentida día sí y día también, y, por lo visto, es culpa mía.

—Ya es mayorcita —le digo.

Puede que Heidi se sienta un poquitín territorial, pero ya se le pasará. Hemos sido amigos desde primero de primaria. No estará enfadada conmigo para siempre.

—Bueno, ¿respuesta final para lo de la clon? —Evan me mira con expectación.

Me acerco la cerveza a los labios y le doy un traguito. Luego, me encojo de hombros y digo:

—Me apunto.

CAPÍTULO CUATRO

MACKENZIE

El sábado por la noche, tras la primera semana de universidad, Bonnie me obliga a salir. «Para familiarizarnos con la zona», como dice ella.

De momento nos llevamos genial como compañeras de habitación. Mejor de lo que esperaba, la verdad. Soy hija única y solo he vivido con mis padres, así que me daba algo de reparo compartir espacio con una desconocida. Sin embargo, vivir con Bonnie es fácil. Es ordenada y limpia, y me hace reír un montón con ese salero del sur. Es como la hermanita que nunca he sabido que querría tener.

Llevamos una hora fuera del campus y ha reforzado mi teoría de que es bruja o algo parecido. Tiene poderes que un mortal ni imaginaría. En cuanto llegamos a la barra de un antro en el que había unas bragas colgadas de las vigas y matrículas en las paredes, tres tíos casi arrollan a los demás al intentar invitarnos a una ronda. Solo para que Bonnie les sonriera. Desde entonces la he visto embaucar a un chico tras otro sin inmutarse siquiera. Pestañea un poquito, se ríe, juguetea con un par de mechones de pelo y ellos casi se postran a sus pies.

—¿Has llegado hace poco? —me grita al oído uno de nuestros últimos pretendientes para hacerse oír sobre la música. Es un chico que parece deportista y lleva una camiseta superceñida y demasiado desodorante. Mientras intenta ligar conmigo, desvía la mirada hacia Bonnie, que charla entusiasmada. Imagino que ninguno de los tres la oye, pero no parece importarles.

—Sí —respondo con los ojos fijos en la pantalla del móvil, porque estoy hablando con Pres. Esta noche está en casa de un amigo jugando al póker.

No le estoy prestando la menor atención a este tío, cuya tarea se basa en entretener a «la amiga» mientras sus dos colegas comen de la palma de Bonnie hasta la pista de baile. Yo asiento de vez en cuando y él se afana por mantener una conversación que ambos sabemos que es inútil. Y todo mientras el grupo de música toca a todo volumen.

Unos cuarenta minutos después de que el chico se marche, siento un brazo en torno al mío.

—Me aburro. Vamos a pasar de estos tíos —me dice Bonnie al oído.

—Sí, por favor —acepto con un gesto de cabeza.

Ella les suelta una excusa a los dos que todavía le rondan como patitos y, después, las dos tomamos nuestras copas y damos un rodeo hacia las escaleras. Cuando llegamos al segundo piso, echamos un vistazo al grupo de música de abajo y encontramos una mesa con un poco más de espacio. Aquí se está más tranquilo. Lo suficiente para que podamos hablar sin gritar o comunicarnos por gestos.

—¿No te gustaban? —le pregunto, en referencia a sus últimas víctimas.

—En Georgia hay cientos como esos. Tiras una piedra y aparece un deportista machito.

Sonrío por encima del vaso. El cóctel afrutado no me gusta demasiado, pero es a lo que nos han invitado nuestros pretendientes.

—Entonces, ¿qué tipo de tío te gusta?

—Con tatuajes. Alto, moreno, con traumita. Cuanto más inaccesible emocionalmente, mejor —explica con una gran sonrisa—. Si tiene antecedentes y una moto, me apunto.

Casi me atraganto de la risa. Me encanta. No parece que le guste ese perfil de chico en absoluto.

—Entonces será mejor que busquemos un bar con Harleys aparcadas fuera. No sé si aquí encontrarás lo que buscas.

Por lo que veo, no hay mucho donde elegir. Casi todos son alumnos de Garnet que parecen pertenecer a fraternidades o a clubs de campo, o surfistas locales con camisetas sin mangas. Ninguno tiene pinta de ser lo que Bonnie busca.

—He estado investigando, y se rumorea que Avalon Bay tiene justo lo que quiero: los gemelos Hartley —me dice orgullosa.

Enarco una ceja.

—Gemelos, ¿eh?

—Y son de aquí —añade, y asiente—. Pero no soy egoísta, con uno me vale. Así, si sobra uno, tengo más posibilidades.

—¿Y esos gemelos Hartley cumplen todos tus requisitos?

—Y que lo digas, nena. Varias chicas del campus me han contado algunas de sus hazañas. —Se relame—. Y esta noche quiero que me hagan una.

Me parto de la risa con esta chica.

—Pero si ni siquiera los conoces. ¿Y si son feos?

—Qué va. Las tías no hablarían de ellos si lo fueran. —Suspira, feliz—. Además, la chica que tiene la habitación al otro lado del pasillo, Nina, o Dina, o como se llame, me ha enseñado una foto. Mac, tía, te lo juro, están superbuenos.

Rompo a reír.

—Vale, lo pillo. Estaré atenta por si veo a esos clones malotes.

—Gracias. Oye, ¿y tú qué?

—¿Yo?

—Sí, tú.

—Yo no busco a un matón.

Mi móvil se ilumina por un mensaje de Preston en el que dice que está a punto de empezar la siguiente ronda de póker.

Otra cosa que me gusta de Pres es lo predecible que es. Me gusta que las cosas sigan ciertos parámetros. Soy planificadora y organizada. No me gustaría tener un novio que fuera a su rollo a cualquier hora. Aunque, al fin y al cabo, creo que Bonnie no quiere una relación estable. Me da la sensación de que prefiere algo pasajero y rápido.

—Yo solo digo que hay confianza. —Me guiña el ojo—. Jamás me chivaría de una compañera si quisiera divertirse un poquito.

—Te lo agradezco, pero no me hace falta. Pres y yo somos fieles.

No habría aceptado tener una relación a distancia si no estuviera segura de que me sería fiel. Y ahora que los dos estamos en Garnet, tendría menos sentido aún.

Bizquea y me lanza una sonrisa un poco condescendiente, aunque sé que no va en serio.

—Entonces, ¿a ti sí te van las relaciones?

—Sí. —Preston ha sido mi primer y único novio, pero incluso aunque no lo hubiera sido, soy monógama—. No entiendo por qué la gente es infiel. Si quieres estar con otros, quédate soltero. No se lo hagas pasar mal a la otra persona.

—Bueno, pues un brindis por saber lo que queremos y lanzarnos a por ello. —Bonnie levanta la copa. Brindamos y apuramos los cócteles—. Venga, salgamos de aquí. Voy en busca y captura de unos gemelos.

Lo dice en serio. La sigo durante las siguientes dos horas; es como si fuera un sabueso con correa. Me lleva de bar en bar mientras trata de encontrar a esos gemelos y deja víctimas de su embrujo a su paso. Un perdedor tras otro, se tiran a sus pies y caen rendidos ante sus hoyuelos. A mí siempre se me ha dado bien llamar la atención de los tíos, pero comparada con Bonnie May Beauchamp, quedo por los suelos. Menos mal que tengo novio, porque si no, me acomplejaría.

Por mucho que quiera ayudar a Bonnie en su búsqueda de un chico malo del barrio, me canso de acompañarla durante toda la noche. Si no desiste pronto, tendré que dejarla inconsciente.

—El último bar —la aviso mientras cruzamos la puerta de otro. Este se llama A Contracorriente—. Si tus gemelos no están aquí, tendrás que conformarte con un chico malo cualquiera.

—El último, sí —me asegura. Pestañea y, como ha ocurrido con todos los chicos que nos hemos encontrado, me noto claudicar. No puedo enfadarme con ella.

Ella entrelaza nuestros brazos y tira de mí hacia el interior del bar.

—Venga, tía. Vamos. Este sitio me da buena espina.

CAPÍTULO CINCO
COOPER

Está aquí.

El destino debe de estar de acuerdo con el plan, porque el sábado por la noche salgo con unos amigos para ver tocar a la banda de un colega en el A Contracorriente cuando la veo. Está sola y sentada en una mesa alta, justo en mitad de mi camino, como por obra de algún poder superior.

Su rostro es inconfundible. Y, madre mía, ya era guapa en fotos, pero en persona lo es incluso más. Es la clase de chica que destaca entre una multitud. Es despampanante, con esa melena negra y esos ojos penetrantes que brillan bajo las luces del escenario. Incluso de lejos, se ve que es una tía natural y segura de sí misma. Viste con tan solo una camiseta blanca anudada en la cintura y unos vaqueros: sobresale por no esmerarse demasiado en hacerlo.

Todo eso bastaría para llamar mi atención, aunque no tuviera un cuerpo de infarto, pero es que también lo tiene: unas piernas imposiblemente largas, un culo redondo y unos pechos grandes. Vaya, toda una fantasía.

—¿Es esa? —Alana se inclina y sigue mi mirada hasta donde está sentada la novia de Preston Kincaid—. Es más guapa en persona.

Lo sé.

—¿Nos fumamos un cigarro mientras la siguiente banda se prepara? —sugiere nuestro amigo Tate. Se levanta de la mesa y se pasa una mano por la melena rubia despeinada.

—No, nos quedamos aquí —responde Alana por nosotros.

Él enarca una ceja en mi dirección.

—¿Coop?

De nuevo, Alana es mi portavoz.

—Cooper lo está dejando. —Menea la mano—. Vosotros id tirando.

Tate se encoge de hombros y se aleja, seguido por Wyatt y su novia, Ren. En cuanto se marchan, Alana me mira fijamente.

—Venga, cuéntame —me ordena.

—¿El qué?

—Tu estrategia. Las frases que vas a usar. —Se echa el pelo hacia atrás y apoya la barbilla en las manos antes de mirarme con sarcasmo.

—Déjame en paz. —No necesito que me den lecciones.

—Necesitas un plan —insiste. Cuando se le mete algo entre ceja y ceja, no hay manera de que lo deje pasar—. No puedes acercarte y sacártela sin más.

—Vaya, gracias, no lo sabía. —Apuro hasta la última gota de cerveza antes de levantarme de la mesa.

Alana me detiene, me baja las mangas de la camiseta Henley y me peina con los dedos.

—¿De qué vas? —gruño.

—Mejor prevenir que curar —dice—. Por si es una mojigata. Los tatuajes las espantan. —Se inclina hacia atrás y me echa un último vistazo antes de despedirme con la mano—. Listo. Ve a conquistarla.

Ten amigas para esto.

Antes de llegar a su mesa, barro rápidamente el lugar con la mirada para asegurarme de que Kincaid no está por ninguna parte. Tampoco es que me importe mucho, pero meterme en una pelea no forma parte del plan. Es mejor acercarme a ella sin causar revuelo, hasta que ya sea demasiado tarde para que el imbécil pueda intervenir. Ganármela antes de que se dé cuenta de que el enemigo ha penetrado sus defensas.

Satisfecho porque esta noche haya decidido salir sin el novio, me encamino hacia su mesa. Tiene la mirada puesta en el móvil, así que no repara en mí hasta que le doy unos golpecitos en el brazo.

—Perdona —le digo, e inclino la cabeza hacia delante para que me oiga por encima de la música—. ¿Esta silla está ocupada?

—No. —No levanta la cabeza de la pantalla iluminada—. Toda tuya. —Cuando me siento, gira la cabeza de golpe—. Ah. Creía que te la llevarías a otra mesa, pero vale.

—Hagamos una apuesta —le propongo, y me acerco a ella. Huele bien, como a vainilla y cítricos. Tan bien que casi me olvido de por qué estoy aquí. Que no se aparte ni me tire la bebida a la cara es un buen comienzo.

—Eh... ¿qué clase de apuesta? —Atisbo un brillo de hostilidad en sus ojos antes de que suavice la expresión. Sé que está intrigada, porque me repasa con la mirada.

—¿Y si te dijera que, en cuestión de una hora, saldrás de este bar conmigo?

—Yo te diría que admiro tu confianza, pero que es mejor que lo intentes con otra.

—Bueno, apuesta aceptada, entonces. —Sin dejar de sostenerle la mirada, le ofrezco la mano para que me la estreche. La mejor forma de conocer a una persona es presionarla y ver si hace lo mismo contigo. Provocarla y luego dejarla en paz.

—Tengo novio —replica, y hace caso omiso de la mano—. Ya has perdido.

La miro a los ojos con insolencia.

—No te he preguntado por tu novio.

Por un momento, se queda de piedra. Pues claro, porque nadie le habla así. Y mucho menos el estúpido de su novio. Las chicas como ella están acostumbradas a que sus padres les den todo lo que desean y que sus sirvientes les bailen el agua. Y mientras asimila mi presencia, veo el momento en que decide que soy más interesante que lo que estuviera mirando en el móvil.

Lo bloquea y lo guarda.

Qué predecible es. Todas las niñas ricas de buena familia se preguntan cómo es estar con un chico pobre. Es lo más cerca que estarán de sentir emoción y entusiasmo.

—¿Es una broma? —Mira en derredor—. Ha sido Bonnie, ¿verdad?

—No conozco a ninguna Bonnie. Soy Cooper.

—Mackenzie —responde con el ceño fruncido, sin dejar de tratar de averiguar dónde está la trampa—. Pero es cierto que tengo novio.

—Ya es la segunda vez que lo mencionas.

Esta vez, cuando me inclino, no se aparta. El espacio entre nosotros se reduce a meros centímetros y el aire se vuelve más escaso.

—Para gran parte del mundo civilizado —repone despacio—, esa información es importante.

—Pues, por mucho que miro, no veo a ese novio que tanto te preocupa por aquí.

Su expresión es de absoluta incredulidad y, si acaso, de un poco de diversión. Sabe perfectamente lo buena que está, y está acostumbrada a que los hombres la persigan. Y, aun así, la noto intranquila. La he pillado con la guardia baja, lo que me indica que se lo está planteando. He conocido a incontables chicas como ella y me he acostado con unas cuantas, y, ahora mismo, las fantasías locas y los «y si» están colmando su preciosa cabecita.

—Esta noche he salido con mi compañera de habitación. —Aún hay resistencia en su voz; está resuelta a mantenerse en su posición, o, al menos, eso parece. Esta mujer nunca se ha hecho la fácil—. Es una noche de chicas.

—Sí, ya veo que estás dándolo todo —la provoco, y señalo el vaso de agua—. Me parece a mí que alguien tiene complejo de niña buena, ¿eh?

—Siento curiosidad por saber cómo crees que ganarás la apuesta insultándome.

—Pues no te vayas y averígualo.

Levanta el vaso de agua.

—Se llama ser una buena amiga. Ya me he bebido mi cuota de alcohol por esta noche, que son dos copas.

—Lo que tú digas, princesa.

Menea la pajita en el vaso.

—Esta noche trato de cuidar de mi compañera.

—¿Y si te digo que parecías sentirte muy sola?

Ladea la cabeza y entrecierra los ojos. Veo cómo los engranajes en su mente giran sin parar mientras me analiza.

—¿Y por qué me iba a sentir sola?

—Mira, cortemos el rollo.

Asiente con una sonrisa engreída.

—Me parece bien.

—Eres una tía atractiva que está sola en un bar hasta las cejas de gente y que no deja de mirar la pantalla de su móvil porque preferiría estar en otro lugar. Y, sea el sitio que sea, otra persona se lo estará pasando bien sin ti. Por mucho que estés aquí sentada y lleves el aburrimiento por bandera, o por lealtad, estar amargada no demuestra lo buena persona que eres. Así que, sí, creo que te sientes sola. Que estás tan desesperada por pasártelo bien que, en el fondo, te alegras de que me haya acercado. En lo más hondo y profundo de tu cerebro quieres que te dé una razón para portarte mal.

Mackenzie no responde. En el crepitar de la energía que se está formando en el pequeño espacio entre nosotros, veo la indecisión tras sus ojos. Considera lo que acabo de decirle a la vez que menea la pajita en su vaso de agua con hielo.

Si me dice que me marche, se acabó. La he desafiado, y cualquier otra cosa que no sea mandarme a paseo es admitir que tengo, al menos, un poquito de razón. Pero si no se deshace de mí, entonces su futuro estará completamente abierto. Sin reglas. Y eso es terreno peligroso para alguien que nace con la vida hecha y resuelta. Ser rico implica no tener que pensar por ti mismo.

Si elige seguirme, lo que pase a partir de ahora será menos predecible.

—Vale —dice, por fin—. Acepto esa apuesta. —Veo que todavía duda de mis intenciones, pero está intrigada—. Pero si crees que vas a llevarme a la cama, será mejor que me pagues ya.

—Claro. No vaya a ser que te tiente con pasar un buen rato.

Ella pone los ojos en blanco, aunque fracasa rotundamente en ocultar una sonrisa.

—Yo solo digo que desde allí casi podía palpar lo aburrida que está siendo la noche para ti —digo, y asiento hacia la mesa donde Alana y los demás fingen fatal no estar observándonos—. Sinceramente, esto es por el bien de todos. Si tu actitud no mejora, tendremos que pedirte que te vayas antes de que se le pegue a alguien más.

—Anda —exclama, y finge que se pone seria—, si se trata de una emergencia médica, entonces, por favor, adelante.

Al menos se puede conversar con ella. Me temía que fuera otra pija remilgada incapaz de hilar dos pensamientos coherentes si no eran sobre ropa o pintaúñas. Había supuesto que, al aceptar el plan, tendría que lidiar con la típica clon y su maliciosa actitud de superioridad, pero esta chica parece bastante normal, sin nada de toda esa pretensión pomposa.

—¿Y qué te ha arrastrado a salir esta noche, entonces? —le pregunto. Cuanto más hable de sí misma, más caerán sus muros. Tendrá la sensación de estar al mando de la situación.

—Mi compañera de habitación está en busca y captura de unos gemelos —me informa.

Anda, ¿no me digas?

—¿Por diversión o por algo más?

—Un poquito de ambos. —Recorre la estancia con la mirada, supongo que para buscar a su elusiva amiga entre la multitud—. Siente debilidad por los chicos socialmente improductivos cuyo único rasgo de personalidad es la cara, y se le ha metido en la cabeza que con unos gemelos las posibilidades de pillar cacho son mayores. Sinceramente, creo que no merece la pena sufrir un brote de herpes por publicar una foto en Instagram la mañana siguiente, pero ¿qué sabré yo?

Me resulta muy difícil mantenerme serio. La situación es demasiado perfecta. Casi me siento mal por tomarle el pelo, pero bueno, ella es la que ha sugerido que tengo herpes, así que tampoco me siento tan mal.

—¿Y tú conoces a esos gemelos? —Imbuyo un tono de inocencia a mis palabras.

—No, pero si son tan famosos como para que su reputación haya llegado hasta una estudiante de primer año en su primera semana de clase, entonces sus conquistas deben de ser numerosas y abundantes. —Frunce el rostro con asco. Si la situación no fuera tan graciosa, hasta me sentiría ofendido—. Cualquiera con esa fama tendrá todo tipo de enfermedades venéreas.

—Claro, claro —digo, solemne—. ¿Y sabes cómo se llaman esos gemelos infestados?

—Se apellidan Hartley. Son de aquí. —Entonces se le ilumina el rostro—. Tú no los conocerás, ¿verdad? Bonnie estaría encantadísima de poder tirar de un hilo en su periplo, pero si son amigos tuyos, o algo...

Apenas soy capaz de aguantar la expectación.

—Qué va, olvídate de esos dos. —Contengo una sonrisa—. Son unos auténticos capullos.

—¡Mac! Necesito otra copa y luego podemos... Oh. —Una rubia bajita se acerca y se para en seco mientras me fulmina el cráneo con la mirada. Se pone roja antes de desviar la mirada hacia Mackenzie.

Tras unos cuantos e intensos segundos de acrobacias mentales entre las dos chicas, Mackenzie me agarra la muñeca y me arremanga un brazo para dejar los tatuajes a la vista.

—Oh, venga ya. —Me atraviesa con la mirada—. No. No es justo. —Se recuesta en la silla y se cruza de brazos, desafiante—. ¿Sabías que estaba hablando de ti y me has dejado seguir?

—Nunca le digo que no a un poquito de diversión —replico, y por fin esbozo la sonrisa que llevo reprimiendo un rato.

Su compañera se sienta en otro taburete junto a ella sin perder detalle. De repente, se me ocurre que la amiga podría ser un problema. O la chica me fastidia el plan al echárseme encima y asustar a Mackenzie antes de que siquiera haya tenido una oportunidad, o se convierte en mi as en la manga. Debo ganarme la confianza de la compañera para que todo vaya sobre ruedas. Por suerte, tengo otro yo de repuesto con el que distraerla.

—Me has engañado —protesta Mackenzie, rotunda—: Has intentado colármela. Eso no vale. De hecho, ahora nuestra conversación ya no cuenta. No nos hemos conocido. No te conozco.

—Vaya. —Me echo hacia atrás y contengo la risa—. Me has dado mucho en lo que pensar. Necesitaré otra copa para poder asimilarlo todo. ¿Otra ronda? —Esta vez dirijo la pregunta a su compañera, cuya mirada de asombro no ha cambiado.

—Sí, por favor —replica. Cuando parece que Mackenzie va a objetar, la amiga le lanza una miradita—. Gracias.

Me encamino hacia la barra y hago contacto visual con Alana, que se levanta de la mesa de nuestros amigos para seguirme. Da un rodeo para pasar despacio junto a Mackenzie y su compañera mientras pido tres cervezas.

—Parece que ha ido bien —comenta Alana cuando por fin llega a mi lado. El grupo de ahora termina y hay un breve parón mientras la próxima banda se prepara.

—No está mal —respondo, y me encojo de hombros—. Es algo contestona, pero eso nunca me ha detenido, ¿verdad?

—Sí, bueno, tú no te encariñes. —Alana pide un chupito para ella.

—Acabo de conocerla. Relájate. —Además, eso nunca me ha supuesto un problema. Con la infancia que he tenido, hace tiempo que aprendí que todo es temporal. No tiene sentido dar demasiado de mí mismo. Es más fácil así. Menos problemático y traumático para todos.

—Las he oído hablar. —Alana apura el chupito y arruga el rostro ante el ardor de la bebida—. La rubia estaba en plan «Todo tuyo si lo quieres», pero nuestra chica le ha respondido «Qué va. Tienes vía libre». Así que… —Se da la vuelta para apoyar la espalda contra la barra y observar la mesa de las chicas—. Aún te queda mucho trabajo por hacer.

—Es una larga historia, pero es posible que tenga que sacar el comodín de Evan para quitarme a la rubia de encima.

—Uf, menudo suplicio para él —replica Alana con los ojos en blanco.

La compañera está buena, sí, pero no es mi tipo. Además, la doblo en tamaño y odio tener que agacharme para besar a una chica.

El barman trae nuestras bebidas y regreso con las chicas mientras Alana grita algo así como «a por ellas, tigre» a mi espalda. He subestimado lo asqueroso que sería transformar mi vida sexual en un espectáculo.

Al llegar, dejo las bebidas en la mesa y me siento. Cuando Mackenzie aparta el agua a un lado y acepta la cerveza, sé que se apunta al reto. Si hubiera querido quitarse de en medio, lo habría hecho antes de que volviera.

—Cooper Hartley. —Le ofrezco la mano a la compañera, que me come con los ojos sin disimulo.

Me estrecha la mano durante un buen rato.

—Bonnie May Beauchamp. —Se presenta con un marcado acento sureño —. Tu hermano no estará por aquí, ¿no?

—No, es posible que se esté metiendo en líos por alguna parte. —En realidad, estará desplumando a los ricachones en el billar de abajo. Es casi su segundo trabajo—. No puedo sacarlo a ningún sitio.

—Jo, qué pena. —Bonnie pone un puchero juguetón.

Está claro que esta tal Bonnie es una bomba de relojería. La energía sexual que emite, prometedora de toda clase de travesuras, es casi palpable desde aquí.

—Esperábamos que quisieras tomarte la última en el *after-party*, ¿verdad, Mac? En algún sitio más... íntimo.

Mackenzie le lanza una mirada vacilante a su compañera. Yo contengo una sonrisa. Ahora, si se niega, le fastidiará la noche a su amiga. «Qué dilema, ¿eh, Mac?». Esta chica y yo nos estamos haciendo amigos muy deprisa. Va a ser más fácil de lo que me esperaba.

—¿Más íntimo, dices? —repito.

Mackenzie vuelve a mirarme y se percata de que nunca ha tenido posibilidades de ganar nuestra pequeña apuesta. Me sentiría mal si no me importara una mierda. La chica está buena, y no es un absoluto horror, pero no he olvidado por qué estoy aquí. Ella solo es el medio para llegar a un fin.

—Conozco un sitio. —Es demasiado pronto como para invitarlas a mi casa. Sería demasiado directo, y sé que no es la mejor estrategia para ella. Necesita que me acerque poco a poco. Que haya sintonía entre nosotros. Que seamos amigos. Yo sé ser paciente cuando toca; dejar que sea ella la que venga a mí. La misión es que Kincaid y ella rompan. Y, para conseguirlo, tiene que estar completamente segura de querer hacerlo.

—No suena muy alentador, que digamos —dice Mackenzie, un poco más brusca.

—Le voy a mandar un mensaje a mi hermano, a ver si le interesa meterse en líos con nosotros en vez de hacer lo que sea que esté haciendo, ¿vale?

—Yo me apunto. —Bonnie mira a Mackenzie con cara de «Papi, ¿puedo tener un poni?».

—No sé... —Indecisa, consulta el móvil—. Es casi la una de la mañana. Mi novio estará esperando a que lo llame.

—Sobrevivirá —insiste Bonnie. Su tono de súplica se vuelve más urgente—. ¿Porfi?

—Venga, princesa. Vive un poquito.

Mackenzie batalla contra su buen juicio y, por un segundo, empiezo a dudar. Tal vez la haya juzgado mal y no sea una ricachona aburrida con necesidad de desmelenarse. Tal vez sea perfectamente capaz de levantarse e irse sin echar la vista atrás.

—Vale —accede—. Una hora como mucho.

Qué va, todavía estoy en mis plenas facultades.

CAPÍTULO SEIS

MACKENZIE

No sé muy bien cómo hemos llegado aquí. Estoy con Bonnie, Cooper y su gemelo, Evan, sentada frente a una hoguera en la playa. Las olas y la marea ahogan el ruido del paseo marítimo. Las chispitas y las brasas flotan y destellan en el cálido aire marino. Las luces de detrás de las dunas titilan y se reflejan en el agua.

Es evidente que he perdido la cabeza. Es como si alguien se hubiera hecho con el control de mi cerebro cuando he aceptado que un desconocido nos trajera a este sitio oscuro. Y ahora, mientras el tema se pone candente entre Bonnie y su chico malo, me siento cada vez más incómoda. Es culpa de Cooper, que está sentado al otro lado de las llamas.

—Me estás vacilando —acusa Bonnie a Evan. Está sentada a mi lado, con las piernas cruzadas, y se ríe, aunque no se lo termina de creer.

—No es broma. —Evan levanta las manos en un gesto inocente—. Coop estaba sentado con una puñetera cabra en la parte de atrás de un coche patrulla y, como estaba asustada, empezó a revolverse. Le dio una coz en la frente y Coop empezó sangrar por todos lados. Trató de calmar a la cabra, pero todo estaba resbaladizo y manchado de sangre. Pringó a la cabra, las ventanas y hasta a sí mismo. Y, mientras tanto, yo conducía el coche de policía robado con las sirenas a tope, las luces encendidas y demás.

Me río por la forma en que Evan describe semejante locura, gestos incluidos. Parece más bromista que Cooper, que da la sensación de ser más intenso. Tienen la misma cara, pero no cuesta distinguirlos. Evan lleva el pelo oscuro y corto, y no tiene tatuajes en los brazos.

—Y los oímos en la radio —interviene Cooper; tiene un rostro demasiado atractivo sobre el que juguetean las luces y las sombras que salen de la hoguera—. Van y dicen que unos niñatos han robado una cabra y un coche. Que se establezca un perímetro y que se bloquee el puente. Así que pensamos: «Mierda, ¿a dónde llevamos a esta cosa?».

Soy incapaz de apartar la vista de sus labios. De sus manos. De esos enormes brazos fibrosos. Mientras él gesticula, yo trato de seguir con la mirada el contorno de los tatuajes. Es una tortura psicológica. Como si estuviera atada a una silla, obligada a mantener los ojos abiertos, y me quisieran volver loca con imágenes de sus ojos oscuros y su sonrisa torcida. Y, a pesar de que Evan posee la misma cara, literalmente, por alguna razón no me llama nada la atención. Solo me pasa con Cooper.

—Con trece años iniciamos una persecución por el pueblo —prosigue Evan—, y todo porque Steph vio una cabra atada en el jardín de alguien y saltó la valla para soltarla justo cuando el dueño salía con una escopeta. Y Coop y yo pensamos: «Joder, tío, le van a pegar un tiro por una puñetera cabra».

—Total, que también saltamos la valla y rompimos la cerradura con un martillo...

—¿No me digas que, por casualidad, llevabais uno encima?

Mi propia voz me suena rara. Estoy casi sin aliento de lo rápido que me late el corazón, y eso que estoy sentada. Y quieta. Embelesada.

—Sí. —Me mira como si fuera una pregunta estúpida—. Son cerraduras de las baratas. Con un buen par de golpes se hacen pedazos. Así que Evan agarró a la cabra y empezamos a esquivar perdigones, porque el dueño estaba como una cuba y tenía una puntería horrible.

—¿Y de dónde salió el coche de policía? —indaga Bonnie.

—Estábamos huyendo con esa cosa atada a una correa cuando de repente un agente nos acorraló, ¿te acuerdas? —Evan se anima y hace un gesto con el botellín de cerveza que ha traído a la playa—. Sacó una pistola eléctrica, pero éramos tres y una cabra, así que no sabía a quién apuntar. Dejó la puerta abierta y yo me dije: «A la mierda», y me metí en el coche.

—Nos montamos Evan y yo —prosigue Cooper—. Steph echó a correr para distraer al poli. En fin, que la cabra me dio una paliza y yo empecé a marearme. Estaba a punto de desmayarme cuando Evan exclama: «Hermano, tenemos que dejar el coche y echar a correr».

—Entonces, ¿qué le pasó a la cabra? —pregunto, interesada de veras por lo que le ocurrió al pobre animal y, a la vez, paranoica por si se dan cuenta de lo distraída que estoy. Y lo mucho que me he quedado observándolo.

—Evan paró en un camino de tierra que cruza la reserva natural y de alguna manera consiguió sacar esa cosa de la parte de atrás y llevársela al bosque. Me dejó desmayado en el suelo, junto al coche, y cuando los agentes llegaron y me vieron inconsciente y cubierto de sangre (parecía que estuviera muerto), se pusieron como locos. Me metieron en una ambulancia y desperté en el hospital. Con todo el caos, me escapé y me reuní con Evan en casa como si nada hubiera pasado.

—¿No os pillaron? —Bonnie se echa a reír a carcajadas.

—Qué va —responde Evan—. No nos pasó nada de nada.

—Entonces, ¿dejaste a la cabra sola en el bosque? —Los miro tan divertida como horrorizada.

—¿Qué narices íbamos a hacer con ella, si no? —balbucea Cooper.

—¡Cualquier cosa menos eso! Ay, madre, la pobre cabra. Voy a tener pesadillas sobre ese pobre animal llorando solo en el bosque oscuro. Perseguido por linces o alguna otra cosa.

—¿Ves? —Evan le da un golpe en el brazo a su hermano—. Por eso no debemos dejar que las chicas nos convenzan de hacer buenas obras; nunca están satisfechas.

Aunque no quiera, me echo a reír.

Imaginarme a esos dos conduciendo por el pueblo a toda velocidad, casi sin llegar al volante, y con una cabra asustada dando coces y revolviéndose, es demasiado gracioso.

Contamos batallitas durante un rato más. De una vez que Bonnie y su equipo de animadoras del instituto transformaron las escaleras de un hotel en un tobogán cuando estaban de competición en Florida. O cuando una amiga y yo conocimos a unos chicos que estaban de acampada con su familia y casi quemamos el campamento con fuegos artificiales.

Y, por fin, llega el momento. Ese que Bonnie lleva esperando toda la noche.

Evan agarra la manta que ha sacado antes del coche y le pregunta si quiere ir a dar un paseo. Se han hecho ojitos desde que hemos llegado. Antes de marcharse, me mira para asegurarse de que no me importa quedarme sola, y yo asiento.

Porque, por mucho miedo que me dé quedarme a solas con Cooper, es precisamente lo que quiero.

—Bueno, pues mi labor ha terminado —le digo, y trato de hacer como si nada.

Él mueve los troncos de la hoguera con un palo.

—No te preocupes, estará a salvo con él. Habla como un delincuente, pero no es mal tío.

—No estoy preocupada. —Me levanto y me siento en la arena, al lado de Cooper, donde estaba Evan antes. No debería, pero soy masoquista. Y no sé si es él o el aroma embriagador de la madera quemada, pero me siento borracha, y eso que solo me he bebido una cerveza—. Lo cierto es que ni él ni tú sois como esperaba. Me refiero a para bien.

Ups. Me doy cuenta de que eso ha sonado como si tonteara, y me sonrojo. Espero que no lo interprete como interés.

—Ya —responde al tiempo que sacude la cabeza—. Todavía estoy esperando a que te disculpes por lo del herpes.

—Tengo derecho a un abogado. —Reprimo una sonrisa arrogante y lo miro por el rabillo del ojo.

—¿Así es como va a ir el tema? —Me desafía con una ceja enarcada.

Yo me encojo de hombros.

—No sé a qué te refieres.

—Ya veo, ya. Pues recuerda, Mac. Has tenido la oportunidad de hacer las cosas bien.

—Uhhh —lo provoco—. ¿Entonces me declaras la guerra? ¿Seremos enemigos acérrimos?

—Yo no empiezo nada, yo zanjo las cosas. —Pone cara de chulo en plan juguetón, y me lanza un poco de arena con los pies.

—Uy, sí, qué maduro.

—Hablemos de la apuesta, princesa.

Y con eso, lo miro. Al oír ese apodo burlón, pestañeo y me doy cuenta de una verdad incontestable.

Cooper está bueno.

Muy bueno.

Y no me refiero solo a su cara, marcada y angular; o a sus ojos oscuros y profundos. Sino a que desprende un aura de «me importa una mierda todo» que sacude mi lado más vulnerable. Bajo la luz de la hoguera, parece siniestro. Como un cuchillo cuya hoja refleja la luz y, a su vez, irradia un magnetismo innegable.

No recuerdo la última vez que me sentí tan atraída por un chico. Si es que alguna vez lo he estado.

No me gusta esto. No solo porque tengo novio, sino porque tengo el pulso descontrolado, las mejillas sonrosadas y odio sentir que no soy dueña de mi cuerpo.

—No hemos apostado nada todavía —musita.

—¿Qué quieres?

Es lo justo, soy una chica de palabra.

—¿Nos liamos?

Hago como si nada, pero el corazón me late como loco.

—¿Qué otra cosa quieres?

—A ver, no creía que una mamada fuera posible, pero si quieres negociar...

Por mucho que no quiera, sonrío.

—Qué cara tienes.

No sé cómo, pero consigue disipar la tensión y la vergüenza del momento hasta que dejo de darle vueltas a cada cosa que digo o hago.

—Vale, mira que eres dura; ya bajo yo al pilón primero —dice mientras curva los labios en una sonrisa *sexy*.

—Me da que hemos llegado a un punto muerto.

—¿En serio? —Me contempla con ojos penetrantes. Es imposible no darse cuenta de que está desnudándome con la mirada—. Vale, pero esta me la guardo. Me debes una.

A ciertas alturas de la noche, siento que el móvil me vibra en el bolsillo. Para entonces, Cooper y yo estamos inmersos en un debate sobre la implicación socioeconómica de los dulces. Miro el teléfono para cerciorarme de que no es Bonnie pidiéndome ayuda y veo qué es Preston, que me avisa de que acaba de llegar a casa después de su partida de póker.

—Ni de broma —rebate Cooper—. Los dulces son comida de ricos. No verás a nadie que cobre el salario mínimo entrando a una pastelería para comprar una puñetera caja de cruasanes. Elegimos dónuts, tartaletas frías y, tal vez, alguna galleta de lata o algo, pero nunca esas chorradas de bizcochitos.

—Un dónut es un dulce, y una tienda de dónuts es una pastelería.

—Y una mierda. Hay cinco pastelerías en este pueblo y tres de ellas solo abren en verano. ¿Qué te sugiere eso?

—Que la población aumenta durante la temporada turística y las tiendas abren para suplir el aumento de demanda. La demografía no tiene nada que ver.

Él resopla y tira un palo al fuego.

—Y una mierda.

Aunque parece que estemos discutiendo, la comisura levemente curvada de su boca me indica que estamos bien. Debatir es prácticamente una afición en mi casa, así que soy bastante buena. No estoy segura de dónde ha aprendido Cooper a contradecir tan bien, pero lo cierto es que me sigue el ritmo. Y a ninguno nos gusta admitir la derrota.

—Para ser una clon, no eres tan molesta como los demás —me dice al cabo de un rato.

Bonnie y Evan todavía no han vuelto. Ahora, el paseo marítimo detrás de nosotros está casi desierto, y no me siento cansada. Todo lo contrario, me noto hasta más enérgica.

—¿Clon? —repito con ironía. Eso es nuevo.

—Es como os llamamos a los ricachones. Porque todos sois iguales. —Sus ojos relucen pensativos bajo la luz de la luna—. Aunque tal vez tú no seas como el resto.

—No sé si eso es un halago insultante o un insulto halagador. —Ahora me toca a mí tirarle arena encima.

—A ver, me refiero a que no esperaba que fueras así. Guay. Real. —No aparta los ojos de mí, y deja las bromas y la pretensión a un lado. Solo percibo su sinceridad. Al verdadero Cooper—. No eres como esos capullos estirados que se lo tienen tan creído que incluso pretenden que se lo crean los demás.

Hay algo en su voz que me dice que va más allá de una queja superficial contra los turistas jóvenes y los ricachones pijos. Es como si le doliera de verdad.

Le doy un codazo para aligerar el ambiente.

—Lo entiendo. He crecido con ellos. Pensarás que una se acostumbra, pero no. Aunque no todos son malos.

—¿Y ese novio tuyo? ¿Qué me dices de él?

—De hecho, Preston es de aquí —le aclaro—. Su familia vive en la costa. Evidentemente, va a Garnet. Estudia ADE.

—No me digas —repone Cooper con sarcasmo.

—No es un mal chico. Creo que nunca ha jugado al *squash* —bromeo, pero es en vano—. Es un buen tipo, de los que nunca hablan mal a los camareros.

Cooper suelta una risita.

—¿No crees que es muy revelador que me digas que se porta bien con el servicio?

Suspiro. Supongo que no sé cómo hablarle de mi novio a un chico al que acabo de conocer. Sobre todo, debido a lo hostil que se muestra con la forma en que nos hemos criado cada uno.

—¿Sabes? Puede que te sorprenda, pero, si le dieras una oportunidad, tal vez os llevaríais bien. No todos somos unos capullos —rebato.

—Qué va, paso. —Se le vuelve a iluminar la cara, así que me lo tomo como algo bueno—. Estoy bastante seguro de que eres la única excepción que he conocido, y he vivido toda la vida en Avalon Bay.

—Entonces me alegro de haber demostrado que mi gente tiene cosas positivas.

Sonríe y se encoge de hombros.

—Ya veremos.

—¿Sí? Eso suena sospechosamente a una invitación. Pero a ti nunca te pillarían haciéndote amigo de —suelto un grito ahogado para darle mayor dramatismo— una clon, ¿verdad?

—Ni muerto. Considéralo un experimento. Serás mi cobaya.

—¿Y qué hipótesis vamos a demostrar?

—Si es posible desprogramar a un clon y convertirlo en una persona real.

Soy incapaz de contener la risa. Algo que me ha sucedido durante toda la noche. Puede que Cooper parezca un chico malo y taciturno, pero es más divertido de lo que pensaba.

—¿Vamos a hacerlo en serio? —pregunto.

Se relame el labio inferior de forma indecente.

—¿Sexo oral? Venga, va.

Y más risas.

—¡Me refiero a lo de ser amigos! ¡Te pregunto si vamos a ser amigos! Joder, Hartley, estás obsesionado con el sexo oral, no sé si te lo habían dicho.

—Primero, ¿te has mirado en el espejo? Joder... —Y hace una pausa para mirarme—. ¿Cómo te apellidas?

—Cabot —respondo.

—Madre mía, Cabot —prosigue—. ¿Cómo no voy a pensar en sexo oral cuando tengo sentada al lado a la tía más cañón del planeta?

Las mejillas se me tiñen de rojo. Mierda. Su sinceridad me parece muy *sexy*.

Trago saliva y obligo a mi cuerpo a no responder al halago y a las groserías que ha dicho. «Tienes novio, Mackenzie». Se lo deletreo a mi cerebro. N-O-V-I-O.

¿Es malo que me lo haya tenido que recordar muchas veces a lo largo de la noche?

—Segundo —añade Cooper—. ¿Seguro que no nos vamos a liar?

—Seguro.

Pone los ojos en blanco.

—De acuerdo. Pues tercero... sí, supongo que entonces tendremos que contentarnos con ser amigos.

—Qué amable por tu parte.

—¿Verdad?

—Madre mía, ya me estoy arrepintiendo. Creo que vas a ser de esos típicos amigos comodones.

—Y una porra —rebate—. Voy a ser el mejor amigo que hayas tenido en tu vida. Siempre supero las expectativas que la gente tiene de mí. Oye, que he liberado cabras por mis amigos. ¿A que tú no?

Suelto una risita.

—¿Cabras en plural? ¿No fue solo una?

—Sí, sí, pero una vez robé un pez de colores para mi amiga Alana.

—Genial, voy a ser amiga de un ladrón. —Le hinco el dedo en el costado—. Necesito que me cuentes la historia del pez, porfa.

Me guiña el ojo.

—Es una historia muy buena.

Hablamos en torno al fuego menguante durante tantísimo tiempo que no me percato de que la oscuridad de la noche da paso al amanecer gris hasta que Evan y Bonnie regresan con nosotros, bastante satisfechos consigo mismos. Me doy cuenta entonces de que tengo una docena de mensajes de Preston en los que me pregunta dónde leches estoy. Uy.

—Guarda mi número —me dice Cooper con voz ronca— y escríbeme cuando llegues al campus para que sepa que estás bien.

A pesar de las sirenas de alarma que resuenan en mi cabeza, lo guardo.

«No es para tanto», trato de calmar a esa parte de mí que se opone. Le mandaré un mensaje cuando llegue a casa y después borraré el número. Porque por muy divertido que haya sido bromear sobre nuestra amistad latente, sé que no es una buena idea. Si algo he aprendido de las comedias románticas es que no debería hacerme amiga de alguien que me atrae. La atracción en sí es inofensiva. Somos seres humanos y vivimos durante muchos años. Es normal sentir atracción sexual por alguien distinto a nuestra pareja. Pero quien se coloca deliberadamente en el camino de la tentación es porque quiere.

Así que, para cuando Bonnie y yo bajamos de un Uber y llegamos a nuestra habitación, estoy preparada para borrar el número de Cooper Hartley de mi móvil. Le escribo un simple «He llegado bien» y, a continuación, voy a su contacto y acerco el dedo a la palabra «Borrar».

Antes de poder darle, recibo una respuesta.

Cooper: Me lo he pasado bien. ¿Repetimos?

Me muerdo el labio y miro la invitación. El recuerdo de esos ojos oscuros y relucientes contra la luz de las llamas, esos hombros anchos y los brazos fibrosos me acelera el pulso y hace que me hormiguee la entrepierna.

«Borra el número», me ordena una voz severa.

Regreso a la conversación. Tal vez, emprender una amistad con este chico sea muy mala idea, pero no puedo evitarlo. Claudico.

Yo: Yo llevo los dónuts.

CAPÍTULO SIETE

MACKENZIE

Solo han pasado dos semanas del semestre y ya quiero que acabe. No se me haría tan pesado si pudiera matricularme en clases de gestión y finanzas. *Marketing* y Leyes de Comunicación Masiva. Hasta de programación web básica. En cambio, aquí estoy, atrapada en una clase mientras vemos ilustraciones de algún hombre-mono prehistórico, peludo y desnudo que, francamente, varía poco de la generación actual sentada tres filas por delante.

Las asignaturas troncales de primero son de risa. Incluso Psicología o Sociología me servirían para mi trabajo, pero las plazas ya estaban llenas. Así que no me quedó más remedio que matricularme en Antropología, que, en lo que lleva de clase hoy, ha consistido en diez minutos de diapositivas de protohumanos morenos y cuarenta de discusión sobre la evolución. Nada de eso inflará mi cuenta bancaria. Mis padres me han obligado a asistir a la universidad, pero ojalá pudiera ser productiva mientras tanto. Optimizar *AscoDeNovio* y su homólogo, fijar palabras clave o incluso mirar las estadísticas de los anuncios. En cambio, aquí estoy, tomando apuntes porque nuestro profesor es de esos cabrones que dicen que «el 10 es la perfección, por lo que nadie lo conseguirá en esta asignatura». Y ya que me obligan a soportar esta auténtica pérdida de tiempo, no pienso acabar el semestre con un 5 o un 6 de media.

Cuando pongo un pie bajo la abrasadora luz del sol, me doy cuenta de que no siento los dedos de las manos. El aula estaba helada. Me dirijo hacia el sindicato de estudiantes para tomar un café y me siento en un banco de cemento ardiente bajo una magnolia para descongelarme. He quedado con Preston en media hora, así que tengo tiempo de sobra.

Doy un sorbo al café y leo unos cuantos correos del trabajo para obligarme a no obsesionarme con que aún no sé nada de Cooper. Y digo aún porque me ha escrito todos los días desde el sábado por la noche. Así que sé que hoy también lo hará; la cuestión es cuándo. La primera vez que me envió un mensaje, dudé en abrirlo, por si era una foto de su pene. ¿O tal vez esperaba que lo fuera? Nunca me han gustado esas fotos, pero...

«¡Pero nada!», grita una voz mordaz en mi cabeza.

Ya. No hay ningún «pero». No quiero ver el pene de Cooper Hartley, y punto. Se acabó. Es decir, ¿por qué iba a querer ver el pene del chico malo, tatuado y buenorro con el que me quedé toda una noche hablando? Menuda ridiculez.

Vaya, si se me ha quitado el frío. Ahora estoy acalorada.

Necesito una distracción YA.

Cuando el número de mi madre aparece en la pantalla, me planteo ignorar la llamada, porque no es la clase de distracción que busco, pero el pasado me ha enseñado que ignorarla solo la anima a escribirme constantemente para que le responda. Sería capaz de llamar al FBI e insistir en que me han secuestrado y le han pedido un rescate.

—Hola, mamá —respondo con la esperanza de que no oiga mi falta de entusiasmo.

—Mackenzie, cariño, hola.

Hay una larga pausa durante la cual no sé si es que se ha distraído o está esperando a que yo diga algo.

«Tú eres la que me ha llamado, mamá».

—¿Qué pasa? —le pregunto para dar pie a la conversación.

—Quería ver cómo estabas. Prometiste llamarme cuando te asentaras, pero no he sabido nada de ti.

Uf. Siempre me hace lo mismo. Le da la vuelta a todo para hacerme sentir culpable.

—Llamé a casa el fin de semana pasado, pero Stacey me dijo que habíais salido, o que estabais ocupados, o algo.

Me paso más tiempo al teléfono con la asistente personal de mi madre que con cualquier miembro de la familia.

—Sí, bueno, tengo mucho trabajo ahora mismo. La sociedad histórica va a patrocinar una nueva exposición en el parlamento y ya estamos planificando la gala benéfica de otoño para el hospital infantil. Aun así, la perseverancia lo es todo, Mackenzie. Ya lo sabes. Tendrías que haber llamado otra vez.

Claro que sí. Mi madre cuenta con empleados propios y, aun así, no tiene tiempo de devolverle la llamada a su única hija, pero, por supuesto, todo es culpa mía. En fin. Es algo con lo que he aprendido a vivir a lo largo de los años. Annabeth Cabot nunca se equivoca. Yo he heredado ese rasgo, al menos en lo referente a las discusiones estúpidas sobre dónuts y similares. Esas siempre las gano. Pero, a diferencia de mi madre, yo soy plenamente capaz de admitir cuándo he cometido un error.

—¿Qué tal la universidad? —me pregunta—. ¿Te gustan los profesores? ¿Te resultan complicadas las clases?

—La uni va genial. —«Mentira»—. Mis profesores son encantadores y el contenido del curso es interesante, por ahora. —«Mentira. Mentira»—. Me encanta. —«Mentira».

Pero no ganaría nada si le cuento la verdad. Que es que la mitad de los profesores imparten clase a los estudiantes de primero de mala gana y la otra mitad solo aparece para darles a sus ayudantes unos USB llenos de presentaciones de Power-Point. Que aprovecharía mejor el tiempo en otro lugar, sobre todo en mi próspero negocio. Pero ella no quiere oír eso.

Lo cierto es que a mis padres nunca les ha interesado lo que tengo que decir a menos que sea algo que ellos mismos hayan redactado y me estén obligando a leer. En el caso de papá, el guion de hija lo reserva típicamente para los eventos públicos y siempre va acompañado de sonrisas falsas y radiantes dirigidas a sus votantes.

—Quiero que te apliques, Mackenzie. Una dama debe ser sofisticada y bien educada.

«Para guardar las apariencias». No le ha hecho falta ni decirlo. No por razones prácticas, sino para que la dama en cuestión pueda mantener conversaciones interesantes durante los cócteles.

—Y también procura pasártelo bien. La universidad es una época importante en la vida de una mujercita. Allí conocerás a gente que formará parte de tu red de contactos durante los próximos años. Es importante que entables esas relaciones ahora.

En lo que respecta a mi madre, se supone que he de seguir sus mismos pasos. Debo convertirme en una perfecta ama de casa que se pase los días en las juntas directivas de ciertas organizaciones benéficas y que organice fiestas para apoyar la carrera profesional de su marido. Ya he dejado de discutir sobre el tema con ella, pero esa no es la vida que deseo. Con suerte, seguiré otro camino y ya será demasiado tarde para que me detengan.

Por ahora, les seguiré el juego.

—Lo sé, mamá.

—¿Y qué tal tu compañera de habitación? ¿Cómo se llama?

—Bonnie. Es de Georgia.

—¿Cuál es su apellido? ¿A qué se dedica su familia?

Porque eso es a lo que siempre se reduce todo. Si son alguien.

—Beauchamp. Son los dueños de varios concesionarios.

—Ah. —Otra pausa larga y cargada de decepción—. Supongo que les irá bien.

Con eso quiere decir que, si pueden permitirse pagarle la misma residencia que a mí, entonces no deben de ser unos pobretones.

Contengo un suspiro.

—Tengo que colgar, mamá. Mi clase empieza en unos minutos —le miento.

—Vale. Hablamos pronto, cariño.

Cuelgo y suelto el aire que había estado conteniendo. A veces, mi madre se pone demasiado pesada. Se ha creado expectativas toda la vida y las proyecta en mí. Sí, nos parecemos en algunas cosas: el físico, la tendencia a ser impacientes y la ética del trabajo que demuestra con las organizaciones benéficas y que yo aplico al negocio y a los estudios. Pero, por muy parecidas que seamos, seguimos siendo dos personas con prioridades totalmente diferentes. Y eso de no poder moldearme a su imagen y semejanza es un concepto que aún no ha terminado de entender.

—Hola, preciosa. —Preston aparece con una sonrisa y aspecto de haberse recuperado por completo de las heridas que se hizo jugando al baloncesto, y trae un pequeño ramo de bocas de dragón rosas que sospecho que habrán desaparecido de algún parterre del campus.

—Estás de buen humor —bromeo mientras me levanta del banco y tira de mí hacia él.

Preston me besa y me envuelve entre sus brazos.

—Me gusta poder verte ahora que estás aquí.

Sus labios viajan hacia mi cuello, donde me planta un besito antes de mordisquearme el lóbulo de la oreja de forma juguetona.

Trato de no arquear una ceja, porque normalmente rehuye todo tipo de muestras de afecto en público. La mayor parte del tiempo tengo suerte si consigo que caminemos de la mano. Aunque tampoco es que haya sido un novio de excesivo contacto físico; es algo que he terminado aceptando de él. En todo caso, la falta de muestras de afecto en público solo son un añadido, sobre todo cuando estamos delante de nuestras familias. De pequeña, me di cuenta de que ocultar las emociones y reprimir la vena rebelde que a veces me da son herramientas necesarias para sobrevivir en nuestro mundo.

—¿Preparada? —me pregunta.

—Claro.

Hace un día precioso, si acaso con un poco de calor, y Pres me guía por el campus. Nuestra primera parada, por supuesto, es Kincaid Hall, que alberga la facultad de ADE. Durante generaciones, la familia de Preston ha formado parte de una tradición académica en Garnet.

Pres entrelaza los dedos con los míos y nos guía de nuevo al exterior. Mientras recorremos un camino flanqueado por árboles hacia la facultad de arte, admiro el paisaje que nos rodea. El campus es verdaderamente precioso. Con edificios de ladrillo rojo, una gran torre con un reloj sobre la biblioteca, extensas zonas de césped y robles gigantescos y majestuosos. Puede que la vida universitaria no me entusiasme demasiado, pero, al menos, el sitio es bonito.

—¿Qué te parece la uni por ahora?

Con Preston puedo ser sincera, así que suspiro.

—Es aburridísima.

Se ríe por lo bajo.

—Yo estaba igual en primero, ¿te acuerdas? Los dos primeros cursos, antes de poder escoger asignaturas de más nivel, son soporíferos.

—Al menos tú tienes un objetivo. —Pasamos junto al departamento de teatro, donde los estudiantes pintan lo que parece ser el decorado de una calle antigua en el aparcamiento—. Necesitas tener ciertos estudios para trabajar para el banco de tu padre. Allí tienen expectativas y requisitos. Pero yo ya tengo mi propio negocio. Soy mi propia jefa, y no necesito una carrera para demostrarle nada a nadie.

Con una sonrisa, Preston me aprieta la mano.

—Eso es lo que me encanta de ti, nena. No esperas a que te den permiso. No quieres esperar a crecer para convertirte en un magnate.

—¿Lo ves? —digo, y sonrío ampliamente—. Tú sí que me entiendes.

—Pero, mira, si de verdad quieres seguir trabajando en esa cosa tuya durante la universidad, considera Garnet como una incubadora. Aquí se te abrirán un montón de oportunidades que te ayudarán a hacer crecer el negocio.

Vaya. No lo había pensado así. Aunque no me guste cómo lo ha llamado —¿«esa cosa tuya»?—, tiene razón.

—Tiene usted razón, señor Kincaid. —Me pongo de puntillas y le doy un beso en la mejilla afeitada antes de proseguir el camino.

Otra razón por la que Pres y yo somos tal para cual es que ambos tenemos miras empresariales. No nos gusta el idealismo de los artistas ni nos distraemos con la idea romántica de viajar de mochileros por toda Europa o ir a Machu Picchu. Somos productos de nuestro entorno, nuestra sangre fría es azul. Dos formidables futuras cabezas de un imperio.

Nuestra compatibilidad está a otro nivel.

Después de explorar el edificio de arte y el pequeño museo donde se exhibe el trabajo de los alumnos, de pasear juntos entre las esculturas del jardín botánico y de seguir la acera a través del invernadero y del huerto, Preston me lleva hasta su coche.

—Ven, quiero enseñarte otra cosa. —Me abre la puerta y me acomodo en el brillante asiento de piel del copiloto. Le quita la capota al Porsche plateado antes de emprender el camino.

Es un viaje corto por la parte trasera del campus. Pasamos el complejo deportivo y subimos una colina hasta que, por fin, llegamos a un edificio alto y circular con una cúpula. El telescopio del Departamento de Astronomía. Preston me guía por el lateral del edificio hasta una puerta que han dejado abierta con un pequeño taquito de madera.

—¿Podemos estar aquí? —pregunto mientras nos adentramos en el pasillo estrecho que rodea toda la circunferencia del edificio.

—Conozco a un tío. —Se lleva el dedo índice a los labios—. Pero, en realidad, no.

Seguimos el pasillo hasta llegar a una escalera de metal. En la segunda planta, entramos a una sala con ordenadores que cubren toda la pared y un telescopio inmenso en el centro que señala al cielo a través de una amplia abertura en el techo.

—Qué guay —digo, y camino hacia el telescopio.

Preston me detiene.

—Eso no es lo que hemos venido a ver.

En cambio, me lleva hasta una puerta y luego hasta una escalerita que conduce al tejado. Emergemos sobre una plataforma desde donde se ve todo el campus. Colinas verdes y edificios de techos blancos. Prácticamente, el pueblo entero, hasta el horizonte azul de Avalon Bay. Es espectacular.

—Es increíble —digo, con una sonrisa ante su consideración.

—No es un *tour* privado si no acaba en unas buenas vistas. —Preston se coloca detrás de mí y envuelve los brazos en torno a mi cintura. Me da un beso en la sien mientras contemplamos el paisaje—. Me alegro mucho de que estés aquí —musita.

—Yo también.

Debo admitir que las cosas han estado un poco tensas entre nosotros este último par de años, con él en la universidad y yo todavía en el instituto. Seguir con la relación a distancia, incluso cuando nos veíamos los fines de semana, era estresante. Le quitaba mucha diversión. No obstante, el día de hoy me ha recordado cómo era cuando empezamos a salir. Lo enamorada que estaba de él. Cuando un estudiante de último curso me escogió, me sentí como si hubiera ganado un premio.

Aun así, mientras Pres me abraza y me roza el cuello con la nariz, un pensamiento se cuela en lo más profundo de mi mente.

Un pensamiento de lo más traicionero.

Del mentón marcado de Cooper y sus ojos insondables. De cómo se me aceleró el pulso cuando se sentó a mi lado y me dedicó aquella sonrisa arrogante. No siento esa emoción cuando Preston entra en una habitación. Tampoco me hormiguea la piel cuando me toca. No se me contraen los muslos ni se me seca la boca.

Aunque, bueno, esas reacciones están sobrevaloradas. Demasiadas hormonas revolucionadas pueden nublarle el juicio a una. Es decir, las estadísticas lo indican: mucha gente acaba en una relación disfuncional porque la basan en el sexo, no en la compatibilidad. Pres y yo somos tal para cual. Nos llevamos bien. Tenemos la misma visión de futuro. Nuestros padres ya han dado su aprobación, y todo el mundo está contento. Podría salir con mil Coopers y, aun así, conseguir que todos ellos me rompieran el corazón. ¿Por qué hacerme eso?

Es mejor quedarse con algo bueno cuando ya lo tienes.

—Gracias —le digo a Pres, y me giro entre sus brazos para besarlo—. Hoy ha sido perfecto.

Pero más tarde esa noche, mientras medio veo Netflix en la habitación a la vez que ojeo las lecturas de literatura inglesa, una ola de emoción me golpea cuando veo aparecer el nombre de Cooper en la pantalla. Luego, me obligo a calmarme.

Cooper: ¿Quieres ir a cenar?

Yo: Ya he cenado.

Cooper: Yo también.

Yo: Entonces, ¿por qué me preguntas?

Cooper: Para ver qué decías.

Yo: Anda que no.

Cooper: ¿Qué haces?

Yo: Ver Netflix y hacer deberes.

Cooper: ¿Eso es un código para otra cosa?

Yo: Me has pillado.

Cooper: No imagino cómo es el porno para ricos.

Esas palabras me hacen apretar las piernas y me meten ideas horribles en la cabeza que guardo rápidamente en una caja con la etiqueta de «Ni se te ocurra».

Yo: Es básicamente comer bizcochitos sobre las páginas del *The Wall Street Journal.*
Cooper: Estáis zumbados.

Se me escapa una carcajada, pero me llevo una mano a la boca antes de que Bonnie me oiga y venga a toda prisa para ver qué me hace tanta gracia. La tía es un amor, pero no conoce el concepto de los límites.

Yo: ¿Qué haces tú?
Cooper: Tontear con una chica a la que acabo de conocer.

Vale, esa me la he buscado.

Yo: Aún tengo novio.
Cooper: Por ahora.
Yo: Buenas noches, chico de pueblo.
Cooper: Buenas noches, princesa.

Sé que solo está provocándome. Por lo visto, a Cooper le gusta intentar sacarme de mis casillas. Mentiría si dijera que no me gusta; es refrescante tener un amigo que entienda esa parte de mi personalidad. Y, vale, técnicamente estamos flirteando, que *a priori* no debería estar haciendo, pero solo es de broma.

Por mucho que Cooper me revolucione las hormonas, no dejaré a Pres por el primer chico malo tatuado que conozca en la universidad.

CAPÍTULO OCHO

MACKENZIE

Como no tengo planes la tarde siguiente, decido recorrer el pueblo sola. Preston me ha animado a que disfrute de mi experiencia en Garnet, en lugar de verlo como una condena en la cárcel. Me pongo un vestido veraniego de flores y llamo a un taxi.

Avalon Bay es una paradoja de pueblo costero abarrotado de multimillonarios y pescadores robustos. A un lado de la calle principal se ven *boutiques* de lujo que venden jabones caseros. Y, en el otro, casas de empeños y tiendas de tatuajes. Al ser una tarde de entre semana, el paseo marítimo está bastante tranquilo. En la mayoría de los bares hay unos cuantos lugareños sudados y sentados en sillas mientras ven el canal ESPN con sus colegas.

Camino más lejos que la última vez que vine y llego hasta una zona en la que todavía se ven los estragos del huracán de hace un par de años. Hay varios edificios en construcción. Cerca de ahí, un grupo de trabajadores se afana en reconstruir un restaurante con andamios alrededor. Hay otros negocios acordonados con cintas de advertencia y madera contrachapada. Es obvio que no se han vuelto a revisar desde que la tormenta les arrancó el techo y los inundó.

Me detengo al llegar a un pintoresco hotel de estilo de finales de la época victoriana. Es blanco con molduras verdes, y la tormenta destruyó toda la parte trasera. Arrancó las paredes y expuso el interior. El mobiliario antiguo y las alfombras arrugadas todavía esperan a unos clientes que no llegarán. El cartel viejo de la entrada reza «Hotel El Faro» en letras doradas y está roto por un par de sitios.

Me pregunto qué pasaría con los propietarios, y por qué no lo reconstruyeron. ¿Cómo es que nadie ha reclamado la propiedad y la ha restaurado para que vuelva a ser lo que era? Es una ubicación de lujo.

Me vibra el móvil varias veces con avisos de correos, así que paro en una heladería y me compro un cucurucho de vainilla. A continuación, me siento en un banco y reviso la bandeja de entrada con una mano.

El primero son noticias de una de las moderadoras de mi página. Me cuenta que ha tenido que bloquear a varios usuarios que estaban troleando con mensajes racistas y machistas en todas las publicaciones de *AscoDeNovia*. Abro los archivos adjuntos y me quedo boquiabierta al ver el nivel de repulsión que generan esos comentarios.

Le respondo con un breve: «Has hecho bien en bloquearlos».

El siguiente es una petición de ayuda del tipo a quien contraté para que supervisara *AscoDeNovio*. Por lo visto, un usuario está amenazando con tomar medidas legales al afirmar que una de las publicaciones de la página es difamatoria. Reviso la publicación en cuestión. Quien la escribió salió con un tipo al que llama «Ted», que no le dijo que tenía un micropene y la pilló por sorpresa en su primera relación sexual.

Releo el correo para echarle un ojo a la carta que el administrador, Alan, ha recibido por parte de un bufete de Washington DC con un membrete que da miedo. Supongo que la usuaria, *butterflykisses44,* eligió un nombre muy parecido al nombre real de su novio. Por lo que se ve, Ted es en realidad Tad, y se siente tremendamente humillado y disgustado; exige a *AscoDeNovio* que no solo retire la publicación, sino que le compense económicamente por los daños causados.

Como la página es una plataforma y no una editorial, no nos pueden demandar por el contenido que publican los usuarios, pero, por si acaso, le digo a Alan que le reenvíe la carta a nuestro abogado. Después, apago el móvil y me acabo lo que me queda del helado, que se está derritiendo. Otro día más de Mackenzie Cabot, directora ejecutiva.

Para ser sincera, últimamente me han entrado ganas de... más. Me encantan mis aplicaciones, pero ahora no hago más que responder «sí» o «no». Firma aquí, la inicial aquí. Lee este correo, da el visto bueno a este anuncio. Sentí el verdadero entusiasmo al principio, cuando me sentaba con mis amigas y hacíamos lluvia de ideas para escoger las características de las aplicaciones. Al reunirme con el desarrollador y el programador y conseguir que mis ideas cobraran vida. Al crear la campaña de publicidad para atraer a la gente. Ahí fue cuando más me divertí.

Fue todo un reto, y de lo más emocionante. Lo más divertido que he hecho nunca. Me estoy dando cuenta de que esa fue la parte que disfruté; la creación, no el mantenimiento. A ver, ni odio las páginas ni las quiero vender. Son mías. Son parte de mi imperio incipiente. Pero, tal vez, haya llegado la hora de volver a pensar en ideas para otros negocios.

Camino hacia la playa mientras el sol se pone en el cielo y me siento en la arena para escuchar las olas y observar cómo las gaviotas planean contra el viento. Detrás de mí, unos operarios acaban la jornada. El ruido de los taladros ha desaparecido.

Estoy tan abstraída que no me doy cuenta de que alguien se ha acercado a mí hasta que se sienta a mi lado.

—¿Qué pasa, princesa?

Me sobresalto y veo a Cooper, que se quita la camiseta y los guantes de trabajo.

Me impone tanto como en la noche de la hoguera, y me quedo de piedra al verlo. Tiene los vaqueros y el pelo cubiertos de serrín. El tórax y los abdominales, todo ello musculoso, relucen a causa del sudor. Veo, por primera vez, más tatuajes que le cubren los brazos y se expanden hacia el pecho. Me paso la lengua por los labios y me amonesto a mí misma internamente por mostrarme así cuando lo tengo cerca: excitada, ridícula. Reúno todos esos pensamientos y los meto en la caja de «ni se te ocurra».

—¿Ahora me acosas, o qué? —le pregunto.

—Eres tú la que se pasea por delante de mi trabajo con —Y me señala a la vez que me mira de arriba abajo— un ridículo vestido de volantitos que enseña las piernas, como diciendo «no me hagáis caso, chicos, odio llamar la atención».

—Claro, eso suena totalmente a algo que diría yo —respondo, y pongo los ojos en blanco—. Oye, ¿y qué le pasa a mi vestido? —Paso las manos por el dobladillo del vestido de flores.

—Tiene flores. A ti no te gustan las flores, Mac.

—No me llames así.

—¿Por qué no?

—Porque es un apodo que solo usan mis amigos.

—Pero si somos amigos. Los mejores. —Me lanza una sonrisa torcida—. Ya veo que no has negado lo de que no te gustan las flores.

Tiene razón. Normalmente no me gustan los estampados demasiado femeninos o los vestidos veraniegos y vaporosos. Prefiero las camisetas blancas y los vaqueros gastados, y cuando hace calor me pongo un top y unos pantalones cortos. Pero, de vez en cuando, me gusta sentirme guapa. Qué se le va a hacer. En fin, no tiene derecho a ponerse tan impertinente con mi estilo de vestir, así que le rebato porque sí.

—Pues fíjate tú que sí que me gustan las flores. Sobre todo en la ropa. Cuanto más vistoso sea, mejor.

Cooper también pone los ojos en blanco, como si supiera que estoy mintiendo como una bellaca.

—¿Sabes? No necesitas esforzarte tanto. —Se cruza de brazos y se acerca las rodillas al pecho—. Soy un tío muy fácil.

—¿Perdona? ¿Quién se está esforzando? Si me has llenado el móvil hablando de porno y cucuruchos.

—Eres una pervertida, lo pillo —dice al tiempo que se encoge de hombros—. A mí no me va, pero si a ti te mola el rollo...

Si supiera... A Preston y a mí nos va de maravilla en el sexo, pero creo que ni siquiera es tan picante como para considerarlo convencional. Al principio, pensaba que debía ser así: práctico, rápido y un poco aburrido. Perdí la virginidad con Pres a los dieciséis, y no tenía ni idea de esas cosas. Pero cuando hablé con mis amigas sobre mis relaciones sosas, me di cuenta de que el sexo debería ser divertido.

Entonces, avergonzada, le saqué el tema a Pres, y me confesó que no me había querido asustar al ser «demasiado pasional». Le dije que adelante, y nuestra vida sexual mejoró a partir de entonces. Pero, sinceramente, han pasado cuatro años y la pasión que mencionó sigue sin hacer acto de presencia.

—Me da miedito lo que se te pueda pasar por la cabeza mientras te la cascas —le digo.

—Si intentas llevarme a la cama, dilo directamente. —Cooper me da un codazo. Desprende una confianza apabullante. Es arrogante y encantador a la vez. Es seguro de sí mismo, pero sin resultar prepotente. Es una pena que desaproveche ese talento natural en la construcción. Si tuviera mente para los negocios, sería un director ejecutivo increíble.

—Ese intento de psicología inversa no funciona conmigo —le aclaro. Porque no gané mi primer millón dejándome manipular—. No conseguirás que me meta en la cama con un lugareño desconocido solo porque me hayas retado a hacerlo.

Y, sin embargo, soy muy consciente de su sonrisa juguetona y de sus ojos pícaros. Y no soy inmune a esos hombros anchos ni a la tableta de chocolate que tiene por abdominales. Encima, es como un enigma. Lo que voy conociendo de él me hace preguntarme si lo que deja ver —los tatuajes y esa actitud— solo son un camuflaje. Pero ¿qué esconde? A mi mente le encantan los acertijos.

—Ni muerto me acostaría con una clon de Garnet. Tengo cierta reputación.

—Ya, claro. Que no piensen que tienes gusto, por favor.

Él reprime una sonrisa, y en esa mirada atisbo las intenciones nefastas. Veo noches borrosas y de arrepentimiento. Jadeos. Y con eso basta para que se me descontrole el pulso y se me duerman los dedos de los pies.

Este chico es peligroso.

—¡Coop! —Alguien lo llama desde la obra—. ¿Vienes al bar, o qué?

Él mira por encima del hombro.

—Id sin mí.

Se oyen unas risitas a nuestras espaldas. Me alegro de que los compañeros de Cooper no me vean la cara, porque estoy casi segura de que tengo las mejillas como un tomate.

—¿Por qué has hecho eso? —gruño.

—¿El qué? ¿Decirles que no voy al bar?

—Sí. Ahora creerán que te has quedado para follarme en la playa, o algo así.

Suelta una carcajada.

—Te prometo que no, pero ahora yo sí. ¿Quieres que lo hagamos aquí, o mejor bajamos al embarcadero?

—Ve al bar con tus amiguitos, Coop. Seguro que allí tienes más posibilidades de encontrar a alguien con quien acostarte que aquí.

—Qué va, me gusta estar aquí. —Levanta la mano y se la pasa por el pelo oscuro. No puedo evitar observar sus bíceps flexionados.

—Estáis arreglando el restaurante, ¿verdad? —Me obligo a dejar de observar esos músculos tan *sexys*—. Parece una obra grande.

—Lo es. Y cuando la acabemos, nos quedan una media docena, o así, de sitios que arreglar. —Señala el paseo con semejante brazo, a la destrucción causada por el huracán.

—¿Te gusta trabajar en la construcción?

Asiente despacio.

—Pues sí. Evan y yo trabajamos para la empresa de nuestro tío, así que no tenemos un jefe capullo que intente aprovecharse o que haga las cosas a medias para reducir costes. Levi es un buen hombre, es justo. Y siempre se me han dado bien los trabajos manuales.

Trago saliva. No lo dice con segundas, pero clavo la mirada en sus manos. Son fuertes, grandes, con los dedos largos y las palmas callosas. No lleva las uñas sucias incluso después de haber estado trabajando.

—¿Y tú, princesa? —Ladea la cabeza, curioso.

—¿Yo, qué?

—Esta es la segunda vez que me acerco a ti y te veo con esa mirada.

—¿Qué mirada? —Por lo visto, ahora solo me dedico a repetir lo que dice. Sin embargo, la intensidad de sus ojos me ha generado una oleada de inquietud.

—Esa mirada que dice que quieres más.

—Que quiero más... ¿y qué quiero exactamente?

No deja de analizarme.

—No sé. Más. Es como... una mezcla de aburrimiento, apatía, frustración y anhelo.

—Son muchas cosas para una sola mirada. —Intento bromear, pero se me ha acelerado el corazón, porque lo ha descrito tal cual es. Llevo pensando lo mismo desde que he llegado a la universidad. No, incluso más; me atrevería a decir que toda la vida.

—¿Tengo razón o no? —pregunta con voz ronca.

Nos miramos. Me entran tantas ganas de desahogarme con él que tengo que morderme la punta de la lengua para reprimirme.

De repente, oigo unos leves ruiditos mezclados con el oleaje y los graznidos de las gaviotas.

—¿Has oído eso? —Miro en derredor y trato de buscar de dónde proceden esos sonidos desesperados y agonizantes.

Cooper se ríe.

—Deja de intentar distraerme.

—Que no. En serio, ¿no lo has oído?

—¿Oír el qué? No...

—¡Shhh! —lo chisto.

Sigo escuchando para tratar de adivinar de dónde proviene. Está oscureciendo, y las luces del paseo marítimo empiezan a iluminar el anochecer. Suena otro gemido, esta vez con algo más de fuerza.

Me levanto de un salto.

—No es nada —dice Cooper, pero yo lo ignoro y sigo el ruido hacia el muelle. Él corre para alcanzarme y, con voz cansada, me asegura que me imagino cosas.

—Que no —insisto.

Y entonces, lo veo; la fuente de los gemidos. Por encima del muelle, en el saliente, veo algo en las rocas justo cuando viene la marea.

Con el corazón a mil por hora, me vuelvo hacia Cooper.

—¡Es un perro!

CAPÍTULO NUEVE

COOPER

Antes de poder parpadear, Mackenzie se quita el vestido.

Vamos, que la tía está en pelotas.

Bueno, al ver que se deja puestos el sujetador y las bragas, compruebo que no se desnuda del todo. La decepción porque el *striptease* haya terminado antes de lo que debería se palia con el hecho de que está increíblemente preciosa en ropa interior.

Pero, cuando echa a correr hacia la marea creciente y se mete de golpe hasta el cuello en el agua, la parte racional de mi cerebro se activa.

—¡Mac! —le grito—. ¡Vuelve aquí, joder!

Ya se aleja en el agua.

Genial. Va a ahogarse intentando traer a ese chucho a la orilla.

Sin dejar de soltar improperios, me quito los vaqueros y los zapatos y voy tras Mackenzie, que acaba de alcanzar las rocas y ahora se sube a ellas para rescatar al perro. Nado contracorriente con todas mis fuerzas mientras las olas tratan de arrojarme contra las torres de alta tensión del muelle o directamente contra las rocas. Por fin, me agarro a uno de los peñascos y me impulso fuera del agua.

—Estás loca, ¿lo sabías? —gruño.

El perro tembloroso se sienta inquieto junto a Mac, que intenta tranquilizarlo.

—Tenemos que ayudarla —me dice.

Mierda. Esta cosa peluda y patética no es más que una cachorrita, pero Mackenzie no podrá volver a la orilla nadando con ella ni de broma. Hasta a mí me ha costado luchar contracorriente, y eso que debo de pesar el doble que ella.

71

—Dámela —le pido con un suspiro. Cuando estiro los brazos, el animal se esconde tras Mac y casi se cae al agua al tratar de alejarse de mí—. Joder, venga ya. Soy yo o nada.

—No pasa nada, pequeña. No da tanto miedo como parece. —Mac arrulla al chucho. Mientras tanto, me quedo allí plantado y las fulmino a las dos con la mirada.

El perro sigue dudando, así que, al final, Mac la levanta y la deja en mis manos. Casi al instante, el animal asustado me araña y se revuelve para alejarse de mí. Menuda pesadilla va a ser esto.

Mackenzie acaricia el pelaje empapado de la perrita en un vano intento por calmarla.

—¿Estás seguro? —me pregunta—. Puedo intentarlo yo...

De eso nada. Las olas le arrancarían el animal de las manos y la maldita chucha se ahogaría mientras yo llevo a Mac hasta la orilla, así que ni de broma.

—Vamos —le ordeno—. Yo iré justo detrás de ti.

Ella asiente, se lanza al agua y empieza a nadar hacia la orilla.

De pie sobre las rocas, tengo una pequeña charla con la cachorrilla.

—Voy a tratar de ayudarte, ¿vale? No me muerdas ni me arañes en la cara. Tengamos la fiesta en paz unos minutos. ¿Trato hecho?

El animal lloriquea y gimotea, pero supongo que tampoco puedo pedirle peras al olmo.

Con tanto cuidado como puedo, bajo al agua y sujeto al perro como un balón de fútbol sobre las olas mientras nado con un solo brazo. Todo el maldito rato, la bola sarnosa cree que intento matarla o algo, porque no deja de ladrar y de arañar. Hasta intenta liberarse unas cuantas veces. Con cada movimiento que hace, me levanta un poco de piel con las garras. En cuanto llegamos a la arena, suelto a la perra y esta corre hacia los brazos de Mac. «De nada, traidora».

—¿Estás bien? —se interesa Mac.

—Sí, genial.

Ambos respiramos con dificultad debido al esfuerzo de nadar contra las olas. Ahora está completamente oscuro, la única luz proviene del paseo marítimo. Mackenzie no es más que una figura borrosa frente a mis ojos.

Cuando me acerco a ella, mi mal humor decide sacar lo mejor de mí.

—¿De qué narices vas?

Se coloca una mano en las caderas desnudas y, con la otra, sujeta de forma protectora a la perrita.

—¿En serio? —exclama—. ¿Te has enfadado porque he querido salvar al pobre animal? ¡Podría haber muerto!

—¡Tú podrías haber muerto! ¿Has sentido la fuerza de la corriente, cariño? Te podría haber llevado mar adentro. Todos los años muere alguien ahogado por ser un inconsciente de mierda.

—No soy tu cariño —rezonga—. ¿Y de verdad me acabas de llamar inconsciente de mierda?

—Si te comportas como una inconsciente de mierda, pues sí, eso es lo que te llamo. —Me sacudo el agua del pelo con furia. No se me escapa que el perro está haciendo justo lo mismo. Supongo que ambos somos animales salvajes.

Mackenzie agarra a su nueva mascota con más fuerza.

—No pienso disculparme por tener corazón. No me creo que estuvieras dispuesto a dejar que esta pobre cachorrita muriera. Ay, Dios. Soy amiga de un asesino de cachorritos.

Se me desencaja la mandíbula.

Dios santo, esta tía es de lo que no hay. Nunca me he tenido que esforzar tanto para ganarme a una chica. Y, aun así, pese a haberme arrastrado casi hacia la muerte por ella —y de haberme acusado de intento de *perricidio*—, mi enfado muta en una oleada de carcajadas. Me doblo hacia delante y salpico agua en la arena mientras me parto de la risa.

—¿De qué te ríes? —inquiere.

—Me has llamado asesino de cachorritos —logro articular entre risas—. Estás como una cabra.

Un segundo después, ella se ríe también. La perrita nos mira dubitativa mientras nos quedamos allí plantados, riendo como idiotas, empapados y medio desnudos.

—Vale —cede una vez deja de reírse, por fin—. Puede que me haya excedido. Sé que solo te preocupabas por mí. Y gracias por ir a ayudar. Te lo agradezco de corazón.

—De nada. —Tiro hacia arriba de la cinturilla de los vaqueros. Tengo los calzoncillos tan mojados y pegados a la entrepierna que me resulta complicado subirme la cremallera de los pantalones—. Venga, vamos a por las cosas y a mi casa. Tengo que cambiarme. Puedes secarte allí y luego te acerco a casa.

Ella no dice nada, solo me mira

—Sí —suspiro—. Puedes traer al perro.

La casa está a oscuras cuando llegamos. Ni la moto ni el Jeep de Evan están en la entrada, y la puerta principal está cerrada con llave cuando Mac y yo caminamos hacia el porche que rodea la casa. Menos mal que el interior no está hecho un desastre. Como nuestros amigos usan nuestra casa como lugar de reunión, fiestas y descansos entre bares, por lo general está un poco manga por hombro. Sin embargo, para suplir la falta de otros talentos sociales, Evan y yo tratamos de mantenerla limpia. No somos unos animales.

—Puedes ducharte en mi baño, si quieres —le digo a Mac. Señalo mi dormitorio en la planta baja una vez enciendo las luces, y saco una cerveza de la nevera. Me merezco una después del acto heroico de salvar al perro—. Voy a buscarte ropa.

—Gracias. —Se lleva el perro con ella, que está acurrucado y adormilado en sus brazos. En la camioneta le he dicho que, si quería dejarlo aquí, yo lo llevaría a la protectora por la mañana. Aunque ahora empiezo a preguntarme si podré quitárselo de las manos siquiera.

Cuando Mac entra al baño anexo a mi habitación, rebusco una camiseta limpia y unos vaqueros que Heidi se dejó aquí hace tiempo. O a lo mejor son de Steph. Las chicas siempre olvidan algo después de una fiesta o de haber pasado el día en la playa, y yo ya he dejado de devolvérselas.

Dejo la ropa bien doblada sobre la cama y luego me quito la mía mojada y me enfundo otra camiseta y unos pantalones de chándal. El vapor que sale por debajo de la puerta del baño es increíblemente tentador. Me pregunto cómo reaccionaría Mac si entrara a la ducha con ella y le agarrara las tetas por detrás.

Un gemido se me queda estancado en la garganta. Probablemente me arrancaría los huevos de cuajo, pero merecería la pena solo por llegar a tocarla.

—¡Hola, hola! —saluda mi hermano desde la puerta principal.

—Estoy aquí —respondo mientras regreso a la cocina.

Evan suelta las llaves sobre la isla de madera astillada. Saca una cerveza y se apoya contra la nevera.

—¿A qué huele?

—Mackenzie y yo hemos rescatado a un cachorrito abandonado en el muelle. —El pobre animal sí que olía un poquito. Y supongo que yo, ahora, también. Genial.

—¿Está aquí? —Una sonrisa malvada se extiende por su cara a la vez que mira en derredor.

—En la ducha.

—Vaya, pues sí que ha sido fácil. Casi me da pena que no vaya a poder disfrutarlo más.

—No es lo que piensas —gruño—. El perro estaba atrapado en las rocas y hemos tenido que meternos en el agua para salvarlo. Le he dicho a Mackenzie que podía venir a secarse y que luego la llevaría a casa.

—¿A casa? Tío, esta es la tuya. Aprovecha. —Sacude la cabeza con impaciencia—. La has ayudado a rescatar al cachorro, por el amor de Dios. Está a puntito de caramelo.

—No seas capullo. —Hay algo en su forma de hablar que me toca las narices. El plan no es muy ético que digamos, pero tampoco hay necesidad de ser tan ruin.

—¿Qué? —Evan es incapaz de ocultar el regocijo por lo bien que está saliendo todo—. Yo solo lo digo.

—Bueno… —Doy un trago a la cerveza—. Pues a callar.

—Ey —dice la voz dubitativa de Mac.

Entra y, al verla ataviada con mi camiseta y el pelo oscuro peinado hacia atrás, se me vienen todo tipo de pensamientos pecaminosos a la mente. No se ha puesto los vaqueros, así que tiene las piernas desnudas e increíblemente largas.

«Mierda».

Quiero que me rodee la cintura con ellas.

—Evan —saluda a mi hermano y asiente en su dirección como si de alguna manera supiera que no tramaba nada bueno. No me sorprende que siga con la cachorrilla dormida en brazos.

—Vaya. —Evan le dedica una sonrisa de despedida mientras toma la cerveza y se aleja de la nevera—. Estoy agotado. Pasadlo bien.

A mi hermano no se le da muy bien eso de ser sutil.

—¿He dicho algo malo? —pregunta Mac con sequedad.

—No le hagas caso. Es que piensa que nos vamos a liar. —Cuando levanto el brazo para pasarme la mano por el pelo húmedo, ella abre muchísimo los ojos. Frunzo el ceño—. ¿Qué pasa?

—Cooper. Estás herido.

Bajo la mirada. Casi olvido que su preciada cachorrilla ha estado a punto de arrancarme la piel no hace ni una hora. Tengo los brazos cubiertos de arañazos enrojecidos y un corte especialmente feo en la clavícula.

—Eh… estoy bien —le aseguro. Solo son cortes y arañazos, nada nuevo y que no haya experimentado multitud de veces antes.

—De eso, nada. Hay que limpiarte las heridas.

Y con eso, me lleva hasta el cuarto de baño y, a pesar de mis protestas, me obliga a sentarme sobre la tapa del retrete. Deja a la perrita en la bañera, con esas garras que tiene por patas, y esta se acurruca y se duerme mientras Mackenzie busca el kit de primeros auxilios en mis armaritos.

—Puedo hacerlo solo —le digo cuando deja el bote de alcohol y el paquetito de algodón a un lado.

—¿Me lo vas a poner difícil o qué? —Me mira con una ceja enarcada. La absoluta convicción que atisbo en su cara es hasta adorable, con ese gesto de «cállate ya y déjame trabajar».

—Vale, me callo.

—Bien. Ahora quítate la camiseta.

Soy incapaz de no esbozar una sonrisilla.

—¿Este era tu plan desde el principio? ¿Conseguir que me desnudara?

—Sí, Cooper. Me he colado en una protectora, he robado un cachorro, lo he dejado en un sitio peligroso y me he lanzado al agua para rescatarlo yo misma con tal de que no sospecharas que, en realidad, he sido yo la que ha dejado al pobre animalito en el muelle; y luego, por telepatía, le he ordenado que te arañe todo el cuerpo para poder ver esos pectorales tan perfectos que tienes. —Termina con un resoplido.

—No has dejado nada al azar —replico—. Pero te entiendo. Mis pectorales son perfectos, sí. Casi de otro mundo.

—Vamos, como tu ego.

Con total parsimonia, empiezo a quitarme la camiseta. Pese a las burlas, mi torso desnudo sí que le afecta. Se le corta la respiración y luego desvía la mirada hacia el botecito de alcohol sanitario y finge estar concentrada mientras lo abre.

Reprimo una sonrisa y me echo hacia atrás cuando ella se dispone a curarme las heridas del brazo.

—¿Vivís los dos solos aquí? —pregunta con curiosidad.

—Sí. Crecimos en esta casa. Nuestros bisabuelos la construyeron cuando se casaron. Luego nuestros abuelos vivieron aquí, y así sucesivamente.

—Es preciosa.

Lo era. Ahora se cae a pedazos. Hay que cambiar el tejado. Los cimientos se están resquebrajando debido a la erosión de la playa. La fachada ha visto demasiadas tormentas, y el suelo está deformado y hecho polvo. Nada que no pudiera arreglar si tuviera tiempo y dinero, pero ¿no se reduce todo siempre a lo mismo? El pueblo está lleno de infinitos supuestos y posibilidades. Por eso estoy aquí sentado mientras dejo que la novia de un maldito clon me ponga las manos encima.

—Hala —dice, y me toca el brazo—. Mucho mejor.

—Gracias. —Mi voz suena un poco áspera.

—De nada. —La suya sale un pelín ronca.

Por un instante, me quedo atrapado en sus llamativos ojos verdes, tentado por la imagen de su cuerpo casi desnudo cada vez que se le sube el dobladillo de la camiseta por los muslos. Por su mano cálida contra mi piel. El tamborileo de su cuello que demuestra que ella tampoco es indiferente a mí.

Podía hacerlo. Agarrarla de las caderas, convencerla de que se sentara a horcajadas sobre mí. Hundir la mano en su pelo y acercar su boca a la mía para fundirnos en un beso arrollador. Se supone que no puedo acostarme con ella a menos que sea ella la que dé el primer paso, pero, a juzgar por la química entre nosotros, sospecho que no se detendría en solo un beso. Ese beso nos llevaría a la cama, y luego yo me introduciría hasta el fondo en su cuerpo. Ella dejaría a Kincaid en menos que canta un gallo, y yo ganaría. Misión cumplida.

Pero ¿qué gracia habría en eso?

—Y ahora —le digo—, tu amiguita.

Mackenzie parpadea como si saliera del mismo estupor lujurioso en el que yo me encontraba antes.

Preparamos un baño de burbujas caliente para la cachorrita y la metemos dentro. De repente, se transforma en otro animal completamente distinto. La rata mojada se convierte en un pequeño *golden retriever* que salpica agua por todas partes y juguetea con un bote de champú que ha caído a la bañera. La pobrecita es toda piel y huesos. La madre la habrá perdido o abandonado, y tampoco tenía collar cuando la hemos encontrado. La protectora deberá comprobar si tiene chip o no.

Tras lavarla y secarla, colocamos un cuenco de agua en la cocina y le damos unas cuantas salchichas de pavo troceadas. No es lo ideal, pero, dadas las circunstancias, es lo mejor que tenemos. Mientras la perrita come, dejo la puerta abierta y salgo al porche trasero. La temperatura ha bajado y la brisa marina sopla con suavidad. En el horizonte, se ve el diminuto parpadeo de la luz de un barco mientras navega.

—¿Sabes...? —Mac se coloca junto a mí.

Soy plenamente consciente de ella; de sus movimientos y de sus gestos. Con una sola mirada de esta chica, ya estoy medio empalmado. Es frustrante.

—No debería estar aquí —termina la frase.

—¿Por qué?

—Creo que sabes por qué. —Su voz es suave, comedida. Nos está poniendo a prueba tanto a mí como a sí misma.

—No pareces ser de las que hacen nada que no quieren. —Me giro para mirarla a los ojos. Por lo que sé de ella, Mackenzie es cabezota. No es de las que se dejan mangonear. Sé que no está aquí porque sea un lumbreras.

—Te sorprendería —dice con remordimiento.

—Cuéntame.

Me evalúa, vacilante. Se pregunta si mi interés es genuino. Enarco una ceja.

—Somos amigos, ¿no?

—Quiero pensar que sí —dice, con tiento.

—Entonces, cuéntamelo. Deja que te conozca.

No para de contemplarme. Madre de Dios. Cuando me mira así, siento que puede ver a través de mí. Nunca me he sentido tan expuesto ante otra persona. Y, por alguna razón, no me molesta tanto como probablemente debería.

—Pensaba que la libertad era ser autosuficiente —confiesa al fin—. Y empiezo a darme cuenta de que no es del todo cierto. Sé que sonará estúpido viniendo de mí, pero me siento atrapada. Por las expectativas y las promesas. Por intentar hacer felices a los demás. Ojalá pudiera ser egoísta por una vez en la vida. Hacer lo que quiera, cuando quiera y como quiera.

—¿Y por qué no lo haces?

—No es tan sencillo.

—Pues claro que sí. —Los ricos siempre están con la cantinela de que el dinero es una mierda. Y eso es porque no saben en qué emplearlo. Están tan centrados en sus cosas que olvidan que no necesitan a los idiotas de sus amigos ni ir a esos estúpidos clubes de campo—. Pasa de ellos. Si alguien te está haciendo la vida imposible o te está reteniendo, mándalo a paseo y sigue adelante.

Se muerde el labio inferior.

—No puedo.

—Entonces no lo necesitarás tanto.

—Eso no es justo.

—Pues claro que no. ¿Qué hay de justo en esta vida? La gente se pasa el tiempo quejándose de cosas que no están dispuestos a cambiar. Ya llega a un punto en el que, o bien reúnes el coraje, o te callas.

Suelta una carcajada.

—¿Me estás diciendo que me calle?

—No, te estoy diciendo que la vida y las circunstancias escapan a nuestro control de muchísimas formas distintas; conspiran para fastidiarnos. Lo mínimo que podemos hacer es salirnos con la nuestra de vez en cuando.

—¿Y tú, qué? —Se vuelve hacia mí y me lanza la misma pregunta—. ¿Qué quieres ahora mismo que sabes que no puedes tener?

—Besarte.

Entrecierra los ojos.

Debería arrepentirme de habérselo dicho, pero no lo hago. Es decir, ¿qué me impide besarla o decirle que quiero hacerlo? En algún momento tendré que arriesgarme, ¿no? Es evidente que la atraigo. Si no me comprometo con el plan ahora, ¿para qué perder el tiempo?

Así que la miro y trato de discernir su reacción a través de su fría fachada de indiferencia. Esta chica es implacable. No obstante, durante un brevísimo segundo, atisbo un destello de calor en su mirada mientras considera la posibilidad. Mientras lo imagina. Una cosa lleva a la otra; es un grandísimo efecto dominó lleno de consecuencias.

Se pasa la lengua por los labios.

Me inclino hacia ella. Solo un poquito. Tanteo. La necesidad de tocarla es casi insoportable.

—Pero, entonces, arruinaría nuestra bonita amistad —añado, porque he perdido el control de mi boca—. Así que decido comportarme. Aunque sigue siendo una elección.

¿Qué narices hago? No sé qué mosca me ha picado, pero, de repente, le estoy dando una vía de escape cuando se supone que debo hacer justo lo contrario.

Mac se vuelve hacia el agua y apoya los brazos en la barandilla.

—Admiro tu sinceridad.

La frustración me embarga cuando contemplo su perfil de soslayo. Esta tía es guapísima y solo lleva puesta mi camiseta. Y, en vez de estrecharla entre mis brazos y besarla hasta quitarle el sentido, me acabo de lanzar de cabeza a la *friendzone*.

Por primera vez desde que ideamos el plan, me pregunto si no me habré venido demasiado arriba.

CAPÍTULO DIEZ

MACKENZIE

Cuando me despierto, veo un mensaje de Cooper. Al abrirlo, deduzco que es Evan el que ha tomado la foto, porque sale Cooper dormido en la cama con la cachorrita acurrucada contra su pecho y la carita bajo su barbilla. Es superadorable. Anoche creía que lo de esos dos estaba abocado al fracaso, pero parecen haber resuelto sus diferencias.

Espero que Evan y él decidan quedársela. Sé que lo correcto sería llevarla a una protectora, porque no puedo adoptarla, pero se me parte el corazón solo de pensar en no volver a verla nunca.

Contesto a Cooper, pero, para cuando salgo de mi segunda clase, aún no he recibido respuesta. Seguro que está trabajando. Me digo a mí misma que la punzada de decepción que siento se debe a que estoy preocupada por la perrita, pero eso no hay quien se lo crea. No puedo fingir que anoche no pasó nada en el porche: la tensión sexual era casi palpable, y confesó que quiere besarme. Si no se hubiera apartado, quizá habría caído en la tentación.

He subestimado el atractivo de Cooper. *Mea culpa*; no debería haberme dejado seducir por un chico atractivo y medio desnudo que salva animales en peligro. Debo tener más cuidado y recordarme que solo somos amigos. No hay que confundir las cosas.

Cuando me vibra el móvil, lo saco ansiosa del bolsillo, pero veo que es un mensaje de Preston, no de Cooper.

Vuelvo a desechar la segunda punzada de decepción de mi mente y uso la huella dactilar para desbloquear el teléfono.

Preston: Te espero en el aparcamiento.

Cierto. Hoy comemos fuera del campus. Me alegro de que me lo haya recordado, porque estaba a cinco minutos de zamparme un burrito de pollo de la bocatería que hay al lado de la facultad de ADE.

Me subo al descapotable de Preston y charlamos de nuestras cosas mientras me lleva a Avalon Bay. Pres encuentra sitio para aparcar cerca del paseo marítimo. Se me acelera el pulso y me obligo a no mirar hacia el restaurante que Cooper y su tío están reformando.

Duro tres segundos y medio antes de hacerlo. Sin embargo, está vacío. Supongo que será su hora de la comida. O tal vez hayan ido a otro sitio.

Vuelvo a fingir que ese hecho no me decepciona.

—Al final no me has dicho qué hiciste ayer. —Pres y yo vamos de la mano hacia el bar, donde hemos quedado con algunos amigos suyos—. ¿Viniste al pueblo?

—Ah, sí, sí que vine. Estuve por el paseo marítimo y por el muelle, y después vi el atardecer en la playa. Fue genial.

Decido, al momento, no mencionarle lo de la perrita. Pres no es celoso, pero no quiero que se convierta en un motivo de discusión, sobre todo porque acabo de llegar a Garnet y nos va muy bien. Ya le hablaré de mi amistad con Cooper. Algún día. Cuando llegue el momento adecuado.

—¿Cómo te fue en la noche de póker? No me escribiste, ahora que lo pienso.

Yo tampoco soy celosa. Al haber mantenido una relación a distancia, Pres y yo estamos acostumbrados a que a veces nos olvidemos de escribir o no respondamos alguna llamada. Si nos enfadáramos cada vez que el otro no dice nada hasta el día siguiente, habríamos roto hace tiempo. En eso se basa la confianza.

—Eso, ¿cómo fue la noche de póker? —repite Benji Stanton, que oye mi pregunta mientras nos acercamos al grupo. Esboza una enorme sonrisa—. Más vale que tengas cuidado con tu chico. Es horrible jugando a las cartas, no sabe cuándo parar.

—No muy bien, por lo que veo, ¿eh? —le pregunto a Pres con una sonrisa burlona.

—No muy bien, no —confirma Benji. Él también estudia ADE, como Pres. Se conocieron el año pasado porque iban juntos a varias clases.

Los padres de Benji son dueños de varias propiedades en Hilton Head, y su padre gestiona un fondo de alto riesgo. Todos los amigos de Preston son así. Me refiero a asquerosamente ricos. Sus padres son todos multimillonarios que se dedican a las finanzas, a las propiedades o a la política. Hasta ahora, todos se han mostrado amables y amistosos conmigo. Al principio me inquietaba que me miraran mal por ser de primero, pero me han acogido con los brazos abiertos.

—No les hagas caso, nena. —Pres me da un beso en la coronilla—. Yo juego a largo plazo.

Unos minutos después, subimos las escaleras. El bar deportivo Sharkey's tiene dos plantas; en la de arriba, hay unas mesas con vistas al mar, y abajo, unas mesas de varios juegos, un montón de teLevisores y el bar. Un camarero nos lleva a una zona alta cerca de la barandilla mientras los chicos se meten con Preston por su impericia con las cartas.

—Esconde las joyas caras, Mac —me aconseja Seb Marlow. Es de Florida, donde su familia trabaja como contratista para el gobierno. Todo muy serio y secreto. «Tendría que matarte», y esas cosas. O, por lo menos, eso es lo que dice en las fiestas—. Estuvo a puntito de apostar el Rolex para volver a jugar.

Reprimo la risa y me giro hacia Pres.

—Espero que sea una broma.

Se encoge de hombros: el dinero no le importa en absoluto, y tiene demasiados relojes.

—¿Y si jugamos al billar? —Resopla y se dirige a sus amigos—. Ese sí que es un juego de caballeros.

Benji mira a Seb y lanza una sonrisa arrogante.

—¿Doble o nada?

Preston, que nunca se amilana ante un reto, acepta enseguida.

—Hecho.

Los chicos se alejan de la mesa y Preston me da un beso en la mejilla a modo de despedida.

—Solo será una partida —me dice—. Vuelvo en nada.

—No pierdas el coche, que necesito que me lleves de vuelta al campus —le advierto.

—No te preocupes, yo me encargo —dice Benji por encima del hombro.

Pres se limita a poner los ojos en blanco antes de seguir a sus colegas. Otra de las cosas que me gustan de él es que es un buen perdedor. Nunca lo he visto enfadarse por un juego estúpido, aunque su cartera se haya quedado algo ligerita al acabar la noche. A ver, ya, tampoco es que importe mucho perder si tienes una fuente inagotable de dinero con la que apostar.

—Ahora que los chicos se han ido… —Melissa, la novia de Benji, aparta a un lado los vasos de agua para inclinarse hacia mí y hacia la novia de Seb, Chrissy.

De Melissa solo sé que le gusta navegar, y de Chrissy, menos aún. Ojalá tuviera más cosas en común con ellas que la cantidad de dinero de nuestros padres en el banco.

La verdad es que no tengo demasiadas amigas. Estas últimas semanas han servido para ver que no se me da bien eso de crear vínculos con las chicas. Adoro a Bonnie, pero la considero más una hermana pequeña que una amiga. En el instituto tuve amigas, sí, pero ninguna a la que considerara imprescindible. La única más cercana al puesto de «mejor amiga» es mi antigua compañera de campamento, Sara, con la que me metí en líos cada verano hasta cumplir los dieciocho. Seguimos en contacto por mensaje, pero vive en Oregon y hace un par de años que no la veo.

Ahora, mi grupo de amistades se reduce a mi compañera de habitación y mi novio y sus amigos, que no pierden el tiempo con cotilleos ni criticando a los demás.

—Oye, ¿al final qué sabes de la chica esa de Snapchat? —pregunta Melissa.

Chrissy inspira hondo y toma aire como si estuviera a punto de bucear hasta el fondo de una piscina para rescatar unos Jimmy Choo.

—Es una estudiante becada de Garnet de segundo. He encontrado a la mejor amiga de su compañera de habitación por Instagram y le he escrito un mensaje. Me ha dicho que su amiga le ha dicho que su compañera le dijo que se conocieron en una fiesta en un barco y que se liaron.

—¿Solo se han besado? —dice Melissa, como si le decepcionara la respuesta.

Chrissy se encoge de hombros.

—Por lo visto, alguien de la fiesta vio que otra persona le estaba haciendo una mamada. Puede que fuera Seb o puede que no. Tampoco es que importe.

De haber conocido a mi madre en la universidad, me la imagino parecida a Chrissy: estirada, elegante y serena. Sin un pelo o pestaña fuera de lugar. Que acepte así, sin más, que le pongan los cuernos, me resulta muy chocante.

—Espera —intervengo—. ¿Tu novio te engaña y a ti te da igual?

Ambas me miran como si no les hubiera prestado atención.

—El año pasado, dos expresidentes de los Estados Unidos y el príncipe heredero de Arabia Saudí fueron al cumpleaños de su padre en las Seychelles —responde Chrissy con voz monótona—. Algo tan insignificante como una infidelidad no es razón suficiente como para romper con alguien como Sebastian. Es un chico con el que te casas, y punto.

Frunzo el ceño.

—¿Te casarías con alguien que sabes que te es infiel?

No responde, se limita a mirarme y a parpadear. ¿Esperar fidelidad y monogamia es un concepto antiguo? Mira que pensaba que era abierta, pero, por lo visto, mis creencias sobre el amor y el romance son de escándalo.

—A eso tampoco se le puede llamar ser infiel —resopla Melissa con un gesto de la mano—. ¿A quién le importa que Seb se haya liado con una becada? Ahora bien, si fuera como nosotras, las cosas serían distintas. Entonces sí que sería para preocuparse.

—¿Como nosotras? —repito.

Chrissy me mira con condescendencia.

—Para los hombres como Seb, Benji y Preston, solo hay dos tipos de chicas: las esposas y las Marilyn. Vamos, con las que se casan y con las que se acuestan.

«¿Y por qué no acostarse con las que se casan? ¿O casarse con las que se tiran?». Reprimo las preguntas, porque no vale la pena hacerlas.

—No te preocupes —me tranquiliza Melissa. Estira el brazo para cubrirme la mano con la suya en un intento por calmarme—. Tú eres de las nuestras. Y Preston lo sabe. Céntrate en que te ponga un anillo en el dedo y ya está. El resto es... —Mira a Chrissy para tratar de encontrar una palabra que lo describa bien—... extracurricular.

Ese es el consejo amoroso más deprimente que me han dado en la vida. Estas mujeres cuentan con el dinero de sus familias y hasta con pequeños imperios, no necesitan casarse por dinero. Entonces, ¿por qué se dejan arrastrar a matrimonios sin amor?

Cuando me case con Preston, no será ni por dinero ni por contactos. En nuestros votos no añadiremos excepciones, ni se tolerará la infidelidad solo porque las acciones vayan bien.

—Pues a mí no me gustaría vivir así —les digo—. Si una relación no se basa en el amor y el respeto, ¿para qué tenerla?

Melissa me observa con un gesto de cabeza condescendiente y el labio medio torcido.

—Ay, cielo, todas pensamos así al principio. Pero, al final, no queda más remedio que ser realistas.

Chrissy no dice nada, pero su expresión fría e impasible me remueve algo por dentro. No sé el qué, y apenas dura un segundo, pero me provoca náuseas en el estómago.

Lo único que sé es que no quiero que llegue el momento en el que tenga que considerar una infidelidad como algo «extracurricular».

Más tarde, cuando Preston me lleva de vuelta a Tally Hall, saco el tema. Melissa y Chrissy no me han hecho prometer que guarde el secreto, así que no me siento mal por preguntarle.

—¿Sabías que Melissa y Chrissy creen que Seb la engaña?

Él ni se inmuta; cambia de marcha y conduce por las carreteras que bordean el campus.

—Me ha dado esa sensación.

Trato de no fruncir el ceño.

—¿Es verdad?

—No se lo he preguntado —responde, y añade unos segundos después—, pero no me extrañaría.

No me importa que Preston estuviera en esa fiesta o lo supiera, incluso. No delataría a su amigo si no lo creyera capaz de hacerlo, lo cual me lo dice todo.

—Ni siquiera está enfadada. —Sacudo la cabeza, incrédula—. Ninguna de las dos. Por lo que a ellas respecta, es el precio que debe pagar por estar con él.

—Lo suponía. —Press llega al aparcamiento de mi residencia. Se quita las gafas de sol y me mira a los ojos—. Estas semanas ha habido rumores. Por lo que sé, Seb y Chrissy han decidido no darles mayor importancia. Sinceramente, no es algo raro.

—¿Que poner los cuernos no es raro?

Para mí es muy insultante. Es como decirle a tu pareja que no la quieres lo suficiente como para serle fiel y que no la respetas lo bastante como para dejarla. Es lo peor.

Él se encoge de hombros.

—Para algunas personas, no.

—No seamos así —le suplico.

—No lo somos. —Preston se inclina hacia mí. Me acuna el rostro y me besa con ternura. Tras apartarse, sus ojos azul claro brillan con decisión—. Sería un estúpido si pusiera en peligro nuestra relación, nena. Sé que serás una buena esposa.

Creo que lo dice como un halago, pero que use las mismas palabras que Melissa hace que sienta la sensación rara en el estómago de antes. Si yo soy una buena esposa, ¿significa eso que tiene una Marilyn? ¿O más de una, incluso?

Me siento muy frustrada. Odio que Melissa y Chrissy hayan sembrado la duda de la sospecha.

—Así que seré una buena esposa, ¿eh? —lo pico, y trato de dejar a un lado la incomodidad—. ¿Y por qué?

—Pues, a ver... —Me recorre la mejilla con los labios y se dirige a mi oreja para darme un mordisquito en el lóbulo—. Porque estás buena. Eres inteligente. Tienes los pies en la tierra. Estás buenísima. Eres fiel. Y estás buena. Aunque me molesta que a veces te quejes demasiado...

—Oye —protesto.

—Pero no discutes cuando se trata de algo importante —prosigue—. Tenemos objetivos parecidos en la vida. Ah, ¿y te había dicho ya que estás muy buena?

Vuelve a rozar mis labios con los suyos y yo le devuelvo el beso, aunque algo distraída. Las razones que me ha dado son tan dulces que ahora me siento mal por lo de Cooper.

Tener amigos no es ser infiel, ¿no? Aunque la otra persona sea atractiva, no se considera poner los cuernos, ¿verdad?

No, claro que no. Escribirse mensajes no es engañar. No nos mandamos fotos desnudos ni hablamos de nuestras fantasías sexuales. Y, después de lo de anoche, Cooper y yo hemos trazado una clara línea entre nosotros y, ahora más que nunca, no pienso cruzarla.

Voy de camino a la habitación cuando el rey de Roma me escribe. Ha adjuntado una foto de Evan con la perrita mientras juegan a tirarle algo en la playa.

Cooper: Cambio de planes. Nos la quedamos.

CAPÍTULO ONCE
COOPER

—¿Quién es la chica más guapa del mundo? ¿Tú? ¡Porque yo creo que eres tú! Mírate, qué preciosa eres. Ay, que te como, preciosidad.

La letanía de palabras y frases infantiles que está soltando mi hermano por la boca es vergonzosa.

Y el objeto de su adoración es una sinvergüenza. El miembro más reciente de la familia Hartley se pavonea por la cocina como si la hubieran nombrado líder suprema de la manada. Que, básicamente, es lo que es. Tiene a Evan comiendo de su patita. Yo, sin embargo, no caeré rendido a los pies de la primera cara bonita que se me ponga por delante.

—Tío —le advierto—. Relájate un poquito, que estás haciendo el ridículo.

—Pero ¿tú has visto lo bonita que está ahora? —Levanta a la cachorrita del suelo y me la acerca—. Anda, acaríciala. Siente lo suave y sedosa que es.

Hago lo que me ordena y paso la mano por su pelaje dorado, que, por los cincuenta dólares que me costó arreglárselo ayer, ya puede estar más suave que un guante. Luego, le quito la perrita de las manos y la vuelvo a dejar en el suelo.

Donde no tarda en mearse.

—Hija de puta —gruño.

A Evan lo posee el espíritu de una mamá gallina al instante y corre a por papel de cocina mientras arrulla a su nueva novia y seca el charquito de pis.

—No pasa nada, guapa. Todos cometemos errores.

Seguimos trabajando en eso de adiestrarla, aunque improvisamos según lo que leemos en blogs de veterinarios y páginas de mascotas. Lo único que sé es que, en los últimos siete días, he limpiado más pis y caca de perro de lo que querría en toda mi vida. Tiene suerte de ser tan adorable. La semana pasada, después de que el veterinario de la protectora nos confirmara que no tenía chip y que probablemente llevara algún tiempo abandonada, no fui capaz de meterla en una jaula y volver a abandonarla. Puede que sea un cabrón, pero tengo piedad. Así que el veterinario nos dio un pienso especial para que engordara y nos mandó de vuelta a casa. Ahora tenemos un perro.

Y un día bastante ajetreado por delante, si es que Evan deja de beber los vientos por su nueva chica.

Esta mañana me he despertado con ganas de hacer cosas en casa. Hoy es nuestro día libre, así que me he dicho, qué narices, es un buen momento para empezar a ponerla a punto. Es el único legado que le queda a nuestra familia. Por eso he sacado a Evan de la cama temprano, esta mañana, y nos dirigimos a la ferretería para ver qué nos haría falta.

Lo primero en la lista de reformas: cambiar el tejado. No va a ser barato; mermará un poco mis ahorros, pero Evan me ha convencido. Al menos, si hacemos el trabajo nosotros, ahorraremos unos cuantos miles de dólares.

—Venga, que tenemos que empezar —le digo a mi hermano. Planeamos pasar lo que queda de día quitando el antiguo tejado, y mañana ya colocaremos los nuevos materiales. No debería llevarnos más de dos días si trabajamos rápido.

—Primero voy a sacarla a pasear. Así se cansa y duerme mientras nosotros trabajamos.

Sin esperar a que le responda, agarra al perro y se encamina hacia la puerta de atrás, donde la correa cuelga de un gancho.

—Te lo juro por Dios, como no hayas vuelto en diez minutos, la devuelvo a la protectora.

—Cómeme los huevos. La perra se queda.

Con un suspiro, los observo bajar los escalones del porche hacia la arena. Nuestro pedido de la ferretería aún no ha llegado, pero, al menos, podríamos aprovechar el tiempo y quitar el tejado actual. Por desgracia, la ética de trabajo de Evan no es tan buena como la mía. Para él, cualquier momento es bueno para procrastinar.

En el porche, apoyo los antebrazos en la barandilla y sonrío cuando veo a la *golden retriever* correr directa hacia el agua. Hala, adiós a lo suave que estaba. Eso te pasa por listo, Evan.

Mientras aguardo, saco el móvil y le envío un mensaje a Mac.

Yo: ¿Qué te parece si la llamamos Patata?

Su respuesta es casi instantánea. Saber que tengo prioridad en su lista de personas a las que contestar me sube un poco el ego.

Mackenzie: Me niego.
Yo: ¿Perry Poppins?
Mackenzie: Mejor, pero yo voto por Daisy.
Yo: ¿Puede haber nombre más común y corriente?
Mackenzie: El tuyo sí que es común y corriente.
Yo: De eso nada, nena. Yo soy único en mi especie.
Mackenzie: No soy tu nena.
Yo: ¿Qué haces?
Mackenzie: Estoy en clase.

Después de eso me manda un emoticono de una pistola junto a otro de una cabeza de mujer. Me río al verlos.

Yo: ¿Tan mal?
Mackenzie: Peor. Estúpida de mí, elegí Biología para completar los créditos de ciencias. ¿¡Por qué todos los nombres de las especies están en latín!? Se me olvidaba lo mucho que odiaba la teoría celular. ¿Sabías que las células son la forma de vida más básica?
Yo: Yo pensaba que era el sexo.

Mackenzie me manda un emoticono que pone los ojos en blanco y luego me dice que debe dejar el móvil porque su profesor está llamando a alumnos para que respondan preguntas. No la envidio.

Aunque Garnet ofrece becas decentes para los de aquí, a mí nunca me ha apetecido ir a la universidad. No veo la necesidad.

Todo lo que debo saber sobre la construcción o la carpintería lo puedo aprender de mi tío, *online* o en libros de la biblioteca. El año pasado hice un curso de contabilidad en el centro cultural del pueblo para aprender a manejar mejor nuestras finanzas (por exiguas que sean), y solo me costó cien dólares. ¿Por qué pagar veinticinco mil por semestre para que me digan que las células son importantes y que hemos evolucionado de los simios?

El ruido de una bocina frente a nuestra casa me llama la atención. Nuestro pedido ya está aquí.

Cuando salgo, saludo a Billy y a Jay West con el puño y les doy una palmadita en la espalda. Son de mi antigua pandilla, y también crecieron en el pueblo. Aunque últimamente no los veo demasiado.

—Esto debería ser todo —dice Billy mientras abre la plataforma trasera de la camioneta. Hemos tenido que comprar y tomar prestadas algunas herramientas específicas, un compresor de aire y demás. En el remolque tienes las tejas nuevas en palés.

—Creo que sí —digo, y lo ayudo a bajar las cosas del vehículo.

—Papá dice que si le devuelves el compresor para el lunes, no te cobrará nada por él. Y te dejará el revestimiento y el tapajuntas a coste de fábrica.

—Os lo agradezco, B —contesto, y sacudo la cabeza.

En el pueblo nos cuidamos los unos a los otros. Tenemos nuestro propio sistema de negocios: hoy por ti, mañana por mí. Es el único modo por el que la mayoría de nosotros ha sobrevivido a las tormentas durante este último par de años. Hay que poder confiar en los vecinos y apoyarnos entre nosotros; si no, el pueblo entero se irá a la porra.

Billy, Jay y yo descargamos el remolque bajo el calor abrasador, y para cuando levantamos el último palé, ya chorreamos de sudor. Lo dejamos en el suelo cuando el móvil de Billy empieza a sonar y este se aleja un poco para responder a la llamada.

—Oye, Coop. —Jay se seca la frente con la manga corta de la camiseta—. ¿Tienes un segundo?

—Claro. Vamos a por agua. —Caminamos hacia la nevera que tenemos en el porche delantero y saco un par de botellas

92

de agua. Hace muchísimo calor aquí. El verano se niega a acabar—. ¿Qué pasa?

Jay cambia el peso sobre sus enormes pies. Es el más grandullón de los cinco chicos West: mide un metro noventa y cinco y cuenta con más de cien kilos de puro músculo. Steph lo llama el «gigantito», apodo que le va a la perfección. Jay es un tipo muy dulce, el primero en ayudar a quien lo necesita. No tiene un ápice de maldad en el cuerpo.

—Quería preguntarte algo. —Se sonroja un poco, y no es debido al calor—. Heidi y tú…

Frunzo la frente. No esperaba que dijera eso.

—He oído rumores sobre vosotros dos a principios de verano y, eh… —Se encoge de hombros—. No sabía si estabais saliendo o no.

—No.

—Ah. Vale. Guay. —Se traga la mitad de la botella antes de volver a hablar—. La otra noche la vi en El Chiringuito de Joe.

Trato de no reírme de su tímida expresión. Sé por dónde va la cosa, pero está dando muchas vueltas.

—¿Y qué tal? —le pregunto. Hace días que no veo ni a Heidi ni a las chicas.

—Bien. Nos lo pasamos bien. —Bebe más agua—. No te importa si le pido salir, ¿verdad? Como no estáis juntos ni nada…

Jay West es el perfecto ejemplo de buenazo, y Heidi se lo va a comer con patatas. Si es que le da la oportunidad, para empezar, que lo dudo, porque estoy bastante seguro de que soy el único chico del pueblo con el que se ha acostado. En el instituto salió con uno durante un año, pero no vivía en la bahía. Heidi siempre ha tenido medio pie fuera de aquí. Me sorprende que aún no se haya marchado.

No tengo el ánimo de decirle a Jay que probablemente lo rechace, así que me limito a darle una palmadita en el hombro y a añadir:

—Pues claro que no me importa. Es muy buena chica. Trátala bien, ¿vale?

—Palabra de Boy Scout —me promete, y levanta una mano como hacían normalmente allí. Porque fue Boy Scout, sí. Y, seguramente, de los que se ganaban todas las medallas. Mientras que a Evan y a mí nos echaron de nuestra tropa a los ocho años porque intentamos prender fuego al equipo de nuestro líder.

—Ey, no sabía que estabais aquí. —Evan sale con la cachorrita atada a la correa y mira arrepentido todo el material que hemos descargado, no gracias a él—. Os habría echado una mano.

Resoplo. Sí, claro.

—¿Desde cuándo tenéis perro? —pregunta Jay, encantado. Al instante, se arrodilla y empieza a jugar con la perrita, que intenta mordisquearle los dedos—. ¿Cómo se llama?

—Es hembra —le digo—. Y aún no lo sabemos.

—Yo voto por Minina, pero Coop dice que no. No tiene sentido del humor —comenta Evan.

—Lo estamos decidiendo —tercio.

Billy termina la llamada y se nos acerca. Asiente en dirección a Evan, quien imita su gesto y dice:

—Billy. ¿Qué tal?

—Bien.

Los dos comparten una mirada incómoda conmigo en medio. El grandullón de Jay no se percata de la tensión porque está ocupado con la perrita. Por esto ya no veo a Billy y a sus hermanos. Es demasiado incómodo.

Pero Evan parece no tener límites, y empeora aún más la situación.

—¿Cómo está Gen?

Billy rezonga un «bien» con brusquedad y no tarda ni un segundo en cerrar el remolque y salir a toda prisa de aquí junto a Jay.

—¿Qué narices ha sido eso? —le pregunto a Evan.

—¿El qué? —Lo dice como si yo no supiera a la perfección lo que se le pasa por la maldita cabeza.

—Creía que no te gustaba Genevieve.

—Y no me gusta. —Pasa junto a mí y se dirige al porche para tomar una botella de agua.

—Se marchó sin avisar siquiera —le recuerdo—. Créeme, esa chica no está llorando por las esquinas ni está preocupada por ti.

—Ya te he dicho que no es nada —insiste Evan—. Solo quería sacar un tema de conversación.

—¿Con sus hermanos? No me sorprende que Billy te culpe de que se haya marchado a Charleston. Por lo que he oído, le encantaría darte una paliza.

La ex de Evan era el auténtico demonio de nuestro grupo. Todos hemos experimentado con sustancias ilegales o hemos incumplido alguna ley, pero lo de Gen estaba a otro nivel. Si era una estupidez y potencialmente mortal, ahí estaba ella. Y Evan a su lado. Se supone que se marchó para aclararse las ideas. Sitio nuevo, vida nueva. ¿Quién sabe si será cierto? Si alguna de las chicas mantiene el contacto con ella, no lo ha mencionado. Prueba más que suficiente de que a Genevieve West no le importa haberle arrancado el puñetero corazón de cuajo a Evan. Aunque él no parece verlo así.

—¿Sigues pillado? —le pregunto.

Se quita la camiseta para secarse el sudor de la cara. Luego, me mira a los ojos.

—Ni siquiera pienso en ella.

Sí, claro. Conozco esa expresión. Yo ponía la misma cada día que nuestro padre no estaba. Cada vez que nuestra madre nos abandonaba durante semanas o meses. A veces se le olvida que soy la única persona en el mundo a quien no puede mentir.

Me vibra el móvil y me distraigo temporalmente de los cuentos chinos de mi hermano. Miro la pantalla y veo un mensaje de Mac.

Mackenzie: Mi profesor de biología acaba de decirnos que tiene una perrita llamada Katy Perry. Yo propongo que le robemos el nombre y aquí paz y después gloria.

No puedo evitar reírme, y eso hace que Evan me mire fijamente por encima de la boquilla de la botella de agua.

—¿Y tú, qué? —me devuelve con tono serio.

—¿Qué de qué?

—Cada vez que te veo, estás mandándote mensajitos con la clon. Sois asquerosamente monos.

—Creía que esa era la idea, genio. No dejará a su novio por cualquier imbécil que no le guste.

—¿De qué habláis? —inquiere.

—De nada importante. —Y es verdad. Sobre todo, proponemos nombres e ideas para adiestrar a nuestro perro. Mac se ha autoconcedido la custodia compartida y derechos de visita. Yo le digo que es libre de aportar para comprar empapadores y pienso. Ella me exige más fotos.

—Ya. —Me mira con los ojos entornados—. No te estarás pillando por esa zorra ricachona, ¿no?

—Eh. —Evan puede pagar conmigo su mal humor, pero su enfado no tiene nada que ver con Mac—. Ella no te ha hecho nada. En realidad, ha sido muy amable contigo. Así que cuidado con esa boca.

—¿Desde cuándo te importa? —Avanza hacia mí hasta quedar frente a mis narices—. Es una de ellos, ¿recuerdas? Una clon. El imbécil de su novio hizo que te despidieran. Que no se te olvide de qué lado estás.

—Siempre del nuestro —le recuerdo—. Ya lo sabes.

No hay nada más fuerte que el vínculo que comparto con mi hermano. Y una chica no cambiará eso. Lo que ocurre es que Evan tiene una espinita clavada con todos los que asisten a Garnet. Por lo que a él respecta, son el enemigo. Es una opinión que la mayoría de los que han crecido aquí comparten, y no los culpo. Yo mismo no recuerdo la última vez que un clon hizo algo que no fuera utilizarnos o abusar de nosotros.

En el fondo, Mac es producto del lugar de donde viene, igual que yo. Eso no significa que, de haber sido personas distintas —de haber tenido familias y vidas similares—, no me pudiera gustar. Es lista, graciosa y está muy buena. Sería un idiota si no lo admitiera.

Pero no somos personas distintas, ni esta es otra vida paralela. En Avalon Bay, hacemos lo que podemos con lo que tenemos.

CAPÍTULO DOCE
MACKENZIE

El miércoles, tras veinte minutos de clase de Biología, me doy cuenta de que estamos a viernes y la clase es de Cultura y Medios de Comunicación. Ahora entiendo los clips de *Real Housewives* en la pantalla. Pensaba que estaba alucinando.

La verdad es que llevo unos días rara. Las clases me aburren y cada vez me siento más insatisfecha con mi negocio. Me frustra que no haya mucho que hacer ahora que he delegado la mayor parte del trabajo en otra gente. Necesito un proyecto nuevo, algo grande y que me plantee retos a los que me apetezca enfrentarme.

Y, además, tengo la sensación de que siempre hay alguien que me mira por encima del hombro. Que estoy al filo de la navaja. Cada vez que me vibra el móvil, siento un subidón de adrenalina, culpabilidad y náuseas en el estómago. Soy como una yonqui que busca drogarse a pesar de saber que eso la está matando.

Cooper: ¿Qué te parece Elsa Perraky?
Yo: Pues a mí me gusta Perro Picapiedra.
Cooper: ¡Pero si es hembra!
Yo: Sigo pensando que le quedaría bien Daisy.
Cooper: ¿Nicki Perraj?

Es como si estuviéramos con los preliminares, pero más raro. Nos picamos con nombres de perros para tontear y, cada vez que vamos un poco más allá, es como si nos deshiciéramos de una prenda que le hemos retado al otro a quitarse en un metafórico *strip poker*. A veces es demasiado, pero no puedo parar. Cada vez que me escribe, me digo que es la última vez, pero entonces aguanto la respiración, le respondo, le doy a enviar y espero al siguiente chute.

¿Por qué me hago esto a mí misma?

Cooper: ¿Qué haces ahora?
Yo: Estoy en clase.
Cooper: ¿Te vienes a casa después? Podemos llevar a Rosalía de paseo por la playa.

¿Por qué lo hago? Porque Cooper me trastoca y me deja la cabeza hecha un desastre. Despierto sudada por los sueños espontáneos que tengo con su cuerpo de infarto y esos ojos tan enternecedores. Por mucho que quiera negarlo, me empieza a gustar, y eso me convierte en una tía horrible. Pero no he hecho nada con él. Soy capaz de controlarme. Es una cuestión de voluntad y esas cosas.

Yo: Llego en una hora.

«Es por nuestra perrita», me digo. «Para cerciorarme de que cuida bien de ella». Ajá.

He dicho que podía controlarme, ¿no? Y una mierda.

Una hora más tarde, llamo a la puerta, pero la situación es un poco incómoda. No sé si es él o soy yo, pero, por suerte, nuestra pequeña nos ayuda a distraernos. Salta a mis rodillas y paso varios minutos centrada en acariciarla, rascarle detrás de las orejas y besar su pequeña y mona naricita.

Cooper me da un golpecito en el brazo para llamar mi atención cuando estamos caminando por la playa junto a su casa.

Lo miro.

—¿Qué pasa?

—¿Te ocurre algo? —pregunta. La playa está vacía, así que Cooper suelta a la perrita y le lanza un trozo de madera para que vaya a recogerlo.

No es justo. Se acaba de quitar la camiseta y ahora tengo que verlo medio desnudo mientras caminamos, vestido solo con unos pantalones gastados. Por mucho que intente desviar la mirada, no puedo evitar fijarme en la uve que se marca en sus caderas. Empiezo a salivar como uno de los estúpidos perros del experimento de Pávlov.

—Lo siento —digo. Cuando la perrita nos trae la madera, se la vuelvo a tirar—. Estoy distraída con cosas de la uni.

No tardamos en cansar a la perra, así que regresamos a casa de Cooper. Él se vuelve a poner la camiseta vieja de Billabong, que es tan fina que se adhiere a cada músculo de su torso perfecto. Cada vez me cuesta más pensar en él como un amigo, lo cual me indica que ya es hora de que me vaya.

Y, sin embargo, cuando me pregunta si quiero que me acerque a la residencia, hallo la forma de rechazarlo y no decirle que no, a la vez. En lugar de eso, acabamos en su taller, un garaje situado a un lado de la casa en el que hay escuadradoras, máquinas y una gran variedad de herramientas. Hay pilas de leña contra la pared y el suelo está cubierto de serrín. Al fondo de la estancia descansan varios muebles de madera.

—¿Los has hecho tú? —Deslizo la mano por una mesita de café, una silla y una estantería fina. También hay una cómoda y un par de mesitas auxiliares. Todo tiene un acabado distinto, pero su diseño es costero y moderno. Recto y simple. Elegante.

—Es mi segundo trabajo —explica, orgulloso—. Aprovecho al máximo la madera que encuentro y le doy el uso que se merece.

—Vaya, es increíble.

Se encoge de hombros y hace caso omiso del halago, como si solo lo dijera por cortesía.

—No, lo digo en serio, Cooper. Tienes talento. Podrías ganar mucho dinero. Conozco a una docena de amigas de mi madre que arrasarían con este sitio como si fueran las rebajas de Saks y te tirarían el dinero a la cara sin pensarlo.

—Ya, bueno. —Oculta su rostro mientras guarda las herramientas y mueve de sitio la mesa de trabajo, como si necesitara mantenerse ocupado—. Si no tengo dinero suficiente para dejar de trabajar en la obra, tampoco tengo tiempo para hacer todo lo que necesitaría para que el negocio se mantuviera económicamente. Vendo alguna cosilla de vez en cuando y uso el dinero para arreglar la casa. Solo es un *hobby*.

Me llevo una mano a la cadera.

—Pues tendrás que dejar que te compre algo.

Antes de poder parpadear siquiera, se acerca y lo cubre todo con una sábana.

—Ni se te ocurra —me advierte sin mirarme a la cara.

—¿Que no se me ocurra qué? —pregunto sin entender.

—Ni se te ocurra hacerlo. En cuanto creas que soy uno de tus proyectos, esto —Nos señala— se acaba. No necesito que me ayudes. No te lo he enseñado para sacarte el dinero.

—Lo sé. —Le agarro del brazo para obligarlo a que me mire—. No es caridad ni siento pena por ti, Cooper. Considéralo una inversión en un talento aún por descubrir.

Resopla suavemente.

—Te lo digo en serio. Cuando te hagas famoso, le diré a todo el mundo que yo te conocía de antes. A las ricachonas nos gusta ser pioneras.

Me escruta con sus ojos oscuros. Desprende una intensidad, un aura natural, que es tanto magnética como peligrosa. Cuanto más me ordeno a mí misma mantener las distancias, más me atrae.

Al final, sonríe a regañadientes.

—Malditos clones.

—Mejor. Dame un precio justo para la mesita de café y las sillas, anda. Los muebles que tengo en la residencia son horribles, de verdad. Bonnie y yo íbamos a ir a comprar, pero con el trabajo que nos da la uni aún no lo hemos hecho.

Doy un saltito para subirme a la mesa de trabajo que hay cerca y balanceo las piernas. Sé que debería irme, pero disfruto demasiado de la compañía de este tío.

Se está volviendo un problema.

Cooper me contempla con una expresión indescifrable. Cuando le llega un mensaje, aparta la mirada. Saca el móvil y sea lo que sea que lee, le hace reír.

—¿Qué te hace tanta gracia?

—Nada. Mi amiga Steph ha mandado una publicación graciosa al grupo. Mira. —Se sube a la mesa, a mi lado, con mucha facilidad.

Me inclino hacia él para echar un vistazo al móvil y trato de no fijarme en lo bien que huele. A una mezcla de especias, serrín y océano; un aroma poco común y en el que la gente no recae cuando piensa en afrodisíacos y feromonas, pero que a mí me provoca un hormigueo y me hace sentir un pelín aturdida.

Aunque parezca mentira, en el chat hay una captura de pantalla de mi página web. Esta publicación en concreto es de *AscoDeNovia,* y es una anécdota sobre una chica que acepta irse con un tío a su casa después de conocerlo en un bar. Se acuestan, y cuando él se queda dormido, ella ve que le ha bajado la regla y que no tiene ni tampones ni compresas, así que empieza a buscar por el apartamento para ver si encuentra algo en alguno de los baños. En el primero no hay nada, así que no le queda más remedio que meterse en otra habitación para entrar en el otro baño. Y, justo cuando encuentra una caja de tampones, alguien la pilla: se trata de la madre del chico, que blande una lámpara como si fuera un arma porque cree que le están robando. Grita como una descosida y exige saber por qué hay una chica en ropa interior y vestida solo con una camiseta mientras rebusca en su baño a las cuatro de la mañana.

—¿Te imaginas? —Cooper sonríe—. En parte me alegro de que mi madre no viva aquí.

Debería contarle que servidora ha creado esa página que le está haciendo reír, pero no quiero decirle nada del estilo de «Sí, esa página es mía. La creé y gané mi primer millón cuando todavía estaba en el instituto. Pero, oye, cuéntame más sobre tus problemas con el negocio de carpintería». Eso sería de muy mala persona.

Normalmente, no presumo de mis logros, pero ahora me parecería aún peor hacerlo, así que me centro en lo que ha dicho de su madre.

—¿Dónde está?

—Ni idea —responde, mordaz. Suena dolido y enfadado.

Veo que he tocado un tema sensible y trato de pensar en cómo desviar la conversación a otros derroteros, pero él deja escapar un suspiro trémulo y sigue hablando.

—Apenas pasaba tiempo con nosotros cuando Evan y yo éramos pequeños. Se iba con diferentes tíos cada dos meses.

Y volvía de repente, en busca de dinero. —Se encoge de hombros—. Shelley Hartley nunca ha hecho de madre.

Mientras se quita algunos hilos de los vaqueros, veo el peso que ha llevado todo este tiempo en los hombros reflejado en su postura y en las arrugas de la frente.

—Lo siento —murmuro, sincera—. ¿Y tu padre?

—Murió en un accidente de coche por conducir borracho cuando teníamos doce años. Nos dejó una pila de deudas en la tarjeta de crédito como herencia. —Cooper toma un cincel, juguetea con él y, distraído, araña la mesa de madera contrachapada—. Lo único que nos dieron nuestros padres fueron problemas. —De repente, con rabia, clava el cincel en la madera—. Pero no pienso ser como ellos, joder. Antes me tiro por un puente.

Trago saliva. A veces da un poco de miedo. No en plan amenazante, sino por lo impredecible que es. Está muy tenso por culpa de un pasado que lo atormenta. Cooper Hartley tiene un fondo oscuro e inestable, y mi parte temeraria —esos impulsos que reprimo tan a menudo— quiere sumergirse en él y explorarlo.

Razón de más para ver el peligro que eso supondría.

Coloco una mano sobre la suya.

—Si te sirve de algo —digo, porque ahora mismo necesita una amiga que lo escuche y lo comprenda—, creo que no te pareces en nada a ellos. Eres trabajador, ambicioso y listo. Tienes talento. Confía en mí, eso es algo que le falta a mucha gente. Un chico con un poco de suerte y mucha iniciativa puede hacer lo que quiera con su vida.

—Para ti es fácil decirlo. ¿Cuántos ponis te han comprado tus padres por tus cumpleaños? —me responde con sarcasmo, y sé que es porque soy el único blanco que tiene a mano.

Le lanzo una sonrisa triste.

—Con suerte, alguna vez hablo con mi madre en lugar de con su secretaria. Su equipo se encarga de mandarme una felicitación todos los años. Sus empleados eran los que me firmaban las notas y las autorizaciones en el colegio.

—Me parece un intercambio justo por tener todo lo que quieras al alcance de la mano.

— ¿Eso crees? —Niego con la cabeza—. Sí, tengo mucha suerte de haber nacido en una familia adinerada, pero ese dinero se convierte en una excusa para todo. Se vuelve una barrera. Porque sí que tienes razón en algo: somos clones. Desde el día en que nací, mis padres me han preparado para ser como ellos. No me consideran una persona con opiniones e ideas propias, sino un objeto de atrezo. Te juro que a veces me pregunto si solo me engendraron para beneficiar la carrera profesional de mi padre.

Cooper me lanza una mirada inquisitiva.

—Es congresista —le explico—. Y todo el mundo sabe que los votantes prefieren a candidatos con familia. O, al menos, eso dicen las encuestas. Así que, ¡tachán!, aquí estoy. Nacida y criada para las sesiones de fotos para las campañas. Me han enseñado a sonreír para las cámaras y a decir cosas buenas de papá en las galas benéficas. Y lo he hecho, todo, sin quejarme o preguntar. Porque esperaba que un día me quisieran por hacerlo.

Suelto una carcajada amarga.

—Aunque, si te soy sincera, creo que, si les dieran el cambiazo por otra hija, ni se darían cuenta. Habría otra chica que seguiría con mi vida. Como persona, no les intereso.

Es la primera vez que me desahogo en voz alta. La primera que dejo que alguien vea este lado de mí. A ver, sí, le he contado muchas cosas a Preston, pero no tanto. Ambos formamos parte del mismo círculo. Él lo considera algo normal y no se queja de su vida. ¿Qué sentido tendría? Es un tío. Un día dirigirá el imperio familiar. ¿Y yo, qué? Yo tengo que mantener mis sueños en secreto para que mis padres no se den cuenta de que no pretendo ser un ama de casa sumisa cuando me canse de «esas nimiedades de adolescente».

Creen que mis páginas web son una pérdida de tiempo. «Una afición pasajera», decía mi madre durante el año sabático que conseguí después de pelearlo con uñas y dientes. Cuando, orgullosa, le conté a mi padre que en mi cuenta del banco ya tenía una cantidad con seis ceros, él, simplemente, resopló. Me dijo que un millón de dólares era chatarra comparada con los cientos de millones que su empresa conseguía cada trimestre. Pero, en fin, al menos podría haber fingido estar orgulloso de mí.

Cooper guarda silencio durante un momento. Entonces, como si hubiera despertado de una ensoñación, redirige esa mirada intensa hacia mí.

—Vale, te doy la razón en lo de que tener padres emocionalmente ausentes no es mejor que tenerlos físicamente ausentes.

Me echo a reír.

—Entonces, ¿cómo va la tabla de resultados por traumas infantiles?

—Todavía te gano por goleada, pero ahí vas.

—Me parece justo.

Nos sonreímos ante la futilidad de la discusión. No era mi intención transformar el tema en una competición —jamás menospreciaría el dolor que Cooper ha sufrido—, pero supongo que estaba reprimiendo más frustración de la que pensaba y, al final, me ha sobrepasado.

—Oye, ¿tienes algo que hacer esta noche? —pregunta mientras se pone de pie.

Vacilo. Debería hablar con Preston por si tiene planes con sus amigos.

En lugar de eso, respondo:

—No.

Porque, en lo que concierne a Cooper, mi buen juicio se ha ido al garete.

Me da un buen repaso con la mirada que hace que me estremezca.

—Bien, porque voy a llevarte a un sitio.

CAPÍTULO TRECE
COOPER

—Siempre he querido montarme en uno de esos —dice Mac, que me agarra del brazo y tira de mí hacia una monstruosidad que gira en el aire, a unos treinta metros de altura.

¿Está de broma? Pongo los ojos en blanco.

—Si quisiera marearme y ahogarme en mi propio vómito, lo haría aquí abajo, en el suelo.

Se gira hacia mí con los ojos bien abiertos y relucientes bajo las luces multicolores.

—No serás un gallina, ¿verdad, Hartley?

—Más quisieras —exclamo, porque mi incapacidad para rechazar un reto es uno de mis mayores defectos.

—Pues demuéstralo, cobarde.

—Te arrepentirás —le advierto antes de hacerle un gesto con la mano para que vaya delante.

La feria anual es el plato fuerte del otoño en Avalon Bay. Se supone que es para celebrar la fundación del pueblo, o algo así, pero hoy día se ha convertido en una mera excusa para festejar. Los restaurantes sacan sus propios puestecitos de comida, los bares venden sus cócteles estrella y el paseo marítimo se abarrota de juegos y atracciones de feria.

Evan y yo fumábamos porros con nuestros amigos, nos emborrachábamos y montábamos en todas las atracciones para ver quién vomitaba primero. No obstante, parece que estos dos últimos años nos hemos cansado de ello.

Por alguna razón, he sentido la necesidad de enseñarle el festival a Mac.

El paseo está a rebosar. Los chirigoteros compiten con música en vivo en tres escenarios desplegados por el casco antiguo. El olor a perritos rebozados y algodón de azúcar, buñuelos y muslos de pavo impregna el ambiente. Después del carrusel de columpios y de la lanzadera, vamos al tobogán de quince metros y a la olla. De camino, Mac da saltitos con una sonrisa enorme, sin una pizca de miedo. Menuda aventurera está hecha. Me gusta.

—¿Y ahora? —pregunta mientras nos recuperamos de la última atracción en la que ha elegido subirse. No me tengo por debilucho, pero esta loca me lo está poniendo difícil.

—¿Podemos relajarnos un poco? —rezongo—. Dame al menos cinco segundos para que me acostumbre de nuevo a la gravedad.

Sonríe.

—¿Relajarnos? Jo, abuelo. ¿Y qué hacemos? ¿Nos montamos en la noria o en ese trenecito que atraviesa el Túnel del Amor?

—Si te has planteado entrar en el Túnel del Amor con tu abuelo, entonces tienes problemas serios de los que deberíamos hablar.

Me hace una peineta.

—Entonces, ¿qué tal si paramos para comprar algodón de azúcar?

—Vale. —Mientras paseamos en dirección a los puestos de comida, le hablo como si nada—. ¿Sabes? Una vez me hicieron una mamada en ese túnel.

En vez de parecer asqueada, sus ojos verdes destellan con interés.

—¿En serio? Cuenta, cuenta.

Nos ponemos a la cola detrás de una mujer que intenta regañar a tres niños de menos de cinco años. Son como una camada de cachorros, incapaces de estarse quietos: saltan y saltan del subidón que les provoca el azúcar que han comido.

Me paso la lengua por el labio inferior y le guiño un ojo a Mac.

—Luego te lo cuento. En privado.

—Cómo te gusta hacerte de rogar…

Llegamos al mostrador, donde compro dos algodones de azúcar. Mac, encantada de la vida, me quita uno, le arranca un buen trozo rosa y se lo mete en la boca.

—Qué bueeeeeno. —Sus palabras son casi inteligibles porque tiene la boca llena.

Un montón de imágenes pornográficas campan a sus anchas por mi cerebro mientras la observo chupar y tragarse el dulce.

Se me pone dura contra la cremallera, y eso no me ayuda a concentrarme en lo que me dice.

—¿Sabías que el algodón de azúcar lo inventó un dentista?

Parpadeo y vuelvo a la realidad.

—¿En serio? Menuda manera de asegurarse la clientela.

—Un genio —concuerda.

Me acerco el mío y le doy un bocado. El algodón se derrite en cuanto me roza la lengua, y el sabor dulce me inyecta un chute de nostalgia en el riego sanguíneo. Me siento como un crío otra vez. Cuando mis padres estaban medianamente enamorados y aún presentes en nuestra vida, nos traían a Evan y a mí al paseo marítimo, nos cebaban de comida basura y azúcar y nos dejaban volvernos locos. Luego, volvíamos a casa entre risas, emocionados, y con la sensación de ser una familia de verdad.

Para cuando Evan y yo cumplimos los seis años, su relación se volvió difícil. Papá empezó a beber más. Mamá, a buscar la atención y la aprobación de otros hombres. Se separaron y Evan y yo nos convertimos en algo secundario para ellos, después del alcohol y el sexo.

—No —me ordena Mac.

Parpadeo otra vez.

—Que no, ¿qué?

—Tienes esa mirada en la cara. Estás rallado por algo.

—Qué va.

—Ya te digo yo que sí. Ahora mismo tu cara grita: «Sí, soy un malote torturado y atormentado y estoy ralladísimo de la vida». —Me mira seria—. Espabila, Hartley. Estábamos hablando de temas muy interesantes.

—Del algodón de azúcar, sí —replico con sequedad.

—¿Y? Hasta eso puede ser interesante. —Enarca una ceja con petulancia—. ¿Sabías que los científicos están intentando usar el algodón de azúcar para crear vasos sanguíneos artificiales?

—Eso suena a trola de las grandes —le digo, más animado.

—Pues no. Lo leí en algún lado —insiste—. Las fibras del algodón de azúcar son, digamos, muy muy pequeñas. Del mismo tamaño que nuestros vasos sanguíneos. No recuerdo bien el procedimiento exacto, pero, a grandes rasgos, el algodón de azúcar es clave para el avance de la medicina.

—No lo sé, Rick, parece falso...

—Te lo prometo.

—Cítame la fuente.

—Era una revista.

—Ah, claro que sí, por supuesto... Una revista. Lo más fiable del mundo.

Me fulmina con la mirada.

—¿Por qué no puedes aceptar sin más que tengo razón?

—¿Y por qué no puedes aceptar sin más que, a lo mejor, no la llevas?

—Siempre llevo razón.

Me río, y ella me mira aún peor.

—Estoy convencido de que discutes por el mero placer de hacerlo —afirmo.

—De eso nada.

Me río con más ganas.

—¿Ves? Mira que eres cabezota.

—¡Que no!

Una mujer alta y rubia que va de la mano de un niño pequeño frunce el ceño cuando pasa por nuestro lado. El grito de Mac ha hecho que nos mire con preocupación.

—No pasa nada —le asegura Mac—. Somos mejores amigos.

—Rivales acérrimos, dirás —la corrijo—. Siempre me está gritando, señora. Por favor, ayúdeme a salir de esta relación tan tóxica.

La mujer nos dedica una de esas miraditas que dicen «sois incorregibles», propia de los mayores de cuarenta años siempre que deben lidiar con críos inmaduros. Pues no, señora. Tenemos más de veinte.

Caminamos por el paseo marítimo y nos detenemos para observar cómo un calzonazos lanza dardos a una pared llena de globos para tratar de ganar un peluche gigante para su novia. Cuarenta dólares después, todavía no ha ganado el enorme panda, y, ahora, su chica está más entretenida comiéndome con la mirada que animándolo a él.

—Yo alucino con esa —dice Mac cuando nos alejamos de allí—. Juraría que te estaba imaginando desnudo mientras dejaban seco al pobre de su novio.

—¿Estás celosa? —Le sonrío de oreja a oreja.

—Qué va. Solo impresionada. Estás como un tren, Hartley. Creo que no ha habido tía con quien nos hayamos cruzado esta noche que no haya babeado por ti.

—¿Qué puedo decir? Las mujeres me adoran. —No es mi intención ser arrogante. Solo constato un hecho. Mi gemelo y yo somos atractivos, y los tipos como nosotros son populares entre las mujeres. Cualquiera que diga lo contrario, no sabe de lo que habla. En lo referente a nuestro instinto más básico, la atracción sexual, el físico importa.

—¿Por qué no tienes novia? —me pregunta Mac.

—Porque no quiero.

—Ah, ya lo entiendo. Tienes fobia al compromiso y todo eso.

—Qué va. —Me encojo de hombros—. Es solo que ahora mismo no me interesa. Tengo otras prioridades.

—Interesante.

Nuestras miradas se cruzan durante un breve instante acalorado. Estoy a pocos segundos de reconsiderar esas prioridades que he mencionado antes cuando Mac traga saliva de forma exagerada y cambia de tema.

—Vale, ya nos hemos relajado bastante —anuncia—. Hora de montarnos en otra atracción.

—Por favor, ten piedad de mí —le suplico.

Ella resopla como respuesta y se aleja en busca de nuestra próxima aventura suicida.

La miro divertido, y también un poco asombrado. Esta chica es de otro mundo. No es para nada como los demás clones de Garnet. No le importa su aspecto, si tiene el pelo alborotado o el maquillaje corrido. Es espontánea y libre, y eso hace que me cueste más comprender por qué sigue con ese imbécil de Kincaid. ¿Qué tiene ese capullo que lo haga tan genial?

—Explícame algo —le digo mientras nos acercamos a una enorme estructura parecida a un tirachinas. Dos personas, o mejor dicho, víctimas, gritan a todo pulmón encerradas en una especie de celda redonda desde donde salen propulsadas hacia el cielo hasta casi alcanzar los sesenta metros de altura.

—Si intentas echarte para atrás, olvídate. —Se encamina directamente hacia el encargado de la atracción y entrega nuestros tiques.

—Tu novio —empiezo, y la rodeo para llegar a la celda primero.

El hombre me ata y explica su perorata, que básicamente se resume en: «Mantengan los pies y las manos dentro del vehículo, y si pierden la vida, no nos hacemos responsables».

Por primera vez esta noche, Mac parece nerviosa cuando se acomoda a mi lado.

—¿Qué pasa con él?

Elijo las palabras con cuidado.

—Bueno, he oído cosas. Y ninguna buena. Para una chica que insiste en no querer ser la princesita perfecta de mamá y papá, me pregunto por qué haces lo que se espera de ti y te conformas con otro clon de Garnet.

El montón de cuerdas gruesas, que en breves momentos nos arrojará al cielo nocturno, se eleva por los brazos que conforman un ángulo obtuso por encima de nuestras cabezas.

—No es asunto tuyo. —Su expresión pierde emoción, y responde a la defensiva. He tocado un tema sensible.

—Venga ya, si es porque en la cama lo pasáis de maravilla, dilo y ya está. Eso lo entiendo. Y hasta lo respetaría.

Ella mira al frente, como si pudiera ignorarme en esta lata de sardinas minúscula.

—No pienso tener esta conversación contigo.

—Sé que no es por el dinero —añado—. Y el hecho de que nunca hables de él me dice que tampoco lo quieres.

—Te estás pasando. —Mac se gira hacia mí y levanta el mentón. De repente, su actitud se ha vuelto beligerante—. Sinceramente, me das pena.

—Anda, no me digas, princesa. —No puedo evitarlo. Sacarla de sus casillas me pone cachondo—. ¿Cuándo fue la última vez que te tocaste pensando en él?

—Déjame en paz. —Se le encienden las mejillas. Veo cómo se muerde el carrillo mientras pone los ojos en blanco.

—Dime que me equivoco. Dime que te pone a cien solo con que te mire.

Atisbo el ritmo acelerado de su corazón en el cuello. Mac se remueve en el asiento y cruza las piernas por los tobillos. Cuando nuestras miradas se topan, se pasa la lengua por los labios y sé que está pensando lo mismo que yo.

—Hay cosas más importantes que la química —me rebate, aunque oigo vacilación en su voz.

—Seguro que llevas repitiéndote eso mucho tiempo. —Inclino la cabeza—. Pero, a lo mejor, ahora ya no estás tan segura.

—¿Y por qué no?

—Muy bien —anuncia el hombre de la atracción—, agárrense fuerte. A la cuenta atrás de diez. ¿Preparados?

A la mierda.

—Te doy dos opciones —le digo.

—¿Qué?

—Ocho. Siete —cuenta el hombre.

—¿Recuerdas la apuesta que hicimos la noche en que nos conocimos? Bueno, la gané yo y ahora ya sé lo que quiero como premio.

—Seis. Cinco.

—Cooper...

—Cuatro. Tres.

—Bésame —le suelto sin más—. O dime que no me deseas.

—Dos.

—¿Qué eliges, Mackenzie?

—Uno.

CAPÍTULO CATORCE
COOPER

Nos impulsamos en el aire y, durante varios segundos apasionantes, es como si nos quedáramos congelados en el tiempo. Sujetos por la fuerza de la atracción mientras el suelo desaparece bajo nuestros pies. Un breve momento de ingravidez nos eleva de los asientos y, entonces, la tensión de las cuerdas se relaja y rebotamos una vez, dos, hacia el punto más alto. Giro la cabeza y los labios de Mac encuentran los míos.

Es como una descarga eléctrica; un chisporroteo de calor que viaja de sus labios a mi polla.

Me agarra el pelo y me besa con intensidad. Sabe a azúcar y a noches de verano interminables. Me encuentro deseoso de ambas cosas cuando deslizo la lengua sobre la suya y nos elevamos tan alto que me siento como si no fuéramos a volver a bajar.

Su jadeo hace que me ardan los labios.

Profundizo el beso y ahogo ese gemido tan suave.

La jaula vuelve a rebotar y descendemos despacio. Nos separamos e inspiramos hondo. Me obligo a recordar dónde estamos para no quitarle la ropa ahí mismo. La tengo dura, y le tengo muchas ganas a ella.

—No deberíamos haber hecho esto. —Mac se coloca el tirante de la camiseta y se limpia el pintalabios corrido.

—No me arrepiento —le digo. Porque es verdad. Llevaba semanas deseándolo. Y ahora las cartas están sobre la mesa. A la mierda fingir; solo queda avanzar.

Permanece callada mientras nos bajamos de la atracción. Tal vez me haya pasado y la haya asustado.

Al ver que me lleva a la salida de la feria, reprimo un suspiro.

Sí.

Está aterrada.

—Si quieres, te llevo a casa —le ofrezco mientras la sigo hasta donde hemos aparcado la camioneta.

—Primero quiero despedirme de Daisy.

Esta vez no la corrijo. Supongo que ha ganado la batalla.

—Llamaré a un taxi —añade.

Durante el trayecto de vuelta a casa tengo la certeza de que no volveré a verla y de que he arruinado el plan. La cabeza me da vueltas mientras trato de pensar en qué decir, de encontrar la manera de suavizar el golpe. Solo me vienen a la cabeza mil maneras en las que me gustaría tener sexo con ella, lo cual no ayuda.

—Él me contiene.

Su comentario en voz baja hace que la mire, sorprendido.

—¿Qué?

—Preston. Estoy con él por muchas razones, pero esa es una de las principales. Me contiene. —Por el rabillo del ojo veo que se frota las manos—. Me recuerda que tengo que contenerme más.

—¿Por qué? —digo con voz ronca.

—Para empezar, porque mi padre es un personaje público.

—¿Y? Tu padre tomó esa decisión. Tú no tienes por qué volverte una muñequita de cristal por el camino que él haya decidido tomar. —Frunzo el ceño y la miro—. Y no tienes por qué aguantar a un novio que te tiene atada en corto.

Sus ojos titilan.

—No me tiene atada en corto.

—Eso es lo que significa estar contenido, ¿no? —digo con sarcasmo.

—He dicho que me recuerda que tengo que contenerme más. No que él sea quien lo hace. En fin, da igual. No lo entenderías. —Frunzo los labios y ella mira por la ventanilla del copiloto.

—Pues no, no lo entiendo. Acabo de pasar un par de horas viéndote buscar las atracciones más terroríficas de la feria. Te encanta la adrenalina. Te encanta vivir. Tienes fuego, Mac.

—Fuego —repite ella, incrédula.

—Pues claro. Fuego. Y has elegido a un tío que lo apaga. Necesitas a alguien que lo alimente.

—Y supongo que ese alguien eres tú, ¿no? —pregunta con brusquedad.

—Yo no he dicho eso. Solo que la persona que has elegido dista mucho de serlo.

Cuando llegamos, la casa está a oscuras. Evan me dijo que había quedado con nuestros amigos, pero tal vez hayan ido a la feria. Al entrar, permanecemos en silencio.

Enciendo la luz.

—Mira, no me arrepiento del beso, ambos queríamos hacerlo, y lo sabes. Pero si ahora te vas a sentir incómoda con lo de la amistad…

Vuelvo la cabeza y la veo pegada contra la puerta, tan apetecible. No habla; se limita a tirar de mi camiseta para acercarme a ella. Antes de poder pestañear siquiera, se pone de puntillas y me besa.

—Joder —gruño contra su boca insaciable.

Me envuelve la cadera con la pierna y me muerde el labio como respuesta.

Mi cerebro se bloquea durante un segundo antes de volver en sí. Le agarro el muslo y me coloco entre sus piernas mientras profundizo el beso. Sus dedos se cuelan bajo mi camiseta.

—Joder. Menudos músculos… No puedo con mi vida. —Desliza las palmas sobre mi torso y me acaricia hasta llegar a mi espalda. Me araña suavemente por la columna con las uñas.

Sus caricias entusiastas provocan que toda la sangre se me acumule en la entrepierna. Estoy ido. Duro. Jadeando. Tan cachondo que hasta me cuesta respirar.

Con los ojos cerrados, la imagino inclinada contra mi cama. Justo cuando voy a tomarla en brazos y cargarla en el hombro, oigo que la puerta corredera de cristal de la cocina se cierra con fuerza.

Nuestras bocas se separan.

—Vaya, lo siento, no quería interrumpiros. —Heidi está en el umbral de la cocina y nos observa con una sonrisa cargada de sarcasmo—. No sabía que habíais vuelto.

Me esfuerzo por recuperar el aliento y la voz.

Ella se dirige al frigorífico para llenarse las manos de cervezas.

—Por favor, seguid, no pretendía interrumpir.

Heidi me guiña el ojo antes de irse por donde ha entrado.

«Mierda».

—Será mejor que me vaya.

Mac se separa de mí enseguida y pone distancia entre nosotros. La perra no ha venido, lo que significa que Evan está con ella, con Heidi y nuestros colegas en la playa.

—Esa era Heidi, una amiga —me apresuro a explicar; no quiero que Mac se vaya—. Lo siento. No sabía que había alguien en casa.

—No pasa nada. Tengo que irme.

—Quédate. Es posible que todos estén en la playa. Te traeré a Daisy.

—No, da igual, voy a llamar a un taxi.

—Yo te llevo —le propongo.

Antes de poder detenerla, ya ha salido por la puerta.

«Doble mierda».

—Al menos déjame esperar contigo.

Eso sí que lo permite, pero el momento se ha roto. De nuevo, esperamos en silencio con una distancia enorme entre nosotros, y lo único que hace antes de marcharse es despedirse con un gesto de la mano.

Me paso los dedos por el pelo y vuelvo a casa. Joder. Es avanzar un paso y retroceder dos.

Como siempre.

Una vez entro en la cocina, tomo una cerveza, le quito el tapón y le doy un trago largo antes de salir al porche. Heidi está allí. Ya no tiene los brazos llenos de botellas; supongo que las habrá llevado a la playa y habrá vuelto a esperarme.

—Hola —la saludo con brusquedad.

—Hola. —Está apoyada contra la barandilla y juguetea con el borde deshilachado de la falda vaquera—. La clon ya ha mordido el cebo, ¿eh?

—Supongo —respondo antes de tomar un trago de cerveza. Para ser sincero, me había olvidado por completo del plan, la apuesta, las reglas y todo eso. Solo le he prestado atención a Mackenzie y a lo mucho que me gusta tenerla pegada contra mi cuerpo.

—¿Supones? Esa chica te estaba mirando embobada. Se ha pillado.

En lugar de contestar, desvío el tema.

—Hablando de gente pillada, Jay West ha preguntado por ti.

Entrecierra los ojos.

—¿Cuándo?

—Hace unos días. Dijo que habíais estado en el bar o algo así.

—Ah, sí. Nos los encontramos a Kellan y a él en El Chiringuito de Joe.

Enarco una ceja.

—Te va a pedir salir.

No responde, se limita a mirarme, desconfiada.

—¿Vas a rechazarlo?

—¿Debería?

Me entran ganas de suspirar. Sé que quiere que le diga que quiero algo con ella, que me postre a sus pies y le suplique que no salga con nadie excepto conmigo, pero no pienso hacerlo. Cuando nos liamos, le dije que no buscaba una relación. Esperaba que todo quedara en un rollo de una noche; tú me das cremita y yo te doy cremita, y después volveríamos a ser amigos. Pero he sido un ingenuo. Una noche se convirtió en varias, y ahora nuestra amistad está más tirante que nunca.

—Haz lo que te dé la gana, Heidi —digo al final.

—Ya, ya. Gracias por el consejo, Coop. —Sus palabras están cargadas de sarcasmo. A continuación, sacude la cabeza, frustrada, y baja las escaleras.

Suelto el aire que estaba aguantando y me termino la cerveza. Todavía tengo el sabor de Mackenzie en la lengua. Azúcar y sexo, una combinación adictiva. Entro para sacar otra cerveza con la esperanza de que el alcohol me ayude a quitarme el sabor de la mujer que me muero por volver a besar.

Me junto con todos en la playa. Me alegro de ver —y luego me avergüenzo de hacerlo— a Heidi en la orilla, bien lejos, mientras escribe en el móvil. Tal vez sea a Jay, aunque lo dudo. Nunca le han atraído los chicos buenos, solo los capullos como yo.

En torno al fuego, Steph y Alana se burlan de Evan por una chica con la que se enrolló anoche después de pegarse con su novio. Es la primera noticia que tengo, pero en lo que respecta a sus cosas, tampoco es que suelte mucha prenda. Por lo que he oído, se encaró con unos clones de Garnet que se negaron a pagar después de haberlos machacado en el billar.

—Ha venido esta noche, superenchochada, a preguntar dónde estabas —le cuenta Alana.

Evan se queda blanco.

—No le habrás dado mi número, ¿verdad?

Alana deja que sufra unos segundos antes de que Steph y ella le sonrían.

—Claro que no, eso atentaría contra el código de los colegas.

—Hablando del código de los colegas, ¿dice algo de obligar a tus amigos a estar en primera fila cuando te lías con alguien? —interviene Steph, y señala al culpable.

Al otro lado de la hoguera, nuestro amigo Tate está tumbado sobre una de nuestras viejas tumbonas con una morena con curvas encima. Tiene una mano hundida en el pelo de la chica y se comen la boca mientras ella se frota contra él como una gata en celo. No se enteran de que estamos aquí.

—¡Sinvergüenzas! —grita Evan a la pareja con fingida indignación. Después sonríe porque él mismo es un exhibicionista.

Tate le da a su chica un cachete en el culo y ambos se ponen de pie con las mejillas sonrosadas y los labios hinchados.

—Coop —me saluda, alargando la vocal—. ¿Te importa que entremos para ver la tele un rato?

Pongo los ojos en blanco.

—Qué va, pero en mi cuarto no hay, así que más os vale que no os encuentre allí.

Adoro a mis amigos, pero no quiero que follen en mi habitación. Que he cambiado las sábanas esta mañana, hombre.

En cuanto Tate y la morena se esfuman, Alana y Steph juntan las cabezas y empiezan a cuchichear.

—Que nos enteremos todos —las increpa Evan con un dedo.

Con una mirada malévola, Steph señala a Alana con el pulgar y dice:

—Esta chica mala se acostó con Tate el finde pasado.

Enarco una ceja.

—¿En serio?

Evan se encoge de hombros sin parecer sorprendido.

—Por fin te has montado en el Tatemóbil, ¿eh? Me sorprende que hayas tardado tanto.

Mi hermano tiene razón. Desde que la familia de Tate se mudó a Avalon Bay durante el penúltimo curso de instituto, todas las chicas han estado locas por él. Le basta con sonreír para tenerlas en el bote.

Alana se encoge de hombros; no se muestra avergonzada ni arrepentida.

—Ojalá lo hubiera hecho antes. Folla muy bien. Igual que besa.

—No está mal —coincide Evan, y me echo a reír sin poder evitarlo.

—Joder —digo sin aire—. Siempre se me olvida que os liasteis una noche.

Él pone los ojos en blanco.

—Solo fue un beso.

—Tío, duró tres minutos.

Me vienen a la mente recuerdos de Evan y Tate morreándose en una fiesta en casa de Alana, cuando teníamos dieciséis años. Las tías los vitoreaban y los tíos silbaban. Fue una noche extraña de narices.

—Debo decir a favor de Ev que liarse con Tate fue la única manera que tuvieron de vernos a Genevieve y a mí sin camiseta... —Alana se queda callada de repente.

Mierda. Lo acaba de hacer. Ha mencionado a Genevieve en alto, la Voldemort del grupo. Con esto, asumo que mantienen el contacto. Steph, Alana, Heidi y Gen eran un cuarteto de armas tomar.

Evan y yo nos leemos la mente, pero, al contrario que yo, que tengo cierto autocontrol, él no parece saber qué es eso.

—¿Todavía habláis con ella?

Alana vacila.

Steph abre la boca, pero la aparición de Heidi la interrumpe.

—¿Qué pasa? —pregunta con tiento, y nos mira antes de asentir—. Ah, Cooper os lo ha contado.

Genevieve queda en el olvido y todos se vuelven para mirarme.

—¿Que nos ha contado qué? —inquiere Steph.

Me encojo de hombros, así que Heidi no pierde el tiempo y les cuenta que nos ha pillado a Mackenzie y a mí en la entrada.

—Tengo que admitir, Coop, que no pensaba que fueras a llegar tan lejos —dice Alana mientras alza el botellín de cerveza—. Me has sorprendido.

—Por cierto, he cambiado de opinión. —Heidi me observa sobre las llamas—. Me apunto al plan al cien por cien. Estoy deseando ver la cara de esa tía cuando se dé cuenta de lo que has hecho.

—¿Cómo piensas hacerlo? —pregunta Steph, entusiasmada.

Es la mayor distracción que han tenido desde que se les fue la cabeza con el coche de un clon que le había robado la parte de arriba del bikini a Alana mientras tomaba el sol en la playa.

—Sí, sí, tenemos que hablar del plan —añade Evan—. No podemos desaprovechar esta oportunidad.

—Eso es —conviene Heidi—. Tienes que conseguir que Kincaid y ella estén en el mismo sitio y que él os vea juntos. Y después, la dejas en público. Cuanto más dramático, mejor. —Heidi está a tope hoy. Sé que es culpa mía, pero no sé cómo arreglar las cosas con ella—. Tal vez podamos dar una fiesta.

Steph salpica cerveza en el fuego, ansiosa.

—Qué va, eso ya está muy visto. Tiene que ser en su terreno. Tenemos que humillar a Kincaid delante de los suyos; si no, no mola.

—Pues yo sé dónde conseguir un par de cubos de sangre de cerdo —sugiere Alana, y los demás se parten de la risa.

Me río con ellos y les sigo el juego, porque hace unas semanas me habría importado una mierda lo que le pasara a la novia de un clon cualquiera o a un capullo ricachón que se cruzara en mi camino.

Pero ahora que he empezado a conocer a Mac... me cae bien de verdad. No se merece nuestro desprecio por estar saliendo con un imbécil como Kincaid. Y después del beso, sé que entre nosotros hay algo real, por mucho miedo que le dé. Sin embargo, no le puedo decir a esta gente que lo estoy reconsiderando. Me mandarían a la mierda.

Ahora que han encontrado carne fresca, no se contentarán hasta devorarla.

CAPÍTULO QUINCE

MACKENZIE

—Llevaba tres días seguidos sin sujetarme la puerta para que pasara, y no se disculpó ni una sola vez. Hasta empiezo a pensar que lo hacía a propósito. Yo soy tradicional, ¿vale? Para mí los modales son primordiales. Así que, ¡sujétale la puerta a una dama, por el amor de Dios! Pues nada, al cuarto día, lo veo llegar. Estoy lista y preparada, dentro de la cafetería. Y antes de que la abra, echo el pestillo. Dejé encerrada a toda la maldita cafetería porque no me daba la santa gana dejarlo entrar. Por encima de mi cadáver, vaya.

Es lunes por la mañana, y Bonnie y yo estamos fingiendo ser productivas. Ella me grita desde el cuarto de baño, donde se está maquillando, mientras yo preparo café en la cocinita. Estoy prestándole atención a medias, por lo que me mancho la camiseta de leche.

—¿Y cuánto tiempo estuviste así? —le pregunto desde mi habitación mientras me cambio de ropa. He quedado con Preston para comer en su casa, así que tengo que asegurarme de ir vestida con la ropa apropiada. No por él, sino por su madre. A ella le gusto, creo, pero es un tanto… particular, y una camiseta de tirantes y unos vaqueros no servirán con Coraline Kincaid.

—El suficiente para que el encargado viniera y me exigiera que dejara salir a la gente. Y yo me puse en plan: «Sí, me encantaría… en cuanto este tío se disculpe o se vaya». Bueno, la cosa es que al final el chaval debió de darse cuenta de que iba en serio, y se fue. Pero al día siguiente, me dejó fuera de una bocatería hasta que accedí a tener una cita con él. Así que me recogerá el viernes por la noche.

—Genial —le grito, pero cuando me doy la vuelta, la veo justo detrás de mí con el café preparado en dos termos—. Uy, perdona.

—Estás nerviosa. —Me contempla—. Tienes un secreto.

—Qué va. Qué dices.

De repente, abre los ojos como dos platos azules enormes.

—Has besado a un chico.

Será bruja.

—¿Quién es? —inquiere.

Es inútil negarlo. Estoy absolutamente convencida de que Bonnie tiene poderes sobrenaturales. Insistirá hasta que le dé lo que quiere.

—Uno del pueblo —digo. Técnicamente, es cierto. No tiene por qué saber que el tipo en cuestión es Cooper.

Uf. Con solo pensar en su nombre se me acelera el pulso.

¿Qué narices he hecho? ¿El beso en la feria? Puedo decir que fue culpa del subidón de azúcar. ¿Pero el morreo con manoseo de después, en su casa?

Para eso no hay excusa.

Soy una persona horrible. Una novia horrible, egoísta y espantosa que no se merece a un tío tan estupendo como Preston.

Ya no hay vuelta atrás. Lo sé. Y, aun así, pese a la vorágine de culpabilidad que siento en el estómago, una estúpida mariposa aletea en mi interior, bate las alas y rememora los labios hambrientos y la mirada intensa de Cooper.

Su lengua contra la mía.

Mis dedos rozando los músculos de su torso trabajado.

Y no solo pienso en su físico. Es todo lo de antes. Cuando hablamos de nuestras familias, en su taller, cuando recorrimos el paseo marítimo como un par de niños revoltosos. Cuando estoy con él, no necesito contenerme. No tengo que fingir ser la dama bien educada y correcta que esperan que sea. Siento que puedo ser yo misma cuando estoy con Cooper. Y eso… me asusta.

—¿Y ya está? —La voz de Bonnie me saca de mis perturbadores pensamientos—. De eso nada, monada. Necesito detalles.

Me encojo de hombros, incómoda.

—No hay mucho más que decir. Simplemente… ocurrió.

—¿Y va a volver a «ocurrir»? —Su expresión me dice que espera que la respuesta sea sí.

—No. Olvídate. Me siento fatal. Preston...

—No tiene por qué saberlo —me interrumpe ella—. Si se lo cuentas, no va a salir nada bueno de ahí. Si fue un error, y aunque no lo fuera, una tiene derecho a guardar sus secretos. Créeme.

Sé que lo dice con buena intención, pero ya le he ocultado demasiado. Toda esta situación con Cooper ha llegado demasiado lejos. No soy ninguna mentirosa, y nunca, jamás, me había creído capaz de besar a alguien que no fuera mi novio. Descubrir que no eres tan moralmente virtuosa como pensabas en un principio es una lección de humildad.

Bonnie se equivoca. Preston debe saber lo que he hecho.

Lo correcto es contarle la verdad y aceptar las consecuencias.

Más tarde, Pres me recoge de clase para ir a comer. Llevo todo el día practicando qué decirle. Y cómo decírselo. Pero cuando me besa en la mejilla y envuelve un brazo en torno a mi cintura, pierdo el coraje y mantengo la boca cerrada.

—Estás genial —me dice, y asiente con aprobación.

El alivio me embarga. Menos mal. Me he cambiado tres veces antes de decantarme por una blusa de seda y unos chinos tobilleros azul marino. Ni mi propia madre me provoca este nivel de ansiedad.

—Freddy está preparando pata de cordero —añade Preston—. Espero que tengas hambre.

—Estoy famélica —miento.

Conduce su Porsche hasta el aparcamiento del estadio de fútbol de Garnet y encuentra un sitio. Como el caballero que es, sale del descapotable y corre hasta el otro lado para abrirme la puerta. Luego me tiende una mano, yo la acepto y los dos nos encaminamos hacia el helicóptero.

Sí. Su helicóptero.

Así es como viene a clase todos los días. Su familia instaló un helipuerto detrás del estadio durante su primer año de universidad. Es un poco ridículo hasta para nuestro círculo social, y la mismísima imagen de aquella aeronave blanca y reluciente me hace preguntarme qué diría Cooper si la viera...

No. Nanay. No iré por ahí. Hoy me sinceraré.

No pasamos mucho tiempo en el cielo antes de sobrevolar la finca de los Kincaid, una propiedad gigantesca y cercada en la costa. Una enorme mansión blanca separa los campos extensos y las hectáreas de robles del océano. Tiene piscina, pistas de tenis, un campo de baloncesto y un jardín de flores. Y cuentan con, al menos, doce empleados que cuidan de todo esto.

Su madre nos saluda en el patio trasero. Como siempre, va vestida de forma impecable. Toda de Prada. No sé por qué se molesta siquiera, teniendo en cuenta que la mayoría de los días no tiene ni motivos para salir de casa. Al igual que mi madre, Coraline no trabaja y tiene a gente que se ocupa del hogar y de sus asuntos.

—Hola, mamá. —Preston se inclina y besa a su madre en la mejilla.

—Hola, cariño. —Sonriente, desvía la mirada hacia mí—. Mackenzie, cielo. —Me abraza, pero con la fuerza de alguien que podría hacerse añicos si aprietas mucho. Es una mujer muy delgada. Frágil, aunque no débil. Y es mejor no hacerla enfadar—. Estás estupenda.

—Gracias, señora Kincaid. Los rosales que han colocado alrededor del cenador son preciosos.

Hace mucho que aprendí que la mejor manera de tenerla contenta en cada visita es encontrar algo nuevo en la finca por lo que elogiarla. Si no, se pasa todo el tiempo comentando que tengo las puntas del pelo abiertas o los poros de la cara muy grandes.

—Ay, gracias, cielo. Raúl las ha plantado justo esta semana. Es todo un artista, ¿verdad?

—¿Comerá con nosotros? —le pregunto. «Por favor, que diga que no. Por favor, que diga que no...».

—Me temo que no. Tengo que reunirme con el arquitecto. Debe de estar al llegar. ¿Te ha dicho Preston que vamos a construir otra casa de invitados junto a la piscina?

—No. Es genial. —En realidad, lo único genial de esto es que no almorzará con nosotros.

Y mejor, porque las comidas se vuelven de lo más incómodas, aunque Preston ni se entera. En el comedor, entre la pata de cordero y la vajilla de porcelana, mi novio insiste en que un profesor le tiene manía, mientras que yo pincho la comida y trato de reunir el valor suficiente para confesarle mis pecados.

—Claro, que podría ir al decano y solucionar el problema de raíz. El tipo perdería su trabajo. Pero entonces pensé, bueno, qué gracia habría en eso, ¿verdad? Ya se me ocurrirá algo más creativo. Esa es la cosa con esta gente. Les das un poquito de autoridad y, de repente, se olvidan de cuál es su lugar. Es nuestro trabajo recordárselo. Martha, más bebida —le dice a la sirvienta—. Gracias.

Al final, ya no aguanto más.

—Tengo que contarte algo —espeto.

Deja el tenedor y aparta un poco el plato para que Martha se lo lleve.

—¿Estás bien?

No. Ni de lejos. Hasta este momento no me doy cuenta de que sí me preocupo por Preston. No solo porque llevamos mucho tiempo juntos. Ni tampoco por alguna especie de sentido de la lealtad.

Cooper saca mi «verdadero yo», signifique lo que signifique eso, pero Preston hace justo lo que le conté a Cooper la otra noche: me contiene. Es una presencia estable en mi vida. Él conoce este mundo, sabe cómo manejar a nuestros padres, lo cual es importante en lo que a nuestra cordura se refiere. A su alrededor, no soy un manojo de ansiedad y miedos.

Y lo que le he hecho no es justo.

Espero a que Martha se marche del comedor para soltar un suspiro trémulo.

Es ahora o nunca.

—He besado a otro chico.

Él aguarda y me contempla como si fuera a decir algo más.

Debería. Y lo haré. Esta me parecía la mejor manera de empezar. Solo que ahora me arrepiento de no haber esperado a estar en algún lugar más privado. Si su madre decidiera entrar ahora mismo, no saldría de la finca con vida.

—¿Y ya está? —me insta.

—No. O sea, sí. Solo nos besamos, si es a lo que te refieres. —Me muerdo el labio. Con fuerza—. Pero, igualmente, te he engañado.

Se levanta de su asiento en el otro extremo de la mesa y se sienta a mi lado.

—¿Lo conozco?

—No. Es un chico que conocí en un bar una noche que salí con Bonnie. Fue una estupidez. Estábamos bebiendo, no pensaba con claridad, y... —No puedo evitar suavizar el golpe con otra mentira. Iba a contárselo. Todo. Pero ahora que lo miro a los ojos, no puedo hacerle daño de esa manera. Aunque se lo está tomando mejor de lo que esperaba, la verdad—. Lo siento mucho, Pres. No te mereces esto. Me equivoqué y no tengo excusa.

—Nena —me dice, y me aprieta la mano. Sonríe casi con humor—. No estoy enfadado.

Parpadeo.

—Ah, ¿no?

—Pues claro que no. ¿Qué, te pasaste bebiendo y besaste a un paleto? Bienvenida al primer año de universidad. Supongo que habrás aprendido a controlar mejor lo que bebes.

Se ríe por lo bajo, me besa en la cabeza y luego me ofrece una mano para ayudarme a levantarme de la mesa.

—¿Cómo puedes tomártelo tan bien? —Estoy a cuadros. De todas las formas en que imaginé que reaccionaría, esta no era una de ellas.

Me guía hasta el porche y nos sentamos en el columpio, donde la sirvienta ya ha dejado dos vasos de té helado.

—Pues fácil. Veo más allá. Tú y yo tenemos un futuro juntos, Mackenzie. No estoy dispuesto a tirar eso por la borda por un mero desliz. ¿Y tú?

—Pues claro que no. —Pero pensé que tendría que arrastrarme un poco, al menos.

—Me alegro de que me hayas contado la verdad. No me entusiasma lo que ha pasado, pero lo entiendo, y te perdono. Agua pasada. —Me tiende el té helado—. Sin mucho azúcar, tal y como te gusta.

«Vale, pues ya está».

Durante el resto de la tarde, espero que Preston ponga distancia entre nosotros. Que se muestre frío y serio aunque haya insistido en que no pasa nada.

Pero nada más lejos de la realidad. En todo caso, se ha puesto hasta más cariñoso y todo. Este calvario solo nos ha unido más, y, en parte, me hace sentir hasta peor. No sé cómo habría reaccionado yo de haber pasado al revés, pero seguro que no me habría encogido de hombros como si nada, ni le habría dicho que «es agua pasada». Supongo que Preston es mejor persona que yo.

Tengo que seguir su ejemplo. Ser mejor. Centrarme más en nuestra relación. Mirar más allá, como él dice.

Así que, por la noche, cuando Cooper me escribe, estoy preparada. He esperado su mensaje todo el día y toda la noche. Sabía que lo haría, y también sé lo que debo hacer yo.

Cooper: Deberíamos hablar.
Yo: No hay nada que decir.
Cooper: Deja que vaya a recogerte.
Yo: No puedo. Le he contado a Preston lo del beso.
Cooper: ¿Y?
Yo: Me ha perdonado. Ya no puedo volver a verte.

Pasa un buen rato, casi cinco minutos, antes de que Cooper me mande otro mensaje. Para entonces, tengo el alma en vilo; estoy que me subo por las paredes.

Cooper: ¿Eso es lo que quieres?

Miro la pantalla con el corazón en un puño. Entonces, me obligo a redactar la respuesta.

Yo: Sí. Adiós, Cooper.

Una parte de mí odia haberlo despachado tan de golpe. No es culpa suya que yo haya metido la pata hasta el fondo, pero soy incapaz de controlarme cuando estoy cerca de él, y es una decisión que tendría que haber tomado hace semanas. He sido una estúpida. Creí que podríamos ser amigos. Creí poder vivir a dos bandas, pero ahora tengo que elegir.

Y escojo a Preston.

CAPÍTULO DIECISÉIS

COOPER

El domingo por la tarde, estoy en el garaje cuando me llama mi tío para decirme que se pasará por aquí. Cada vez que me vibra el móvil, pienso durante un segundo o dos que podría ser Mackenzie, pero luego miro la pantalla y recuerdo que metí la pata. La entendí mal.

«Adiós, Cooper».

Sí. Seguro que se lo ha pasado genial mientras se rebajaba a salir con un humilde pobretón, con la sensación de estar viviendo al límite. Pero, en cuanto todo se ha vuelto real, ha desaparecido. He sido un idiota por creer que las cosas acabarían de otra manera.

Pero, joder, no me quito su sabor de la cabeza. Esta semana me he despertado todos los días empalmado por fantasear con que me envolvía con sus piernas. Ni siquiera puedo masturbarme sin pensar en ella. Esta tía es como un veneno lento, y lo único que quiero es conseguir más.

Hoy, gracias a Evan, toca construir una mesita de café nueva. La que le «vendí» a Mackenzie todavía está tapada con una tela; no me parece bien cogerla, por si decide volver a por ella. Trato de convencerme a mí mismo de que es por el dinero. En fin, haré una rápidamente, y listo. Maldito Evan. Anoche montó una fiesta en casa porque sí y se peleó con un tipo con el que había ido al instituto. No sé cómo empezó, pero sí sé que acabó con uno de ellos estampando al otro contra la mesita en cuestión, lo que dejó un rastro de sangre hasta la puerta de atrás. Evan insiste en que está bien, pero me empieza a preocupar. Últimamente, busca cualquier excusa para pelearse. Siempre está enfadado, y bebe de más. Ya me estoy cansando.

Cuando Levi llega, me da un café recién hecho que ha comprado por el camino y yo limpio un par de banquetas para sentarnos.

Levi es el hermano de nuestro padre. Alto, robusto, con barba corta y castaña y la cara cuadrada. Aunque físicamente se parece a papá, son polos opuestos. Mientras que mi padre hacía lo que podía por autodestruirse y, ya de paso, arruinarnos a nosotros, Levi tiene la cabeza bien amueblada.

—¿Está tu hermano en casa? —pregunta.

—Se ha ido hace nada. —Seguro que se ha marchado al restaurante a por un remedio grasiento contra la resaca—. ¿Qué pasa?

—Nada. —Se encoge de hombros—. Solo quería pasarme a saludar. Hacía unos meses que no venía, quería ver cómo iba todo. —Levi le echa un vistazo a la mesa a medio hacer—. ¿Estás con algo nuevo?

—Nada importante.

—¿Cuándo te pondrás en serio, Coop? Recuerdo que me comentaste que querías intentar trabajar de esto.

—Ya, bueno, supongo que se ha quedado en un segundo plano.

—Pues no debería. Eres bueno. Por mucho que me guste que trabajes conmigo, podrías labrarte un buen futuro así.

Levi nos dio trabajo en cuanto acabamos el instituto. Le va bien. Tampoco es que esté montado en el dólar, pero no le falta curro. Le ha pasado como a mucha gente: por culpa de las tormentas, tiene más trabajo del que puede abarcar.

Me encojo de hombros y tomo un sorbo de café.

—Van a exponer algunos muebles en varias tiendas del condado. Tengo unos diez mil dólares ahorrados, pero no es suficiente como para empezar el negocio en serio.

—Te daría el dinero si lo tuviera —añade, y sé que es cierto. Nos ha apoyado en todo desde que papá murió: cuando nuestra madre desaparecía o se drogaba, cuando teníamos la nevera vacía, o cuando nos tocaba hacer los deberes—. Todo lo que tengo lo invierto en el negocio. Me alegro de que haya tanto trabajo, pero no doy abasto.

—No te preocupes. De todas formas, no podría aceptarlo. Ya has hecho demasiado por Evan y por mí.

Jamás le he pedido dinero, y no pienso hacerlo ahora. Gano suficiente trabajando para él. Si sigo así y ahorro, con el tiempo podré trabajar por mi cuenta.

—¿Y si pides un préstamo al banco? —sugiere.

Siempre me he resistido. No solo porque ya me tocó lidiar con ellos tras la muerte de mi padre, sino porque son unos parásitos trajeados que prefieren ahogarnos antes que ayudarnos.

—No sé —respondo—. No me gusta la idea de endeudarme más. O tener que apalancar la casa. —Que sí, que parezco un quejica. En algún momento tendré que tomar una decisión. O me pongo en serio con el negocio, o dejo de protestar.

—Eso sí. Ganar dinero cuesta dinero, pero piénsatelo. Si quieres montar el negocio, puedo echarte una mano. Firmaré el préstamo contigo.

Es una oferta muy generosa, y no me la tomo a la ligera. Aunque el plan no me entusiasme demasiado, no puedo desdeñar su amabilidad, así que asiento.

—Gracias, Levi. Me lo pensaré.

Levi apenas se queda unos minutos más. En cuanto nos terminamos el café, se va a reunirse con un cliente para otro proyecto y yo vuelvo a medir una tabla de cedro. Pero tengo la cabeza en otra parte. Y no es bueno usar herramientas eléctricas cuando estás distraído, así que lo dejo y salgo del taller. En fin. Que Evan cene en el suelo, como su preciosa Daisy.

Y, hablando de Daisy, la muy perra me muerde los talones cuando vuelvo a casa. Durante diez minutos le enseño a sentarse y a quedarse quieta, pero tampoco tengo la cabeza para eso.

«Adiós, Cooper».

Siento que me ahogo. Como si tuviera un ancla de hierro de unos cuarenta kilos en torno al cuello que me arrastra al fondo del mar. No me resulta extraño. Me he sentido así toda la vida. Por las deudas de mis padres, por las tonterías de mi hermano. A veces tengo la sensación de que no puedo salir ni respirar.

—Lo siento, chica, tengo que irme —le digo a la perra antes de agacharme para rascarle detrás de las orejas—. Enseguida vuelvo, te lo prometo.

Es mentira. Tardaré un poco en terminar lo que tengo ganas de hacer. Pero Daisy estará bien. Evan le dará mimos y atención en cuanto llegue. Igual que hacía Mackenzie cuando la veía. Me pregunto si vendrá a visitarla.

Aunque lo dudo. Seguro que ya se ha olvidado de nosotros.

Confieso que no me esperaba que fuera tan fría. Supongo que, al final, sí que es otro clon más de Garnet. Fría hasta la médula.

Pero eso me pasa por ser un imbécil. Iba de malas y buscaba vengarme de Kincaid a su costa.

El karma siempre hace de las suyas.

Me obligo a dejar de pensar en ella. Diez minutos después, aparco cerca del paseo marítimo. Cuando entro en la tienda de tatuajes, está vacía. Wyatt se encuentra en el mostrador con un cuaderno de dibujo.

—Ey —me saluda, y se anima al verme.

—Hola. ¿Tienes tiempo para algo sin cita?

Wyatt me ha tatuado desde que, con dieciséis años, le pedí que me hiciera un diseño de una lápida en el bíceps izquierdo. Por aquel entonces, apenas me sacaba un año y tenía una pistola para tatuar que se había comprado en una tienda de empeños, así que mi primer tatuaje no es una obra de arte, que digamos. Si tengo hijos, lo primero que les enseñaré es que nunca dejen que los estúpidos de sus amigos les pinchen con nada. Por suerte, al final ha quedado bien. Tapé la lápida horrorosa con un cementerio acuático entre las olas espumosas de Avalon Bay que me ocupa todo el brazo. Wyatt ha mejorado mucho y ahora es dueño del estudio junto con otro artista.

—Depende —responde Wyatt—. ¿Qué quieres?

—Algo pequeñito, simple. Un ancla. —Me froto la nuca con los dedos—. Aquí.

—¿De qué tipo? ¿Sin cepo o de almirantazgo?

No tengo ni idea de barcos, así que pongo los ojos en blanco.

—No tengo ni puñetera idea. La de los pescadores, ya sabes a cuál me refiero.

Sonríe.

—Entonces, la de almirantazgo. Ven a la parte de atrás, no tardaré ni una hora.

Y en menos que canta un gallo, me encuentro sentado al revés en una silla mientras Wyatt lo prepara todo. Así funcionamos en Avalon Bay. Si te portas bien con tus colegas, ellos harán lo mismo contigo. Seguro que ni me cobra, por mucho que insista. A cambio, se presentará en mi casa dentro de unos meses, o un año, y me pedirá cualquier favor, y yo le echaré una mano encantado.

—Oye, parecías preocupado cuando he entrado —le digo.

Él gruñe, frustrado.

—Ah, eso. Intentaba diseñar algo *sexy* que me ayude a que Ren vuelva conmigo.

Reprimo la risa.

—¿Te ha vuelto a dejar?

—Nada nuevo, ¿verdad?

Pues sí. Wyatt y Lauren, o Ren, cortan casi todos los meses, y siempre es por chorradas. Eso sí, nos divierten muchísimo.

—¿Qué ha pasado esta vez?

—Inclínate hacia delante —me pide, y me da un empujoncito para que me agache sobre la silla y deje la parte de atrás del cuello al descubierto.

Un segundo después, siento el frescor del espray en la nuca. Wyatt limpia la zona con un paño antes de tomar una cuchilla de afeitar.

—Vale —dice mientras empieza a afeitarme el vello—. Necesito que imagines algo. ¿Preparado?

Oculto la sonrisa en el antebrazo.

—Claro, preparado.

—Estás en una isla.

—¿Desierta o paradisíaca?

—Desierta. Has tenido un accidente de avión o tu barco ha naufragado. En fin, da igual.

—¿Cómo que da igual? —rebato—. Si estuviera en un barco, seguramente conocería las islas, las mareas y tal, o sea que tendría más probabilidades de sobrevivir.

—Joder, tío, que no va por ahí —gruñe—. ¿Por qué te empeñas en complicar las cosas, Hartley? Estás en una isla desierta, y punto.

—Vale, vale, tío.

—Te recuerdo que tengo una cuchilla de afeitar contra tu cuello.

Reprimo la risa una vez más.

—De acuerdo. Estoy en una isla desierta. ¿Y qué?

—¿Quieres que lo diseñe o lo hago directamente?

—Directamente. Me fío de ti. —Además, si es una mierda, al menos estará en un sitio en el que no lo veré.

Wyatt sigue parloteando mientras prepara la tinta. Será negro. Nada muy elaborado.

—Pues te has quedado tirado allí. Vas a pasarte la vida en la isla. Pero, buenas noticias. Vas a recibir compañía. Aparecen dos barcos...

—Genial, ¿me van a rescatar?

—¡No! —Suena enfadado—. Te acabo de decir que te vas a pasar el resto de la vida allí tirado.

—Pero llegan dos barcos.

—Que explotarán dentro de cinco minutos, ¿vale? Así que nada de barcos. Me cago en Dios.

Tal vez no debería contradecir a un tío que tiene una aguja, pero joder, me divierte tanto chinchar a Wyatt.

—En el primer barco está tu novia, o pareja, o lo que sea, pero solo esa persona. Nadie más. En el segundo, no hay nadie, pero contiene todos los recursos que necesitas. Materiales para hacer fuego, para construir, comida, armas, ya sabes, de todo.

Se me crispan los labios.

—¿Ren te ha hecho este experimento?

—Sí —responde, de bajón.

Giro la cabeza para mirarlo.

—Mira que eres idiota. ¿Elegiste el de los recursos en vez de a ella?

—Tú también lo harías —me acusa.

Rompo a reír.

—Es cuestión de vida o muerte, Coop. ¡Necesito comida y un refugio! Que sí, que me encantaría estar allí con Ren, pero igualmente moriríamos en cuestión de segundos si no tenemos nada con lo que sobrevivir. Y con todo eso, podría construir una balsa y volver a casa con ella. Se trata de sentido común.

—¿Te ha dejado por eso?

—Qué va, ¿estás loco? Me ha dejado porque llegué una hora tarde a la cena para celebrar el cumpleaños de su hermana. Le estaba contando lo del experimento a Tate y se me fue el santo al cielo.

Lo miro. ¿Qué clase de amigos tengo?

Aunque, si lo analizo bien, voy a conseguir un tatuaje por la cara, y con sus tonterías me ha ayudado a olvidarme de Mackenzie.

«Adiós, Cooper».

O no.

CAPÍTULO DIECISIETE

MACKENZIE

Últimamente he tenido un comportamiento ejemplar: llevo un par de semanas sin hablar con Cooper y no he vuelto a pisar el paseo marítimo. Imaginaba que, de encontrarme por casualidad con él, sería allí, así que mejor eliminar toda tentación. Sin embargo, ese control no ha servido de nada contra los sueños. Ni contra los recuerdos prohibidos que inundan mi mente siempre que estoy en clase.

Me descubro reviviendo nuestro primer beso durante Literatura Inglesa.

Durante Biología, recuerdo cómo me acorraló con ganas contra la puerta de su casa.

En Historia de Europa, pienso en su pecho duro bajo mis manos y, de repente, me siento acalorada y empiezo a respirar con dificultad. Me pregunto si los demás se habrán dado cuenta.

Mirando el lado bueno, Preston y yo estamos más unidos que nunca, y por fin he hecho otra amiga en Garnet aparte de Bonnie. Se llama Kate y, aunque resulta ser la hermana pequeña de Melissa, no se parecen en nada. Kate es graciosa, sarcástica y odia navegar; todo ventajas, la verdad. Nos conocimos en una cena de Kappa Un a la que Preston me urgió a asistir porque cree que debería esforzarme más por hacer migas con Melissa, Chrissy y sus amigas de la sororidad. En cambio, me pasé la mitad de la noche en un rincón con Kate mientras debatíamos sobre el mérito artístico de *The Bachelor*.

Así que cuando me escribe el jueves por la noche para preguntarme si quiero salir a tomar algo con ella y unas amigas en el pueblo, acepto. Corro el riesgo de toparme con Cooper, pero no puedo rehusar la primera invitación que me hace otra persona aparte de Bonnie.

—¿Quieres venir? —le pregunto a mi compañera de habitación mientras me trenzo el pelo en el baño compartido.

La cabeza de Bonnie aparece detrás de mí en el espejo.

—Iría, pero he quedado con Todd.

Le sonrío a su reflejo.

—¿Otra vez? La cosa se está poniendo seria... —Juraría que últimamente ha salido un montón con el tío ese de la bocatería. Y mira que no se parece en nada a los chicos malos que tanto le gustan. Lo vi una vez y no había ni rastro de *piercings* o tatuajes.

—¿Seria? ¡Quita, quita! —Hace un gesto desdeñoso con la mano—. Solo es uno de los tres que tengo en rotación, Mac. Mañana por la noche he quedado con Harry, y el sábado, a cenar con ese chico que te decía... ¿Jason? ¿El que se parece a Edward?

—¿Edward? —repito, perpleja.

—¿De *Crepúsculo*? —Se estremece de felicidad—. Tía, te lo juro, es tan guapo que no me importaría que al final resultara ser un vampiro de verdad. No estoy de coña. Y mira que la sangre y yo no nos llevamos muy bien, que digamos.

Resoplo.

—Me atrevería a afirmar que no es un vampiro. —Aunque aún no he descartado la posibilidad de que Bonnie sea una bruja.

Le deseo suerte en su cita y salgo de la residencia para dirigirme al aparcamiento, donde me espera un Uber. He quedado con Kate y sus amigas en el A Contracorriente. A medida que el coche se aproxima al bar en la playa, mi mente retrocede hasta la última vez que vine aquí y se me acelera el pulso. Esa noche conocí a Cooper. Y Bonnie se lio con su hermano gemelo mientras él y yo nos pasamos la noche hablando de todo y de nada.

«Ya vale», me ordena una voz con dureza. «Olvídate de él».

Sí, debo hacerlo. Estoy con Preston. Pensar en Cooper no supone nada bueno para mi relación.

Le doy las gracias al conductor y salgo del coche. Mientras me recoloco la trenza a un lado, miro hacia el hotel derruido que vi por primera vez hace un mes. Sigue en pie. Aún vacío, a juzgar por el aspecto de la fachada. Una sensación extraña me recorre el vientre mientras contemplo el grandísimo edificio; está envejecido, y la fachada blanca reluce bajo el brillo de una única farola.

Me cuesta muchísimo apartar la vista. Genial. ¿Primero mi cerebro se queda prendado de Cooper y ahora empiezo a obsesionarme con un hotel abandonado? Tengo problemas muy serios.

Dentro del bar, encuentro a Kate en una mesa junto al lateral del escenario. Está con otras tres chicas, a dos de las cuales no conozco. La tercera es Melissa. Reprimo un suspiro porque no sabía que también fuera a venir. No tengo nada en su contra, pero su naturaleza cotilla me pone en guardia.

—¿Qué tal, guapa? —me saluda Kate.

Al igual que su hermana, tiene el pelo rubio y los ojos grandes y grises, pero sus estilos son completamente distintos. Kate lleva un vestidito azul diminuto que apenas le cubre los muslos, unas chanclas y un montón de pulseras gruesas, mientras que Melissa viste uno rosa hasta las rodillas abotonado hasta el cuello y dos diamantes gigantescos en las orejas.

—Hola. —Dedico una sonrisa incómoda a toda la mesa—. Hola, Melissa.

Kate me presenta a sus dos amigas, Alisha y Sutton. Pedimos unos daiquiris por insistencia de Melissa, aunque cuando Kate y yo nos encaminamos a la barra, ella me guiña el ojo y también pide dos chupitos de vodka para nosotras.

—No se lo digas a mi hermana —me suplica, y los apuramos con unas sonrisitas cómplices.

De vuelta a la mesa, nos bebemos la primera ronda de daiquiris en un abrir y cerrar de ojos, así que no tardamos en pedir más. A la tercera ronda, nuestros temas de conversación derivan de las clases y planes de futuro a algunas historias embarazosas y tíos. Kate nos habla sobre un ayudante de profesor que está coladito por ella y que le demuestra su amor grapándole una flor disecada en la última página de todos los trabajos que entrega.

Me echo a reír.

—¿En serio?

—Sí, sí. Y si crees que esas muestras de amor me hacen sacar mejores notas, te equivocas. En el último trabajo me puso un mísero seis. —Se la ve indignadísima—. A la mierda tus pétalos perfectos de petunias, Christopher. ¡Ponme un sobresaliente!

Alisha supera la historia de Kate con otra sobre un profesor que, por error, le envió una apasionada carta de amor que supuestamente iba dirigida a su mujer.

—Se llamaba Alice, así que supongo que escribió «Al» en el correo y se autorrellenó el nombre que no era. —Le da vueltas con la pajita a su daiquiri mientras se ríe—. El mensaje era una lista de razones por las que no debería seguir adelante con el divorcio. Básicamente relataba por qué es tan asombroso.

A Melissa se le desencaja la mandíbula.

—Madre mía. ¿Y cuáles eran las razones?

—No me acuerdo de todas, pero la primera era... No os lo vais a creer... —Alisha hace una pausa dramática—. «Soy un amante válido».

Todas nos echamos a reír a carcajadas.

—¿Válido? —Kate repite entre risitas—. Ay, pobre mujer.

Me termino la bebida. En ese momento, pienso en que llevo sin tener una noche de chicas desde el instituto, y caigo en la cuenta de que he sido pésima a la hora de mantener el contacto con mis amigas de Spencer Hill. Pero, en fin, ellas tampoco me han hablado, así que supongo que eso dice mucho de nuestra amistad. Prometo hacerlo mejor con estas amistades universitarias.

Nuestra conversación se desvía todavía más cuando Sutton sugiere que juguemos a un juego. Bueno, no es un juego como tal, sino puntuar a cada tío que pase junto a nuestra mesa.

—Oooh, ¿y ese? —pregunta Alisha en un susurro no tan bajo.

Todas contemplamos al surfista de pelo largo vestido con una camiseta roja de tirantes y unas bermudas naranjas.

—Un dos en sentido de la moda —dice Melissa, que alza la nariz—. ¿Rojo y naranja? Venga ya. Ten un poquito más de respeto por ti mismo, por favor.

No puedo evitar soltar una risita. Melissa borracha sigue siendo altanera, pero también más maliciosa, y eso me encanta.

—¿Pero qué me decís de su culo? Yo le doy un nueve —decide Kate—. Es un culazo.

—Está para hincarle el diente —conviene Alisha.

Sí, estamos cosificando a estos chicos. Las chicas alcoholizadas no tenemos vergüenza, ni tampoco escrúpulos.

—Un siete de media —concluye Sutton.

—Un tres —la corrige Melissa, que levanta la barbilla—. Esa combinación de rojo y naranja es imperdonable, lo siento.

—Esto... ¿chicas? —nos llama Alisha, que se inclina hacia delante con entusiasmo—. A las seis, al final de la barra... acabo de ver a un diez en todo.

Nos giramos hacia la barra y casi me ahogo en el sitio.

El diez perfecto de Alisha no es otro que Cooper Hartley.

Kate suelta un silbido.

—Vaya... me gusta.

—Me vuelve loca —salta Alisha con ojos soñadores.

No me extraña. Cooper está guapísimo esta noche. Lleva esa camiseta raída que me encanta, la del logo de Billabong que se le ciñe a los hombros y le realza ese torso definido. Súmale a eso el pelo revuelto, los brazos llenos de tatuajes y unos pantalones de camuflaje que le hacen mejor culo que el del surfista, y el resultado es un magnífico espécimen de hombre.

Cooper, como si percibiera la atención femenina sobre él, levanta la cabeza de golpe. Un segundo después, mira hacia nuestra mesa. El calor me sube a las mejillas cuando nuestras miradas se cruzan. Mierda. ¿Me estoy ruborizando? Espero que no.

Él entrecierra los ojos en cuanto me ve y forma una fina línea con los labios antes de esbozar una sonrisita.

A mi lado, Alisha ahoga un grito.

—Te está mirando —me acusa—. ¿Lo conoces?

—Eh... yo... —Mi mente trata de elaborar a toda prisa una razón convincente por la que un chaval tan atractivo pudiera estar manteniendo contacto visual conmigo.

—¿Mackenzie? —Siento como la mirada astuta de Melissa me atraviesa el lateral de la cabeza—. ¿Conoces a ese tío?

Se me seca la garganta. Me obligo a apartar la mirada de Cooper y agarro mi copa. Le doy un sorbo y consigo unos pocos segundos más para hilvanar una excusa. Melissa no solo es una entrometida, sino que también es muy lista. Si admito conocer a Cooper, aunque solo sea como amigo, no habrá nada que detenga los rumores ni las habladurías. Me acribillará a preguntas y, como alguna de las respuestas no le encaje, puede que se lo cuente a Benji, que al final se lo dirá a Preston, quien acaba de perdonarme por haber besado a otro tío. Literalmente.

Así que no. No puedo admitir que conozco a Cooper de ninguna de las maneras.

—Evan —espeto.

Melissa frunce el ceño.

—¿Qué?

Dejo el vaso de plástico en la mesa. El alivio y la satisfacción me embargan ante tal despliegue de genialidad.

—Ese de ahí es Evan Hartley. Mi compañera de habitación se lio con él a principios de semestre.

Melissa se relaja un poco y juguetea con el diamante de su oreja con los dedos perfectamente acicalados.

—¿En serio? ¿La pequeña Bonnie se lo ha tirado?

—Sí, sí. —Suelto una risita con la esperanza de que nadie perciba la tensión detrás de ella—. La muy cabrona me abandonó para acostarse con ese tío bajo la luz de la luna en la playa.

Perfecto. Ahora si Melissa decide comprobarlo, Bonnie puede corroborar mi historia. Siempre que Cooper permanezca donde está y no...

Venga hacia nosotras.

Hijo de puta. Viene hacia aquí.

El corazón me late más rápido que el ritmo de la música electrónica que sale por los altavoces. ¿Qué hace? Le dije que no quería volver a verlo. Se lo dejé claro, joder. No puede acercarse a mi mesa como si no hubiera pasado nada y...

—¡Evan! —exclamo con demasiado entusiasmo y una sonrisa demasiado amplia.

Aquello descoloca un poco a Cooper, que ralentiza el paso. Pero, luego, sus largas piernas reanudan la marcha hasta que se detiene justo frente a mí. Se mete las manos en los bolsillos y con esa pose relajada, dice:

—Mackenzie.

—Hola, Evan. ¿Qué tal? —pregunto, toda amabilidad y despreocupación, como si no nos hubiéramos besado, como si nunca hubiera sentido su prominente erección contra el abdomen—. No te he visto desde aquella noche en que sedujiste a mi amiga y me la robaste.

Kate se ríe por lo bajo.

Mantengo la atención fija en Cooper con la esperanza de que mis ojos le transmitan todo lo que no puedo decir en voz alta. «Sígueme el rollo. Por favor. No puedo dejar que estas chicas cotilleen sobre nosotros y arriesgarme a que los rumores le lleguen a Pres. Por favor, sígueme el rollo».

El hecho de no referirme a él con su verdadera identidad hace que me sienta culpable, pero no tanto como me sentí tras ponerle los cuernos a Preston. Besar a Cooper fue un error. Pero se lo he contado a mi novio, y ahora tengo la conciencia tranquila y quiero pasar página. Así que le imploro a Cooper en silencio que se vaya, pero él no está dispuesto a ceder ni un milímetro.

Ensancha la sonrisita de suficiencia, y en sus ojos oscuros destella algo que soy incapaz de identificar.

Para cuando por fin habla, soy un manojo de nervios y estoy sudando a mares.

—No oí que Bonnie se quejara esa noche —repone con un guiño.

Casi me desmayo del alivio. Con suerte, nadie se percata de lo mucho que me tiembla la mano cuando estiro el brazo para tomar la bebida.

—Bueno, ella no fue la que tuvo que pedir un Uber a las dos de la mañana para volver sola al campus. —Le doy un rápido sorbo antes de hacer las presentaciones—. Alisha, Sutton, Kate, Melissa. Chicas, él es Evan.

Tiene gracia. Nunca me he fijado en lo distintos que son Cooper y su hermano hasta este momento, en el que Cooper se transforma en Evan. Sus ojos normalmente intensos y pensativos adoptan un brillo travieso. Se pasa la lengua por el labio superior antes de dedicarles una sonrisa engreída a mis amigas.

—Bueno... —Hasta su voz suena distinta, y todo. Menos seria, más coqueta—. ¿Y a qué amiga de Mackenzie voy a seducir esta noche?

Después de semejante asquerosidad de frase, lo lógico habría sido quejarse, pero todas parecen haber sufrido un colapso. Hasta Melissa está afectada. Se le arrebolan las mejillas y abre ligeramente los labios.

No las culpo. Este tío es el sexo personificado. No importa que se comporte como su auténtico yo o finja ser el putón de su hermano; la energía sexual emana de él a borbotones.

—Las manos quietecitas, Evan. —Mi tono de voz pretende ser distendido, pero suena más a advertencia que a otra cosa.

Su sonrisa se ensancha.

—Muy bien. —Sutton suelta un suspiro exagerado y se baja del taburete—. Supongo que tendré que sacrificarme por el equipo. —Su expresión me dice que ya está acostándose con Cooper mentalmente—. ¿Qué tal si bailamos primero y luego discutimos esa oferta de seducción tan interesante?

No hay músculo en el cuerpo que no se me tense. Aprieto tanto la mano alrededor del vaso que me preocupa romperlo. Menos mal que es de plástico; si no, habría trocitos de cristal por todas partes.

Los ojos burlones de Cooper no pasan por alto mi reacción. Me observa a mí incluso cuando le responde a Sutton.

—Suena genial. Tú primero, nena.

Tres segundos después, está junto a Sutton en la pista de baile frente al escenario. Ella tiene los brazos alrededor de su cuello y su delgado cuerpo pegado al fornido de él. Cooper le recorre la espalda de la camisola de encaje con las manos; una cada vez más abajo, hasta dejarla sobre la curva de su trasero; la otra en sentido opuesto, enredándola en su coleta oscura antes de sujetarle la nuca.

Una ira amarga me recorre la garganta. Agarro el daiquiri con la esperanza de deshacerme del sabor nauseabundo, pero me percato de que está vacío.

—Joder, lo de esta chica no es normal —rezonga Alisha.

¿Perdona? Lo que no es normal es lo de él. ¿Qué leches hace Cooper bailando así con una completa desconocida?

A mi lado, Kate le da unas palmaditas a Alisha en el brazo.

—Lo siento, nena. A la próxima, tendrás que ser más rápida.

Dios santo, está buenísimo —añade Melissa con la atención fija en Cooper y Sutton—. De no estar con Benji, hasta me plantearía la opción de acostarme con él una noche.

Enarco una ceja.

—¿No decías que las actividades «extracurriculares» eran aceptables?

Se ríe.

—Eh, no. Para nosotras no, cariño. Al menos, no hasta tener un anillo en el dedo. Después, puedes follarte a todos los limpiadores de piscinas y jardineros que quieras.

Kate le pone los ojos en blanco a su hermana.

—Elegante como ella sola.

Melissa se encoge de hombros.

—¿Qué? Así es como funcionan las cosas.

Pierdo el hilo de su conversación, distraída por la escena porno cutre que está teniendo lugar a unos cuantos metros de nuestra mesa. Ahora Sutton está de puntillas y le susurra algo a Cooper al oído.

Él se ríe y yo me tenso. ¿De qué narices se reirán?

Y más le vale a él apartar las manos de su culo. Vamos, a la de ya. Está dorándole la píldora en mi cara, y no me parece bien. Me muerdo el interior de la mejilla. Con fuerza.

—Tendría que habérmelo pedido en cuanto se ha acercado a nosotras —se queja Alisha. Ella también observa la pista de baile casi con obsesión.

—La que no corre, no folla —suelta Kate, solemne.

—Ugh. En fin. —Alisha estampa su vaso en la mesa y hace un puchero—. Lo suyo es más de boquilla que otra cosa. A Sutton no le gusta el sexo casual. No va a meterse en la cama con ningún tío al que ni siquiera… —Alisha deja de hablar de golpe y se le desencaja la mandíbula.

Yo sigo su mirada justo a tiempo para ver cómo Cooper y Sutton se marchan del bar juntos.

CAPÍTULO DIECIOCHO

MACKENZIE

A la mañana siguiente, la clase de Cultura y Medios de Comunicación se cancela. El profesor nos envía a todos un correo para informarnos —en exceso, he de decir— de que se le han revuelto las tripas tras comer el pastel de carne que su mujer había preparado para cenar.

«Te entiendo, tío». Llevo con el estómago revuelto desde que vi a Cooper salir del A Contracorriente con el brazo en torno a Sutton.

¿Se acostaron? Me pongo mala solo de pensarlo. Y hasta me da un poco de rabia. ¿Cómo se puede llevar a la cama a una tía que apenas conoce? Aunque tal vez no se la haya tirado. A lo mejor se la ha chupado y ya está.

La ira me invade al imaginarme a Sutton masturbando a Cooper con la boca. Me entran ganas de arrancarle la polla de cuajo por dejar que se la toque.

Bueno, vale.

Puede que me dé más que «un poco» de rabia.

Pero no debería sentirme así. Cooper no es mi novio. Preston, sí. No puedo opinar sobre con quién se lía, y tampoco debería estar a punto de tomar el móvil, abrir la conversación que tenemos y...

Yo: No tenías que haberlo hecho por mí. Y por hacerlo, me refiero a irte con Sutton.

Mierda. ¿Qué me pasa? En cuanto el mensaje aparece en la pantalla, me arrepiento de mandarlo. Busco la opción de «deshacer el envío», pero las cosas no funcionan así.

Y ahora Cooper está respondiendo.

El corazón me late desbocado. Me siento en la cama y me amonesto por no tener más autocontrol.

Cooper: Ah, ¿ya volvemos a hablarnos?
Yo: No.
Cooper: Vale. Hasta luego.

Miro el móvil, frustrada. Más conmigo misma que con él, eso sí. Le dije que no podíamos ser amigos. Literalmente le dije: «Adiós, Cooper». Anoche lo llamé Evan y prácticamente lo lancé a los brazos de mis amigas solteras para que Melissa no sospechara y se lo contara a Benji. Es culpa mía. No me extraña que no quiera hablar conmigo.

Y, sin embargo, mis dedos tienen vida propia, los muy estúpidos.

Yo: Solo quería que lo supieras. Gracias por seguirme la corriente cuando te llamé Evan, pero no hacía falta que te lo tomaras tan en serio.
Cooper: Oye, princesa, ¿qué tal si te preocupas más por dónde mete la polla tu novio y menos por dónde la meto yo?

Me entran ganas de gritar. Ojalá no hubiera conocido a Cooper Hartley. No me sentiría así. Confusa. Eso sin contar con que, con su respuesta, los celos me corroen como el ácido. ¿Entonces sí que pasó algo?

Estoy a tres segundos de pedirle el número de Sutton a Kate para confirmar lo que pasó anoche, pero empiezo a tener sentido común. Si mi objetivo anoche era asegurarme de que Melissa no sospechara, someter al quinto grado a Sutton no me beneficiaría en nada ahora.

Hago uso de toda la fuerza de voluntad que tengo y dejo el móvil a un lado antes de coger el portátil. Si no tengo clase, puedo trabajar, lo cual siempre me distrae.

Reviso el correo, pero no tengo que contestar nada urgente. El caso de Chad y su micropene ya está olvidado. Los moderadores y el equipo de publicidad me han informado de que septiembre ha sido el mes que más ingresos ha generado. A cualquier emprendedor le haría ilusión enterarse de eso y, no me malinterpretéis, estoy encantada. Pero mientras me paso las dos horas siguientes con tareas rutinarias, vuelvo a sentirme frustrada. Me entran ganas de salir a pasear lejos del campus. Me cansa ver siempre el mismo paisaje. Y también los recurrentes pensamientos sobre Cooper.

Diez minutos más tarde, estoy en un taxi en dirección a Avalon Bay. Necesito aire fresco y algo de sol. El coche me deja cerca del muelle, así que camino por el paseo marítimo con las manos en los bolsillos de los pantalones cortos. No me creo la temperatura que hace para ser octubre, pero no me quejo; es genial sentir la brisa cálida contra mi rostro.

Los pies me llevan hasta el hotel, y caigo en por qué he venido aquí hoy. Me recorre la misma emoción de la otra vez cuando contemplo la fachada. Está esperándome.

Es una locura, pero mientras observo el edificio deshabitado, mi cuerpo empieza a vibrar. Me hormiguean los dedos como si sintiera la necesidad de mover las manos. ¿Es este el desafío que buscaba? ¿Este hotel en ruinas con el que no puedo dejar de fantasear?

«Ni siquiera está en venta», me recuerdo a mí misma. Aunque no parece importarme mucho. Mi cuerpo se niega a relajarse.

Mientras camino por el pueblo, una idea empieza a tomar forma en mi cabeza y entro en una cafetería a por algo de beber. Cuando la mujer detrás del mostrador me da el *spritzer* de zumo, vacilo. Avalon Bay es un pueblo pequeño. A juzgar por todos los que he visto en las series de la tele, como el de *Las chicas Gilmore*, eso significa que sus habitantes lo saben todo de todos.

Así que me lanzo a la piscina y pregunto:

—¿Qué sabes sobre el viejo hotel abandonado del paseo? ¿El Faro? ¿Sabes por qué el propietario no ha hecho nada con él?

—Pregúntaselo tú misma.

Parpadeo.

—Disculpa, ¿qué has dicho?

145

Señala hacia una mesa junto a la ventana.

—Esa de ahí es la propietaria.

Sigo la mirada y veo a una anciana con un sombrero de ala ancha y unas enormes gafas de sol negras que le tapan casi toda la cara. Parece más una raquera que una hotelera.

Menuda casualidad. La vibración se intensifica hasta que siento todo el cuerpo tenso, como si algo me hubiera dado corriente. Esto tiene que ser una señal.

Con la bebida en la mano, me acerco despacio a la mesa que hay junto a la ventana.

—Disculpe, siento molestarla. Me preguntaba si podría hablar con usted respecto a su hotel. ¿Le importa que me siente?

La mujer no levanta la vista de su tarta de café y su taza de té.

—Está cerrado.

—Lo sé. —Inspiro hondo—. Esperaba poder cambiar eso.

Arranca un trocito de tarta con dedos frágiles y se lleva las migas, despacio y con suavidad, a la boca.

—¿Señora? ¿Puedo preguntarle varias cosas acerca de su hotel?

—Está cerrado.

No sé si está fingiendo o no. No pretendo ser descortés ni molestarla, así que lo intento por última vez.

—Me gustaría comprar su hotel. ¿Le interesa?

Por fin alza la cabeza para mirarme. No le veo los ojos debido a las gafas de sol, pero por la forma en que aprieta los labios, veo que he llamado su atención. Da un sorbo largo al té. A continuación, deja la taza y empuja la silla con el pie para que me siente.

Lo hago con la esperanza de no parecer muy ansiosa.

—Me llamo Mackenzie. Cabot. Estudio en Garnet, pero también soy empresaria. Me interesaría mucho hablar sobre su hotel.

—Lydia Tanner. —Tras una pausa larga, se quita las gafas de sol y las deja en la mesa. Un par de ojos astutos se clavan en los míos—. ¿Qué quieres saber?

—Todo —respondo con una sonrisa.

Hablamos de la historia del hotel durante más de una hora. Cómo lo construyó con su marido en la posguerra. Que, desde entonces, estuvo casi en ruinas y se restauró tres veces antes de que su marido muriera hace dos años. Y que desde la última tormenta, se sentía demasiado mayor y cansada como para volver a arreglarlo. Ya no tenía ganas, y a sus hijos no les interesaba la propiedad.

—Me han hecho ofertas —me dice con firmeza. No es la anciana tímida que aparenta—. Algunas generosas y otras, no. De promotores que quieren demolerlo y construir un rascacielos horroroso en su lugar. La gente lleva años intentando desmantelar el paseo para convertirlo en Miami, o yo qué sé qué. En hormigón y cristal.

Su bufido burlón revela lo que piensa al respecto.

—Este pueblo nunca será como Miami. Tiene demasiado encanto —le aseguro.

—A los promotores no les importa el encanto. Solo ven billetes. —Lydia alza la taza de té—. El único requisito que pongo es que quien lo compre mantenga el interior. Su estilo. Quiero mudarme a otro sitio más cerca de mis nietos y pasar el tiempo que me queda con mi familia —suspira—, pero no soportaría marcharme sin saber que El Faro está en buenas manos.

—Eso sí se lo puedo prometer —le digo con sinceridad—. El encanto fue lo que me hizo enamorarme de él. Me comprometo a restaurarlo lo más fielmente que pueda. Cambiar la instalación y las tuberías. Reforzar las estructuras. Asegurarme de que sobrevive otros cincuenta años.

Lydia me contempla como si tratara de decidir si tomarme en serio o considerarme una estudiante universitaria estúpida que le está haciendo perder el tiempo.

Pasan varios segundos hasta que asiente.

—Entonces, jovencita, escríbame una cantidad.

¿Una cantidad? No tengo ni idea del mercado hotelero, así que escribo una por instinto en las notas del móvil. Es la mejor estimación a lo que podría costar una propiedad así, pero no tan grande como para dejar la cuenta de negocios a cero.

Deslizo el móvil hacia ella. Lydia observa la pantalla y enarca una ceja como si le sorprendiera que tenga dinero que ofrecerle.

Durante los siguientes diez minutos, la propuesta va de un lado a otro. Regateo, aunque puede que me haya convencido de pagar de más tras enseñarme fotos de sus nietos, pero al final llegamos a un trato.

Y, tal que así, estoy a punto de convertirme en la propietaria de un hotel en el paseo marítimo de Avalon Bay.

Siento cómo la adrenalina me corre por las venas después de cerrar mi primer trato comercial. Menudo subidón. A la vez, me parece una locura. Tengo veinte años y acabo de comprar un hotel. Pero, a pesar de parecer que estoy como una cabra, siento que es lo correcto. Veo mi futuro al instante; mi imperio creciendo. Le prometí a mis padres que me centraría en la universidad, y planeo hacerlo... a la vez que gestiono todo el tema del hotel. Puedo hacer ambas cosas al mismo tiempo.

Tal vez.

«Ojalá».

Le estrecho la mano a Lydia y llamo a mi abogado para empezar con el papeleo, pero no parece real hasta que obligo a Preston a que lo vea conmigo al día siguiente.

En lugar de sentirse igual de entusiasmado que yo, su reacción es como un jarro de agua fría.

—¿Qué es esto? —Dedica una mueca al hotel destartalado, que tiene las paredes en mal estado y el mobiliario dañado por el agua.

—Mi nuevo hotel.

Preston entrecierra los ojos y gira la cabeza hacia mí. Como si con eso pretendiera que me explicara.

—Sé que ahora no parece gran cosa. Tienes que imaginarlo completamente renovado. —Me avergüenzo ante el tono desesperado con el que lo digo—. Lo voy a restaurar entero. Retro. Lujo de la posguerra. Voy a convertirlo en un complejo vacacional de cinco estrellas.

—No lo dirás en serio. —Su expresión decae. Aprieta los labios. No es la acogida que esperaba.

—Vale, ya sé que no tengo ni idea de hoteles, pero aprenderé. Tampoco sabía nada de páginas web o de dirigir un negocio, y eso no me detuvo. Puede que cambie de carrera, a la hotelera.

No responde.

Cada segundo en silencio me absorbe la alegría.

—Preston, ¿qué pasa? —pregunto tímidamente.

Él sacude la cabeza y levanta las manos.

—No entiendo nada, Mackenzie. Esto es lo más irresponsable e inmaduro que has hecho en la vida.

—¿Qué?

—Ya me has oído.

Se parece a mi padre, y eso no me gusta en absoluto. Que sí, que no lo he pensado demasiado antes de lanzarme; tiendo a guiarme por pálpitos. Pero pensaba que se alegraría por mí.

—La verdad es que me has decepcionado mucho. Creía que después de nuestra conversación y de tu pequeño error pensábamos lo mismo con respecto al plan y a nuestro futuro.

—Preston, no estás siendo justo. —Utilizar el beso contra mí es un golpe bajo. Una cosa no tiene que ver con la otra.

Me ignora y acaba con un:

—Ese plan no incluye un hotel.

Y frunce los labios hasta formar una mueca de desaprobación.

—¿No ves el potencial? —le pregunto, triste.

—¿Qué potencial? Mira este sitio. Si es una pocilga. En el mejor de los casos, habría que demolerlo. Puede que consigas sacar algo por el terreno, pero... ¿renovarlo? Estás loca. No tienes ni idea. ¿Te has parado a pensar antes de usar el fondo fiduciario para esta distracción estúpida?

Siento una ola de indignación.

—Soy más capaz de lo que crees. No he usado mi fondo fiduciario, no. Tengo el dinero suficiente, para que lo sepas.

—¿De dónde? —inquiere.

Alzo la barbilla.

—De mis páginas web.

Pres parece sorprendido.

—¿De esas tonterías?

Y ahora me ha hecho enfadar. Siento que me arde la cara mientras me clavo las uñas en las palmas.

—Sí, de esas tonterías —repito con rencor.

Jamás le he contado la cantidad de dinero que generan mis páginas y él nunca ha mostrado interés más que para burlarse de ellas. Pensaba que era algo que hacían los chicos, en plan burlas inocentes. A veces llegaba cuando estaba trabajando en *AscodeNovio* y me decía lo mona que estaba concentrada. Sonreía y me llamaba «mi magnate *sexy*». Pensaba que se enorgullecía de mí y del esfuerzo que le estaba poniendo a la empresa.

Hasta este momento no me he dado cuenta de que no sonreía por orgullo. No me veía como una magnate.

Se estaba riendo de mí.

—Se suponía que iba a ser un pasatiempo —dice sin emoción—. De haber sabido que ganabas dinero, habría...

—¿Habrías qué? —lo reto—. ¿Me habrías obligado a dejarlo?

—Te habría orientado en la dirección correcta —se corrige, y su tonito condescendiente hace que me hierva la sangre—. Ya hemos hablado de esto muchas veces. Estaríamos juntos en la universidad. Tú tendrías las aficiones que quisieras mientras tanto. Yo me graduaría primero y me haría cargo del banco de mi padre. Luego tú te graduarías y te unirías a las juntas de las fundaciones benéficas de tu madre. —Preston sacude la cabeza—. Accediste a que yo fuera quien nos mantuviese mientras tú te centrabas en las galas benéficas y en criar a nuestra familia.

Me quedo a cuadros. Madre de Dios. Siempre que decía esas cosas, lo hacía con tono burlón.

¿Iba en serio?

—Vas a echarte atrás. —Me lo ordena con tanta rotundidad que algo se desata en mi interior—. Tienes suerte de que esté aquí para pararte los pies antes de que se enteren tus padres. Últimamente no sé qué te pasa, Mackenzie, pero tienes que controlarte.

Lo miro, ojiplática. Jamás imaginé que le disgustara tanto la idea. Como mínimo, creía que me apoyaría. Que no lo haya hecho me deja anonadada.

Si tanto me he equivocado con él, ¿en qué más lo habré hecho?

CAPÍTULO DIECINUEVE

COOPER

—Nos hemos quedado sin alcohol.

Le pongo los ojos en blanco a Evan, el cual está repantingado en el sofá del salón con un brazo colgando por el borde. La mesita que construí el finde pasado ya está manchada de cerveza y cubierta de colillas. Alguien volcaría el cenicero anoche, durante otra de sus fiestas improvisadas.

—Es domingo y son las doce del mediodía —le digo a mi hermano—. No te hace falta alcohol. Bebe agua, hostia.

—No digo que quiera beber ahora mismo, pero alguien tendrá que ir a por cerveza. Mañana tenemos noche de póker.

Con ese «alguien», claramente se refiere a mí, porque enseguida cierra los ojos y dice:

—Llévate a Daisy. Le gusta ir en la camioneta.

Dejo a Evan durmiendo la siesta y le silbo a la perrita. Por norma general, no permito que mi hermano me mangonee a placer, pero lo cierto es que me siento un poco raro.

Anoche no me uní a la fiesta; me pasé la mayor parte de la noche en el taller. Me fui a dormir antes de medianoche y me desperté de golpe a las siete de la mañana por culpa de un sueño erótico con Mackenzie. Estábamos en la cama y yo, encima de ella, se la metía mientras Mackenzie gemía contra mis labios. Luego levantaba la cabeza y la cara de Mac se transformaba en la de aquella chavala, Sutton. Me he despertado del bote que he pegado.

Juro por Dios que esa chica me ha causado estragos en el cerebro. Ya sea dormido o despierto, las imágenes de Mackenzie Cabot envenenan mi consciencia y suscitan un montón de emociones nuevas que preferiría no sentir.

Ira, porque ha elegido a Kincaid en vez de a mí.

Frustración, porque sé que había algo real entre nosotros.

Culpa, porque mis intenciones originales no fueron para nada sinceras.

Y, durante este último par de días, asco. Porque, para evitar que sus amigas sospecharan que nos conocíamos, me obligó a fingir ser mi gemelo y luego tuvo las narices de echarme en cara que me había liado con otra. Y eso que Sutton y yo ni siquiera nos liamos. Fuimos a dar un paseo y luego le pedí un taxi. Aun así, Mackenzie no tenía derecho a enfadarse. Fue ella la que me besó y luego me dio la patada.

—Vamos, chica —murmuro a Daisy—. Vamos a comprarle cerveza a tu novio.

Cuando me ve tomar la correa, el *golden retriever* bailotea feliz a mis pies. Nos dirigimos a la camioneta y abro la puerta del copiloto para que Daisy suba de un salto. Hace poco que ha aprendido a hacerlo. Antes era demasiado pequeña, pero ahora tiene las patas de una adolescente y la fuerza suficiente para impulsarse más arriba. Está creciendo muy rápido, joder.

—Es una pena que Mac no pueda verte —le digo al animal, que clava una mirada curiosa y emocionada en la ventana. Cada vez que el viento le hace cosquillas en la nariz, suelta un ladridito agudo. Encuentra la felicidad en los placeres más banales.

En el pueblo, tomo unos cuantos paquetes de cerveza junto con una botella de tequila y algunos piscolabis. Mientras meto la compra en la camioneta, alguien me llama.

Me giro y veo a Tate, que camina por la acera dando grandes zancadas hacia mí. Lleva unas gafas de sol de aviador en una mano y las llaves y el móvil en la otra.

—Hola —lo saludo—. ¿Qué tal?

—Bien. He quedado con Wyatt para comer en el Sharkey's, por si quieres venir.

—Pues mira, sí. —Lo que menos me apetece ahora mismo es volver a casa y limpiar el desastre de Evan de anoche—. Espera que vaya a por Daisy.

—Oh, genial —exclama Tate cuando ve la cabeza de la perrita asomada por la ventanilla del copiloto—. Tráete al imán de mujeres.

En la mayoría de los bares y restaurantes de Avalon Bay permiten la entrada de perros, sobre todo en Sharkey's, donde los trabajadores hasta traen cuencos de agua y comida para sus clientes caninos. En cuanto Tate y yo subimos las escaleras de madera desvencijadas hacia la segunda planta del bar, a Daisy la tratan como la reina que cree ser.

—¡Ay, por favor! —exclama la camarera de la puerta, embelesada—. ¡Pero mira qué preciosidad! ¿Cómo se llama?

—Daisy —responde Tate por mí; luego, me quita la correa como si quisiera reclamar la propiedad de la cachorrita—. ¿Y tú?

—Jessica —trina la camarera. Ahora tiene chiribitas en los ojos porque se ha percatado del físico de niño bonito de Tate. El tío cuenta con la infalible habilidad de deslumbrar a todas las mujeres con las que se cruza.

Eso no quiere decir que yo me quede atrás. Solo que es una atención completamente distinta.

Cuando las mujeres miran a Tate, se imaginan todo tipo de historias románticas, con bodas, bebés y todo lo demás.

Conmigo, no obstante, ven puro sexo, crudo y obsceno. Aunque no podrían estar más equivocadas. Tate es el golfo número uno de la bahía. Jessica debe de ser nueva en el pueblo, porque, si no, lo sabría.

—Os llevaré hasta vuestra mesa —comenta Jessica, y luego ella, Tate y mi perra se ponen en marcha.

Con una sonrisa, me encamino tras ellos y apuesto mentalmente a que Tate habrá conseguido su número antes de que nos traigan la carta.

Pierdo. No lo consigue hasta que nos trae los vasos de agua.

—Buena esa, compañera —le dice Tate a Daisy, que está sentada a sus pies y lo mira con adoración.

Wyatt llega unos diez minutos después. Como Ren no viene con él, presupongo que siguen separados.

—¿Y Ren? —Tate arruga el ceño—. ¿Aún no habéis vuelto?

—No. —Después de saludar a Daisy con una palmadita en la cabeza, Wyatt se desploma en el taburete frente al mío y toma la carta. Luego la suelta sin siquiera mirarla—. ¿A quién voy a engañar? Todos sabemos que voy a pedir el sándwich de pescado.

—¿Por qué Ren está tardando tanto en perdonarte? —pregunta Tate con una sonrisa—. Vuestras reconciliaciones épicas no suelen hacerse mucho de esperar.

—Esta vez se lo está pensando —se queja Wyatt—. Anoche salió con un idiota de su gimnasio y me envió una foto mientras veían *The Bachelorette* porque sabía que me enfadaría.

Enarco una ceja.

—¿Y por qué te ibas a enfadar por eso?

—Porque es nuestro programa favorito, imbécil. Me está poniendo los cuernos con un tío que lleva camisetas de tirantes y de rejilla.

Tate se ríe entre dientes.

—¿De verdad te molesta que Ren esté viendo un estúpido *reality* sin ti, o que pueda estar acostándose con otro del gimnasio?

Wyatt hace un gesto desdeñoso con la mano.

—No se lo tira. Solo sale con él por venganza. Como cuando yo salí con aquella tía de la escuela de surf cuando Ren me tiró todas las camisetas de bandas sin preguntarme.

—¿No te acostaste con esa? —pregunta Tate, confuso.

Wyatt lo fulmina con la mirada.

—Ese fuiste tú, capullo.

Unos cuantos segundos después, Tate asiente con decisión.

—Sí, es verdad. —Sonríe—. Menuda tía. Me convenció de probar la viagra por primera vez. Fue una noche muuuy larga.

—Tío, ¿probaste la viagra sin mí? —lo acusa Wyatt.

Me río todavía más.

—¿Desde cuándo es algo que se hace con gente? —le pregunto a Wyatt.

Jessica regresa para tomarnos nota y procede a flirtear descaradamente con Tate.

—¿A esta preciosidad le gusta pasear?

Tate le guiña un ojo.

—A esta preciosidad le encanta pasear.

—Me refería al perro.

—Y yo también —repone con inocencia.

—Salgo en una hora. ¿Por qué no quedamos Daisy, tú y yo en la playa una vez terminéis de comer?

Antes de poder recordarle a Tate que Daisy no es su perro, él le enseña los hoyuelos a la camarera y le dice:

—Hecho.

Mientras Jessica se aleja, yo pongo los ojos en blanco.

—¿De verdad estás usando a mi perra para follar?

—Pues claro. Te lo he dicho, los cachorritos son imanes para las tías. —Se aparta un mechón de pelo de la frente—. Tú préstamela unas horas, tío. Ya sabes que se me dan bien los perros. Tengo tres en casa.

—Vale. Pero no pienso quedarme aquí esperando a que termines. Tráela a casa luego. Ella cena a las cinco. No llegues tarde, capullo.

Tate sonríe.

—Sí, papá.

—¿Creéis que, si llevo a Daisy conmigo cuando vaya a ver a Ren, tendré más posibilidades de recuperarla? —inquiere Wyatt, pensativo.

—Del tirón —responde Tate.

Wyatt gira la cabeza hacia mí.

—¿Me la prestas mañana?

Mis amigos son idiotas.

Y, bueno, yo también, porque cuando me vibra el teléfono y el nombre de Mac aparece en la pantalla, no hago lo más inteligente, que sería ignorar la llamada, sino que respondo.

CAPÍTULO VEINTE

MACKENZIE

El verano posterior a mi graduación viajé sola por Europa. Fue un regalo de mis padres. De camino al Coliseo, al volver de la Ciudad del Vaticano, en un impulso, dejé atrás mi hotel y me dirigí a la estación de tren. Sin saber a dónde iba, compré un billete de primera clase en el siguiente tren, que dio la casualidad de que iba a Florencia. De ahí, fui a Bolonia. Milán. Después, a Suiza, Francia y España. Dos días después de haberme marchado de Italia, llamé a mi hotel para que me mandaran el equipaje a Barcelona.

Todavía no sé qué me llevó a hacerlo. La necesidad súbita de liberarme y perderme. De alterar el orden de mi vida y demostrarme a mí misma que estaba viva y que controlaba mi propio destino. Tampoco recuerdo qué me ha llevado a llamar a Cooper el día posterior a que Preston pisoteara mi fantasía hotelera, dos semanas después de haberlo besado y de decirle que no volviera a ponerse en contacto conmigo. Y, aun así, al cuarto de hora de colgar ya está a mi lado, en el paseo marítimo, contemplando el exterior ruinoso del hotel El Faro.

—¿Y acabas de… comprarlo? —Cooper se pasa una mano por el pelo, divertido.

Su antebrazo moreno y el bíceps marcado me distraen brevemente. Lleva una camiseta negra y los vaqueros bajos. Es como si lo volviera a ver por primera vez. No había olvidado cómo me hace sentir, pero ahora que tengo menos resistencia, el sentimiento es más intenso. El corazón se me acelera más de lo normal, me sudan más las manos y se me seca más la boca.

—A ver, hay que rellenar todo el papeleo y hacer la debida diligencia, pero si todo sale bien…

Estoy más nerviosa ahora que cuando le hice la oferta a Lydia y que cuando se lo enseñé a Preston. Aunque no me haya dado cuenta hasta este momento, por alguna razón necesito que Cooper se alegre por mí.

—¿Podemos echar un vistazo?

Es un libro cerrado. No muestra ni aburrimiento ni desagrado. Tampoco entusiasmo. Apenas nos hemos saludado, y no hemos hablado ni de los besos ni de la pelea. Solo un «Hola, pues me voy a comprar un hotel. ¿Qué te parece?». Ni siquiera sé por qué ha accedido a quedar conmigo.

—Claro —respondo—. El inspector ha dicho que la planta baja está estable, pero que no deberíamos subir.

Recorremos el hotel juntos y caminamos sobre el mobiliario volcado por la tormenta y las alfombras mohosas. Algunas habitaciones están casi en perfectas condiciones, mientras que las que cuentan con vistas a la playa apenas son estancias vacías expuestas al temporal; las paredes se derrumbaron y las tormentas hicieron que el mar se lo llevara todo. La cocina podría ponerse en funcionamiento mañana mismo. Sin embargo, el salón de baile parece sacado de una película de terror sobre un barco fantasma. Fuera, la fachada que da a la calle oculta los daños del interior. Sigue intacta, excepto por algunas tejas y la vegetación descuidada.

—¿Qué planes tienes para el hotel? —pregunta mientras miramos la recepción. Hay un libro de visitas antiguo con las palabras «Hotel El Faro» grabadas en la cubierta, guardado en una estantería junto a la pared de las llaves de las habitaciones. Algunas están desparramadas por el suelo y otras siguen en los ganchos.

—La antigua dueña me ha impuesto una condición: no demolerlo para construir una torre de apartamentos.

—De pequeño venía mucho aquí. Evan y yo nos bañábamos en la piscina y nos quedábamos en las cabañas de la playa hasta que nos echaban. Steph trabajó aquí algún verano, durante el instituto. Recuerdo la madera antigua y los expositores de latón.

—Quiero renovarlo todo —le cuento—. Salvar lo máximo posible y conseguir antigüedades retro para lo demás.

Suelta un silbido por lo bajo.

—Va a ser caro. Estamos hablando de muebles de madera de cerezo que tendrías que encargar a medida. La instalación también a mano. Hay baldosas y encimeras que solo se hacen en pequeñas cantidades.

Asiento.

—Ya sé que la instalación actual no cumple con la normativa. Y hay que quitar el pladur.

—Pero lo veo. —Se pasea por la recepción y se dirige hacia las escaleras. Pasa la mano por el barandal grabado—. Con el trabajo adecuado y el dinero suficiente, tiene potencial.

—¿En serio?

—Sí, tiene muchísimo potencial.

—Sé que puede parecer una tontería —digo al tiempo que me siento en la base de las escaleras—, pero la primera vez que lo vi me imaginé a los huéspedes sentados en el porche, en mecedoras, mientras bebían vino y observaban la marea. Lo vi muy claro.

—No es una tontería. —Cooper se sienta a mi lado.

No percibo rencor por su parte; es como si casi fuéramos amigos otra vez. Salvo por la atracción que me insta a pasar los dedos por su pelo.

—Cuando coloco un trozo de madera sobre la mesa de trabajo, no pienso en qué se convertirá. Simplemente dejo que fluya y se exprese. Después, se construye en mi mente y yo le sigo el rollo.

Me muerdo el labio.

—A mis padres no les hará ninguna gracia.

Últimamente, mi padre se enfada por nada. La mayor parte del tiempo se debe al estrés del trabajo, pero siempre está ocupado con una cosa u otra. Seguramente haya sacado mi lado peleón de él. Pero cuando el encontronazo acaba mal, manifiesta su frustración gritándome lo decepcionado que está conmigo.

—¿Y qué más da? —Cooper resopla.

—Para ti es fácil decirlo.

—Lo digo en serio. ¿Desde cuándo te importa lo que piensen los demás?

—No sabes lo difícil que es salir de su yugo. Controlan casi cada parte de mi vida.

—Porque tú les dejas.

—No, pero...

—Mira, desde que te conozco siempre te has comportado como un grano en el culo: terca y tozuda.

Me río y admito que la mayoría de las conversaciones que hemos tenido se han convertido en discusiones que no iban a ninguna parte.

—No tengo la culpa de llevar siempre la razón.

—Cuidado, Cabot —me amenaza con tono juguetón y me fulmina con la mirada—. Ahora en serio, eres más responsable que la mayoría de la gente que conozco. Que le den a la aprobación de tus padres. Sé tú misma.

—No los conoces.

—No tengo por qué. Te conozco a ti. —Se gira hasta quedar de cara a mí y me contempla, serio—. Mac, eres genial. No dejes que te pisoteen; en todo caso, hazlo tú. No lo olvides.

«Joder. Mierda».

—¿Por qué lo haces? —murmuro, y me levanto. No puedo controlar mis músculos. Tengo que moverme y tomar el aire.

—¿El qué? —Él también se pone de pie y camina detrás de mí mientras me paseo por la estancia.

—Ser tan... —Lo señalo con la mano—. Tan así.

—No te sigo.

Es más fácil ignorarlo cuando se comporta como un capullo. Cuando tontea, cuando es directo. Cuando discutimos y me llama princesa. Es más fácil autoconvencerme de que solo es otro tío guapo más con demasiado ego y al que no hay que tomar en serio. Pero entonces se pone dulce, y amable, y me confunde. Se lleva mi corazón mientras grito y pataleo.

—No seas amable conmigo —digo, frustrada—. Me confunde.

—Ya, bueno, yo también estaba confuso cuando me dejaste la marca de tus uñas en la espalda, pero es lo que hay.

—Bien —respondo, y me vuelvo para mirarlo—. Sigue así. Así sí puedo. Lo llevo mejor cuando eres un capullo.

—¿Así que esas tenemos? ¿Te da miedo sentir porque entonces no podrás seguir mintiéndote sobre lo nuestro?

—No hay un «lo nuestro» —replico—. Nos besamos, ya ves tú.

—Dos veces, princesa.

—Y nos fue tan bien que nos pasamos dos semanas sin hablar.

—Oye, que has sido tú la que me ha llamado a mí. —Me mira desafiante.

—Ya veo que ha sido un error.

Aprieto los dientes y, con la vista clavada en la entrada abovedada, camino dispuesta a marcharme. Pero eso supone pasar junto a Cooper, que me agarra por la cintura antes de que pueda esquivarlo.

En un abrir y cerrar de ojos estoy en sus brazos, pegada contra su pecho. Siento cada centímetro de su cálido cuerpo contra el mío. Nos quedamos en silencio mientras él baja la cabeza para mirarme. Aguanto la respiración. Me olvido de quién era antes de conocerlo. En esta burbuja, en este lugar silencioso, donde nadie nos encontrará, podemos ser nosotros mismos.

—Pues... —susurro, y espero a que diga o haga algo. Cualquier cosa. La anticipación me está matando, y creo que lo sabe.

—Te puedes ir cuando quieras —musita con voz ronca.

—Lo sé. —Sin embargo, mis pies no se mueven. El corazón me late desbocado contra las costillas. Me ahogo, pero lo único que quiero es acurrucarme más entre sus brazos.

Me estremezco cuando me pasa el pulgar por el costado, sobre la camiseta ancha y blanca que llevo. No obstante, el roce se convierte en un firme agarre sobre mi cadera, y me empiezan a temblar las rodillas. Soy como humo entre sus brazos; no me siento sólida.

—¿Qué estamos haciendo, Mac? —Clava sus ojos oscuros y profundos en los míos.

—Pensaba que ya lo sabías.

Me cubre los labios con los suyos con urgencia. Aprieta los dedos sobre mi cadera al tiempo que yo hundo los míos en su pelo y lo atraigo hacia mí. Nos damos un beso hambriento, desesperado. Cuando su lengua intenta abrirse paso entre mis labios, gimo levemente y le doy lo que quiere. Nuestras lenguas se encuentran y a mí casi me da un infarto.

—No pasa nada, te tengo —susurra Cooper y, antes de ser consciente de lo que está pasando, me ha levantado del suelo y tengo las piernas envueltas en torno a su cintura.

Camina hacia atrás hasta que me apoya contra una pared de hormigón agrietada. Está empalmado. Soy incapaz de reprimir el deseo que me insta a frotarme contra él para desatar el nudo de lujuria reprimida que anida en mi interior desde hace semanas. Esta no soy yo. No soy de las que pierden la cabeza por un chico, ni de las que se ven envueltas en interludios de cuasi escándalo sexual en público, a media tarde. Pero aquí estamos, con las bocas unidas y los cuerpos que ansían acercarse más.

—Joder —gruñe. Sus manos viajan bajo mi camiseta y sus dedos callosos se cuelan bajo las copas de mi sujetador.

En cuanto empieza a juguetear con mis pezones, siento como si alguien abriera las cortinas de una habitación a oscuras. La luz cegadora que penetra es sorprendente.

—No puedo —susurro contra sus labios.

En ese momento, Cooper se aparta y me deja en el suelo.

—¿Qué pasa?

Tiene los labios húmedos e hinchados. El pelo alborotado. Se me pasan una docena de fantasías por la mente mientras intento regular la respiración. La pared pegada a mi espalda es lo único que me mantiene en pie.

—Todavía tengo novio —digo a modo de disculpa. Porque, aunque ahora no esté bien con Preston, no hemos roto oficialmente.

—¿Estás de coña? —Cooper se aleja antes de volverse y mirarme exasperado—. ¡Despierta, Mackenzie! —Alza las manos en el aire—. Eres lista, ¿cómo puedes estar tan ciega?

Frunzo el ceño, confusa.

—¿A qué te refieres?

—Tu novio te la está pegando —escupe.

—¿Qué?

—He preguntado y, durante estos dos años, la gente del pueblo ha visto cómo se tiraba a todo lo que se movía.

Pongo una mueca.

—Mentiroso.

Si piensa que voy a creerme esa mentira tan obvia, va listo. Solo lo dice porque quiere acostarse conmigo y que me enfade lo bastante con Preston como para ceder a la atracción innegable que existe entre nosotros. Y ni siquiera conoce a Preston. De hacerlo, vería que Pres es el último tío que tendría líos de una noche.

—Eso quisieras. —Cooper echa humo cuando se acerca a mí. No sé quién está más enfadado en este momento, si él o yo—. Admítelo, princesa. Tu Príncipe Encantador ha sobado más culos que el taburete de un bar.

Me sobreviene una sensación.

Un cabreo.

Le suelto un tortazo. Fuerte. Tanto, que me duele la mano.

El ruido resuena en todo el hotel vacío.

Al principio, se limita a mirarme. Sorprendido. Enfadado.

A continuación, suelta una risotada burlona.

—¿Sabes qué, Mac? Me la pela si me crees o no. —Vuelve a emitir otra carcajada que, más bien, suena a una amenaza velada—. Al final, cuando te des la hostia, ahí estaré, en primera fila, para verlo.

CAPÍTULO VEINTIUNO

MACKENZIE

La acusación de Cooper me atormenta durante las siguientes veinticuatro horas. Me nubla la mente y envenena mis pensamientos. No presto ni una pizca de atención durante las clases del lunes. En cambio, repito las palabras de Cooper una y otra vez en mi cabeza mientras alterno entre la ira, la intranquilidad y la incertidumbre.

«Durante estos dos años, la gente del pueblo ha visto cómo se tiraba a todo lo que se movía».

«Acéptalo, princesa. Tu Príncipe Encantador ha sobado más culos que el taburete de un bar».

¿Decía la verdad? No tengo motivos para confiar en él. Podría haber soltado la acusación para tocarme las narices, sin más. Eso se le da bien.

Pero, por otro lado, ¿por qué iba a mentir? Que mandase a la mierda a Preston no significaría que fuera a lanzarme a los brazos de Cooper.

¿Verdad?

Ayer, cuando volví a la residencia después de nuestra pelea, tuve que obligarme a no llamar a Preston y pedirle explicaciones. Sigo enfadada con él por cómo reaccionó con lo del hotel. Por haberme dado cuenta de que no me toma en serio como mujer de negocios y por la forma en que expuso un futuro en el que me robaba toda la independencia.

Ya tenía multitud de motivos para cuestionarme mi relación con Preston antes de que Cooper me soltara todas esas acusaciones, pero ahora estoy más confusa aún. Tengo el cerebro frito y solo siento un nudo en el estómago.

Salgo de clase con la cabeza gacha y no me quedo a hablar con mis compañeros. Fuera, inhalo aire fresco, ahora más frío que antes, ya que el otoño parece hacer acto de presencia después de un verano tan largo.

Me vibra el móvil en el bolso de lona. Lo saco y veo que he recibido un mensaje de Bonnie, que me pregunta si quiero comer con ella. Mi compañera tiene la asombrosa habilidad de leerme la mente, así que le digo que tengo que estudiar y luego busco un banco vacío en el patio interior y saco el portátil.

Necesito distraerme y escapar de mis caóticos pensamientos. Planificar cosas del hotel me ofrece ese respiro.

Durante las siguientes horas, navego por internet en busca de los recursos que necesito para empezar con el proyecto. Recopilo una lista de contratistas y contacto con ellos para pedirles que vengan a ver el lugar para que me den un primer presupuesto sobre lo mucho que me va a costar poner a punto el edificio. Investigo las ordenanzas y las regulaciones del condado para pedir los permisos. Veo un par de vídeos sobre fontanería e instalaciones eléctricas. Leo lo último en construcciones a prueba de huracanes y echo un ojo a los precios de las pólizas de seguros.

Es... mucho.

Mi madre me llama mientras guardo el portátil en el bolso y me levanto para estirar las piernas. Pasar tres horas sentada en un banco de hierro no les ha hecho ningún bien a mis músculos.

—Hola, mamá —la saludo.

Ella se salta las preguntas de cortesía y va directa al grano.

—Mackenzie, a tu padre y a mí nos gustaría cenar con Preston y contigo esta noche. ¿Qué tal a las siete?

Aprieto la mandíbula. Odio que siempre dispongan de los demás como les place. Actúa como si yo tuviera voz y voto en el asunto, cuando ambas sabemos que ese no es el caso.

—No sé si Preston puede —digo, evasiva. Hace dos días que lo evito, desde que echó por tierra mis sueños y me dijo que era una inmadura irresponsable.

El recuerdo de sus palabras duras y condescendientes prende, de nuevo, la ira que siento hacia él. No. Ni de broma voy a llevarlo a cenar esta noche y arriesgarme a enzarzarnos en una pelea frente a mis padres. Ya he abofeteado a un tío, evitemos que sean dos.

Pero mi madre tiene algo que decir al respecto.

—Tu padre ya ha hablado con él. Dice que, por él, encantado.

Se me desencaja la mandíbula de la sorpresa. ¿En serio? ¿Ya han hecho planes con mi novio antes de llamarme a mí, su propia hija?

Mi madre no me da tiempo a objetar.

—Te vemos a las siete, cariño.

En cuanto cuelga, me apresuro a llamar a Preston. Él responde al primer tono.

—Hola, nena.

«¿Hola, nena?». ¿Va en serio? He ignorado sus llamadas y mensajes desde el sábado por la tarde. El domingo por la mañana, cuando amenazó con presentarse en la residencia, le escribí para decirle que necesitaba espacio, y que lo llamaría cuando estuviera lista.

¿Y ahora va y me dice: «Hola, nena»?

¿No se da cuenta de lo enfadada que estoy?

—Me alegro de que por fin me hayas llamado. —Detecto un remordimiento que me confirma que sí es consciente de mi descontento—. Sé que sigues molesta por nuestro pequeño roce, así que he intentado darte el espacio que me pediste.

—¿Me estás vacilando? —escupo—. ¿Por eso has decidido ir a cenar con mis padres sin siquiera consultarme primero?

—¿Me habrías respondido al teléfono de haberte llamado? —me rebate.

Ahí tiene razón.

—Además, justo acabo de colgarle a tu padre. Iba a llamarte cuando ya lo estabas haciendo tú.

—Vale. Bueno. La cosa es que no quiero ir esta noche, Preston. Después de lo que pasó el sábado en el hotel, de veras que necesito ese espacio.

—Lo sé. —La nota de arrepentimiento en su voz parece sincera—. Actué mal, no lo niego. Pero entiéndeme. Me dejaste descolocado. Lo último que me esperaba era que fueras a decirme que habías comprado un hotel. Fue mucha información que asimilar, Mac.

—Vale. Pero me hablaste como si fuese una niña desobediente. ¿Te das cuenta de lo humillante que...? —Me detengo y respiro hondo para calmarme—. No. No quiero hablar de esto ahora mismo. Tenemos que hablar, pero no ahora. Y no puedo ir a cenar. Es que no puedo.

Se sucede una breve pausa.

—Mackenzie. Ambos sabemos que no vas a decirles a tus padres que no puedes ir.

Sí.

Ahí me ha pillado.

—Recógeme a las siete menos cuarto —murmuro.

De vuelta en Tally Hall, rebusco un vestido que mi madre no desapruebe, y me arreglo. Me decanto por uno de cuello barco azul marino que roza los límites de lo impúdico. Una protesta muda a que me hayan dictado qué hacer esta noche. En cuanto Preston me recoge en la residencia, me sugiere que me ponga una rebeca.

Permanezco en silencio todo el camino hacia el nuevo y elegante asador que han abierto cerca del campus. Preston es lo bastante sensato como para no obligarme a hablar.

En el restaurante, nos llevan hasta una sala privada que la asistente de papá había reservado de antemano. De camino, mi padre se detiene a saludar y hablar con los votantes y luego posa con el encargado para una foto que terminará enmarcada en la pared y aparecerá en el periódico local mañana. Hasta cenar se convierte en un evento público cuando se trata de papá, y todo porque a su ego no le gusta salir a cenar con su familia de forma anónima. Mientras tanto, mi madre permanece de pie a su lado, con las manos unidas en el regazo y una sonrisa en el rostro. No sé si de verdad le encantan estas cosas o si el bótox ha hecho que ya no exprese nada de nada.

A mi lado, los ojos le hacen chiribitas a Preston.

Mientras nos tomamos los aperitivos y los cócteles, mi padre habla sobre unos gastos nuevos. No me apetece ni fingir interés mientras remuevo la ensalada de remolacha que he pedido. Preston le contesta con tanto entusiasmo que, por alguna razón, me pone de los nervios. Siempre he agradecido la habilidad de Preston de camelarse a mis padres y evitarme tener que bailarles el agua. Lo adoran, así que traerlo a estas veladas los pone de buen humor. Pero, ahora mismo, lo encuentro de lo más irritante.

Por un breve instante, considero reunir el coraje necesario para contarles a mis padres la gran noticia: «¿Sabéis qué? ¡He comprado un hotel!». No obstante, cuando mi madre empieza a parlotear sobre las enormes ganas que tiene de que me involucre más en sus proyectos benéficos, me convenzo de que no reaccionarán mejor que Preston.

—Esperaba que me dejaran llevarme a Mackenzie a Europa este verano —comenta Preston cuando llegan los entrantes—. Mi padre por fin ha cedido a la presión y ha accedido a llevar a mi madre a comprar una nueva casa de verano. Iremos desde España hasta Grecia en yate.

Primera noticia que tengo. Estoy bastante segura de que no hemos tocado el tema de mis planes de verano y, aunque lo hubiéramos hecho, habría sido antes de que comprara el hotel, uno que ahora tengo que restaurar. Preston sabe muy bien que no puedo marcharme de Avalon Bay en verano.

O, tal vez, esté seguro de poder convencer a su novia inmadura e irresponsable, pero con madera de esposa, de no seguir adelante con la compra.

La acidez me quema la garganta. Trato de tragármela con un bocado de lenguado aderezado con limón y ajo.

—¿No es maravilloso? —exclama mi madre, con una nota de resquemor en la voz.

Uno de los mayores pesares de mi madre, dada la carrera profesional de su marido —aunque tampoco es que no hubiera disfrutado del privilegio de ser la mujer de un congresista—, es no poder tener más de dos casas de verano mientras todas sus amigas siempre se marchan a sus chalés en Zermatt o a sus villas en Mallorca. Papá dice que no da buena imagen alardear de nuestra riqueza a costa del dinero de los contribuyentes, aunque la gran mayoría del dinero familiar es heredado o proviene de la compañía a la que mi padre renunció para presentarse como candidato, y en cuya junta aún posee un asiento. Pero la atención invita a preguntas, y mi padre las odia.

—La pobre le aguanta muchas cosas —bromea Preston, que le sonríe a mi madre—. Como Mac. —Asiente en mi dirección y me agarra la mano por debajo de la mesa para darme un apretón.

Yo la aparto y alargo el brazo para tomar el vaso de agua.

Mi paciencia está bajo mínimos. Antes se me daba fenomenal desconectar de estas conversaciones. Las consideraba inofensivas y me ayudaban a mantener a mis padres contentos. Cuando Preston los entretenía y todos nos llevábamos bien, mi vida era infinitamente más fácil. Ahora, el *statu quo* ya no me satisface.

—¿Qué planes tienes para después de graduarte el año que viene? —le pregunta mi padre a Preston. Apenas me ha dirigido dos palabras en toda la noche. Como si yo no fuera más que una excusa para poder ver a su verdadero hijo.

—Mi padre quiere que trabaje en su banco, en la sede de Atlanta.

—Será un gran cambio para ti —comenta mi padre mientras corta su bistec poco hecho.

—Lo espero con ganas. Pretendo aprender cada mínimo detalle del negocio familiar. Desde cómo se procesa el correo hasta cómo se llevan a cabo las absorciones y las fusiones.

—Y también cómo se aprueban las leyes —añade mi padre—. Debería buscarte algo para el próximo semestre. En el Capitolio. Quedan algunas legislaciones importantes abiertas para el comité; la experiencia y lo que aprenderías al asistir a esas vistas sería incalculable.

—Suena genial —dice Preston con una sonrisa de oreja a oreja—. Se lo agradecería.

Mi padre nunca me ha ofrecido llevarme a Washington para enseñarme donde trabaja. La única vez que puse un pie dentro del Capitolio fue para una sesión de fotos. Cuando mi padre juró el cargo, me guiaron hasta una sala con las demás familias nuevas, posamos y luego nos enseñaron dónde estaba la puerta. Los otros hijos vagos de congresistas y yo terminamos desmelenándonos en los bares y las discotecas de Washington D. C. hasta que el hijo de un senador le dio una paliza a un diplomático mimado y todo acabó en una confrontación entre el servicio secreto y las fuerzas de seguridad extranjeras.

—Es una pena que Mackenzie y tú solo podáis disfrutar de un año juntos en Garnet antes de que os tengáis que volver a separar, pero sé que haréis que funcione —comenta mi madre.

—En realidad —repone Preston—, Mackenzie se vendrá conmigo a Atlanta.

«Ah, ¿sí?».

—Garnet ofrece la posibilidad de estudiar a distancia, así que podrá terminar la carrera sin necesidad de cambiar de universidad —prosigue—. Y solo estaremos a un vuelo corto de distancia de aquí, en caso de que tenga que venir al campus por alguna razón.

«¿Qué narices?».

Miro a Preston boquiabierta, pero o bien no se da cuenta, o le da igual. Mis padres también son ajenos a mi creciente aflicción.

—Esa es una solución excelente. —Mi padre felicita a Preston.

Mi madre asiente en completo acuerdo.

¿Por qué estoy aquí, si mi participación en la conversación, en mi vida, es totalmente superflua? Soy poco más que un adorno, un mueble que mueven de habitación en habitación. Estamos hablando de mis padres. De mi novio. De las personas que, supuestamente, más se preocupan por mí.

Y, aun así, me siento absolutamente invisible. Y no por primera vez.

Mientras charlan durante el plato principal, ajenos a mi crisis existencial, de repente visualizo cómo los próximos cinco, diez, veinte años de mi vida me acechan en la distancia.

Más como una amenaza que como un futuro.

Más como una sentencia que como una oportunidad.

Pero, entonces, caigo en la cuenta de que ya no soy ninguna niña. No tengo por qué estar aquí. De hecho, no hay nada que me retenga en este sitio. Mi mente divaga hasta aquel almuerzo con los amigos de Preston, a cómo las chicas estaban tan dispuestas a aceptar las aparentes incursiones de Seb en las felaciones extracurriculares. Y luego, hasta cuando Preston perdonó mi propia indiscreción como si nada. Las piezas del puzle encajan, y la imagen se me aparece clara.

Joder, clara como el agua.

Aparto el plato, arrojo la servilleta sobre la mesa y arrastro la silla hacia atrás.

Mi madre levanta la mirada con el ceño ligeramente fruncido.

—Lo siento —anuncio a toda la mesa—. Tengo que irme.

Sin vacilar ni un segundo, salgo por la puerta antes de que nadie tenga oportunidad de protestar. Fuera del restaurante, trato de camuflarme entre los matorrales junto al puesto del aparcacoches y llamo a toda prisa a un taxi, pero mi escondite es malísimo y Preston me divisa en cuanto sale.

—¿Qué narices ha sido eso? —inquiere.

Suelto un suspiro cansado.

—No quiero discutir contigo. Vuelve dentro, Pres. Ya me he hartado de estar aquí.

—Baja la voz —me reprende. Luego me agarra del codo y tira de mí hasta doblar la esquina, donde no nos oye nadie, como si no fuera más que una niña traviesa a la que hubiera que regañar—. ¿Qué narices te pasa, Mac?

Me deshago de su agarre.

—Ya no puedo más. Estoy harta de ti, de ellos... de todo. Tanto que lo único que siento es apatía. Lo que ha pasado ahí dentro soy yo estando hasta los mismísimos cojones de todo.

—¿Has perdido la cabeza? —Preston me mira indignado—. Lo que ha pasado, este berrinche, la estupidez del hotel; todo es estrés. Estrés por el primer año de universidad. Estás agobiada. —Asiente—. Lo entiendo. Podemos buscarte ayuda, enviarte a un *spa* o algo. Seguro que si hablamos con el decano, te deja acabar el semestre...

—¿Un *spa*? —No puedo evitarlo. Exploto y rompo a reír. No creo que me haya conocido menos que en este momento.

Él entrecierra los ojos ante mi risa burlona.

—Esto no es estrés, sino claridad. —El humor desaparece de mi voz y lo miro a los ojos—. Me estás poniendo los cuernos, Preston.

Frunce el ceño.

—¿Y quién te ha dicho eso?

¿Esa es su respuesta? Si antes lo dudaba, ya no. ¿Ni siquiera se molesta en tratar de negarlo?

—¿Vas a desmentirlo? —lo reto—. ¿Que no eres como tu colega Sebastian, que se acuesta con tías sin «madera de esposa» mientras le jura amor eterno a Chrissy? Chrissy, a quien ni siquiera le importa que se esté acostando con medio pueblo. —Sacudo la cabeza con incredulidad—. Mírame a los ojos y dime que tú no eres así.

—Yo no soy así.

Pero no me mira a los ojos.

Emito una risotada mordaz.

—Por eso ni te inmutaste por las acciones de Seb, ¿verdad, Preston? Porque tú eres exactamente igual que él. ¿Y sabes qué es lo gracioso? Que ni siquiera estoy enfadada. Debería —le digo, porque tengo suficiente ira dentro por todas las veces que me ha faltado al respeto esta noche—. Debería estar furiosa, pero esta noche me he dado cuenta de que ya no me importa.

—No puedes romper conmigo —dice con dureza, como si me dijera que no puedo comer chuches porque son malas para los dientes.

—Pues ya lo he hecho.

—Olvídate de lo que crees que he hecho. No son más que tonterías extracurriculares...

Y ahí está otra vez la palabrita.

—No tiene nada que ver con nuestra relación. Yo te quiero, Mackenzie. Y tú a mí también.

Durante años, he confundido lo que teníamos con amor. Sí que quiero a Preston. O, al menos, lo quise, en algún momento. Empezó así, estoy segura. Pero nunca estuvimos enamorados como tal. Confundí el aburrimiento con comodidad y la comodidad con romance porque no sabía lo que era la verdadera pasión. No sabía lo que me estaba perdiendo, lo que se siente cuando no te puedes contener, cuando el deseo por otra persona te consume por completo, cuando tu aprecio y afecto es absoluto e incondicional.

—Ya basta, Mackenzie. —Vaya, está enfadado. Aún es capaz de mandarme a mi habitación y castigarme sin postre—. Estás comportándote como una cría, y no tiene gracia. Vuelve dentro. Discúlpate con tus padres. Nos olvidaremos de todo esto.

—No lo entiendes. Ya lo he decidido. Se acabó.

—De eso nada.

No quería recurrir a la bomba, pero no me deja otra.

—He conocido a alguien.

—¿Qué coño dices? ¿A quién? —espeta. Está rojo de ira.

Mi taxi se detiene junto a la acera. Menos mal.

—No es asunto tuyo —le digo con frialdad—. Me voy. No me sigas.

Y, por primera vez esta noche, me hace caso.

CAPÍTULO VEINTIDÓS
MACKENZIE

Un cuarto de hora después, estoy delante de la casa de Cooper. Creo que cuando me he marchado de la cena sabía dónde acabaría. Sabía que si volvía —cuando ayer me alejé de Cooper, cuando me pasé horas analizando sus palabras y recordando nuestros besos hambrientos—, sería por una razón.

En cuanto abre la puerta, casi me echo atrás. Lleva una camiseta y unos vaqueros rotos. Tiene el pelo húmedo, como si acabara de ducharse. Su aspecto, su cuerpo y sus tatuajes son pura tentación. Odio que no tenga que hacer o decir nada para dejarme hecha un despojo. No es justo.

—Hola. —Trago saliva porque, de repente, siento la boca seca.

Él me mira, pero no dice nada. Esperaba que estuviera enfadado, o que me echara de allí y me advirtiera que no volviera nunca más.

Esto es peor.

—Mira, he venido a disculparme.

—¿No me digas? —Cooper ocupa todo el umbral y apoya los brazos en las jambas.

—Lo que hice estuvo fuera de lugar —admito, arrepentida—. No debería haber insinuado que tenías herpes. Perpetuar el estigma de las ETS y tildarte de mujeriego no estuvo bien, así que lo siento.

Por mucho que intente ocultarlo, no puede reprimir la sonrisa que le tira de las comisuras de la boca. Deja caer los brazos.

—De acuerdo, entra.

Me guía por la casa vacía hacia el iluminado porche trasero que da a la bahía. Ni él ni yo sabemos cómo empezar, así que nos apoyamos contra la barandilla y fingimos contemplar las olas a través de la penumbra.

—Nunca había abofeteado a nadie —admito, porque debería ser yo quien rompa el hielo, aunque, por alguna razón, me cuesta más de lo que creía.

—Pues se te da bastante bien; me dolió —responde secamente.

—Si te sirve de algo, cuando me he despertado todavía tenía la mano dolorida. Tienes una cara muy dura.

—Pues sí —dice con una sonrisa—. Me sirve.

—Perdóname. Exageré y perdí la cabeza. Me sentí fatal. Aún me siento fatal.

Cooper se encoge de hombros.

—No te agobies. Me han golpeado más fuerte otras veces.

En parte, quiero que me grite. Que me diga que soy una niñata y una zorra consentida. Pero está tranquilo, con expresión indescifrable, y eso me lo pone mucho más difícil. Porque, por muchas cosas que me cuenten de él, sigo sin conocerlo del todo. A veces creo que existe una conexión entre nosotros, pero cuando pienso en ello, me convenzo a mí misma de que me lo he imaginado todo. Como si cada vez que nos viéramos, despertara de un sueño y no recordara qué es real y qué no.

—¿Quieres saber dónde he estado esta noche? —No sé por qué le pregunto, pero quiero que lo sepa, y soltarlo sin más se me antoja… presuntuoso.

Enarca una ceja.

—Bueno, en primer lugar, he plantado a mis padres.

—¿Y no se ha hundido el mundo? —pregunta, sin intentar ocultar la diversión de su rostro.

—No estoy segura. Me he ido en mitad de la cena. —Hago una pausa—. ¿Y sabes qué más he hecho?

—¿Qué?

—He roto con mi novio.

Eso sí que llama su atención. Se vuelve y apoya la espalda contra la barandilla antes de cruzarse de brazos, atento.

Cooper suelta una carcajada y sacude la cabeza.

—Ahora me cuadra todo. Te has fugado y has pensado: «¿qué mejor sitio que este para esconderme? Aquí no me encontrará nadie», ¿verdad?

—Algo así —respondo con timidez. No estaba pensando en eso cuando le di la dirección de Cooper al taxista, pero sí que fue algo instintivo, inconsciente.

—¿Y cuánto tiempo piensas quedarte? No pretendo ser un capullo ni nada parecido, pero esto tampoco es un hotel, princesa.

—*Touché.*

Nos sumimos en un silencio más ruidoso que el romper de las olas contra la orilla.

Esta mañana me he despertado sudando. He parpadeado contra la luz del sol y las imágenes del sueño se han evaporado con el rocío de la ventana: Cooper me sujetaba contra la pared, mis piernas en torno a sus caderas y sus manos ardientes sobre mi piel. ¿Qué hago con todo esto? Son sensaciones nuevas. Jamás me había afectado tanto un chico. Y sí, vale, él ha dejado claro que le intereso, pero si no mueve ficha, no sé qué va a pasar.

—En parte, desearía no haberte conocido —dice al final, y las sombras de las luces en el porche juguetean con su rostro.

—¿Por qué?

A ver, aparte de lo obvio, me refiero. He sido una mosca cojonera y seguro que le he dado más problemas de lo normal.

—Porque se va a liar. —Con los brazos en los costados, acorta la distancia entre nosotros hasta que me tiene pegada a la barandilla solo con la mirada.

Algo cambia en su expresión, y es como si le enviara una señal subliminal a mi cuerpo. Me pongo en alerta al instante.

—¿Qué...?

Antes de poder terminar la frase, sus labios cubren los míos.

Me acorrala contra la barandilla mientras me besa profundamente. Con urgencia. Todo este tiempo, estas semanas, hemos aguantado la respiración hasta este momento. Alivio. Sus manos encuentran mis caderas, me pegan contra la madera astillada y yo me olvido de mí misma, consumida por el deseo. Le devuelvo el beso como una mujer hambrienta y gimo cuando me separa las piernas con las suyas y siento su erección.

—Dime —murmura mientras desliza los labios por mi cuello—. ¿Me vas a pedir que pare?

Debería pensarme la pregunta. Lo que implica de cara al futuro. Los motivos por los que no estoy preparada para lo que pasará cuando me despierte mañana y haga control de daños de lo que haya ocurrido esta noche.

Pero no lo hago.

—No. No pares —respondo.

Desatado, Cooper no vacila. Tira lo suficiente del vestido para dejarme los pechos al aire. Cuando se mete un pezón en la boca, el subidón y la adrenalina que me recorren son abrumadores. Con él soy otra persona, más desenfrenada. Le agarro la mano y la deslizo hacia abajo, hasta colarla bajo mi vestido. Entonces, aparta la ropa interior con los dedos y me acaricia el clítoris antes de introducirse en mí.

—Joder —susurra contra la piel ardiente de mi cuello—. Estás mojadísima.

Mueve dos dedos en mi interior mientras me acaricia el clítoris con el pulgar. Me aferro a sus hombros anchos y me muerdo el labio con tanta fuerza que me hago sangre, hasta que me tiemblan las piernas debido a un orgasmo.

—Mmm, esa es mi chica. —Sonríe al tiempo que se inclina para besarme y tragarse mis jadeos.

Sus palabras me excitan. Su chica. Sé que no lo dice de esa forma y que solo es una manera de hablar, pero imaginarlo, pensar que esta noche es mío, hace que una ola de deseo me recorra entera.

Me apresuro a desabrocharle los vaqueros para acariciarle. El gemido que emite es música para mis oídos. Sus manos descienden hasta que me aprieta las nalgas y sus ojos oscuros rebosan de calor.

—Vamos dentro —le insto.

—Tengo un condón en el bolsillo —dice con voz ronca mientras lo masturbo.

—¿En serio? ¿Y eso?

—No preguntes.

Me parece justo. Hasta hace una hora, tenía novio. Haga lo que haga Cooper, o lo que estuviera a punto de hacer, no es asunto mío.

Lo abre, se lo pone y me levanta una pierna para colocármela en torno a su cadera. De repente, estoy sentada en el borde de la barandilla y me aferro a él mientras se introduce en mí despacio. Si me soltara ahora mismo, me caería, pero confío en él. Me rindo a él y acojo su grueso y largo miembro en mi interior.

—Qué gusto, Mac. —Me vuelve a besar, y con cada embestida me vuelve más y más loca de deseo.

Una brisa cálida me revuelve el pelo. No me importa que nos puedan pillar en cualquier momento. Ni si su hermano está en casa. Que alguien pueda estar observando desde las sombras que rodean la casa. No me importa nada salvo las emociones que se apoderan de mi cuerpo y la sensación de plenitud, de estar haciendo lo correcto. Cooper hunde los dedos en mi pelo y me tira de la cabeza hacia atrás para besarme la garganta; no hay nada que pueda distraerme de sentir sus empellones profundos y la necesidad carnal que nos domina.

—¿Vas a correrte otra vez? —susurra contra mi oreja.

—Puede.

—Inténtalo.

Se retira hasta dejar solo la punta dentro y vuelve a penetrarme. Con fuerza, decidido. Me rodea con uno de sus musculosos brazos y lleva el otro entre mis piernas para acariciarme el clítoris con los dedos. Gimo de placer.

—Ay, haz eso otra vez —suplico.

Su carcajada ronca me hace cosquillas en la boca cuando se inclina para besarme. No deja de mover las caderas, pero ahora más despacio; me provoca y seduce para llevarme al límite. Adora mi cuerpo de tal manera que no tardo en volver a sentir un torrente que asciende, se acumula y culmina en una explosión cegadora.

—Sí —sisea, y acelera el ritmo. Se introduce en mí de manera desenfrenada hasta que gruñe al alcanzar su propio éxtasis. Se estremece y jadea.

Trago saliva e inspiro hondo para tratar de regular mi pulso errático.

—Ha sido… —No tengo palabras.

Él gruñe de manera ininteligible.

—Ha sido… sí.

Nos reímos por lo bajo y nos separamos. Me bajo de la barandilla con torpeza antes de recolocarme el vestido. Cooper me agarra de la mano y me lleva dentro.

Después de ducharme, tomo prestado algo de ropa y sacamos a Daisy de paseo por la playa, a la luz de la luna. Todavía siento los dedos un poco entumecidos y las piernas, pesadas. Ha sido como esperaba, o mejor. Crudo, entusiasta.

Y ahora me como la cabeza porque no me siento incómoda. Solo he estado con Preston, así que no sabía qué esperar después de... No sé qué es esto. ¿Un rollo? ¿Una cita? ¿Algo de lo que no hablaremos mañana? En fin, no me importa. Por ahora, estamos bien.

Durante el camino de vuelta, Cooper fastidia a Daisy con un junco largo.

—¿Te apetece quedarte esta noche? —me pregunta.

—Sí, vale.

A partir de ahora, paso de sobreanalizar todo lo que hago. Borrón y cuenta nueva. Empiezo de cero.

Ya es hora de que disfrute.

CAPÍTULO VEINTITRÉS

COOPER

Tengo la cabeza hecha un lío. Tras despertar con Mac en mi cama, lo primero que se me pasa por la cabeza es tomar malas decisiones otra vez. Entonces recuerdo que estoy de mierda hasta el cuello. Anoche, cuando prácticamente se me subió a la polla, no se lo impedí. Pero luego sucedió algo que no tenía sentido. No quería que se fuera. Empecé a pensar: «Joder, ¿y qué pasa si vuelve a casa y recibo otro puto mensaje que diga "Lo siento. Es culpa mía. He cometido un error y voy a volver con el imbécil de mi novio"?».

Fue ahí cuando me di cuenta de que estoy bien jodido.

—Buenos días —murmura ella con los ojos cerrados.

Cuando se da la vuelta y me echa una pierna por encima, tentando a mi erección, no me aguanto y le agarro el culo.

—Buenos días —respondo.

Me besa el pectoral izquierdo antes de darme un mordisquito.

Esta chica es de otro mundo. Siempre son las buenas, ¿verdad? Todo modales y buen comportamiento hasta que las pillas a solas. Entonces, te meten la cabeza entre sus piernas y te hacen sangre con las uñas.

Nos quedamos allí acurrucados durante unos minutos, calentitos y holgazanes. Luego, Mac levanta la cabeza para mirarme.

—¿Puedo preguntarte algo? —Se la ve aprehensiva.

—Claro.

—En realidad, es una pregunta un poco cotilla.

—Vale.

—Vaya, que no me incumbe en lo más mínimo.

—¿Me lo vas a preguntar ya o vamos a debatir sobre si puedes o no puedes hacerlo?

Me vuelve a morder, esta vez en el hombro.

—Vaaale. ¿Te acostaste con Sutton?

—No. Fuimos a pasear al muelle y luego ella vomitó por encima de la barandilla, así que llamé a un taxi.

Mackenzie sigue indagando.

—Si no hubiera vomitado, ¿habrías hecho algo con ella? ¿Besarla? ¿Traerla aquí?

—Quizá. Probablemente. —Cuando siento que se tensa junto a mí, hundo los dedos en su larga cabellera. Otros tíos se habrían callado, pero yo no soy como los demás. Ella me ha preguntado y yo le he respondido—. La que ha preguntado has sido tú.

—Sí. Y también quien te la lanzó a los brazos. Supongo que no tengo derecho a estar celosa. —Mac gruñe por lo bajo—. Pero lo estoy, mierda.

—Bienvenida al club —rezongo—. Imaginar a otro poniéndote las manos encima me despierta el instinto asesino.

Se ríe.

—¿Alguna vez te han dicho que eres un poquitín intenso?

Me encojo de hombros.

—¿Tienes algún problema con eso, o qué?

—Ninguno.

Retuerzo un mechón de su pelo alrededor de mi dedo.

—¿Sabes? —digo, pensativo—. Por enfadado que estuviera contigo esa noche, se me había olvidado lo divertido que es ser Evan. Han pasado años desde la última vez que decidimos intercambiarnos.

Ladea la cabeza con curiosidad.

—¿Lo hacíais mucho?

—Constantemente. En el insti él siempre me hacía los exámenes de geografía; te lo juro, ese chaval tiene una memoria asombrosa en lo que se refiere a recordar las capitales de los estados. A veces también cortábamos con la novia del otro.

Mackenzie ahoga un grito.

—¡Qué mal!

—No es de nuestros mejores momentos —convengo—. También nos cambiábamos para meternos con nuestros amigos, aunque la mayoría pueden distinguirnos, por mucho que nos vistamos o nos peinemos igual. Pero sí, a veces no está mal descansar de mí mismo y ser Evan. Vivir la vida sin miedo a las consecuencias. Hacer lo que quiera, acostarme con quien quiera, sin arrepentimientos.

—No sé... Yo te prefiero a ti. —Despacio, desliza la palma por mi torso desnudo—. Y mucho más, además.

—Espera. Quiero hacerte el desayuno —digo, y freno su mano cuando llega a los calzoncillos.

—¿No podemos hacer esto primero? —Mac levanta la vista y se pasa la lengua por los labios.

«Mierda. Sí, princesa, me encantaría meterte la polla en la boca, pero intento comportarme como un caballero por primera vez en la vida, por favor».

Como he dicho, tengo la cabeza hecha un lío.

—Como vayas por ahí —le advierto—, no saldremos de la cama en todo el día.

—No me importa.

Gimo y me la quito de encima antes de salir de la cama.

—Tentador. Y, créeme, a mí tampoco me importaría, pero a Evan y a mí nos llegan materiales para la renovación de la casa hoy. Tenemos que empezar pronto.

Mac hace un puchero. Mi camiseta le cuelga por uno de los hombros bronceados. Sus piernas desnudas me suplican que vuelva a la cama. Me cago en mi vida, de verdad.

—Vale. Supongo que con el desayuno bastará. ¿Tienes bizcochitos?

—Qué graciosilla eres. —Me río mientras me dirijo al cuarto de baño.

Después de sacar un cepillo de dientes nuevo del armarito, Mac le quita el envoltorio. Nos lavamos los dientes juntos, pero trazamos la línea ahí. Ella me echa para poder hacer pis. Yo lo hago y respondo a un mensaje de Billy West sobre la madera que nos tiene que llegar. Sigo mensajeándome con él cuando Mac sale de mi habitación y se dirige a la cocina.

Para cuando acabo, el aroma a café recién hecho flota por toda la casa.

—Tú como si estuvieras en tu casa, ¿eh, guapa? —oigo decir a Evan.

Giro la esquina y veo a Mac junto a la cafetera con una taza en la mano.

—He pensado en hacer café para quien quiera —repone al percibir, igual que yo, el sarcasmo en la voz de mi hermano—. Espero que no os importe.

—Pues claro que no —le digo intencionadamente a Evan. Porque no entiendo a qué viene esa actitud tan inmadura—. Siéntate. Voy a hacer unos huevos. ¿Quieres beicon?

—¿Le digo a la sirvienta que saque la vajilla de porcelana, o su majestad prefiere que le den de comer? —inquiere Evan, que toma una caja de cereales.

—Eh. —Lo empujo cuando trata de bloquearme el paso hacia la nevera. Menudo crío es—. Relájate.

Mac está visiblemente incómoda.

—Sí, eh… ¿sabéis? En realidad, tengo que volver a la residencia, así que creo que me voy a ir ya.

—Oh, venga… quédate —insisto—. Te llevo después de desayunar.

Pero es demasiado tarde. Sea lo que sea que le haya picado a Evan esta mañana, ha conseguido ahuyentarla. Mac vuelve al dormitorio a toda prisa y llama a un taxi mientras se cambia y se pone el vestido de anoche.

—Lo siento —le digo, y la agarro por la cintura antes de que salga por la puerta principal—. Evan no está de muy buen humor por las mañanas.

—No pasa nada. De verdad.

Escruto su rostro. Se ha desmaquillado y lleva el pelo sujeto en un moño suelto en lo alto de la cabeza. Está más guapa que nunca. Ahora sí que pienso que tendríamos que habernos decantado por el plan de quedarnos en la cama todo el día.

—Si yo tuviera hermanos, seguro que también serían unos pesados. —Mac se pone de puntillas para besarme. Me tomo eso como una señal de que seguiremos hablando.

Cuando se marcha, encuentro a Evan en el garaje.

—Oye, ¿a qué ha venido eso? —le pregunto con sequedad.

—Eso mejor pregúntatelo tú —replica, y pasa junto a mí con el cinturón de herramientas colgándole del hombro—. ¿Desde cuándo juegas a hacerle de mayordomo a la princesita? El plan era conseguir que rompiera con Kincaid, no jugar a las casitas.

—Sí, y ha funcionado. —Lo sigo a través del jardín y hacia la casa. Decido obviar lo mucho que esa nota de odio en su voz me saca de mis casillas—. Cortaron anoche.

—Genial —exclama, y se abre una cerveza de la nevera del porche. A las siete de la mañana—. Entonces ya puedes mandarla a paseo. Haremos que ambos estén en un mismo sitio y que os vean juntos, y luego podremos olvidarnos de los clones. Hasta nunca.

Le quito la cerveza de la mano y la vacío en el suelo.

—¿Quieres dejar esta mierda? No quiero que te emborraches y me apuntes con el taladro por error.

—Sí, papá —repone, y me hace un corte de mangas.

—Oye. —Lo señalo con el dedo, muy serio, porque sabe perfectamente lo que acaba de hacer—. Como vuelvas a decir algo así, vamos a tener problemas.

Me aparta la mano de un manotazo.

—Lo que tú digas.

Evan está de un humor de perros hoy, y yo estoy cansado de sus numeritos. Pero no puedo preocuparme por lo que lo ha puesto así, porque tengo que pensar en cómo voy a gestionar lo que tengo con Mackenzie. Mi hermano y la pandilla no me dejarán en paz ni de coña. Han acechado a su presa, aguardando el momento perfecto para darse el festín. Quieren sangre.

Le doy vueltas durante todo el día, aunque no se me ocurre ninguna solución. Para cuando todos vamos al chiringuito de Joe mientras Steph trabaja, no me ha venido nada mejor a la cabeza que ser evasivo y esperar a que nadie mencione lo del plan delante de ella.

Joe y yo volvemos a estar bien. Sigo decepcionado por lo rápido que cedió y me despidió, pero entiendo por qué lo hizo. Es difícil guardarle rencor a un tío que tiene que pagar una hipoteca y distintos préstamos para la universidad de su hijo. No sería justo esperar que peleara a muerte por mí, sobre todo cuando tiene una familia propia que proteger.

Nos acomodamos en un reservado cerca de la barra. Evan se sienta mi lado, y Heidi y Alana, frente a nosotros. Steph se acerca con varias cartas de bebidas que ninguno de nosotros necesita mirar. Las chicas piden chupitos. Evan y yo, cervezas. Hoy nos lo hemos tomado libre para reconstruir el porche delantero, lo cual significa que mañana nos tocará echar turno doble con Levi. Tenemos que levantarnos al amanecer, y preferiría no tener que hacerlo con resaca. A Evan, no obstante, le importa una mierda.

Como no podía ser de otra manera, no tarda en poner al día a las chicas sobre los avances con Mackenzie.

—Estoy cachondísima ahora mismo —comenta Alana con una sonrisilla maliciosa que, sinceramente, me pone los pelos de punta. Esta tía a veces da miedo—. Miradme. —Alarga el brazo hacia nosotros—. Tengo hasta la piel de gallina.

Heidi saca el móvil y mira el perfil de Instagram de Kincaid.

—Lo único que tenemos que hacer ahora es estar pendientes para ver dónde estará una noche de estas. En algún sitio público. Y entonces tú llevas a su ex y lo humillamos como Dios manda. Joder, hasta podríamos vender entradas.

—Hazlo pronto —se queja Steph—. Como no deje de venir por aquí, os juro que le echaré laxante en la bebida. Quiero que tenga miedo de dejarse ver en público.

—¿Y por qué no este finde? —sugiere Evan, y me da un codazo. Yo trato de concentrarme en mi cerveza y de ignorar a los demás—. Mañana. Pídele una cita a la princesa. Steph, tú dile a Maddy o a cualquier otra que lo invite a salir, y entonces, lo acorralamos.

Por fin, contribuyo a la conversación.

—No.

Evan frunce el ceño.

—¿Qué?

Oírlo hablar así de Mac otra vez me hace saltar. Estoy harto de toda esta trama estúpida, y también de fingir que me parece bien. Ya me había bajado de este tren en cuanto vi cómo era Mac de verdad. Lo inteligente, *sexy* e intrigante que es. No se parece a ninguna otra mujer con la que haya estado antes.

—Se acabó —le digo a mis amigos, y los miro por encima del botellín de cerveza—. Olvidaos.

—¿A qué te refieres con que nos olvidemos? —Evan me quita la cerveza de la mano.

Tenso los hombros. Más le vale medir las palabras la próxima vez que me hable.

—Teníamos un trato —espeta.

—No, tú tenías una *vendetta,* y ya no quiero participar en ella. Me despidieron a mí, no a ti, lo que significa que yo soy el que tiene la última palabra, y digo que se acabó. Abortamos el plan.

Sacude la cabeza con incredulidad.

—Lo sabía. Te has pillado por ella, ¿verdad? Esa puta clon te tiene comiendo de la palma de su mano.

—Basta ya. —Doy una fuerte palmada sobre la mesa y las bebidas tintinean—. Y también va para todas vosotras —les digo a las chicas—. No le toquéis ni un solo pelo de la cabeza. Dejadla en paz.

—¿Cuándo ha pasado esto? —Steph me mira, confundida.

No me extraña. Hasta este mismo momento no los he puesto al día de los acontecimientos.

—Qué manera de cortar el rollo —comenta Alana.

—Lo digo en serio. Mirad, me gusta Mac. —Suelto un suspiro—. No esperaba que pasara, pero es así. Me gusta mucho.

Al otro lado del reservado, Heidi tuerce el gesto.

—Hombres… —murmura.

Ignoro la pulla.

—No sé qué pasará entre nosotros, pero espero que seáis amables con ella. Olvidaos de que alguna vez tramamos este plan absurdo. Se acabó. Ya no quiero más comentarios fuera de lugar —le pido a mi hermano. Y a las chicas—: Ni tampoco que hagáis nada a sus espaldas. Para bien o para mal, sois mi familia. Y os estoy pidiendo que hagáis esto por mí.

Durante el silencio que sucede a mis palabras, todos asienten con brusquedad.

Y entonces Evan se aleja enfadado, porque eso es lo que hace. Steph se encoge de hombros antes de marcharse a atender las mesas. Heidi y Alana me miran como si fuera el idiota más grande con el que se hayan cruzado. No es la confirmación entusiasta que hubiera deseado, pero es mejor de lo que esperaba. Aun así, tengo muy presente que, tarde o temprano, esta situación me explotará en la cara.

185

Heidi se pasa una mano por el pelo y me observa. En su expresión atisbo un destello de ira. También de pena. Y un brillo de algo más; algo vengativo, inquietante.

—Que a nadie se le ocurra revelarle nada de esto a Mac —advierto a Heidi—. Nunca.

CAPÍTULO VEINTICUATRO
MACKENZIE

Durante la semana siguiente, esquivo a Preston; de haber sido un deporte olímpico, habría arrasado. Aunque Bonnie habría sido una rival fuerte. Una noche me cubre y abre la puerta de nuestro dormitorio con las tetas al aire para asustarlo. Porque, haga las guarradas que haga en su tiempo libre, lo de pasar vergüenza en público lo aterroriza. Así que cuando Bonnie empieza a gritar a pleno pulmón y nuestros compañeros de pasillo asoman la cabeza para ver qué pasa, Preston se marcha deprisa.

Ignorar sus mensajes y llamadas no me cuesta. Lo más complicado ha sido esconderme de él en el campus. Entro y salgo por la puerta principal unos minutos antes o más tarde para cerciorarme de que no me espera. He pedido a los compañeros de los que me he hecho amiga que me avisen si está cerca. Cuesta, pero es mucho mejor que dejar que me acorrale.

Parece que lo único que hago es esconderme. Esquivo a Pres. Trabajo en el hotel a escondidas de mis padres. Quedo con Cooper en secreto. No puedo arriesgarme a que alguien del campus lo reconozca y se lo chive a Preston, y creo que Cooper me esconde de Evan, así que nuestros encuentros se han vuelto de lo más originales.

Y, aunque aún no hemos tenido la charla sobre lo que hay entre nosotros, no podemos mantener las manos quietas cuando estamos juntos. Soy adicta. Adicta a él. Bonnie me llama polladicta. Lo rebatiría de no ser porque ha acertado en absolutamente todo desde que nos conocemos.

El sábado por la noche quedo con Cooper en una de las zonas de la playa, junto a su casa, donde solemos vernos. Los dos últimos huracanes se desquitaron con esta parte de la bahía más que con el resto, y la zona lleva años abandonada. Solo hay casas vacías y restaurantes deteriorados junto al mar. Es un antiguo muelle de pesca que el océano ha devorado casi por completo. Dejamos suelta a Daisy para que corretee un poco y esta sale disparada, sin perder un segundo, a aterrorizar a los pequeños cangrejos de arena y perseguir a los pájaros.

Tras parar y sentarnos en un trozo de madera que ha arrastrado la corriente, Cooper me insta a subirme a su regazo a horcajadas, de cara a él. Posa las manos en mi trasero mientras le araño la nuca con las uñas, cosa que sé que lo excita.

—Como sigas con eso, te la pienso meter aquí mismo, delante de las gaviotas —me advierte.

—Eres un animal —respondo y me muerdo el labio.

—Y tú una provocadora. —Me besa, y sus fuertes manos se deslizan hacia arriba, por mis costillas, hasta amasar mi pecho y volver a mi cintura—. He pensado una cosa. Esta noche dan una fiesta. Ven conmigo.

Enarco una ceja.

—No sé. Sería hacerlo público. ¿Estás seguro de que estás preparado para ello?

—¿Por qué no iba a estarlo?

No hemos hablado de vernos a escondidas: ha sido, más bien, un acuerdo tácito. Si las cosas cambian, a pesar de ser inevitable, habrá consecuencias. Eso no significa que no quiera hacerlo público. Estoy sorprendida, eso sí.

—Entonces… —Le acaricio el torso con las manos y palpo los músculos duros de su pecho hasta llegar a la cinturilla—. Será como una cita.

—Como una cita, sí. —Siempre que se pone encantador, se pasa la lengua por los labios. Me fastidia lo guapo que está cuando lo hace.

—Entonces sería como si saliésemos juntos.

—A ver si me explico. —Cooper me aparta el pelo del hombro, lo enrolla en un puño y tira de él. Solo un poco. Un gesto sutil y evocador que se ha convertido en nuestra señal de «quiero desnudarte». Como cuando le muerdo el labio, o tiro de sus pantalones, o cuando lo miro, o cuando respiro—. No me acuesto con nadie más. No quiero que tú te tires a nadie. Si alguien te mira raro, le parto la cara. ¿Te vale?

No es poesía, que digamos, pero sí lo más romántico que me ha dicho un chico. Puede que sea un poco basto, pero me gusta.

—Sí que me vale.

Sonríe y me insta a que me baje de su regazo.

—Venga, vamos a llevar al monstruo de vuelta a casa. Quiero darme una ducha rápida antes de salir. Te juro que parece que lleve una capa de serrín encima.

—Me gusta. Es masculino.

Pone los ojos en blanco.

Volvemos a su casa y entramos por el patio trasero. Lleno el cuenco de agua de Daisy mientras Cooper va a ducharse. Me metería en la ducha con él, pero me he secado el pelo antes de venir y no quiero fastidiármelo, sobre todo ahora que vamos a una fiesta.

—Hola —gruñe Evan, y su cuerpo fornido aparece por el umbral de la cocina. Está descalzo y lleva unos vaqueros raídos y una camiseta roja—. No sabía que estuvieras aquí.

Me siento en un taburete y observo a Daisy beber del cuenco.

—Sí. Cooper está en la ducha.

Evan abre un armario y toma una bolsa de patatas fritas. La abre y se mete un puñado en la boca. Me observa con recelo mientras mastica.

—¿Qué plan tenéis esta noche?

—Cooper dice que hay una fiesta, creo. Supongo que iremos.

Enarca las cejas.

—¿Te va a llevar a casa de Chase?

—Sí. —Hago una pausa—. ¿Hay algún problema?

—Para nada, princesa.

—¿En serio?

—Ya era hora de que vinieras con nosotros —añade Evan, y se encoge de hombros—. Si estás con mi hermano, tendrás que conocer al grupo, antes o después. Ganártelos.

Joder. Ahora me he puesto nerviosa. ¿Por qué ha tenido que decirlo de esa manera?

¿Y si no les caigo bien a los amigos de Cooper?

La ansiedad queda en segundo plano cuando oigo los ladridos insistentes de Daisy. Miro a la perrita y veo que le ladra a la pared.

—Daisy —la reprendo.

—No te preocupes, seguro que es el fantasma.

Pongo los ojos en blanco.

—¿Cooper no te ha hablado de nuestro fantasma? —Ladea la cabeza—. ¿En serio? Normalmente es lo primero que le cuento a los invitados. Vivir en una casa encantada es como tener una medallita de honor.

—Que tu casa está encantada —repito, incrédula. Porque, venga ya, ni que fuera tan ingenua.

—En parte. La fantasma no nos molesta —explica Evan—, así que no está encantada del todo. Pero sí que merodea por aquí.

—¿La? ¿Quién es?

—Patricia no sé qué. Una niña que se ahogó hace un siglo, o así. No sé si tenía seis o siete años. Siempre que hay tormenta se la oye gritar y, de vez en cuando, las luces de la casa titilan, normalmente cuando tiene ganas de jugar...

Hace una pausa abrupta cuando la luz sobre la encimera de la cocina titila. No es broma.

«Ay, madre».

Evan ve mi cara y sonríe.

—¿Ves? Nos provoca. No te preocupes, princesa, Patricia es una fantasma buena. Si quieres saber más, creo que en la biblioteca del pueblo hay recortes de periódico sobre el tema. —Se acerca a Daisy, que ya se ha quedado callada, para acariciarla—. Buena chica. Cántale las cuarenta a esa niña fantasma, di que sí.

Planeo visitar la biblioteca de Avalon Bay en cuanto pueda. No creo en fantasmas, pero sí que me gusta la historia, y ahora que he comprado un hotel aquí, me pica mucho más la curiosidad sobre la de este pueblo.

—Iré con vosotros en el coche, si no os importa —dice Evan, y se marcha de la cocina antes de que pueda contestar. Supongo que más que una pregunta, es una afirmación.

Suspiro y miro el umbral. Creo que solo hay una persona a la que me tengo que ganar ahora mismo, y es el gemelo de Cooper.

190

El amigo de Cooper, Chase, tiene una casa separada por pisos con un jardín enorme rodeado por un bosquecillo. En cuanto llegamos, me abruma la cantidad de gente que hay. Son un montón. Dentro, juegan al *beer pong*. Fuera, están en torno al fuego. La música a tope. Las risas estrepitosas. Damos una vuelta y Cooper se encarga de presentarme. Me lo pasaría mejor si no me miraran fijamente. Mientras tanto, Cooper no se percata y, con un brazo alrededor de mi cintura, habla con sus amigos. Mire a donde mire, encuentro a gente que me observa por el rabillo del ojo, por encima del hombro, o que susurran descaradamente. No me suelo sentir incómoda en este tipo de situaciones, pero me cuesta, sobre todo cuando todos dejan claro con los ojos que creen que no encajo aquí. Me pone de los nervios y me agobia.

Si quiero sobrevivir a la noche, necesito más alcohol.

—Voy a por otro vaso —le digo a Cooper. Charla con un tío tatuado que se llama Wyatt, y este se queja de que su novia no quiere volver con él. En el patio trasero, un grupo mira un juego de Twister con tíos y tías en bikini y bañador.

—Te lo traigo —se ofrece—. ¿Qué quieres?

—No, no te preocupes. Quédate hablando. Vuelvo enseguida.

Me voy antes de que pueda replicar. Encuentro el camino y acabo en la cocina, donde doy con una botella de vino tinto sin abrir y decido que, de entre todas las bebidas alcohólicas, esta es la que menos resaca me va a dar al día siguiente.

—Mackenzie, ¿verdad? —pregunta una chica guapísima con el pelo largo y la piel morena. Lleva un top estilo bikini y unos pantalones cortos vaqueros de talle alto—. La Mackenzie de Cooper.

—La misma. La Mackenzie de Cooper.

Ni que fuera una serie policiaca dramática de los setenta, o algo.

—Lo siento —se disculpa con una sonrisa amistosa. Cierra la coctelera y la agita por encima del hombro—. Simplemente quería decir que Cooper me ha hablado de ti. Soy Steph.

—¡Ah! ¿La chica de la cabra?

Se le crispan los labios.

—Perdona, ¿qué has dicho?

Me río, nerviosa.

—Lo siento, te lo he soltado sin pensar. Cooper y Evan me contaron una anécdota sobre que rescataron a una cabra cuando eran adolescentes para ayudar a su amiga Steph. ¿Eres tú?

Ella rompe a reír.

—Ay, Dios, claro. El gran robo de la cabra. Fue idea mía, sí. —Sacude la cabeza de repente—. Pero ¿te contaron la parte donde abandonaron a la cabra en medio del bosque? ¡A quién se le ocurre!

—¿Verdad? —exclamo—. ¡Eso dije yo! Seguro que la pobre acabó como la cena de un puma, o algo.

Suelta una risita.

—Bueno, vivimos en la costa, así que la de un puma no, pero seguro que la de algún otro depredador.

Dejo la botella de vino en la mesa y abro un cajón en busca de un sacacorchos.

Steph echa su mezcla en dos vasos rojos y me ofrece uno.

—Olvídate del vino. Está horrible. Prueba esto. —Me lo ofrece—. Confía en mí. Está bueno y no es muy fuerte.

No pienso ofender a la única persona que ha hablado conmigo en lo que llevo de noche. Doy un sorbo y me sorprende gratamente el ligero dulzor de la naranja y los extractos naturales.

—Está bueno. Muy bueno. Gracias.

—De nada. No le digas a nadie quién te lo ha dado —me advierte, y se da un toque en la nariz. Como si con eso dijera que, si la policía entra de repente, no me chive de que ha sido ella—. Esperaba que Cooper no tardara mucho en compartirte con nosotros. Teníamos ganas de conocerte.

—¿Quiénes?

—Ya sabes, el grupo.

—Ya.

Evan ha dicho lo mismo. Me pregunto quién formará parte de ese «grupo». Tampoco es que Cooper y yo hayamos pasado mucho tiempo conociéndonos esta semana. Aparte de nuestros cuerpos, claro.

Y hablando de cuerpos. Un tío superatractivo y anatómicamente perfecto entra en la cocina. Es alto, rubio y se le marcan los hoyuelos cuando le sonríe a Steph.

—¿Quién es tu amiga? —le pregunta mientras sus ojos azules, cargados de curiosidad, se desvían hacia mí.

—Mackenzie —me presento, y le ofrezco la mano.

—Tate. —Me la estrecha y la sostiene unos momentos. Steph resopla.

—Ni se te ocurra, nene. Está con Coop.

—¿En serio? —Parece impresionado. Me mira de arriba abajo, despacio y sin cortarse—. Qué suerte tiene el capullo. —Saca varias cervezas del frigorífico—. ¿Venís fuera adonde está la hoguera?

—Vamos enseguida —le responde Steph.

—Guay. —Asiente y se marcha.

En cuanto se va, Steph no tarda en hablarme de él. Por lo visto, se acuesta con todo lo que se mueve, pero los hoyuelos y su encanto hacen que cueste enfadarse con él.

—Es tan majo, ¿sabes? Odio a la gente así.

—Los majos capullos —digo, de acuerdo y seria.

Hablamos mientras nos bebemos los cócteles. Cuanto más hablamos, mejor me cae. Resulta que a ambas nos gustan los parques de atracciones y los exitazos del 2000.

—Los vi el año pasado en Myrtle Beach. Eran teloneros de… —Steph se para a pensar y se echa a reír—. Ni me acuerdo. Ahora tendrán cincuenta años.

—Madre mía, no puedo creer que sigan juntos.

—Fue raro —comenta mientras nos sirve otro par de cócteles.

—¿Qué fue raro? —Una chica de pelo rubio platino, vestida con una camiseta sin mangas y recortada, se coloca junto a Steph.

—Nada —responde Steph. Sonríe hasta que ve que la rubia la mira con dureza. Entonces, el buen humor se esfuma—. Heidi, esta es Mackenzie.

Recalca mi nombre un poco demasiado. Me pregunto qué les habrá dicho Cooper. Me siento en desventaja.

—Encantada —digo para romper la tensión. Supongo que Heidi es otra integrante del «grupo».

—Genial —dice, aburrida en cuanto me mira—. ¿Podemos hablar, Steph?

A su lado, una pelirroja con una sonrisita en los labios me deja claro que no soy partícipe de la broma, sea la que sea.

Me da la impresión de que ya no soy bienvenida.

—¿Sabes? Debería ir a buscar a Cooper —le digo a Steph—. Encantada de conoceros a todas.

No espero a que respondan y me marcho después de dejar el vaso allí.

Cooper sigue en el patio trasero, pero ahora está donde el fuego junto a una morena muy mona cuyo culo casi asoma por debajo de los pantalones cortos que lleva. Cuando posa la mano en el pecho de Cooper, me dan ganas de arrollarla como un toro. En lugar de hacerlo, guardo la calma, me acerco a él y lo agarro de la trabilla. Eso llama su atención. Curva la comisura de la boca con ironía.

—Ven —le digo, e ignoro la mirada irritada de la morena—, quiero meterte mano a oscuras.

Cooper se percata enseguida. Deja la botella en los bloques de cemento que rodean el fuego.

—Sí, claro.

Rodeamos la casa por el lateral y nos dirigimos a la calle de la entrada, donde Cooper tiene la camioneta aparcada. Me aúpa para que me siente en la plataforma trasera y abierta. Con una sonrisa pícara, se coloca entre mis piernas.

—Has venido a mearme encima, ¿eh? —Me acaricia los muslos con las yemas callosas de los dedos. Se me ha subido el vestidito amarillo hasta casi la cintura, pero el cuerpo ancho de Cooper evita que nadie me vea.

—Yo no lo diría de esa manera, pero sí.

—Me mola —responde con una sonrisa socarrona—. Has desaparecido un buen rato. ¿Todo bien?

—Sí, sí, he estado socializando. He conocido a tu amigo Tate. —Le guiño el ojo—. Es mono.

Entrecierra los ojos oscuros.

—¿Ha intentado ligar contigo?

—Apenas un segundo. Ha parado cuando se ha enterado de que venía contigo.

—Bien. Así no tengo que matarlo. ¿A quién más has conocido?

—A alguna gente —respondo de manera vaga, porque no me apetece hablar de eso.

La verdad es que lo de esta noche ha sido un fracaso, y me pongo nerviosa cuando imagino cómo encajaremos Cooper y yo en la vida del otro. Cuanto más pienso en el tema, más dudas me surgen. No quiero ni pensarlo. Quiero que Cooper haga que todo desaparezca, así que enredo las manos en su pelo y lo atraigo hacia mí para besarlo hasta que gime y me envuelve con los brazos para profundizar el beso.

—Eh, vosotros dos, ¿qué pasa? —Pego un bote cuando Evan se acerca a hurtadillas y nos alumbra con la linterna del móvil—. ¿Ya se han quedado sin Dom Pérignon en la fiesta, o qué?

—Vete a la mierda —gruñe Cooper, que aparta el móvil—. ¿Por qué no vas a buscar a alguien que te entretenga?

—Estoy bien así. He venido a ver cómo ibais, tortolitos.

Evan esboza una sonrisa y me saluda con una botella de cerveza en la mano. La noche que nos conocimos en la playa no me cayó mal. Desde entonces, me parece un tío maleducado y antipático a propósito. No es que conmigo sea un capullo; es que quiere que sepa que intenta serlo. Lo que me molesta es el esfuerzo.

—Pues ya lo has hecho. —Cooper le lanza una mirada a su hermano y mantienen una conversación muda de la que no me entero—. Adiós.

—Oye, dime una cosa, Mac.

—Déjala en paz, tío. —Cooper se separa de mí y trata de llevarse a su hermano, claramente borracho, a la casa.

Evan me mira. Toma otro sorbo de cerveza y empuja a su hermano para apartarlo.

—Me muero de la curiosidad. ¿Las tías ricas lo hacéis por el culo?

—Vale ya, gilipollas. Déjala en paz.

—¿O pagáis a alguien para que lo haga por vosotras?

Todo pasa en un abrir y cerrar de ojos.

Un momento Evan se está riendo de su broma sin gracia, y al siguiente, está en el suelo con la boca llena de sangre.

CAPÍTULO VEINTICINCO
COOPER

Lo tumbo en el suelo de un solo puñetazo. Evan ya estaba bastante borracho; si no, habría recibido el golpe mejor. Siento una punzada de arrepentimiento cuando veo cómo la sangre salpica el asfalto, pero todo remordimiento desaparece en cuanto Evan se pone de pie a toda prisa y carga contra mí.

Me clava el hombro en el abdomen y me agarra de la cintura antes de tambalearnos hacia atrás y chocar con mi camioneta. A lo lejos, oigo a Mac gritar, pero no sirve de nada. Evan se cierne sobre mí. Y cuando me asesta un par de puñetazos en las costillas, me importa una mierda quién es. Algo hace clic en mi cabeza y todo mi mundo se reduce a darle una paliza al imbécil de mi hermano. Intercambiamos golpes hasta que terminamos rodando por la calle y nos desollamos con el asfalto. Entonces, de repente, alguien me sujeta los brazos y nos separan a Evan y a mí.

—Vete a la mierda, Coop —me grita Evan.

—Te lo estabas buscando —rezongo.

Vuelve a lanzarse hacia mí.

Yo levanto los puños.

Más cuerpos se interponen entre nosotros y nos obligan a separarnos.

—¿Qué narices os pasa? —berrea Heidi. Jay West y ella se colocan delante de Evan mientras yo hago aspavientos con los brazos para tratar de deshacerme de otros tres tíos de la fiesta.

—Estoy bien —gruñe Evan—. Quitaos de en medio. —Se libera y se aleja por la calle mientras echa humo.

—Voy a por él —se ofrece Steph, que suspira por lo bajo.

Al ver que la pelea ha terminado, todos salvo mis mejores amigos regresan a la casa.

—No, deja que se calme —le aconseja Alana.

Heidi me mira de reojo antes de emprender el camino de vuelta, con Jay detrás como un cachorrito enamorado. Me pregunto si habrán venido juntos. Espero que sí. Quizá así me deje en paz.

Steph y Alana fruncen el ceño mientras me miran. Paso. Me da igual lo que piensen de mí ahora mismo. Evan se merecía cada golpe.

Mac me acuna el rostro e inspecciona las heridas.

—¿Estás bien?

Me encojo cuando me roza con los dedos el bulto que me está saliendo bajo el ojo izquierdo.

—Sí. —Yo inspecciono su rostro con la misma intensidad—. ¿Y nosotros?

No me arrepiento de haberle pegado una paliza a Evan por lo que ha dicho —nadie le habla así a Mac—, pero sí que lamento que haya tenido que verlo.

Joder, como se aleje por culpa de esto…

Mac me da un beso en la mejilla.

—Ve con él, anda.

Vacilo.

—Aquí estaré cuando vuelvas —me promete, como si me hubiera leído la mente.

No tengo más elección que creerla. Además, el hecho de que Evan ande solo por la noche tan borracho de alcohol y de rabia es como pedir a gritos meterse en problemas. Así que enfilo la calle para buscarlo. Miro atrás una vez, dos. Sí, Mackenzie sigue ahí, junto a mi camioneta.

Al final, alcanzo a Evan, que está sentado en un banco de un parque infantil iluminado únicamente por dos farolas con luz muy tenue.

—¿Todavía tienes todos los dientes? —pregunto a la vez que me siento a su lado.

—Sí. —Se frota la mandíbula—. Golpeas como un niño de diez años.

—Y, aun así, te he dado una buena tunda.

—Te tenía dominado.

—Y una mierda —le digo, y lo miro con una sonrisita engreída.

Nos quedamos allí sentados y observamos cómo los columpios oscilan con la brisa durante un buen rato. Han pasado años desde la última vez que Evan y yo nos peleamos así. Con puñetazos y todo. Mentiría si dijera que no lo había visto venir. Ya lleva tiempo acumulando mierda. Tal vez el capullo soy yo por no haberlo hablado con él antes. Pero, bueno, pagar sus problemas con Mac es caer muy bajo, y no pienso permitir que siga haciéndolo.

—Te has pasado tres pueblos.

—Ah, venga ya. Ha tenido su gracia. —Se repantinga en el banco y separa las piernas como si fuera a escurrirse y a formar un charco de líquido en el suelo.

—Lo digo en serio. No te ha hecho nada, tío. Si tienes algún problema conmigo, madura y dímelo. Los comentarios sarcásticos y toda esa mierda pasivo-agresiva se tienen que acabar ya.

—Parece que me estés dando un ultimátum. —Evan ladea la cabeza hacia mí—. ¿A eso hemos llegado?

—Joder, Evan. Eres mi hermano. Mi sangre. Eso no lo cambia nada. —Sacudo la cabeza, frustrado—. ¿Por qué estás tan resentido con ella?

—Por principios. Es una clon, Coop. Esa gente nos ha fastidiado la vida desde que éramos niños. ¿O no te acuerdas? Esos cabrones que conducían los cochecitos de golf, nos lanzaban bebidas y empujaban nuestras bicis para que nos cayéramos.

Una vez Evan terminó con el brazo roto. Cuando uno de ellos le reventó una rueda, salió volando y cayó en una cuneta. Volvimos una semana después e hicimos lo mismo con las cuatro de ellos. Años y años de cosas así. Metiéndonos en peleas. De ojo por ojo y diente por diente.

—Esa gente —le recuerdo—. No ella. No puedes castigar a Mac por todo lo que te han hecho otros. Eso es lo que habría estado a punto de hacer yo de haber seguido con el plan. Y habría sido un cabrón. —Gimo levemente—. ¿Por qué no me dejas tener esto?

Tensa los hombros.

Joder, todos tuvimos que ser testigos de la telenovela diaria que fue la relación de Evan con Genevieve. Siempre estaban echándose cosas en cara delante de los demás. Nos obligaban a elegir bando en discusiones de las que no queríamos saber nada. Rompían. Se acostaban con medio pueblo. Y luego volvían como si nada hubiera pasado. Pues nunca le dije nada, y tampoco la traté mal para espantarla. Si Evan estaba enamorado de ella, era su puto problema, no el mío.

Así que, ¿por qué tiene que portarse como un imbécil ahora que yo he encontrado a alguien que me importa?

Evan suspira. Se pasa las manos por el pelo.

—No puedo evitarlo, tío. Es superior a mí. ¿Por qué ha tenido que ser una de ellos? Podrías mirar en cualquier dirección y conseguir a diez tías que se arrodillarían a tus pies.

—No sé qué decirte. Es diferente. Si le dieras la oportunidad, tú también lo verías.

No hay ninguna buena razón por la que lo que hay entre Mac y yo vaya a salir bien. No puedo darle ninguna. Y, joder, puede que todo se vaya a la mierda. Es cabezota, obstinada y un auténtico dolor de muelas, pero también es preciosa, divertida, espontánea y ambiciosa. Resulta que ese es mi tipo. Me vuelve loco. Nunca he conocido a una chica en la que no pudiera dejar de pensar durante días y semanas después de haberla visto. Se me ha colado bajo la piel. Y por muy diferentes que seamos, me entiende como muy pocos otros lo hacen.

Si me estoy engañando, si todo esto al final me estalla en la cara, pues muy bien. Por lo menos lo habré intentado.

—¿No hay manera de hacerte cambiar de opinión, entonces? —pregunta. Poco a poco, su determinación parece derrumbarse.

—Te estoy pidiendo, como hermano, que lo aceptes.

Reflexiona durante un buen rato; demasiado, para mi gusto. Por primera vez en la vida, estamos en lados opuestos, y no tengo más remedio que preguntarme si no tendrá demasiada mala sangre —demasiada rabia acumulada hacia los clones— como para atraerlo hacia el mío.

Pero, entonces, suspira otra vez y se pone de pie.

—Vale. Supongo que no hay manera de salvarte. Me controlaré.

Me sirve, de momento. Cuando volvemos a la fiesta, le pido a Alana que lo lleve a casa para asegurarme de que llega bien, y yo acerco a Mac a su residencia.

—Siento todo este lío —le digo cuando veo que han pasado varios minutos sin que diga nada. Mira por la ventanilla, inmersa en sus pensamientos, lo cual me preocupa—. No tiene nada que ver contigo. Evan guarda mucha ira dentro y lo paga con quien no debe.

—Los hermanos no deberían pelearse.

Aguardo, inseguro de si va a añadir algo más o no. Mi preocupación aumenta al ver que no dice nada.

—Di algo, Mackenzie. —Mi voz suena un poquito ronca.

—¿Y si esto es mala idea?

—No lo es.

—Lo digo en serio. —De soslayo, veo que me mira—. No quiero ser la razón por la que te enfades con tu hermano. Eso no beneficiaría a nadie. No podrás ser feliz si él está molesto, y yo tampoco lo seré, porque tú también estarás molesto. Perdemos todos.

Este es justo el motivo por el que Evan debería relajarse y dejarnos vivir. Mac no es la persona que se imagina y, si de verdad la entendiera, se daría cuenta de lo injusto que ha sido con ella.

—Lo superará.

—Pero ¿y si no? Son cosas que luego se enquistan.

—No te preocupes por eso, Mac. En serio. —No me importa lo insoportable que pueda estar Evan, siempre y cuando su comportamiento sea ejemplar delante de ella y se guarde los comentarios para sí. He vivido toda mi vida para nosotros dos. Evan y yo. Pero esto... Esto es algo que quiero únicamente para mí.

Es evidente que no consigo tranquilizarla, porque emite un quejido lleno de tristeza.

—No quiero entrometerme entre tu gemelo y tú, Cooper.

La miro muy serio.

—Ya he tomado mi decisión. Quiero estar contigo. Evan se las apañará.

La inquietud se refleja en sus ojos.

—¿Y eso qué significa? Sé que antes hemos dicho lo de salir juntos, y creía que me parecía bien...

—¿Creías? —gruño.

—Pero luego hemos ido a la fiesta y ¿has visto cómo nos miraban todos? No, cómo me estaban mirando a mí, como si no pegara allí ni con cola. Y esa chica. ¿Heidi? Casi me fulmina con la mirada. Y he oído a un par de chavalas llamarme ricachona estirada y decir que mi vestido era ridículo.

—¿Y por qué iba a ser ridículo? —En todo caso, su vestidito amarillo me parece ridículamente *sexy*.

—¿Porque es un Givenchy y supongo que nadie lleva un vestido de mil dólares a una fiesta en una casa? —Las mejillas de Mac se colorean de la vergüenza—. La asistenta de mi madre me compra casi toda la ropa. Por si no lo has notado, la moda me da igual. Vivo en vaqueros y camisetas. —Cada vez suena más angustiada—. Solo me he puesto ese estúpido vestido porque es mono, veraniego y lo bastante corto como para volverte loco.

Trato de contener la risa y me obligo a no comentar el hecho de que ese trozo de tela amarillo que apenas le cubre el cuerpo cueste mil dólares.

—Pero a lo mejor ha parecido que estaba alardeando. No sé. No era mi intención. Lo único que sé es que nadie me quería allí esta noche.

—Yo sí.

—Tú no cuentas —refunfuña.

Alargo el brazo y le agarro la mano. Entrelazo nuestros dedos a la fuerza.

—Yo soy el único que cuenta —la corrijo.

—Pero ellos también —rebate—. Tienes un grupo de amigos y os conocéis de toda la vida. Yo tengo dos amigas, y una de ellas es mi compañera de cuarto, que realmente está obligada a serlo.

Se me escapa la risa.

—Ojalá tuviera un grupo de amigos tan grande como el tuyo. Estoy celosa —admite con franqueza—. Hoy quería caerles bien a todos.

Le suelto la mano y desvío la camioneta hacia el arcén. Apago el motor y me giro hacia ella sin un ápice de humor.

—Nena. A mí me gustas, ¿vale? Mis amigos entrarán en razón y les caerás de maravilla. Te lo prometo.

Frunce el ceño.

—No hagas promesas que no puedas cumplir.

—Lo digo en serio. Dales un poco más de tiempo —añado con voz ronca—. No me dejes de lado solo porque la bienvenida de hoy no haya sido la mejor y algunas chicas te hayan juzgado mal por tu vestido, que, déjame decirte, es lo más *sexy* y tentador que he visto en mi vida. Quiero arrancarte esos mil dólares de tela con los dientes.

Mac se ríe, aunque muy levemente.

—Por favor. —Casi me encojo al oír la nota de súplica en mi voz—. No me dejes de lado, princesa.

Las sombras de la camioneta danzan sobre su precioso rostro mientras permanece un buen rato en silencio. Parece que haya pasado una eternidad cuando por fin responde.

Sus ojos verdes brillan con las luces de un coche al pasar, antes de inclinarse y besarme. Con ganas. Y con mucha lengua de por medio. Entonces, se aparta y susurra:

—No te voy a dejar.

CAPÍTULO VEINTISÉIS

MACKENZIE

«Dales tiempo», me dijo. «Ya cambiarán de opinión».

Y una mierda. Desde el desastre de la fiesta, me he centrado en ganarme a la «cuadrilla» de Cooper. Por mucho que no quiera confesarlo, sé que le preocupa la distancia entre sus amigos y yo, y no quiero ser la razón por la que se aleje de las personas que le importan. Forman parte de su vida desde mucho antes que yo. Sigo pensando que no hay por qué llevarnos mal.

Así que lo estoy intentando. En serio. Ya sea jugando a los dardos en el bar o pasando tiempo con ellos alrededor de una hoguera en la playa, me he pasado las últimas semanas tratando de hacerme un hueco. La mayoría de los amigos de Cooper —Tate, Chase y Wyatt— se han vuelto más simpáticos conmigo. Una noche incluso fuimos a cenar con Chase y su novio, un chico muy mono llamado Alec que también estudia en Garnet. Pero ellos no cuentan, porque no son a los que me tengo que ganar. Me refiero a su círculo íntimo.

Aparte de Steph, que sigue de mi parte, no consigo arañar las barreras de Alana y Heidi. Y aunque Evan no se ha mostrado tan hostil últimamente, en lo que a mí respecta ha optado por mantenerse callado. Como eso que dicen de «Si no puedes decir algo bueno…».

Por eso creía que esta noche sería la oportunidad perfecta para reunirnos los más allegados. Solo la cuadrilla. Malvaviscos, pelis de miedo, tal vez un poco de verdad o atrevimiento y un yo nunca. Cosas para conocernos.

Y, cómo no, a media tarde, la llovizna que habían predicho para el anochecer se convierte en una tormenta peligrosa con avisos por tornado en las dos Carolinas.

Genial. Incluso el tiempo está en mi contra.

Hace una hora, Cooper y Evan se han marchado para ayudar a Levi a cerrar una de sus zonas de obra, así que aquí estoy, en su casa, con casi cinco kilos de alitas de pollo frías y pan de ajo y *mozzarella*. A través de las puertas de cristal, veo que el cielo se torna gris sobre la bahía. Como no tengo nada que hacer, y porque me encantan las tormentas —hay algo que me atrae de esa anticipación intensa y electrizante previa al caos—, abro la puerta trasera y dejo que el aire frío entre mientras me acurruco en el sofá con los deberes. El canal de las noticias locales está puesto con el volumen bajo; los meteorólogos están delante de la imagen de un radar con los colores rojo y naranja y dicen cosas como que hay que resguardarse.

Termino la lectura de la clase de Antropología y, mientras veo algunos vídeos para la clase de Cultura y Medios de Comunicación, un gran rayo da paso a un trueno que sacude los cimientos de la casa. Daisy, que estaba acurrucada a mis pies bajo la manta, sale pitando hacia su escondite favorito: bajo la cama de Cooper. La lluvia empieza a caer fuera en un torrente repentino que cubre el horizonte con una cortina plateada. Me levanto del sofá de un salto y me apresuro a cerrar la puerta antes de limpiar con un trapo el agua que ha entrado.

Y, entonces, escucho unos leves gemidos a lo lejos.

—¿Daisy? —la llamo, y miro en derredor. ¿Se ha escapado y no me he dado cuenta?

No. Echo un vistazo rápido a la habitación de Cooper y la veo bajo la cama, con las patitas pegadas al suelo y la carita escondida entre ellas.

—¿Por qué lloras, pequeña? —pregunto, y doy un bote cuando vuelvo a escuchar ese ruido. No son gemidos, sino gritos, y provienen de fuera, estoy segura.

«Cuando haya tormenta, la oirás gritar...».

Se me acelera el pulso al recordar las palabras de Evan. ¿Iba en serio lo de que la casa estaba encantada? ¿Cómo la había llamado...?

—¿Patricia? —la llamo débilmente, y miro alrededor—. ¿Eres tú?

La luz sobre mi cabeza titila.

Chillo del susto, lo que provoca que Daisy se arrastre hacia atrás y desaparezca bajo la cama.

Salgo del cuarto de Cooper con el corazón desbocado. Velas. Debería buscar velas por si nos quedamos sin electricidad. Porque nada me apetece menos que quedarme a oscuras y oír los gritos de una niña que lleva un siglo muerta.

Y, justo en ese momento, los gritos vuelven a sonar; es una cacofonía de ruidos entremezclados con los truenos que se oyen en el exterior.

—Patricia —la llamo. Esta vez no me tiembla la voz. Pero las manos... —Mira, vamos a estar de buenas, ¿vale? Sé que no es divertido estar muerta, pero no por eso tienes que gritar tanto. Si lo haces bajito, no me importaría sentarme y escuchar lo que...

Se oye otro grito.

—Vale, pues nada —me retracto—. De acuerdo. Tú ganas, Patricia. Sigue asustándome.

En la cocina, empiezo a abrir cajones en busca de velas o linternas. Encuentro un paquete de velas pequeñas y suspiro de alivio. Bien. Ahora solo queda tomar uno de los tantos mecheros de la mesita de café y listo.

De camino al salón, oigo algo vibrar. Puede que sea mi móvil, pero entonces caigo en que lo llevo en el bolsillo. Sigo el ruidito hasta la mesa de la cocina y veo que es el de Cooper; ha dejado de vibrar. Mierda. Se lo ha olvidado aquí. Veo que la pantalla aún está iluminada y que tiene varias notificaciones. No miro tanto como para leerlas porque no quiero inmiscuirme en su vida privada, pero sí distingo que son de Steph y Alana.

Dada la cantidad de llamadas y mensajes, podría ser urgente. Me pondría en contacto con Evan para avisarlo, pero no tengo su número, y tampoco puedo desbloquear el teléfono de Cooper para conseguirlo. Si es importante, supongo que intentarán contactar con Evan, así que vuelvo a ponerme con los deberes y no me meto.

Pero no deja de vibrar. Cada cinco minutos, durante media hora, el móvil de Cooper tiembla sobre la mesa de la cocina. A la mierda. Lo cojo la próxima vez que llaman y respondo.

—Hola, ¿Steph? —digo al ver el nombre en la pantalla.

—¿Quién es?

—Mackenzie. Cooper ha salido con Evan y Levi. Se ha dejado el móvil en casa.

—Joder... —Resopla, frustrada—. He intentado llamar a Evan, pero tampoco contesta.

—¿Qué pasa?

—Está cayendo agua por el techo del baño. Hemos oído un ruido, como si un árbol se hubiera caído sobre el tejado, y de repente ha empezado a caer agua por la pared.

—¿Estáis bien?

—Sí, pero tenemos que arreglarlo antes de que se inunde toda la casa. Hemos puesto toallas, pero hay demasiada agua y no hay forma de hacer que pare.

Mierda. Si no han podido contactar con Evan, seguro que los gemelos siguen ayudando a su tío. La tormenta está arreciando; los rayos y truenos caen cada poco, y el viento y la lluvia atizan las ventanas con fuerza. Según el radar de la tele, no durará poco precisamente, y eso significa que, en breve, Steph y Alana van a salir remando en balsa, vaya.

Hago una pausa para pensar en algo y me acuerdo de que la camioneta de Cooper sigue aquí y que las llaves están en la mesa de la cocina. Apuesto a que hay de todo en el garaje, como una escalera y lonas.

En mi cabeza se forma un plan.

—Vale, escribe el número de teléfono que te voy a dar y mándame tu dirección en un mensaje —le digo a Steph—. Voy para allá.

—Eh... —Se oyen murmullos de fondo que supongo que provienen de Alana—. No sé si...

—Pillo algunas cosas del garaje de Cooper y voy para allá. Confía en mí, funcionará.

—De acuerdo —cede al final. Puede que incluso note cierto alivio en su voz.

En cuanto colgamos, tomo prestado un chubasquero del armario de Cooper, me guardo las llaves y me dirijo al garaje entre tanta lluvia y barro. Contra la pared, veo todo tipo de materiales apilados para la reforma de la casa. Entre ellos, distingo cuerda y un tejido negro parecido al vinilo. Por suerte, Cooper tiene las herramientas bien ordenadas, así que no me cuesta encontrar un martillo, clavos y una grapadora potente. Me sirven.

Diez minutos después de colgarle a Steph, doy marcha atrás con la camioneta de Cooper para acercarla al garaje, dejo todo en la cama de la camioneta, forcejeo con la escalera de cuatro metros para subirla y conduzco hasta casa de Steph y Alana.

Todo parece normal cuando aparco delante de la casita azul. No hay signos de desperfectos en la parte delantera. En cuanto llamo al timbre, Steph abre la puerta y tira de mí hacia dentro a pesar del charco de agua que se forma a mis pies.

—Por aquí —me dice tras saludarnos brevemente. Me lleva hasta el porche trasero. Ahí veo las ramas de un árbol que sobresalen por la esquina de la casa—. Ya tuvimos suerte con el último huracán. Era cuestión de tiempo que alguna rama se cayera.

—Evan nos repetía una y otra vez que vendría a cortarlas. —Alana sale al porche con los brazos hasta arriba de toallas—. Pero, claro, se le ha olvidado.

Steph la mira.

—Ponlas en la secadora, a ver si podemos tenerlas listas para cuando las otras se empapen.

Alana suspira.

—Espero que nadie quiera ducharse esta noche.

—Echadme una mano ahí fuera —les pido—. Lo primero que vamos a hacer es subir al tejado y quitar las ramas. Con el viento y tal, dejarlas ahí podría causar más daños.

—¿Qué? ¡No se te ocurrirá subirte ahí arriba!

—¿Qué esperabas? —Me río con ironía—. No estabas llamando a Cooper para que trajera toallas, precisamente.

—Pero es peligroso. Hay rayos.

A Steph no le falta razón. La alternativa es que se les inunde toda la casa y acaben con un agujero enorme en el techo. En fin, en el instituto pasé tres años en el equipo de escenotecnia del departamento de teatro, así que cuando hace falta, soy una manitas.

—Voy a subir al tejado a atar una cuerda alrededor de las ramas para bajarlas. También he traído material para cubrir el agujero. No tardaré mucho. —Es mentira. Tardaré, pero hay que hacerlo, y cuanto más me retenga Steph aquí, preocupada, más empeorarán las cosas.

—Dinos qué hacer —dice Alana, asintiendo. Puede que sea la frase más larga que me haya dedicado sin añadir una sonrisa socarrona. Supongo que estoy progresando.

Las tres juntas nos aventuramos bajo el chaparrón para dejar todos los materiales en la parte de atrás y colocar la escalera contra el lateral de la casa. Que descanse en paz la alfombra del salón. Sé que me estoy jugando la vida al subirme a una escalera de metal durante una tormenta, pero ya han pasado varios minutos desde el último rayo, así que corro el riesgo y asciendo con la cuerda en el hombro.

Camino sobre el tejado inclinado con un par de botas de escalada que Steph me ha prestado. Cada paso que doy es como patinar sobre hielo por primera vez, solo que sin poder sujetarme a ninguna barandilla. Avanzo con cuidado de no hacer ningún movimiento brusco y ato la cuerda en torno a una rama enorme y bifurcada del árbol; a continuación, formo una bola con lo que sobra y trato de hacer el mejor lanzamiento posible para pasarla por la otra rama para que haga de polea. Lo consigo a la primera. Toma ya.

Abajo, Steph y Alana intentan levantar a pulso la rama y yo las ayudo a alejarla del lateral de la casa. Mientras la bajan, veo que faltan algunas tejas y que se ha abierto un agujero de casi medio metro de diámetro por el que se cuela el agua.

Bajo con cuidado hasta donde están las chicas, que han desatado la cuerda.

—¿Hay muchos desperfectos? —pregunta Steph, que intenta secarse la cara en vano. Llegados a este punto, estamos de barro hasta los tobillos. El patio se ha convertido prácticamente en una piscina y mis pies chapotean dentro de las botas de Steph.

—No es un agujero muy grande, pero ahí está —le digo.

Prácticamente gritamos contra el viento ensordecedor y la lluvia que empapa el tejado metálico del porche y los árboles.

Me aparto el pelo mojado de la frente.

—Lo mejor que podemos hacer es cubrirlo y esperar a que la tormenta amaine pronto.

—¿Qué necesitas? —Alana me contempla inquieta bajo la visera de una gorra de béisbol. Tiene el pelo rojo y brillante pegado al cuello.

—La grapadora, el martillo y los clavos. Después, Steph y tú atad la cuerda a la lona para poder subirla en cuanto esté en el tejado.

—Ten cuidado —me pide Steph por quinta vez.

Agradezco que se preocupe por mí, pero lo único que quiero es acabar con esto y secarme. Ya se me están arrugando los dedos. Tengo la ropa interior húmeda entre los cachetes del culo y estoy calada hasta los huesos. Una vez levantan la lona hasta mí, corto un trozo lo bastante grande con la navaja de Alana y lo fijo con la grapadora mientras pongo algunos clavos más gruesos. Estoy temblando y me castañetean tanto los dientes que tardo la vida en apuntalar los clavos.

—¿Estás bien? —grita Steph desde abajo.

Tengo un clavo a medio meter, pero no acierto, el martillo se me resbala y el muy maldito se dobla. A la mierda, ya basta.

—Bajo —grito.

Desciendo por la escalera y, justo cuando dejamos la cuerda y la lona en el patio y nos metemos en la casa, un gran rayo parece caer sobre nosotras.

En el lavadero, nos quedamos en ropa interior y echamos la ropa embarrada y empapada a la lavadora.

—Por poco —dice Steph, exhausta—. ¿Qué le habría dicho a Cooper si te hubieras electrocutado ahí arriba?

—Ni una palabra. —Alana saca tres mantas del armario para que entremos en calor—. Habríamos tenido que esconder el cuerpo y decirle a Cooper que te has ido del pueblo. —Enarco una ceja y ella se encoge de hombros y sonríe, despreocupada—. ¿Qué? No has visto cómo se las gasta Cooper. Llegados a ese punto, sálvese quien pueda.

Alana y yo vamos al salón. Steph pone en marcha la cafetera. El móvil de Alana suena mientras tiemblo en el sofá, enrollada en una manta cual larva.

—Hola —saluda—. Sí, lo suponíamos. Pues está aquí. Claro. Hasta ahora. —Deja el teléfono en la mesa y se sienta a mi lado—. Vienen de camino.

—¿Podrías prestarme algo de ropa para volver a casa? —le pido. Como la mía está en la lavadora, preferiría no volver en paños menores y el chubasquero de Cooper.

—Claro.

Steph vuelve con el café. Normalmente, lo tomo con leche y un montón de azúcar, pero ahora no soy muy exigente que digamos, y un café solo ardiente es justo lo mejor para dejar de sentirme helada.

—Tía, eso ha sido una pasada —comenta Steph, que se achucha entre Alana y yo en el sofá—. No me parecías una manitas. —Me mira con una sonrisa cargada de arrepentimiento y cae en que podría tomármelo como un insulto.

—En segundo de secundaria tuve un profesor de química al que le encantaba bajarle la nota a sus alumnos con exámenes sorpresa imposibles. La única forma de conseguir puntos era trabajando de voluntaria, así que ayudé a montar escenarios y demás para las obras de teatro. La verdad es que me lo pasé bien. Excepto aquella vez que casi pierdo un dedo por culpa de Robbie Fenlowe; me lo atravesó con un taladro. —Le enseño a Steph la cicatriz en el dedo índice—. Me lo destrozó.

—Dios, qué asco.

—Ahora en serio —interviene Alana; se le tiñen las mejillas de un tono no muy distinto al de su pelo—. Gracias por venir. Nos habríamos quedado con una mano delante y otra detrás.

—Ya ves —dice Steph entre risas—. Alana es una gallina. Le dan pavor las alturas.

Alana fulmina a su amiga con la mirada y le enseña el dedo corazón.

—Gracias, pedazo de zorra.

—¿Qué? Es verdad. —Steph se encoge de hombros.

—Intento ser amable, ¿vale? Relájate.

No es que conozca muy bien a Alana, pero diría que esto es un avance. Solo ha hecho falta estar a punto de morir en un acto heroico. Ahora, si encontrara la manera de camelarme a Heidi, ya sería genial.

Charlamos durante un cuarto de hora. Cuando les hablo del hotel que he comprado, Steph me da un montón de información sobre el sitio en base a los tres veranos que trabajó allí. Al ver que es una mina de información, anoto mentalmente invitarla en cuanto todo sea oficial. Su familiaridad con el hotel me vendría de perlas.

—¡Señoritas, ya ha llegado la caballería! —Evan entra por la puerta momentos después, sin camiseta y chorreando—. ¿Dónde está el problema?

Seguro que alguien ha fantaseado alguna vez con un momento así. Lo cual es raro, porque, aunque esté liada con su gemelo, el Evan medio desnudo no me pone nada.

—Llegas unas dos horas tarde —dice Alana con sequedad. La entrada triunfal no la ha impresionado lo más mínimo.

—Vaya, lo siento. —Evan se sacude el agua del pelo como un perro callejero y atraviesa a Alana con la mirada—. Creo que no me ha llegado el pago mensual para estar a tu entera disposición.

Cooper aparta a su hermano de la entrada para guarecerse de la tormenta. Parece algo sorprendido de verme en el sofá de sus amigas arrebujada bajo una manta, como un perrito caliente rebozado y empapado.

—He visto la camioneta fuera —dice, y enarca una ceja—. No has podido aguantarte, ¿eh?

Me encojo de hombros y le devuelvo la sonrisa arrogante.

—También te he robado algunas cosas. Creo que estás siendo muy mala influencia para mí.

Sofoca una risa.

—¿En serio?

Tiene un brillito en los ojos que me hace ver esto como los preliminares. Así de rápido va todo con él. Pasamos de cero a métemela en cuestión de diez segundos. Me da la sensación de que todo el mundo se da cuenta, y la verdad es que me da igual. Cooper Hartley entra en un sitio y yo pierdo la cabeza. Lo odio. Y me encanta.

—Hemos tenido suerte de que venga —interviene Steph mientras los chicos se sirven una taza de café.

—La muy loca se ha subido al tejado y le ha puesto un parche al agujero ella solita. —Alana le acerca la taza a Evan para que se la rellene de café y él lo hace con los ojos en blanco por vernos envueltas en las mantas—. Y hablando de eso —añade—, el baño de la habitación de invitados está fuera de servicio. Ahora es un acuario.

—Aun así, no me gustaba nada el papel de la pared —comenta Steph, y por alguna razón, a Alana y a mí nos entra la risa.

—Espera. —Cooper, de pie en el salón, lo acaba de entender—. ¿Que te has subido al tejado?

—Puede que haya encontrado mi vocación —le digo mientras le doy un sorbito al café—. Debería reformar el hotel yo solita, como hace la gente de la tele.

—Ehhh. —Steph me da un golpecito en el brazo—. Me pido ser la primera en presentarlo.

—Sigo sin creer que hayas comprado El Faro —dice Alana, alucinada—. Es tan aleatorio.

Cooper deja la taza en la mesa de la tele con un golpetazo y el líquido se derrama, lo cual hace que nos callemos.

—¿Y no habéis tratado de detenerla?

—Coop, no pasa nada. —Steph hace caso omiso de la pregunta—. Solo ha sido un poco de lluvia.

—Cómo se nota que no has sido tú la que ha subido.

Lo dice con un tono de voz tan frío que me quedo helada en el sitio. No sé a qué viene esa rabia repentina. ¿Ha sido responsable por mi parte? No, pero nadie se ha hecho daño, aunque Cooper no lo vea.

Frunzo el ceño en su dirección.

—Oye, no pasa nada, estoy bien. Necesitaban ayuda, así que me he ofrecido a venir. Ha sido cosa mía.

—Me importa una mierda de quién haya sido la idea. Deberías pensar un poquito más —me dice con un tonito condescendiente, como el de Preston cuando le enseñé el hotel.

Ahora sí que me enfado. ¿Por qué narices todos los tíos con los que salgo se creen mi padre? No rompí con Preston para dejar que otro tío me tratara como a una cría.

—Y vosotras dos tendríais que haberle parado los pies. —Cooper fulmina a las chicas con la mirada.

—Oye, relájate. —Alana recuesta la cabeza con un suspiro de aburrimiento—. Ya es mayorcita. Y nos alegramos de que haya venido. —Creo que debería tomarme eso como una disculpa, porque es lo máximo que voy a recibir de ella. El esfuerzo de esta noche ha conseguido que se muestre más cercana, y creo que ahora nos llevamos mejor.

—Vete a la mierda, Alana. Lo ha hecho para que Heidi y tú dejéis de hacerle el vacío.

—No recuerdo haberte pedido que hables por mí —intervengo, porque se está comportando como un capullo. Está mandando al traste todo mi progreso con ellas.

Cooper se acerca al sofá y se cierne sobre nosotras.

—Podrías haber muerto —me contesta—. Por si no te habías fijado, estamos casi en medio de un huracán.

Me quedo con la boca abierta.

—¿Me estás vacilando? ¿Que si no me había fijado, dices? ¿Ahora te preocupas por mi seguridad? Tú eres el que me ha dejado en tu casa en medio de un huracán. ¡Estaba sola! ¡Con Patricia gritando como una *banshee!*

Me mira como si hubiera perdido la cabeza.

—Se llama Daisy.

Me pongo de pie y agarro la manta como si de una toga se tratara.

—¡No me refiero a la perra, sino a Patricia!

—¡No sé de qué Patricia hablas, loca!

—La niña que murió ahogada fuera de tu casa hace un siglo y...

Paro, iracunda, y miro a Evan, que crispa los labios.

—¡Serás cabrón! ¿En serio? —exclamo.

Evan se cruza de brazos.

—Mackenzie, cielo, no pienso disculparme porque te lo creas todo. No es mi culpa.

Alana y Steph se parten en el sofá. Steph está llorando de la risa y no para de murmurar «niña muerta» entre carcajadas.

Delante de mí, veo que Cooper también reprime la risa.

—Ni se te ocurra —le aviso, y le señalo con el dedo.

Cooper tiembla para no estallar en carcajadas.

—A ver, tiene razón. Es culpa tuya.

Lo fulmino con la mirada.

—¡Es un sádico! Y tú un capullo.

—¿Que yo soy un capullo? Refréscame la memoria: ¿quién es la que se ha subido al tejado y casi sale electrocutada?

—Que no ha pasado nada, joder. Esto es absurdo. —Indignada, pongo los brazos en jarras y me olvido de la manta que me envuelve; esta cae sobre la alfombra empapada y deja a la vista mi sujetador deportivo negro y las bragas de color rosa fosforito.

Evan se pasa la lengua por el labio inferior.

—Madre mía.

—Recoge tu ropa, Mac, nos vamos. —A pesar de la evidente lujuria en su expresión, Cooper mantiene el tono frío.

—No —respondo, terca.

Entrecierra los ojos.

—He dicho que nos vamos.

—No. Ahora pienso vivir aquí.

Alana suelta una risita.

—Mackenzie. —Da un paso hacia mí de forma amenazadora—. Nos vamos.

—No.

Se me seca la boca. La tensión aumenta. No sé si Cooper está enfadado o cachondo, pero sus ojos llenos de fuego queman todo el oxígeno de la habitación.

Mira a su hermano.

—Evan, dame tus llaves. Vuelve tú con la camioneta a casa.

Evan esboza una sonrisita antes de meterse la mano en el bolsillo y lanzarle un juego de llaves a su hermano.

Levanto la barbilla.

—No sé qué pretendes, pero no…

Antes de poder parpadear siquiera, Cooper me lanza sobre su hombro. No puedo más que mirar sus botas mojadas mientras desfila hacia la puerta.

—¡Bájame! —grito, pero el torrente de agua que cae sobre nosotros en cuanto salimos de la casa ahoga mi petición.

Cooper me deja en el asiento del copiloto del Jeep de Evan antes de correr hacia la puerta del conductor. Cuando enciende el motor y se gira para mirarme, veo la respuesta a la pregunta de si está enfadado o cachondo.

Su mirada se vuelve líquida.

—Voy a metértela en cuanto lleguemos a casa.

Es una amenaza. Una promesa.

Está cachondo.

Madre mía, si lo está.

CAPÍTULO VEINTISIETE

MACKENZIE

—A la ducha. Ya.

La orden ronca de Cooper hace que me estremezca. Hemos entrado a toda prisa en su casa desde el Jeep y nos hemos empapado. Yo sigo en ropa interior y me vuelven a castañetear los dientes. Por suerte, no pasaré mucho más frío. En el baño, Cooper gira el grifo hacia el agua caliente y en pocos segundos la ducha se llena de vapor.

Gimo cuando empiezo a entrar en calor. Y un momento después, la temperatura vuelve a subir porque Cooper, ya desnudo, se me acerca por la espalda.

Me abraza con sus brazos robustos y me pega contra él. Siento su larga erección contra el trasero.

—Me vuelves loco. —Oigo sus palabras amortiguadas por el torrente del agua.

—¿No me digas? Tú sí que me vuelves loca a mí. —Me estremezco de placer cuando desliza las manos por mis costillas hasta agarrarme los pechos. Se me endurecen los pezones.

—Podrías haberte hecho daño en el tejado.

—Pero no me ha pasado nada.

—¿Te has asustado aquí sola? —Parece que se siente culpable.

—Pues sí. He oído chillidos fuera y las luces han empezado a titilar.

Suelta una carcajada.

—El viento se oye un montón aquí. Y hay que cambiar la instalación eléctrica. Está fatal.

—Evan es un capullo —murmuro, enfadada porque haya logrado que me replantee si los fantasmas existen.

215

—¿Qué te parece si dejamos de hablar de mi hermano mientras estamos desnudos? —sugiere.

—Tienes razón. —Me doy la vuelta y deslizo la mano entre nuestros cuerpos para agarrar su erección.

Empieza a temblar.

—Eso. No pares.

—¿El qué? ¿Esto? —Cierro los dedos alrededor de su miembro y lo acaricio para provocarlo.

—Mmmm.

—O... —Despacio, repito el movimiento antes de ponerme de rodillas—. Podría hacer esto.

Antes de que responda siquiera, cierro los labios en torno a él y lo lamo con delicadeza.

Cooper gime y mueve las caderas.

Siento un arranque de poder. Podría acostumbrarme a esto. A la satisfacción de saber que soy yo la que lo hace sentir tan desesperado y necesitado. A saber que, ahora, lo tengo en la palma de la mano. O más bien, en la punta de la lengua. Le doy un pequeño lametón y emite un ruidito que me hace sonreír.

—Me estás provocando —murmura.

—Ajá. —Le doy otro lametón—. Es divertido.

Hunde los dedos de una mano en mi pelo mojado. El agua cae sobre ambos. Las gotas se adhieren a su pecho antes de resbalar hacia abajo, por sus músculos y tendones.

Me apoyo en su muslo musculoso con una mano, envuelvo la otra en torno a su erección y me la llevo hasta lo más hondo de mi garganta. Él me guía sin decir una palabra y me acuna la parte trasera de la cabeza. Me arde el cuerpo y me tenso a causa del deseo. Cuando levanto la vista hacia él y atisbo sus brazos tatuados, la barbita incipiente y lo siento contra mi lengua, no me arrepiento de nada de lo que me ha traído hasta aquí.

«Tienes fuego, Mac». Me lo dijo la noche de la feria. Me dijo que disfrutaba con las emociones, con la vida. Y no se equivocaba. Desde que he roto con Preston y he empezado a salir con Cooper, jamás me había sentido tan viva.

—No quiero correrme así —murmura antes de levantarme y besarme con tanta pasión que me deja sin aire.

Sus manos, ansiosas, me acarician el cuerpo mientras su lengua juguetea con la mía. Estoy excitada y más que preparada. Pero, por mucho que me vayan las emociones fuertes, tener sexo sin condón no está en mi lista, y Cooper y yo acabamos de empezar a salir.

—Condón —susurro contra sus labios ávidos como recordatorio.

No me discute. Cierra el grifo del agua y volvemos a su cuarto corriendo mientras dejamos un reguero de agua por todos lados y nos reímos de la prisa que tenemos.

—A la cama —me ordena, y me come con la mirada.

En cuanto me tumbo, empapo la almohada, pero estoy demasiado cachonda como para que me importe, y a Cooper le ocurre lo mismo. Antes de que pueda pestañear siquiera, se pone el preservativo y se coloca sobre mí. Me vuelve a besar con ahínco e introduce la lengua en mi boca al tiempo que se hunde en mí.

Jadeo y me estremezco por el latigazo de placer que me recorre la columna. Le paso las uñas por la espalda húmeda y lo envuelvo con las piernas para profundizar la estocada.

—Me encanta —jadea contra mis labios.

—A mí también. —Levanto las caderas para moverme al ritmo de sus embestidas y mecerme contra él. Estoy ida—. Más rápido —le suplico.

Acelera el ritmo y, poco después, estoy viendo las estrellas y sacudiéndome, presa del orgasmo. Cooper aguanta un poco más que yo. Escasos momentos después, me embiste con más fuerza, sin dejar de besarme y me muerde el labio al correrse.

Una vez acabamos, nos quedamos tumbados boca arriba para recuperar el aliento. Me siento feliz. No recuerdo la última vez que me sentí tan plena después del sexo. O en general.

—Sigo enfadado porque te has subido al tejado.

Giro la cabeza para mirarlo.

—¿En serio?

—Ha sido una estupidez.

—Me mantengo en mis trece —le digo con arrogancia.

—Pues claro. —Reprime la risa. O las ganas de estrangularme.

Por lo visto, a ninguno de los dos se nos da bien dar el brazo a torcer en una discusión. Supongo que no somos así, pero no importa. Si fuera de otro modo, no lo respetaría. Lo que menos quiero en mi vida es un hombre felpudo.

Aunque, por otra parte, tanta pelea no puede ser buena, ¿verdad?

Suspiro.

—Discutimos mucho. Este ha sido el segundo *strike*.

—¿Cuál es el primero? —pregunta con curiosidad.

—Que somos diametralmente opuestos. Que sí, que dicen que los opuestos se atraen y discutir es desfogarse con pasión y tal, pero venimos de mundos muy distintos. —Vacilo antes de admitirlo—: A veces, no tengo ni idea de cómo hacernos encajar en la vida del otro. Y encima, tú eres un capullo que no deja de discutir y me dan ganas de pegarte la mitad de las veces... —Vuelvo a suspirar—. Lo que te digo, dos *strikes* ya.

—Mac. —El colchón se hunde cuando se sienta. Me contempla con esos ojos oscuros, intensos y con un toque de diversión—. Primero: ¿eso quién lo dice? ¿A quién le importa lo que diga la gente? Cada relación es distinta. Unos discuten y otros, no. A algunos les gusta la tranquilidad y a otros, la pasión. Somos nosotros los que definimos nuestra relación. Y segundo: odio tener que decírtelo, pero los dos somos unos capullos que no dejan de discutir.

Le sonrío.

—Lo único opuesto es el dinero que tenemos en el banco. Tú y yo nos parecemos más que el estirado de tu ex y tú.

—¿No me digas?

—Pues claro, joder. ¿Y sabes qué?

—Dime, por favor —respondo muy dignamente.

—Creo que estabas con ese capullo porque era prudente. Tú misma lo dijiste; te ayudaba a contenerte. Y lo necesitabas, porque en tu mundo no puedes montar numeritos ni hacer nada que repercuta negativamente en tu familia, ¿verdad? Pues no necesitas nada de eso conmigo. Esos dos *strikes* que has mencionado puede que lo sean en otro mundo, pero aquí, tú y yo somos justo quienes necesitamos ser.

El corazón me da un vuelco. Joder. Cuando dice estas cosas me cuesta mucho no sentir algo por él.

Bonnie: Esta noche no duermo en casa. Intenta no echarme de menos, ¿eh? Sé que te costará, pero ¡confío en ti!

Sonrío al ver el mensaje. Bonnie es la mejor. Me siento en la cama y le respondo.

Yo: Ooooh vas a dormir fuera entre semana. Chica mala. A ver si lo adivino, fiesta de pijamas con… ¿Edward?
Bonnie: Dirás Jason, que se parece a Edward. Y no.
Yo: ¿Todd?
Bonnie: Ya no tiene turno.

Me estrujo el cerebro mientras intento acordarme de con quién más ha salido estas semanas, pero he estado algo distraída enrollándome con Cooper.

Bonnie: Te propongo algo, nena. Si me dices el nombre de tu chico, yo te cuento lo de mi nuevo rollo.

Esta chica es incansable. Me pregunta con quién salgo día sí y día también. Me sabe mal ocultarle lo de Cooper —porque, al fin y al cabo, ella estaba de testigo cuando todo empezó—, pero también sé que la información puede convertirse en un arma muy valiosa. No sé si estoy lista para la guerra.

Yo: Mi chico seguirá siendo un secreto.
Bonnie: VALE. Pues, entonces, el mío también.

A los dos segundos, me escribe:

Bonnie: ¿A quién pretendo engañar? Ambas sabemos que no te puedo esconder nada. ¡Se llama Ben y está buenísimo!

Añade una captura de pantalla de una foto de Instagram de un chico alto parecido a un dios nórdico.

Yo: Guaaaaaaaau. Pásalo bien.
Bonnie: Lo haré. ¡Hasta mañana!

Dejo el móvil en la mesilla de noche y tomo el libro de Antropología. Es lunes por la noche y, por mucho que ahora mismo prefiera estar desnuda en la cama de Cooper, hemos pasado el finde juntos, así que me obligaré a quedarme en la residencia. No solo para ponerme al día con los estudios, sino porque pasar demasiado tiempo pegados podría hacer que nos quememos, y lo que menos me apetece es que Cooper se canse de mí. Aunque yo no estoy ni remotamente cerca de hacerlo con él; me paso tres horas al día, mínimo, fantaseando con él.

Así que soy buena y acabo las lecturas de Antropología y Biología, redacto un borrador del trabajo de Literatura Inglesa y me voy a la cama a las once menos cuarto.

Pero el sueño reparador que esperaba no llega.

Cerca de las dos de la mañana, me despierto con brusquedad cuando Evan me llama tres veces seguidas.

A lo que le sigue un mensaje que reza: «Olvídalo. No es una emergencia».

Si alguien me llamara en plena madrugada para decirme que no es una emergencia, lo mandaría a la mierda, pero el hecho de que sea Evan hace que lo reconsidere. Nos hemos dado los teléfonos hace poco, la noche posterior a la tormenta, cuando no pude contactar con él, así que estoy bastante segura de que no abusaría del privilegio de usar mi número si realmente no fuera una emergencia. O, al menos, algo grave.

Me aparto el pelo de los ojos y le devuelvo la llamada.

—¿Estás bien? —pregunto en cuanto contesta.

—La verdad es que no —responde, y siento el peso de sus palabras.

—¿Dónde estás?

—En la puerta de Sharkey's. ¿Puedes venir a recogerme? —murmura—. Sé que es tarde y no quería llamarte, pero...

—Evan —lo interrumpo—. No pasa nada. No te muevas. Ya voy.

CAPÍTULO VEINTIOCHO
MACKENZIE

Un cuarto de hora más tarde, me bajo de un Uber e inspecciono la acera delante del Sharkey's. No me cuesta dar con él. Está sentado en el bordillo, hecho un despojo.

—¿Qué te ha pasado? —pregunto al ver la sangre en su cara, la camiseta rota por los hombros y las manos hinchadas y llenas de arañazos. Desprende un pestazo a alcohol que olerían hasta en Pekín.

Tiene los brazos apoyados en las rodillas dobladas y parece agotado. Derrotado, incluso. Apenas levanta la cabeza cuando me oye.

—¿Puedes sacarme de aquí? —me pide, con la voz débil y cansada.

Entonces me doy cuenta de que soy su última opción. Que pedirme ayuda le duele más que lo que le ha pasado esta noche, y que lo que necesita ahora mismo es que sea amable con él.

—Claro. —Me agacho para pasarme uno de sus brazos por encima de los hombros y ayudarlo a levantarse—. Te tengo.

Mientras nos ponemos de pie, tres tipos doblan la esquina. Visten camisetas con letras griegas y gritan algo incoherente mientras se acercan.

—Anda…, hola, nena —dice uno cuando sus ojos nublados se posan en mí. Esboza una sonrisa asquerosa—. ¿Qué tenemos aquí? ¿Te has encontrado una rata de alcantarilla?

—Vete a la mierda, cabrón —gruñe Evan. Apenas se tiene en pie; necesita apoyarse en mí para mantener el equilibrio, pero eso, al parecer, no es suficiente para dejar de buscar pelea. Admito que tiene mucho valor.

—¿Otra vez este imbécil? —El más alto de los de la fraternidad se tambalea hacia nosotros y mira a Evan antes de volverse hacia sus colegas—. Mirad quién ha vuelto, tíos.

Fulmino a los tres con la mirada.

—Dejadnos en paz.

—¿No te ha bastado, tío? —El tercero se acerca y se inclina para mirar a Evan a los ojos mientras este trata de levantar la cabeza—. Creías que robarnos sería coser y cantar, ¿verdad? ¿A que ahora no te ríes tanto? Puto paleto de mierda.

Me pongo hecha una furia. Estoy cansada, malhumorada y encima me toca cuidar de Evan. No me queda paciencia para estos idiotas.

—Oye, yo te conozco —dice el más alto, de repente. Entrecierra los ojos para mirarme.

—Lo dudo —rezongo.

—Que sí. Eres la novia de Preston Kincaid. —Se ríe, alegre—. Sí, eres la chica de Kincaid. Yo estoy en su fraternidad. Os vi en una fiesta hace tiempo.

Me empiezo a sentir incómoda. Genial. Lo que menos necesito es que Preston se entere de lo de esta noche. Sujeto a Evan con más fuerza y replico:

—Tío, no sé quién eres. Déjanos en paz.

—¿Kincaid sabe que le estás poniendo los cuernos? —Su risa suena desquiciada—. Y encima con el mierda este. Joder, las mujeres sois lo peor.

—Lo peor —repite otro, borracho perdido.

Al ver que los dos intentan acercarse, me harto.

—Que os piréis, hostia —digo con brusquedad y en tono amenazador.

—¿Y si no, qué? —se mofa el alto.

Enfadada e impaciente, gruño y meto la mano en el bolso para sacar un espray de pimienta. Rocío a los tres borrachos con él hasta que se tambalean hacia atrás.

—Os juro que estoy más loca de lo que parece. Ponedme a prueba.

Oigo unas sirenas a lo lejos. Con eso basta para asustarlos.

—Olvidaos de esta zorra y vámonos de aquí.

Les falta tiempo para meterse en un coche al otro lado de la calle y huir quemando neumáticos tras dar un giro de ciento ochenta grados en la carretera.

—¿Qué acaba de pasar? —Evan se ríe un poco, aunque sigue apoyado en mí.

—Las tías tenemos garra.

—Ya veo, ya.

—También he viajado sola bastante, y si algo he aprendido es a estar preparada contra lo que pueda haber en las sombras.

—Tras eso, casi lo tengo que llevar a rastras al Jeep. Saco las llaves de uno de sus bolsillos y se sube al asiento del copiloto mientras yo hago lo propio en el otro.

—No puedo volver a casa —me dice. Tiene los ojos cerrados y la cabeza apoyada contra la ventana; le pesa demasiado como para mantenerla erguida.

Ajusto el asiento para llegar a los pedales.

—Vale. ¿Te llevo a casa de Steph y Alana?

—No, por favor —dice entre jadeos—. Coop no puede enterarse.

No sé a qué se refiere exactamente, pero entiendo lo desesperado que está. No me queda otra que llevarlo de vuelta conmigo a Tally Hall.

Subirlo hasta la cuarta planta, donde está mi habitación, es todo un desafío, pero llegamos sanos y salvos. En cuanto entramos, lo siento al borde de la bañera para limpiarle las heridas. Me da la sensación de estar experimentando un *déjà vu*. ¿Qué tendrán los gemelos Hartley?

Mientras le limpio la sangre de la cara con una toalla húmeda, siento que sus ojos no pierden detalle de cada movimiento que hago. Tiene algunos moratones y cortes pequeños, pero nada grave. Solo hay que ponerle un poco de pomada y un par de tiritas.

—No saben perder —me dice.

—¿Eh?

—Los tipos esos. Les he dado una paliza al billar y no se lo han tomado bien. Si no saben perder, que no apuesten dinero.

—¿Siempre estafas a la gente cuando te superan en número?

Se ríe y se encoge de dolor a la vez que se lleva la mano a un costado.

—Pensaba que tenía la ventaja de jugar en casa, pero al final había más gente de la que pensaba.

Enarco una ceja.

—Juraría que en el pueblo tenéis un refrán que dice que donde tengas la olla no metas la polla, o algo así.

—Puede que lo haya oído alguna vez, sí.

—Tienes que diversificar.

—¿Te refieres a eso de «adaptarse o morir»?

—Algo así. —En cuanto termino de curarlo, le doy un vaso de agua, una aspirina y un poco de hielo—. Puedes quedarte en la habitación de Bonnie —le ofrezco—. Pasará la noche fuera y seguro que no le importa.

—Más le vale, porque aquella noche hice que se corriera tres veces.

Ahogo la risa.

—Menudo caballero.

Joder, parece que haya pasado una eternidad desde que Evan y Bonnie se liaron en la playa. Al día siguiente, ella ya estaba acechando a su próxima conquista. Entre esos dos no hubo problema alguno.

Lo siento en el borde de la cama de Bonnie y lo desvisto con toda la indiferencia que puedo. Intento no admirar su cuerpo y compararlo con el de Cooper, pero me cuesta. Tengo su torso ahí delante y sí, es tan musculoso como el de su hermano. Pero él no tiene tatuajes. O, al menos, eso creía, porque cuando lo ayudo a que se dé la vuelta, veo que tiene uno enorme en la espalda. Está tan oscuro que no distingo bien qué es.

—Gracias —murmura en cuanto se tumba.

Aunque no añade nada más, sé que lo dice en serio. Sea lo que sea que esté pasando entre Cooper y él, basta para que prefiera pedirme ayuda. Me tomo como un avance que Evan haya confiado tanto en mí. Poco a poco.

Le doy una palmadita en la cabeza como si fuera un niño con décimas de fiebre.

—De nada.

A la mañana siguiente, me estoy arreglando para ir a clase cuando Evan sale escopeteado de la habitación de Bonnie con el móvil pegado a la oreja.

—Ya, lo sé, lo sé. Voy de camino. Que ya me lo has dicho, imbécil. —Se tropieza al tiempo que intenta subirse los vaqueros y rebusca algo en el cuarto de Bonnie—. Diez minutos.

Cuando le pregunto con la mirada, él levanta los dedos para hacer el gesto de las llaves. ¡Las llaves! Todavía las tengo en mi habitación. Corro a por ellas y se las lanzo. Las atrapa al vuelo.

—No —responde—. Tío, que ya voy, tranquilo, joder.

«¿Cooper?», articulo moviendo los labios, y Evan asiente. Estiro la mano para pedirle el teléfono. Al principio parece receloso, pero cede.

—Oye, la princesita quiere hablar contigo.

Esta vez, en lugar de lanzarme una sonrisa desdeñosa, me sonríe con la mirada. Quizá se trate de una súplica.

—Hola —pronuncio antes de que Cooper me interrumpa—. He invitado a Evan a desayunar, pero el sitio estaba lleno y no he mirado la hora. Ya sabes, tenía que pedir el suflé sí o sí.

—A desayunar, ¿eh? —Se le nota receloso, y con razón.

Pero mantengo la coartada.

—Sí, pensé que sería un buen momento para hablar y pasar tiempo en familia.

Es como si viera a Cooper poner los ojos en blanco.

—Ya. Dile que se dé prisa y que venga a trabajar.

—Vale, besitos, adiós —digo con dulzura, porque cuanto más descuadre a Cooper, más se creerá la excusa. Cuelgo y le devuelvo el móvil a Evan—. Creo que se lo ha tragado.

Me mira entre confuso y divertido.

—Me has salvado el culo.

—Lo sé. Y ahora dime, ¿por qué le he mentido a tu hermano?

Evan se pasa las manos por el pelo y suspira. Odia dar explicaciones, lo entiendo, pero es lo mínimo que me debe.

—Ya me tiene en el punto de mira —admite—. Si se entera de lo de anoche, me obligará a ir a rehabilitación o alguna mierda de esas.

—¿Y es necesario? —Sé que a Cooper le preocupa que Evan esté yendo por el mal camino, pero no me ha dicho nada en concreto. A juzgar por lo de anoche, sospecho que los culpables son el alcohol y las peleas.

—Para nada —me asegura Evan.

No sé a quién intenta convencer, pero no funciona con ninguno de los dos.

Suspiro.

—Prométeme una cosa.

Pone los ojos en blanco. En estas situaciones se me olvida que Cooper y él son gemelos.

—Te cubriré siempre y cuando me cuentes la verdad. Aunque no se la digas a Cooper, me quedaré más tranquila si me permites tenerte controlado.

—No necesito una niñera. —Enfatiza las palabras y frunce el ceño.

Ya veo por qué se pelean tanto. Cooper es intenso y Evan, más terco que una mula. Juntos son como un huracán.

—No quiero serlo —respondo—. Así que mejor quedar como amigos, ¿vale?

Se pasa la lengua por los labios para tratar de reprimir una sonrisa, gesto que me resulta casi encantador.

—Vale, princesa.

Nos estrechamos la mano. Le doy un cincuenta por ciento de credibilidad a que cumpla su parte del trato. Pero, teniendo en cuenta cómo empezamos, hemos avanzado mucho y no pienso desaprovechar la oportunidad.

CAPÍTULO VEINTINUEVE
COOPER

Hoy Mac tiene otra inspección en el hotel, así que me tomo la tarde libre para ir con ella. Dice que es para que le haga de intérprete, pero creo que es porque la situación la pone nerviosa. No me extraña. Aunque estuviera forrado de dinero familiar, lanzarme a algo tan complejo como reformar un hotel, y eso sin mencionar tener que gestionarlo, también me pondría como un manojo de nervios. Así que, mientras el inspector hace su trabajo, Mac y yo nos quedamos en el paseo, donde aguardamos el veredicto.

—Empiezo a pensar que ha sido una locura comprar un hotel así, sin más... —dice con aire sombrío.

No puedo evitar sonreír.

—Ah, ¿sí?

—Sí. —Se agacha para acariciar a Daisy, sentada a sus pies. Esa perra no me deja en paz ni un segundo cuando estamos en casa, pero en cuanto Mac entra en escena, ni me conoce.

—Puedes echarte atrás. —Por lo que tengo entendido, la venta final de la propiedad aún depende del resultado de esta última inspección. Poner puntos sobre las íes y esas cosas.

—No. Me he decidido. Pero a veces es abrumador, ¿sabes? Pensar en todo lo que debo hacer, en todas las cosas que no sé.

—Lo harás bien.

Se muerde el labio.

—Sí. —Luego asiente. Rápida, con decisión—. Tienes razón. Lo haré bien.

Eso es lo que me gusta de ella. Su confianza. Su valor. Tiene una idea y va a por ella de cabeza. La mayoría de la gente se pasa la vida convenciéndose de no perseguir sus sueños. Analizando todas las razones por las que es demasiado difícil o improbable. Pero Mac no.

—Cuando miras este sitio, ¿sientes lo mismo que cuando hiciste la oferta por él? —le pregunto.

Sonríe, y cuando desvía la mirada hacia el edificio derruido, atisbo un brillo de ambición.

—Sí.

—Pues entonces, adelante. El que no arriesga, no gana.

—Eso es con la lotería —dice, y me da un empujoncito en el hombro.

—Es lo mismo.

Para ser sincero, me alegro de que me haya pedido venir. Aunque solo sea por darle apoyo moral. No hay mucho que yo pueda darle a una chica como Mackenzie Cabot. Nada que ella no tenga ya o pueda conseguir por sí misma. No obstante, todos queremos sentirnos útiles. Y no sé desde cuándo, pero últimamente me gusta que me necesite.

Un par de horas después, el inspector sale, carpeta en mano, y trata con Mac todos los puntos de la lista. La mayoría ya nos los esperábamos; otros, no. Y todo eso va ligado a un precio.

—¿Y en resumen? —le pregunta Mac después de haber hablado de cada punto individualmente.

—Deberás invertir una buena cantidad —dice el hombre a través de su enorme bigote—. Dicho lo cual, no veo por qué no podría volver a ponerse a punto. Le deseo suerte.

Tras estrecharle la mano, él le da todo el papeleo y se dirige a su coche.

—¿Y bien? —la tanteo mientras le quito la correa de Daisy de la mano.

Vacila un segundo. Luego, sonríe con ironía.

—Creo que voy a llamar al banco.

Debo admitir que me excita el hecho de que pueda pedir unos cuantos millones como si no fuera más que apostar en un partido de los Panthers. Le sienta bien.

Tras colgar, damos un paseo por la playa y dejamos que Daisy corra un poquito.

—Oye. —Mac hunde los dedos de los pies en la arena y recoge las conchas que le llaman la atención. Toma una, la admira y luego la vuelve a tirar a la arena—. Sé que esto me viene grande. A mí se me da mejor escribir cheques que reformar un edificio.

—Por eso no te preocupes. Conozco a todos los que hacen ese tipo de trabajo a diez kilómetros a la redonda.

—A eso me refiero. Que tú conoces la zona, a la gente.

Siento que me va a preguntar algo, aunque no imagino el qué para que se ande tanto por las ramas.

—Suéltalo ya, Cabot.

Se gira hacia mí con la ceja enarcada.

—Quiero contratar a tu tío Levi para que haga la reforma.

Arrugo la frente.

—¿Qué parte?

—Todo. O, al menos, todo lo que pueda. Si no, me gustaría que él se encargara de subcontratar a gente en la que confía. Ya sabes, a quien confiaría la reforma de su propia casa. Que todo quede en familia, ya me entiendes.

—Vaya... Vale... —Es cierto que esperaba que tirara un poco de él, tal vez. Que le pidiera algunas referencias, o incluso que le encargara un proyecto o dos.

Pero esto... es mucho.

—No pareces muy convencido —observa Mac.

—No, no. No es eso. Es que es... eh...

—¿Demasiado compromiso? —Sonríe ampliamente. Creo que esta chica se está riendo de mí.

—No me dan miedo los compromisos, si es lo que estás insinuando.

—Ya, ya... —replica.

—Me comprometeré contigo todo lo que haga falta.

—Bien. —Convencida de que ya ha ganado, se vuelve a dar la vuelta y sigue caminando—. Entonces, tenemos un trato. Organiza una reunión con Levi para que podamos hablar del alcance y de un precio justo para el proyecto.

—No tan rápido, princesa. Ahora mismo, está con otros trabajos. No sé cuánto tiempo tendrá, así que no te adelantes todavía.

—Detalles... —Hace un gesto desdeñoso con la mano—. Todo es negociable. Nada es imposible en esta vida.

—Vale, se lo comentaré si dejas de soltar clichés.

Mac recoge un trozo de madera del suelo y se lo lanza a Daisy.

—No te prometo nada.

Pongo los ojos en blanco. Esta mujer es un poco insufrible, pero me encanta. De alguna manera, se me ha metido bajo la piel. Incluso cuando se pone desagradable me sigue gustando.

—Sé sincera —le digo antes de poder contenerme—. ¿Tu fondo fiduciario notará siquiera el coste de todo esto?

No me atrevo a pensar en una cifra. Llegados a un punto, da igual un cero más que uno menos. La diferencia entre cien millones y quinientos es la misma entre nadar a China o a Nueva Zelanda para un hombre que se ahoga.

Permanece callada un segundo. Y luego otro. Una aparente intranquilidad asola su expresión y reemplaza su buen humor.

—En realidad, no puedo hacer uso de ese dinero hasta que cumpla los veinticinco.

Eso me descoloca, porque, entonces... ¿cómo ha podido comprar un hotel? Sé que sus padres no le han dado el dinero; no ha ocultado lo poco que aprueban sus ambiciones.

—Como no hayas estado moviendo droga todo este tiempo y, si ese es el caso, te comprendo a la perfección, ¿cómo narices tiene una veinteañera todo ese dinero?

—Vas a pensar que es una estupidez —dice, y se detiene para clavar la mirada en el suelo.

Me estoy poniendo nervioso. No sé qué haré si me dice que es una chica *webcam* o algo así. O, peor, si me pide que me una a su empresa piramidal de aceites esenciales.

Por suerte, lo suelta de golpe antes de que mi imaginación saque lo peor de mí.

—¿Recuerdas aquella vez que me enseñaste una historia graciosa que publicó un chico? ¿La de la chica esa que se puso a buscar tampones en el cuarto de baño de la madre del chaval?

Enarco las cejas. ¿Y eso qué tiene que ver?

—Sí...

—Yo creé esa web. *AscoDeNovio*. Que luego desembocó en *AscoDeNovia*.

—Espera, ¿en serio?

Se encoge de hombros.

—Sí.

«Hostia».

—¿Y has sacado todo ese dinero de ahí?

Vuelve a encogerse de hombros, cohibida. Eso me confunde, porque, ¿de qué se avergüenza tanto?

—Mackenzie, pero ¡eso es increíble! —le digo.

—¿No piensas que sea una tontería? —Me mira con esos ojazos verdes rebosantes de esperanza. No sé si debería sentirme como un capullo porque pensara que la juzgaría por ello.

—Para nada. Estoy impresionado. A mí con veinte años todavía se me quemaban los macarrones con queso. —Bueno, y ahora también.

—Mis padres no lo aprueban. —Su voz adquiere un tono más amargo, como le pasa siempre que saca el tema, aunque últimamente más, incluso—. Ni que me hubiera hecho un tatuaje en la frente, o algo. Esperan que «me canse» de eso. —Hace el gesto de las comillas con los dedos, tan enfadada que hasta le da una patada a la arena—. No lo entienden.

—Pero ¿qué es lo que no entienden? Su hija aún no puede beber alcohol legalmente pero ya es millonaria, y por méritos propios.

—Se avergüenzan de ello. Creen que no son más que fantasías de adolescente. Y, yo qué sé, a lo mejor es verdad. Pero ¿qué tiene de malo si hace reír a la gente? Para ellos, mi negocio solo es un capricho. Lo único que quieren para mí es que me saque una carrera respetable y me case con alguien rico para ser como mi madre y pasarme los días organizando galas benéficas. Las apariencias lo son todo para ellos.

—¿Ves? Eso sí que es una estupidez. —Niego con la cabeza, porque de verdad que no lo entiendo. Ricos que compran símbolos de estatus para impresionar a otros ricos que también han comprado los mismos símbolos de estatus para impresionar a los primeros. Un círculo vicioso de despilfarre y pretensiones—. ¿Pagan cientos de miles de dólares a una universidad y solo por las apariencias? ¿Pero estamos locos o qué?

—Y yo ni siquiera quiero estudiar en Garnet. Fue la única manera de que me dejaran disfrutar de un año sabático para que me diera tiempo a crear las aplicaciones y a expandir mi negocio. Pero, desde que he llegado, no me he quitado de la cabeza la idea de emprender un nuevo reto, de encontrar una nueva aventura empresarial que me emocione tanto como lo hicieron las páginas web cuando las lancé.

—Bueno, ¿pues sabes lo que te digo? Haz lo que quieras y a la mierda la opinión de los demás.

—Es más fácil decirlo que hacerlo —dice con ese tono familiar de inquietud.

Daisy nos trae un pequeño cangrejo ermitaño oculto en su concha que Mac coge y vuelve a dejar en la arena, antes de buscar otro palo que lanzarle.

—Sí, ¿y qué? —Sus padres siempre han sido un obstáculo constante para ella a la hora de pensar en lo que realmente quiere hacer con su vida. Para alguien con todo tipo de facilidades, eso no son más que tonterías. Mac es más fuerte que ellos—. Si tanto lo quieres, lucha por ello. Lánzate. ¿Qué es lo peor que puede pasar? ¿Que te corten el grifo? Si eres sincera con ellos y les cuentas lo mucho que significa para ti todo eso y, aun así, siguen sin apoyar tus sueños, ¿cuánto crees que los echarás de menos?

Suspira.

—¿Sinceramente? A veces me pregunto si de verdad me quieren. Para ellos casi siempre soy un florero o una pieza en un juego de estrategia en el que solo pueden ganar. Solo soy plástico para ellos.

—Podría aburrirte hasta la muerte con historias chungas sobre mi familia —le digo—. Así que te entiendo. Sé que no es lo mismo, pero créeme, comprendo que te sientas sola y poco querida. La necesidad de intentar llenar constantemente ese vacío con algo, cualquier cosa. ¿Sabes? Casi puedo perdonar a mi padre por ser un cabronazo. Era un adicto. Se metía todo lo que encontraba y, al final, eso lo mató. Su marcha no me afectó demasiado, más allá de que la única que nos quedaba ya era nuestra madre. Hasta que también nos abandonó. Les faltó tiempo a los dos para perdernos de vista. —Se me cierra la garganta—. He pasado mucho tiempo preocupado porque me fuera a convertir en alguno de ellos. Temiendo que, haga lo que haga, vaya a contracorriente y al final termine muerto o convertido en un puto vago.

Joder.

Nunca había pronunciado esas palabras en voz alta.

Me aterra lo mucho que Mac saca de mí. Lo mucho que deseo que me conozca. Y me aterroriza lo descontrolado que siento el corazón, que late a toda prisa tras ella, para alcanzarla. Para abrazarse a ella. Preocupado por si entra en razón en cualquier momento y decide darle la patada.

—Eh. —Me agarra la mano y lo único en lo que puedo pensar es en que me jugaría la vida por esta chica—. Vamos a hacer un pacto: no dejaremos que el otro se convierta en alguno de sus padres. Las promesas entre amigos nunca fallan.

—Hecho. —Es tan cursi que casi suelto una risilla—. Pero ahora en serio. No pierdas el tiempo. Si el corazón te dice que hagas algo, hazlo. No dejes que nadie te retenga, porque la vida es muy corta. Erige tu imperio. Mata dragones.

—Deberías hacerte una camiseta con eso.

Daisy regresa y se acurruca a los pies de Mac. Supongo que ya está cansada. Le ato la correa antes de sentarnos en la arena. Nos sumimos en un silencio cómodo. No entiendo cómo hace para que haya la misma cantidad de caos que de paz en mi interior. Cuando discutimos, me dan ganas de estrangularla. Me vuelve loco. Y comete estupideces, como subirse a una escalera de metal durante una tormenta eléctrica. Pero luego también tenemos momentos como este, en los que nos sentamos el uno al lado del otro, en silencio, y nos perdemos en nuestros pensamientos, aunque, de alguna manera, en la misma onda aún. Conectados. No sé qué significa eso. ¿Por qué podemos gritarnos a pleno pulmón un segundo y al otro estar tan tranquilos? Tal vez signifique que los dos estamos como una cabra.

O que me estoy enamorando de ella.

CAPÍTULO TREINTA
MACKENZIE

Unos días después de la inspección del hotel, quedo con Steph y Alana en la bocatería del pueblo. Todavía me resulta raro que hace un par de semanas apenas habláramos y ahora charlemos todos los días. Empezó cuando Steph me añadió a una conversación grupal con Alana para compartir fotos de Evan mientras les arreglaba el agujero del tejado que había provocado la tormenta. Se le habían bajado los vaqueros y se le veía medio trasero, y el pie de foto rezaba: «Va de culo». Después, Alana compartió una divertida captura de pantalla de *AscoDeNovio* y, aunque me preocupaba que pareciera que estuviera fardando o les recordara el tema del dinero, les confesé a las chicas que yo había fundado las páginas. Por suerte, aquello hizo que les cayera mejor.

—Necesitamos que nos digas algo —dice Alana al tiempo que me señala con un pepinillo—. Verdadero o falso: Cooper tiene la polla tatuada.

Casi me atraganto con una patata frita.

—¿Qué?

—Hace unos años, hubo rumores de que una chica se acostó con alguien en el tejado de la comisaría, el finde del Cuatro de julio —explica Steph a mi lado—. Y circula una foto de un tipo con un tatuaje en la polla, pero todavía no hemos descubierto quién es.

—¿No le habéis peguntado a Heidi?

Las chicas me miran, aprensivas.

—¿Qué, no debería saber esto? —Lo suelto con tono desenfadado. Creía que era obvio que se habían liado.

Steph y Alana intercambian una mirada y debaten en silencio cómo responder.

Me encojo de hombros.

—No pasa nada. Lo entiendo, es vuestra mejor amiga.

—No salieron juntos, ni nada —me informa Steph como para hacerme sentir mejor—. Ya sabes, eran follamigos.

Para Cooper puede que sí. Pero, en ese tipo de relaciones, siempre hay alguno que da más que el otro.

—Heidi todavía está pillada —añade Alana con brusquedad. No se anda con rodeos.

Sospechaba que la razón del odio irracional que Heidi sentía hacia mí se debía a sentimientos no correspondidos, o, tal vez, a una ruptura. En ese tipo de cosas, mi instinto no se equivoca, y las palabras de Alana me dan la razón.

—Me lo imaginaba —respondo—. Pero espero que quiera pasar página algún día. Cooper me contó que hay un chico que quiere algo con ella. Jay no sé qué.

Eso hace que emitan varios quejidos.

—Esa es otra —rezonga Alana—. Que sí, que quiero que se olvide de Coop para que todo vuelva a la normalidad, pero, de entre todos los tíos, ¿tiene que ser el hermano de Genevieve?

—¿Quién es Genevieve?

—La ex de Evan —contesta Steph—. Ahora vive en Charleston.

—La echo de menos —murmura Alana, triste.

Steph resopla.

—Evan también. Si no, no se acostaría con todo lo que pilla para intentar olvidarla. —Se aparta la coleta detrás del hombro y se gira para sonreírme—. Aquí en Avalon Bay todo es superincestuoso. Evan y Genevieve. Heidi y Cooper... Aunque menos mal que eso ya se acabó. Los amigos no deberían liarse, es sinónimo de desastre. —Lanza una mirada intencionada a Alana—. Y luego está esta perra que se ha tirado a Tate dos veces ya. ¿O ya van tres? ¿O cuatro?

—¿Tate? —repito con una sonrisa—. Está bueno.

Alana hace un gesto con la mano.

—Nah, ya pasó. A mí tampoco me gusta eso de los follamigos.

—Nunca he tenido uno. —Me encojo de hombros, sin más—. Mi historial de líos se reduce a Cooper y a una relación de cuatro años con un tío que, por lo visto, se ha zumbado a todo bicho viviente.

Steph pone una mueca.

—No me creo que estuvieras con ese tío, la verdad.

Frunzo el ceño.

—¿Conocéis a Preston? —lo ha dicho como si supiera quién es.

—¿Qué? Ah, no, no. Me refiero a que he oído cosas sobre él. Cooper nos contó que te puso los cuernos, y doy por hecho que todos los tíos infieles son unos cerdos. —Toma el café, le da un sorbo y gira la cabeza durante un segundo antes de lanzarme una sonrisa tranquilizadora—. Y, oye, no te preocupes por Heidi. Cooper está pilladísimo por ti.

—Y Heidi sabe que más le vale portarse bien contigo —apostilla Alana. Cuando Steph le lanza una expresión que equivale a una patada en la pierna, frunce el ceño. Son tan sutiles como una taladradora.

No es la primera vez que las pillo así, como si mantuvieran una conversación de la que no formo parte. Nos llevamos mucho mejor, y no me cabe duda de que Cooper está siendo sincero, pero tengo la impresión de que hay mucho que todavía no sé de este grupo. Obviamente, no espero ganarme su confianza tan rápidamente.

Pero ¿por qué me da la sensación de que guardan secretos sobre mí?

No me da tiempo a rumiar la pregunta, porque me vibra el móvil. Es mi madre. Otra vez. Cuando me he despertado, tenía varios mensajes que seguían con el mismo discursito que los de anoche. Bloqueo su número de vez en cuando para que me deje un poco tranquila. No deja el tema de mi ruptura con Preston, y yo no tengo nada más que decir al respecto.

Pero parece que mi madre quiere obligarme a hablar de ello. Veo que ha dejado de escribirme y ahora se dedica a llamarme. Dejo que vaya al buzón de voz a la vez que recibo un mensaje de Bonnie con un «112» con el que entiendo que ha llegado el día del juicio final.

—¿Qué pasa? —pregunta Steph, y se inclina sobre mi hombro al ver que me pongo pálida.

—Han venido mis padres.

Bueno, aquí no. Han ido a mi residencia. La pobre Bonnie está encerrada mientras espera instrucciones.

Bonnie: ¿Qué hago con ellos?
Yo: Mándalos a la cafetería. Me reuniré con ellos allí.

Sabía que esto iba a pasar. He ignorado sus llamadas y mensajes, y era cuestión de tiempo que vinieran para cantarme las cuarenta.

Nadie deja plantado a mi padre.

Las dejo colgadas con la comida después de disculparme, y vuelvo al campus con la tensión por las nubes. Después de una breve llamada telefónica, lo mejor que se me ocurre es citarlos en un lugar público. Mis padres no se atreverían a montar un numerito ahí, donde tengo una ventaja de campo y una vía de escape.

Sin embargo, cuando entro en la cafetería y los veo sentados junto a la ventana, a la espera de la inconformista de su hija, me cuesta andar. Por mucho que crezca, me siento como si tuviera seis años y mi padre me regañara por haberme manchado el vestido de ponche antes de la sesión de fotos de la postal de Navidad, cuando me había ordenado que solo bebiera agua, mientras mi madre permanece tensa junto a la barra del bar.

—Hola —los saludo, y cuelgo el bolso en la silla—. Siento haberos hecho esperar. Estaba comiendo con unas amigas en el pueblo...

Me callo al ver la expresión de impaciencia de mi padre. Va de traje y lleva una muñeca remangada que enseña el reloj. Mensaje recibido, alto y claro. Está posponiendo reuniones y eventos increíblemente importantes para ocuparse de su hija descarriada. Cómo me atrevo a obligarlo a hacer de padre...

Y luego está mi adorada madre, que tamborilea las uñas perfectas en el bolso de cuero de Chanel como si también estuviera perdiendo el tiempo. La verdad es que no tengo ni idea de qué hace en todo el día. Seguro que tiene alguna llamada de *catering* programada o algo. Sus semanas están plagadas de decisiones como: ¿pollo o pescado?

Durante un segundo, mientras me fulminan con la mirada y derrochan molestia y desdén, veo los planes que quieren imponer para mi futuro. Siento un dolor en el costado y se me cierra la garganta. Me entra el pánico. Supongo que esto es lo que se siente cuando uno se ahoga.

No puedo seguir viviendo así.

—Me alegro de que hayáis venido —empiezo, pero papá levanta la mano. «Cierra la boca», dice la mano. Pues vale.

—Creo que nos debes una disculpa, señorita.

A veces me pregunto si mi padre me llama así porque hay momentos en los que se le olvida mi nombre.

—Te has pasado —conviene mi madre—. ¿Sabes la vergüenza que nos has hecho pasar?

—Vas a hacer lo siguiente. —Mi padre ni me mira; se dedica a revisar correos en el móvil. Es un discurso preparado que no deja lugar a que me defienda—. Te disculparás con Preston y sus padres por lo que pasó. Han accedido a que sigáis con la relación. Después, volverás a casa el fin de semana mientras pensamos qué hacer contigo. Me temo que últimamente te hemos dado demasiada manga ancha.

Lo miro fijamente.

Al ver que va en serio, rompo a reír sin terminar de creérmelo.

—Eh… no. No puedo.

—¿Perdona? —Mi madre se recoloca el pañuelo; es un gesto nervioso que hace cuando no puede gritarme delante de tantos testigos—. Es una orden de tu padre, Mackenzie.

Bueno, al menos uno de los dos sí que sabe cómo me llamo. Intento imaginármelos eligiendo nombres de bebé. Supongo que si hubo un momento en que quisieron tener hijos, fue entonces, ¿no?

—No pienso volver con Preston. —Con el tono dejo claro que no admito réplica.

Así que, por supuesto, es lo que recibo.

—¿Por qué no? —chilla mi madre, exasperada—. No seas tonta, cielo. Ese hombre será un buen marido, fiel y honrado.

—¿Fiel? —Resoplo con tanto ahínco que los de las mesas de al lado me miran.

Mi padre frunce el ceño.

—Baja la voz. Estás llamando la atención.

—Hacedme caso, Preston solo es fiel a sí mismo. Os ahorraré los detalles. —Como el hecho de que fue un cabrón que seguro que me puso los cuernos en cuanto empezamos a salir. Y, en parte, nos hizo un favor a ambos, porque yo tampoco es que fuera una santa—. Pero lo que sí os diré es que ya no sentimos nada el uno por el otro. —Vacilo, pero luego pienso, «a la mierda»—. Además, ya estoy con alguien.

—¿Con quién? —pregunta mi madre, perpleja. Ni que Preston fuera el único tío en la tierra.

—Uno del pueblo —respondo, porque sé que saberlo la volverá loca.

—Ya basta.

Pego un bote cuando mi padre estampa el móvil boca abajo en la mesa. Ja. ¿Quién está llamando la atención ahora?

Al ver lo que ha hecho, baja la voz. Rechina los dientes mientras habla.

—Ya basta de desobedecer. No pienso permitir que nos sigas provocando. Te vas a disculpar. Volverás con el chaval. Y me obedecerás. O, si no, despídete de la paga y de tus tarjetas de crédito. —Tiembla de rabia; ahora soy el centro de su atención—. Te juro que, como te cierre el grifo, lo vas a pasar mal.

No lo dudo. Siempre he sabido que, en lo que a mí respecta, es un hombre implacable. Ni me mima, ni recibo un trato especial por su parte. Eso me daba miedo.

—Te voy a decir una cosa —respondo al tiempo que descuelgo el bolso de la silla—. Esta es mi contraoferta: no.

Sus ojos, del mismo tono verde que los míos, brillan con desaprobación.

—Mackenzie —me advierte.

Meto la mano en el bolso.

—Haz lo que te dé la gana, pero estoy cansada de vivir con miedo a decepcionaros. Estoy hasta las narices de no ser quien queréis que sea. Ya basta con matarme a hacer cosas para contentaros y que nunca sea suficiente para vosotros. Nunca seré la hija que queréis, y paso de seguir intentándolo.

Encuentro lo que buscaba.

—Toma. Con esto cubro lo que te has gastado durante el primer semestre. He decidido que mi futuro profesional va por otro lado.

No me queda nada más que decir, y sé que el ataque de locura no durará mucho, así que aguanto la respiración, me levanto y me marcho sin siquiera mirar atrás.

Y, tal que así, acabo de dejar la universidad.

CAPÍTULO TREINTA Y UNO
MACKENZIE

Esa tarde, espero a Cooper en su puerta hasta que llega a casa del trabajo.

Después de plantar a mis padres, tenía los niveles de adrenalina al máximo y ninguna forma de descargarla, así que me he ido a caminar un rato por el paseo marítimo y luego por la playa hasta que me he visto frente a su casa. Un rato después, sigo sentada en el porche cuando la camioneta de Cooper se detiene en el aparcamiento y ambos hermanos salen.

—¿Qué pasa, princesa? —Evan se acerca a la puerta con paso tranquilo, me guiña un ojo y entra en la casa. Ahora, el gemelo malo y yo nos hemos hecho colegas.

—¿Cuánto tiempo llevas aquí? —Cooper parece sorprendido de verme cuando sube los escalones.

Por un momento, no escucho lo que me ha preguntado porque estoy demasiado ocupada comiéndomelo con la mirada. Siempre que lo veo, me quedo atontada. Esos ojos oscuros, ese pelo revuelto. La forma de su cuerpo bajo la camiseta y los vaqueros desteñidos flirtean con mi memoria. Hay algo en él que desprende una masculinidad abrumadora. Lleva todo el día en el trabajo, así que todavía tiene polvo por el cuerpo y la ropa. Y el olor a serrín. Es que me vuelve loca. Mis pensamientos se reducen a ganas, ganas y más ganas.

—¿Mac? —me insta. Una sonrisilla cómplice se le dibuja en los labios.

—Eh... Perdona. Una hora, ¿tal vez?

—¿Pasa algo?

—Para nada. —Acepto la mano que me tiende y dejo que me ayude a ponerme de pie. Entramos. En cuanto nos quitamos los zapatos sin ayuda de las manos, lo llevo directo al dormitorio.

—Tengo noticias —anuncio.

—¿Sí?

Cierro la puerta con pestillo. Porque últimamente, y más de una vez, Evan nos ha hecho la gracia de toquetear el pomo cuando sabe que estamos dentro, solo para asustarme. Ese chaval necesita comprarse una vida.

—He dejado la universidad. —Apenas soy capaz de contener la emoción. Y quizá también haya algo de miedo implícito en mis palabras. Todo me parece lo mismo, la verdad.

—Hostia. ¿Y cómo ha sido?

—Mis padres me han tendido una emboscada en el campus y me he visto en la obligación de hacerlo.

Cooper se quita la camiseta y la lanza al cesto. Cuando empieza a desabrocharse el cinturón, cruzo la estancia y le aparto las manos; prefiero hacerlo yo. Mientras le bajo la cremallera, siento su mirada en la coronilla y tensa el abdomen.

—¿Y qué tal ha ido? —Ahora suena un poco distraído.

Le dejo los vaqueros puestos, meto la mano dentro de los calzoncillos y empiezo a acariciarlo. Ya está medio empalmado cuando lo hago. En nada, está erecto del todo y su respiración se torna irregular.

—En resumen, les he dicho que es lo que hay. —Paso el pulgar por encima de la gotita de humedad que tiene en la punta. Él sisea y contiene la respiración.

—Te estás viniendo muy arriba, ¿no crees? —Me acaricia el pelo, pero luego afianza su agarre en la raíz.

Me acerco más y lo beso bajo la curvatura de su mentón.

—Solo un poquitín.

Luego lo empujo hacia atrás, hasta que sus piernas chocan con la cama y se sienta en el borde.

El hambre ensombrece su mirada.

—¿Y a qué se debe ese cambio de actitud?

—Mayormente a mí misma. —Tomo un condón de su mesita de noche y se lo lanzo. Luego me quito el vestido por la cabeza—. Y un poquito a ti.

Mi sujetador y bragas caen al suelo.

—La independencia te sienta bien —dice con voz ronca, mientras se acaricia el miembro arriba y abajo con el puño, sin perder detalle de mis movimientos.

Despacio, me encaramo a su regazo. Él maldice junto a mi oído y me agarra el culo con las manos. Lo cabalgo con las palmas sobre su torso. Al principio suave, mientras una ristra de temblores me atraviesa. Siempre es así cuando estoy con Cooper. Me siento increíblemente bien, pero no termino de acostumbrarme. Y tampoco creo que quiera hacerlo. Aún sigo sorprendiéndome. Todavía pierdo el sentido cada vez que sus labios me recorren la piel.

Me balanceo adelante y atrás. Sin vergüenza ninguna. No está lo bastante profundo, ni lo bastante cerca. Apoyo la cabeza sobre su hombro y lo muerdo para contener los gemidos mientras me restriego contra él.

—Joder, joder, no voy a durar mucho —murmura.

—Bien —jadeo.

Gime y eleva las caderas a la vez que me abraza con más fuerza.

Sonrío cuando veo el éxtasis demudar su expresión, cuando oigo los ruiditos roncos que hace cuando se corre. Después de tirar el condón, me tumba en la cama y deposita un reguero de besos desde mis pechos hasta el estómago, y luego más abajo, hasta que se coloca entre mis piernas para darse un festín con la lengua. Cooper me lame hasta que le tiro del pelo y gimo de placer. Es demasiado bueno con la boca. Es adictivo.

Más tarde, tras una ducha y otra ronda de orgasmos, nos sentamos en el porche delantero con Daisy mientras una *pizza* congelada se hace en el horno.

—No sé si lo habría hecho de no haberte conocido —le digo a Cooper, que tiene a nuestra cachorrita dormida en el regazo—. Dejar la universidad, me refiero.

—Seguro que sí. Tarde o temprano. Yo solo soy la excusa que te ha dado el empujoncito.

—Puede —admito—. Pero me has inspirado.

Pone los ojos en blanco.

—Ay, ya vale. Lo digo en serio. —Si algo he aprendido de Cooper es que se le da fatal aceptar los cumplidos. Es una de sus cualidades más adorables—. No le temes a nada ni a nadie. Impones tus propias reglas, y a la mierda los demás.

—Es fácil cuando no tienes nada, la verdad.

—Has creído en mí —digo—. Eres el único que lo ha hecho. Significa mucho, y no lo pienso olvidar.

Pero, aunque disfrute de mi nueva y recién estrenada independencia, no soy tan tonta como para creer que mis padres se quedarán de brazos cruzados con mi decisión. Se las arreglarán para hacérmelo pagar. Nadie desobedece a mi padre y se va de rositas. Así que seguro que habrá consecuencias. Solo queda saber lo malas que serán.

No tardan mucho en llegar. Exactamente seis días después de que haya dejado la universidad, me llega un correo de la decana. Es corto y conciso. Un educado «ven aquí a la de ya».

Llego unos minutos tarde a la reunión y la secretaria me lleva hasta un despacho con mobiliario de madera de cerezo. La decana está ocupada y enseguida me atenderá. ¿Me apetece un vaso de agua?

Supongo que mis padres hicieron unas llamadas con la esperanza de que una tercera parte neutral me convenciera por ellos para que no deje Garnet. Aunque, en lo que a mí respecta, lo único que queda es formalizar todo el papeleo. Y, lo admito, no he avanzado demasiado en ese tema. Entre el hotel y las webs, que ocupan la mayor parte de mi tiempo, he procurado disfrutar de lo que yo considero holgazanear.

—Siento haberla hecho esperar. —La decana Freitag, una mujer menuda cuya piel se le adhiere a los huesos con pequeñas arruguitas, entra en el despacho. Rodea el escritorio, sin aliento, y se pasa la mano por el pelo rubio y hasta los hombros para deshacerse de la humedad. Se recoloca la chaqueta del traje de color arándano y se tira del pañuelo de seda que lleva alrededor del cuello—. Hace más calor aquí que en las cocinas del infierno.

La decana enciende el pequeño ventilador de mesa, se lo dirige hacia ella y disfruta un momento de la brisita antes de centrarse de nuevo en mí.

—Bueno, señorita Cabot. —Su actitud cambia—. Tengo entendido que no ha asistido a ninguna clase esta última semana.

—No, señora. He tomado la decisión de dejar el semestre.

—Anda. Si no recuerdo mal, ya pospuso la universidad un año. —Enarca una de sus finísimas cejas—. ¿Qué es tan importante como para que su educación deba esperar?

Hay algo en esa afable ignorancia que me pone los pelos de punta. Como si estuviera cayendo en una trampa.

—En realidad, voy a dejar Garnet definitivamente. No volveré el próximo semestre.

Durante unos segundos, me mira impasible. Tantos que casi siento la necesidad de añadir algo para volverla a activar. Cuando por fin habla, no se me escapa el tono vengativo de su voz.

—¿Y he de suponer que ha meditado esta decisión?

—Sí, así es, señora.

Una breve sonrisa de «como quieras» cruza su expresión antes de mover el ratón para encender la pantalla. No desvía la atención de ella mientras habla.

—Bueno, pues con eso la podemos ayudar, por supuesto. Le diré a mi secretaria que traiga los formularios necesarios. —Me mira muy poco convencida—. No se preocupe, solo serán una firma o dos. —Hace clic varias veces con el ratón—. Claro que tendrá que abandonar su dormitorio en Tally Hall en un plazo de veinticuatro horas después de notificar a la Oficina de Alojamiento Estudiantil. —Me lanza una sonrisa de modelo de pasarela—. Que... ¡listo! Ya acabo de hacer por usted.

Y voilà. Ahí está la trampa.

Un enorme «jódete» de parte de mi querido papaíto.

Aunque lleva razón, claro. No tiene sentido que ocupe un hueco en la residencia si ya no estudio aquí. Un detalle menor que no había tenido en cuenta. Seguro que mis padres se pasaron toda la semana pasada esperando que volviera de rodillas a casa, en busca de un lugar donde dormir.

—¿Hay algo más que pueda hacer por usted? —La decana me sonríe como si le hubiera hecho esto a ella. Una afrenta personal.

No pierdo un segundo en lamentarme por ello, no obstante. Para bien o para mal, hemos roto.

—No, señora. —Le ofrezco una sonrisa azucarada y me pongo en pie—. Me marcho, entonces.

Una hora después, estoy en la residencia, guardando todas mis pertenencias en cajas. Poco más de tres meses. Eso es lo que ha durado mi carrera académica en la universidad, y, aun así… No me entristece lo más mínimo.

Estoy quitando la ropa de las perchas cuando oigo la vibración de un nuevo mensaje. Tomo el móvil del escritorio. Es un mensaje de Kate, a quien no veo desde hace semanas. Le propuse quedar un par de veces —no quería ser de las típicas chicas que dan de lado a las amigas cuando empezaban a salir con alguien—, pero ha estado ocupada ensayando con no sé qué banda a la que se unió el mes pasado. Toca el bajo, por lo visto.

Kate: ¡Hola, nena! Oye, te aviso. He hablado con mi hermana por teléfono y ha salido tu nombre. Mel me ha dicho que tu ex está preguntando por ahí para intentar enterarse de con quién estás saliendo. ¿Creo que te vieron en el pueblo con alguien de allí?

Lanzo una palabrota al aire. Maldito Evan. Sabía que esa noche traería cola.

Yo: Pfff. Genial.
Kate: Sí. A Preston se le ha metido entre ceja y ceja. Estás avisada.
Yo: Gracias por decírmelo.
Kate: No te agobies. Por cierto, nuestro primer bolo es el viernes, un micro abierto en el A Contracorriente. ¡Anda, vente!
Yo: ¡Mándame la info!

Antes de que vuelva a ponerme a empaquetar las cosas, el teléfono vuelve a vibrarme en la mano. Hablando del rey de Roma. Esta vez es Preston, y no está muy contento, que digamos.

Preston: ¿Has dejado Garnet? ¿Qué cojones te pasa, Mackenzie? ¿Por qué tiras tu vida por la borda de esta manera?

Aprieto los dientes. Estoy muy harta de él y de sus lecciones de moral. De cómo me juzga y me trata con superioridad, como si no fuera capaz de vivir mi propia vida.

Yo: Por curiosidad, ¿me espías tú mismo o le pagas a otro para que lo haga por ti?
Preston: Tu padre me ha llamado. Piensa que estás descarrilada.
Yo: Me importa una mierda lo que piense.
Yo: Y también lo que pienses tú.
Yo: Deja de escribirme.

Cuando lo veo escribir, activo el modo de «No molestar». Aún no me veo con la fuerza suficiente como para bloquear su número. Supongo que por todo lo que hemos vivido juntos. Pero me da la sensación de que, tarde o temprano, tendré que hacerlo.

Para cuando Bonnie regresa al dormitorio después de su clase vespertina, ya he terminado de empaquetarlo todo. Se para en seco en nuestra zona común, tan rubia y menuda toda ella, y mira el puñado de cajas que he colocado junto a la pared.

—¿Te vas? —Deja la mochila y saca un botellín de agua de la neverita. Luego se queda allí, con la puerta abierta, mientras se refresca las piernas.

—Me han echado —respondo y me encojo de hombros—. Iba a pasar, antes o después.

—Pues qué mierda. —Cierra la puerta de la nevera con el pie—. ¿Crees que meterán a alguien más aquí, o me quedaré el piso para mí sola?

Sonrío. Bonnie no es una chica especialmente sentimental, pero sé que le importo.

—Yo también te echaré de menos.

—¿Cómo lo vas a hacer? —Señala las cajas con la cabeza. Luego me dedica una sonrisa gatuna—. No podemos pedirle al pichafloja de tu ex que nos preste su Porsche, ¿verdad?

247

Suelto una risita.

—Claro que sí, ahora mismo. —Camino hacia el que hasta ahora ha sido mi cuarto y saco el móvil del bolsillo—. No te preocupes, conozco a alguien con una camioneta. A ver si puede venir a recogerme.

—Uuuuuh, ¿el del pene mágico?

—Puede. —Entre risas, me adentro en mi cuarto para hacer la llamada.

—Hola, nena. ¿Qué tal? —La voz ronca de Cooper me hace cosquillas en el oído y hace que me estremezca de los pies a la cabeza. Hasta su voz es *sexy*.

—Hola. Eh... tengo que pedirte un favor.

—Dispara. —El golpeteo de los martillos y el zumbido de las sierras se atenúa de fondo, como si se estuviera alejando de su zona de trabajo.

—Tengo que dejar el dormitorio. Me han echado, básicamente. Supongo que no puedo vivir en la residencia de estudiantes cuando no soy una estudiante.

—Eres consciente de que es una decisión completamente razonable por parte de la universidad, ¿verdad?

—Solo me han dado un plazo de veinticuatro horas —le rebato—. ¿Eso te parece razonable?

Se ríe entre dientes.

—¿Necesitas ayuda para guardar tus cosas?

—No, pero sí que esperaba que pudieras recogerme con la camioneta después del trabajo. Guardaré la mayoría de las cajas en un trastero hasta que encuentre un apartamento. —Vacilo—. Y, eh... me vendría bien un sitio donde dormir hasta que encuentre algo más permanente. Si no es mucho pedir.

Bueno, sí que es mucho pedir. Apenas hemos empezado a salir. Mudarme con él, aunque sea de manera temporal, no es cualquier favor. Sí, Evan y yo ahora nos llevamos bien, lo cual elimina la posible tensión, pero tampoco es que hayan decidido tener un tercer compañero de piso.

—No, ¿sabes qué? —lo interrumpo cuando empieza a hablar—. Reservaré un hotel. Eso tiene mucho más sentido.

Porque, en serio, ¿en qué estaba pensando? Menuda estupidez. ¿Cómo he podido pensar que acoplarme en casa de Cooper debía ser mi primera opción? Como si lo conociera desde hace más que unos pocos meses. Qué locura.

—Hay un motel en la parte norte de la playa. Seguro que alquilan habitaciones por semana...

—¿Mac?

—¿Sí?

—Cállate.

Me trago una risotada.

—Qué borde.

—No vas a quedarte en un motelucho de mala muerte. Te vienes conmigo, y punto.

—¿Seguro? No le había dado muchas vueltas antes de llamar, es solo que...

—Termino a las seis. Te recojo en el campus, después.

Se me forma un nudo en la garganta.

—Gracias. Yo, eh... joder, Cooper. De verdad que te lo agradezco.

—No hay de qué, princesa. —Se despide rápido de mí y cuelga. Me quedo como tonta, sonriendo al teléfono. No es que esperara que Cooper se portara como un capullo con esto, pero se lo ha tomado extraordinariamente bien.

—Oye... ¿soy yo? —dice una voz ultraemocionada desde el otro lado de la puerta abierta—. ¿O acabo de oírte llamar «Cooper» a tu chico misterioso?

Avergonzada, la miro a los ojos, que los tiene como platos.

—No te referirás a Cooper Hartley, ¿verdad?

Asiento.

Bonnie ahoga un chillido lo bastante fuerte como para sobresaltarme, aunque está justo delante de mí.

—¡Madre del amor hermoso y bendito! ¿Es él al que me has estado ocultando? —Entra a toda velocidad en mi cuarto y sus rizos rubios revolotean por detrás de sus hombros—. No saldrás de aquí hasta que me lo cuentes todo con pelos y señales. Sí, completamente todo.

CAPÍTULO TREINTA Y DOS
COOPER

Esta tía está como una cabra.

—¿Y esta mantequilla de cacahuete en la nevera? —grito desde la cocina.

Juro por lo más sagrado que vivir con dos personas es como estar en un circo. Por los ruidos que hacía la casa, antes intuía dónde estaba Evan. Ahora son dos, y es como si la casa estuviera encantada. Joder, llegados a este punto, hasta me creería que Patricia existe.

—¡Oye! —vuelvo a gritar—. ¿Dónde narices estás?

—Aquí, idiota. —Evan aparece a mi lado y me da un golpe con el hombro para apartarme antes de tomar dos paquetes de cervezas de la nevera y meterlos en la portátil.

—Tú no. La otra.

Se encoge de hombros a modo de respuesta y se va de la cocina con la nevera portátil.

—¿Qué pasa? —Mac se asoma desde a saber dónde. Lleva un puto bikini minúsculo. Casi se le salen las tetas, y el trocito de tela entre las piernas me ruega que se lo arranque con los dientes. Joder.

—¿Has sido tú? —Le enseño un tarro de una marca de mantequilla de cacahuete de la que no había oído hablar en la vida. Estaba en la nevera y yo, mientras tanto, me he vuelto loco buscando uno de Jif en todos los malditos armarios de la cocina.

Pone una mueca.

—¿Si he sido yo, el qué?

—¿Has puesto tú la mantequilla de cacahuete en la nevera?

—Eh… —Se acerca, me quita el tarro y le da la vuelta—. Es lo que pone en la etiqueta.

—Pero es asqueroso porque se queda dura. —Lo abro y veo un dedo de aceite encima del plastón—. ¿Y esto?

—Es orgánica —me explica, como si le hubiera preguntado una tontería—. Se separa. Hay que revolverla un poco.

—¿Por qué narices hay que revolverla? ¿De verdad te comes esto?

—Sí. Está superrica. ¿Sabes qué? Te vendría bien dejar el azúcar. Pareces un poco estresado.

A mí me va a dar algo. Voy a perder la cabeza.

—¿Qué tiene que ver eso ahora?

Mac pone los ojos en blanco y me besa en la mejilla.

—Hay de la otra en la alacena. —Y sale al porche con Evan mientras menea el culo.

—¿Qué alacena? —grito a su espalda.

Al ver que me ignora, me vuelvo para mirar, hasta que mis ojos dan con el escobero. Tengo un mal presentimiento.

Abro la puerta y veo que ha quitado las herramientas, los suministros de emergencia ante huracanes y lo demás que estaba bien organizado ahí. Lo ha sustituido por la comida que desapareció misteriosamente después de que se mudara, y ha llenado los armarios con mierdas como galletitas de comercio justo y alimentos no transgénicos.

—Venga, vamos. —Evan asoma la cabeza.

—¿Has visto esto? —le digo al tiempo que señalo la «alacena».

—Sí. Está mejor, ¿a que sí? —Y vuelve a salir antes de gritar—. Nos vemos en la entrada.

«Menudo traidor».

Hace apenas una semana que Mac se ha mudado y ya ha puesto patas arriba nuestra vida en casa. Evan está de muy buen humor, lo cual es raro y no me huele bien. Mis baldas del baño han sido invadidas. La comida es rara. El papel de baño es distinto. Y cada vez que me descuido, Mac cambia de sitio todo lo que encuentra.

Pero luego pasan cosas como esta. Cierro con llave la puerta de la entrada, salgo al porche y veo cómo Mac y Evan se parten de risa sobre a saber qué mientras me esperan. Parecen felices. Actúan con una familiaridad como si se conocieran de toda la vida.

Sigo sin saber cuándo o cómo ha cambiado todo. De un día para otro, Evan dejó de marcharse, mientras murmuraba por lo bajo, cuando ella entraba en un sitio. Mac empieza a formar parte de nuestra hermandad. Es una de los nuestros. Casi familia. Es increíble, nunca me lo habría imaginado. Pensaba que nos pelearíamos por el tema de los clones contra la gente del pueblo, y todo eso, hasta hartarnos el uno del otro. Me alegro de haberme equivocado, aunque, en parte, no termino de convencerme, porque las cosas nunca son tan fáciles.

Evan y yo llevamos la nevera a la camioneta y la dejamos en la parte de atrás. Mi hermano también se sube y utiliza la mochila de almohada mientras se estira como un holgazán.

—Despiértame cuando lleguemos —dice socarrón, así que pienso encontrar tantos baches como pueda de camino al paseo marítimo, donde hemos quedado con algunos amigos. Wyatt nos ha llamado hace un buen rato para organizar un campeonato de voleibol. Casi todos hemos accedido, porque queremos aprovechar el buen tiempo todo lo que podamos.

—Oye —me dice Mac cuando me siento al volante—. He tomado prestado un libro de tu estantería por si querías leer algo entre partido y partido.

Rebusca en un bolso enorme de playa. La pena es que se ha puesto un top sin mangas y unos pantalones cortos, por lo que ya no se ve el bikini.

—Gracias. ¿Cuál?

Me enseña la cubierta. *De mendigo a millonario: diez multimillonarios que no tenían nada y lo consiguieron todo.* El título es una mierda, pero el libro está genial.

—Guay, es bueno —digo antes de asentir.

—Tu estantería me gusta mucho —comenta—. Creo que no conozco a nadie que haya leído tantas biografías.

Me encojo de hombros.

—Me gustan.

Conduzco por la carretera polvorienta y llena de arena y paro en la señal de *stop* del final. Señalo que voy hacia la izquierda y cuando me giro para comprobar que no viene nadie, siento que las yemas de Mac me rozan la parte trasera del cuello.

El calor se desplaza hacia abajo de manera instantánea. Es la reacción normal a sus roces.

—Acabo de darme cuenta de que tienes esto —me dice, sorprendida. Acaricia el último tatuaje que me he hecho—. ¿Lo has tenido siempre?

—Qué va. Me lo hice hace un par de meses.

Cuando aparta la mano, la echo de menos. Si fuera por mí, tendría sus manos encima todo el tiempo.

—Me gusta. Es sencillo, directo. —Me sonríe—. Te va lo náutico, ¿eh?

Sonrío.

—A ver, vivo en la playa. Aunque, si te soy sincero, que muchos de mis tatuajes estén relacionados con el agua es pura coincidencia. El ancla me la hice un día que estaba de mala leche. —La miro por el rabillo del ojo—. Fue después de que me dijeras que elegías a tu ex por encima de mí.

—El peor error que he cometido nunca.

—Pues sí. —Y le guiño el ojo.

—Por suerte, he sabido rectificar. —Sonríe y posa la mano en mi muslo—. Y, entonces, ¿qué representa el ancla? ¿Tu enfado conmigo?

—La sensación de que me ahogaba. La tía más guay, inteligente y preciosa que había conocido nunca me acababa de dar calabazas y no quería tener nada conmigo. —Me encojo de hombros—. Sentía como si llevara toda la vida agobiado. Por el pueblo. Por el recuerdo de mis padres... que eran unos fracasados. —Repito el gesto—. Tengo la mala costumbre de hacerme tatuajes con un significado literal. Soy directo con mi cuerpo.

Mis palabras hacen que se ría.

—A mí me gusta mucho ese cuerpo. —Da un apretón en el muslo. No es nada sutil—. Y no eres ningún fracasado.

—Intento no serlo. —Señalo el libro en su regazo—. Leo libros de esos porque me inspiran. Biografías, memorias de hombres y mujeres que han salido de la pobreza o de una mala vida y se han convertido en personas importantes. Uno de los tíos en ese libro tenía una madre viuda que se quedó sola con cinco hijos de los que no podía encargarse, así que los mandó a un orfanato. Era pobre, estaba solo y trabajaba en una fábrica de piezas de coches y monturas de gafas. Cuando cumplió veintitrés años, abrió su propia tienda de molduras. —Ladeo la cabeza hacia ella—. Y esa tienda se convirtió en la marca Ray-Ban.

La mano de Mac viaja hacia mi rodilla, le da un apretón y después la mueve hacia la que tengo en el cambio de marchas. Entrelaza nuestros dedos.

—Pues tú me inspiras a mí —dice simplemente—, y no me cabe duda de que tu nombre acabará en un libro de estos algún día, que lo sepas.

—Puede.

Cuando llegamos a la playa, vemos que Wyatt y los demás ya se han hecho con una de las redes. Las chicas están por allí cerca, en la arena, con una sombrilla. Steph lee un libro; Heidi toma el sol boca abajo y Alana parece aburrida mientras le da un sorbito a un cóctel que trata de hacer pasar por una botella de agua.

Evan y yo saludamos a los tíos y chocamos los puños. En cuanto terminamos, Wyatt grita que formemos los grupos.

—Desde que lo dejaron, se ha convertido en un dictador, ¿eh? —murmura Tate mientras vemos a nuestro colega ordenarnos como un sargento instructor.

Suelto una carcajada.

—¿Todavía no han vuelto?

—Qué va. Creo que esta vez es la definitiva... —Tate se calla y entrecierra los ojos.

Miro hacia donde lo hace él y veo que Wyatt levanta a Alana de la silla. Ella suspira y le toma la mano. Supongo que la quiere en su equipo. Pero ¿por qué le susurra en el oído?

—¿Y eso? —le pregunto a Tate.

—Ni idea.

Aprieta la mandíbula.

«Pues vale».

El torneo empieza. Y como todos somos increíblemente competitivos, se vuelve intenso en cuestión de poco. Tengo a Mac en mi equipo y me sorprende ver que tiene un saque brutal. Gracias a ella, nos ponemos en cabeza pronto y ganamos el primer partido. El equipo de Wyatt gana el segundo. Antes del partido del desempate, Mac consigue que Steph la sustituya y se va al agua.

—Volveré, pero necesito refrescarme un poco —me dice.

Asiento y vuelvo a centrarme en destrozar al equipo de Wyatt y Evan. Una hora después, me doy cuenta de que Steph sigue sustituyendo a Mac.

—¡Tío! —rezonga Tate cuando no contraataco a un pase.

Pero ahora estoy centrado en encontrar a Mac. Miro por toda la playa hasta que por fin la encuentro. Está en la orilla mientras habla con alguien.

Aunque el sol me da de frente, me quedo helado al ver quién es.

Kincaid.

CAPÍTULO TREINTA Y TRES
COOPER

—Coop, sirves tú —dice Steph, expectante.

—Me marcho —informo al grupo, y levanto las manos. Busco a mi hermano con la mirada al otro lado de la red.

Con solo pronunciar su nombre, corre a mi lado. Cuando muevo la cabeza en dirección a Mac, su expresión se ensombrece.

—Joder —maldice.

—Lo sé.

Intentamos hacer como que no tenemos mucha prisa y nos encaminamos hacia allí pese a las protestas de nuestros equipos por marcharnos. Que le den al partido. Como esto se nos vaya de las manos, me voy a meter en un lío.

—¿Qué hacemos? —musita Evan.

—Ni idea. Tú sígueme el rollo. —Mientras nos aproximamos a la orilla, se me ocurre que quizás habría sido mejor fingir no haber visto a Kincaid y mantener las distancias, camuflado entre el grupo de gente que juega al voleibol. Pero ni de broma voy a dejar a Mac sola con ese capullo.

—¿Qué pasa aquí? —Paso un brazo por encima del hombro de Mac y me crezco frente a Kincaid, que está solo.

Un breve instante de confusión cruza su rostro cuando me reconoce. Supongo que era mucho pedir que se hubiera olvidado de mí.

Entrecierra los ojos cuando suma dos y dos mentalmente.

—Espera, ¿este es el tío? —increpa, y gira la cabeza hacia Mackenzie.

Ella, frustrada, me fulmina con la mirada. Se percata de que Evan también anda cerca y suelta un suspiro.

—Sí. Y ya nos vamos. Que tengas una buena tarde, Pres.

—Espera un segundo —dice furibundo cuando empezamos a alejarnos—. Vaya puta casualidad, ¿eh? Yo conozco a este pringado.

Siento que Mac se tensa un poco a mi lado. Se detiene y se gira hacia su ex.

—¿De qué hablas?

Kincaid me mira a los ojos y sonríe con petulancia.

—No lo sabe, ¿verdad?

Tengo medio segundo para reaccionar. En el fondo, no obstante, sé que no tengo elección, y menos con Kincaid aquí presente. Así que digo:

—¿Te conozco de algo?

Nadie se hace el tonto mejor que alguien con un hermano gemelo con quien se ha intercambiado en prácticamente todos los exámenes de álgebra del colegio.

—Sí, buen intento, tío. —Devuelve la atención a Mac—. Déjame adivinar, lo conociste justo después de que llegaras al pueblo. En una de esas noches que saliste con las chicas. Vaya, llámame loco, pero me resulta conveniente.

Ella tuerce el gesto.

—Cooper, ¿de qué habla?

En cuanto me mira con esos ojos verdes llenos de preocupación, se me seca la boca. La bilis me sube por la garganta.

—Ni idea —miento.

Me asusto de lo fácil que me resulta mentirle. Lo convincentes que salen las palabras de mi boca. Ni siquiera me inmuto.

—Mackenzie, nena, escúchame. —Kincaid alarga el brazo para tocarla, y tengo que hacer acopio de toda la fuerza de voluntad de la que dispongo para no romperle la mano mientras me interpongo entre ellos. Aprieta los labios y baja el brazo—. El fin de semana antes de empezar la universidad, este tío se peleó conmigo en un bar e hice que lo despidieran en el momento. ¿Recuerdas que tenía el ojo morado cuando te ayudé a mudarte a la residencia?

—Me dijiste que te lo habías hecho jugando al baloncesto —lo acusa con no poco veneno en la voz.

—Sí, vale, te mentí. —Cede a regañadientes, aunque se apresura a exponer sus argumentos al verla cruzarse de brazos y perder interés en él—. Pero ahora no te miento.

257

—¿Y eso cómo lo sé? —Nadie se compara a Mac en una batalla de resistencia. Podría pasarse todo el día discutiendo sobre el número de nubes que hay en el cielo solo para llevar la razón.

—¿No es evidente? —Está perdiendo la paciencia. Mueve los brazos en el aire—. Solo se está acostando contigo para vengarse de mí.

—Bueno, ya está bien. —No puedo partirle la cara y acabar con este tema aquí y ahora, pero tampoco pienso quedarme de brazos cruzados sin hacer nada mientras el capullo este me arruina la vida—. Vete, tío. Déjala en paz.

—Mackenzie, por favor —le suplica—. No te lo estarás tragando, ¿verdad? Sé que eres joven, pero no te hacía tan estúpida.

Esa es la gota que colma el vaso. El tonito condescendiente de Kincaid saca a Mac de quicio y su expresión se turba.

—Estúpido es haber salido contigo durante tanto tiempo —replica—. Por suerte, esa ya no es una decisión con la que tenga que vivir.

Sale escopetada hacia nuestro grupo y pasa junto a Evan. Cuando los dos nos disponemos a seguirla, tengo un *flashback* de las muchas veces que nuestros profesores nos llevaron al despacho del director. Noto, más que veo, a Evan preguntarme si estamos bien, pero no tengo la respuesta a esa cuestión hasta que llegamos a nuestra zona de la playa y Mac se gira hacia mí.

—Suéltalo —me ordena.

—¿El qué?

Mientras juego a las evasivas, me pregunto si no será el momento de confesárselo todo. De admitir que mis intenciones al principio no fueron las más honorables, pero que las cosas cambiaron tras conocernos.

Lo comprendería. Tal vez hasta alucinaría. Nos echaríamos unas risas y se convertiría en una historia graciosa que contar en las fiestas.

O, a lo mejor, no me hablaría en la vida y me enteraría de que me ha dejado al encontrarme un día mi casa en llamas y un cartelito en el porche con un «Deberíamos dejarlo» escrito con ceniza.

—No te hagas el tonto. —Mac me clava un dedo en el pecho—. ¿A qué se refería? ¿Os conocéis?

De nuevo, tenemos público, y cuando vuelvo a sentir los ojos de nuestros amigos sobre nosotros, el valor me abandona. Si le cuento la verdad en privado, tengo posibilidades de perderla. Si lo hago frente a un montón de personas, la pierdo seguro. Porque la estaría humillando frente a todos, y eso nunca me lo perdonaría.

Esta vez, la mentira me quema en la lengua.

—Todo lo que sé de él es de oídas, bien en el pueblo o porque me lo has contado tú. No reconocería a ese tío ni aunque me lo señalaran con flechitas fosforescentes.

Se queda muy callada, apenas respira, y me mira fijamente.

El miedo me atenaza las entrañas, pero por fuera mantengo una expresión completamente neutral. Soy fiel a mi historia. Hace mucho tiempo, aprendí que solo pillan a los que se dejan coger. La clave para mentir bien es creértelo. Y entonces negar, negar y negar.

—¿Hubo alguna pelea? —Mac ladea la cabeza como si me tuviera agarrado por los huevos.

—Mac, se podría llenar un estadio de fútbol con la cantidad de idiotas que se emborrachan y la lían. Si él hubiera sido uno de ellos, de verdad que no me acordaría.

Visiblemente frustrada, se gira hacia Evan.

—¿De verdad despidieron a Cooper?

Por un momento, me preocupa que su nuevo romance platónico se convierta en mi perdición.

—En verano, trabajaba en el mismo bar que Steph. —Al encogerse de hombros, Evan casi me convence a mí también. Supongo que, en lo que cuenta, los dos estamos en el mismo bando—. Pero era temporal.

Mira por detrás de Evan hacia donde Steph se ha reacomodado en la silla y ha tomado su libro.

—Steph —la llama Mac—. ¿Es eso cierto?

Sin levantar la vista del libro, Steph asiente detrás de sus oscuras gafas de sol.

—Sí, solo fue durante el verano.

El alivio me invade y luego se disuelve cuando veo que Heidi se acerca al grupo. Distingo indecisión en su expresión.

«Mierda».

Conozco esa mirada. La de hacer daño por el mero hecho de hacerlo. Heidi nunca ha desaprovechado la oportunidad de prender fuego a algo solo para oír los gritos de la gente. Añádele a eso el hecho de que últimamente ha estado más enfadada conmigo que de buenas, y que no le hace especial gracia la situación; ni Mac, ya puestos. Pero cuando nuestras miradas chocan por un breve instante, le suplico en silencio que, por una vez, me deje disfrutar.

—En serio, chicos, me muero de hambre —se queja con tono aburrido—. ¿Podemos irnos ya de aquí, por favor?

He salido vivo de esta por los pelos.

Desde entonces, no vivo por culpa del miedo a que todo me explote en la cara. Miro constantemente por encima del hombro por si pillo a Kincaid acechándonos otra vez. Mac parece haber pasado página, y Evan y yo evitamos hablar del tema. La cosa es que ha estado cerca. Demasiado. Un recordatorio de lo frágil que es nuestra relación y lo fácil que pueden arrancármela de las manos. Ese pensamiento me afecta más de lo que creía posible. Mac se me ha metido bajo la piel y no tiene pinta de querer salir de ahí.

La noche después de nuestro encontronazo con Kincaid, cuando Mac se va a la cama, yo me voy al taller a fumar como un cosaco con la esperanza de que la nicotina me alivie la culpa, el estrés y el miedo. Por norma general, solo fumo cuando bebo, e incluso entonces, tampoco lo hago siempre. Pero mentir a Mackenzie me ha deshecho por dentro.

Allí me encuentra Evan a la una de la madrugada, con casi medio paquete de cigarrillos convertidos en colillas en el cenicero de la mesa.

—Tengo que contarle la verdad —le digo como un alma en pena.

Se opone.

—¿Se te ha ido la cabeza? ¿Y qué vas a conseguir con eso? El plan se abortó. Estás con ella porque te gusta.

—Pero empezó para que yo me vengara de Kincaid. Ella y yo, toda esta relación está basada en malas intenciones.

Al final, Evan me convence de que me quede callado. Aunque, ¿a quién quiero engañar? Tampoco le cuesta mucho. Solo de pensar en perder a Mackenzie, me rompo por dentro. No puedo perderla. Y Evan se equivoca: no estoy con ella porque me guste. Estoy enamorado de ella.

Así que destierro la culpa al rincón más alejado de mi mente. Me esfuerzo por ser la clase de hombre que Mac necesita y merece. Y, entonces, una mañana, estamos tumbados en la cama y respiro hondo por primera vez en un mes. Apenas está despierta cuando se da la vuelta y me pasa una pierna por encima de la cadera. Una abrumadora sensación de calma, desconocida para mí hasta ahora, me envuelve mientras ella se acurruca contra mi pecho.

—Buenos días —susurra—. ¿Qué hora es?

—No sé. ¿Las diez, quizá?

—¿Las diez? —Se sienta de forma abrupta—. Mierda. Tu tío llegará en nada. Tenemos que limpiar un poco.

Me resulta adorable que piense que a Levi le importa cómo tengamos la casa.

Me deja a solas en la cama para ducharse y reaparece diez minutos después con el pelo húmedo y el rostro ruborizado.

—Jo, no encuentro el vestido azul —refunfuña desde el armario, que ya ha medio llenado con su ropa.

Han pasado semanas desde que se mudó con nosotros, y nadie ha mencionado nada de que se marche, aún. Yo estoy encantado de evitar el tema. Que sí, que tener a otra persona en casa ha sido un gran cambio y quizá todavía estemos aprendiendo a respetar las manías del otro, pero ella ha hecho que este sitio vuelva a parecer un hogar, no una mera casa. Después de todos los años de malos recuerdos y habitaciones vacías, le está insuflando algo de vida.

Encaja aquí a la perfección.

—Pues ponte otra cosa. O no te pongas nada y vuelve a la cama.

—Pero es el vestido que llevo cuando quiero que me tomen en serio —me explica bajo lo que suena como una montaña de perchas.

No hay razón para que esté nerviosa por la reunión con Levi. Puede parecer intimidante, pero es el tipo más simpático que puedas conocer. Y sí, es cierto eso que dicen de no mezclar los negocios con el placer, pero yo prefiero mirar esta posible colaboración con ojos optimistas.

—¿Y este? —Sale vestida con un top verde que combina con sus ojos y unos pantalones azul marino que le hacen tal culazo que me vuelvo a empalmar.

—Estás muy guapa.

Esa sonrisa que me regala... El modo en que ladea la cabeza y sus ojos brillan. Esa mirada es únicamente para mí. Se me clava en el puñetero corazón.

Estoy hasta las trancas por esta tía.

—¿Qué? —pregunta a los pies de la cama mientras se recoge el pelo en un moño en lo alto de la cabeza.

—Nada. —Solo puedo sonreír y esperar no fastidiarla—. Creo que soy feliz.

Mac se acerca y me planta un beso en la mejilla.

—Yo también.

—¿Sí? ¿Incluso después de que tus padres te hayan desheredado, prácticamente?

Se encoge de hombros y entra en el baño, y yo me visto y la observo en el espejo mientras se maquilla.

—No me gusta no hablarme con ellos —admite—. Pero son ellos los que se comportan como unos cabezotas. Elegir vivir mi vida no es motivo para que te dejen de hablar.

Me preocupa que, cuanto más se alargue esta disputa con sus padres, más se arrepienta luego de haber dejado la universidad. De comprar el hotel. De estar conmigo. Pero, por ahora, no veo indicios de remordimiento por su parte.

—Tendrán que superarlo, tarde o temprano. —Se vuelve hacia mí para mirarme—. No me estreso por eso, ¿sabes? Prefiero no darles esa satisfacción.

Rebusco cualquier atisbo de falsedad en su expresión, pero no encuentro ninguno. Por lo que parece y veo, sí que es feliz. Estoy intentando no emparanoiarme demasiado, no vaya a ser que atraiga el mal fario. Pero, bueno, esa ha sido mi vida desde siempre. Solo hace falta que las cosas empiecen a ir demasiado bien para que me caiga una casa enorme encima.

Esta vez espero que ella haya roto la maldición.

CAPÍTULO TREINTA Y CUATRO
MACKENZIE

Bueno, no es invierno en Jackson Hole ni en Aspen —hemos estado en torno a los veinte grados este fin de semana en Carolina, como si el otoño no quisiera irse de aquí—, pero ir a buscar el árbol de Navidad con Cooper y Evan ha sido, hasta este momento, toda una odisea. Ya nos han echado de tres sitios porque estos dos son incapaces de comportarse en público. Entre que se retan el uno al otro para ver cuál puede levantar el árbol más grande y que celebran un torneo de justas en medio del aparcamiento del supermercado, se nos acaban las opciones de encontrar un árbol sin tener que ir a otro estado a por él.

—¿Y este? —sugiere Evan desde algún punto del bosque artificial.

Pero, en honor a la verdad, también nos han echado de uno porque nos han pillado a Cooper y a mí liándonos tras los abetos de Douglas. Para demostrar que no ha aprendido la lección, se acerca a mí a hurtadillas y me da un cachete en el culo mientras intento encontrar a su hermano.

—Se parece a tu novia de segundo de la ESO —comenta Cooper cuando encontramos a Evan junto a una pícea frondosa por arriba y por abajo, pero bastante delgadita por el centro.

Evan le lanza una sonrisa socarrona.

—No te pongas celoso.

—Este está bien. —Señalo otro. Es bastante frondoso y las ramas están bien separadas para colgar los adornos. No tiene agujeros o zonas marrones por las que preocuparse.

Cooper mira el árbol.

—¿Creéis que cabrá por la puerta?

263

—Podemos meterlo por la parte de atrás —responde Evan—. Aunque es bastante alto. Tal vez haya que hacer un agujero en el techo.

Sonrío.

—Valdría la pena.

Siempre me han gustado los árboles grandes, aunque en casa nunca me han dejado elegir. Mis padres tenían a alguien que se encargaba de eso. Todos los diciembres, venía un camión que descargaba tropecientos elementos decorativos. Un árbol enorme y perfecto para el salón junto con otros más pequeños para casi todos los demás espacios de la casa. Espumillón, luces, velas y toda la parafernalia. Después, un diseñador de interiores y un pequeño séquito venían para ayudar a transformar la casa. Mi familia no se reunió para adornar los árboles ni una sola vez; nunca buscamos ramas perfectas para colgar los adornos, como hacían las otras familias. Lo único que teníamos era un montón de mierda alquilada y carísima para mostrar qué le interesaba a mi madre ese año. Y un solo atuendo para cuando daban fiestas e invitaban a gente importante o a los donantes de la campaña. Era una temporada de lo más vacía.

Y a pesar de todo eso, me emociono un poco al pensar que no veré a mis padres durante las vacaciones. Apenas hablamos, aunque mi padre sí que me mandó un montón de postales navideñas y me ordenó que firmara bajo su nombre y el de mi madre. Por lo visto, las van a enviar a los hospitales y a las organizaciones benéficas del distrito congresual de mi padre, cortesía de la perfecta familia Cabot, que se preocupa tanto por los demás.

Después de cenar, los tres buscamos luces y adornos en el ático, bajo pilas y pilas de polvo.

—¿Cuánto tiempo llevábamos sin decorar la casa por Navidad? —le pregunta Cooper a su hermano mientras llevamos las cajas al salón—. ¿Unos tres o cuatro años?

—¿En serio? —Dejo mi caja en el suelo de madera y me siento delante del árbol.

Evan abre una que está llena de luces enredadas.

—Más o menos. Mínimo desde el instituto, vaya.

—Me parece muy triste. —Incluso tener una Navidad de pega es mejor que nada.

—Nunca nos han gustado mucho las festividades. —Cooper se encoge de hombros—. A veces celebramos algo en casa de Levi. Sobre todo, Acción de Gracias, porque en Navidad ellos se van a ver a la familia de Tim, que vive en Maine.

—¿Quién es Tim? —pregunto.

—El marido de Levi —explica Evan.

—Su pareja —lo corrige Cooper—. Creo que no están casados.

—¿Levi es gay? Primera noticia.

Los gemelos se encogen de hombros de manera idéntica y, por un momento, entiendo por qué a sus profesores les costaba identificar quién era quién.

—No habla mucho de ello —dice Cooper—. Llevan juntos unos veinte años o así, pero no alardean de su relación ni nada. Son personas muy discretas.

——La mayoría del pueblo lo sabe —apostilla Evan—. O lo sospecha. El resto cree que son compañeros de piso.

—Tendríamos que haberlos invitado a cenar. —Me da pena no haber aprovechado la oportunidad. Si voy a vivir en Avalon Bay y a quedarme con los gemelos, me gustaría forjar amistades estrechas.

Es raro. Aunque crecimos en mundos opuestos, Cooper y yo no somos tan distintos. Hemos pasado por lo mismo, aunque de manera diferente. Cuanto más lo entiendo, más me doy cuenta de que nos expresamos así a causa del abandono que hemos sufrido.

—Tío, creo que algunos de estos adornos son de los abuelos. —Evan arrastra una caja hacia el árbol. Rebusca en ella y saca pequeños adornos hechos a mano con fotos. Datan de 1953 o 1961, y hay recuerdos de viajes por todo el país. Evan saca una cunita que seguro que formó parte de un pesebre—. ¿Qué narices es esto?

Nos enseña a un bebé Jesús, que más bien se parece a una pequeña patata asada en papel de aluminio con dos puntitos negros por ojos y una línea rosa por boca.

Me quedo blanca.

—Me perturba.

—No sabía que esto estaba aquí. —Cooper mira una foto de quien supongo que es su padre de pequeño. Después, la vuelve a guardar en el fondo de la caja.

Y yo siento un nudo en la garganta.

—Ojalá tuviera cajas como estas en casa, llenas de fotos y chismes con historias superinteresantes que mis padres me podrían contar.

Cooper se levanta para llevar una de las cajas más grandes al pasillo.

—No sé... tener a un montón de sirvientes que hagan el trabajo duro no suena nada mal —dice en voz alta y por encima del hombro.

—Eso y despertarte con un montón de regalos —interviene Evan.

—Ya —respondo al tiempo que alzo los adornos que parecen seguir en buen estado y que no les traen malos recuerdos—. Suena genial, sí. Era como despertar en el taller de Papá Noel. Hasta que eras lo bastante mayor como para darte cuenta de que las tarjetas de los regalos no están escritas con la letra de tus padres. Y que en lugar de elfos, son trabajadores contratados por tus padres para alejarse lo máximo posible de nada remotamente sentimental.

—Pero seguro que eran regalos geniales —insiste Evan, y me guiña el ojo. Ya hemos pasado la etapa de «¿Cuántos ponis te regalaban por tu cumpleaños?», pero siempre aprovecha para lanzarme pullas.

Me encojo de hombros, triste.

—Lo devolvería todo si con ello mis padres quisieran pasar tiempo conmigo, aunque solo fuera una vez. Comportarse como una familia, en lugar de una empresa. Mi padre siempre estaba trabajando y mi madre, ocupada con las galas benéficas. Que sí, ya sé que no hacía nada malo. Recaudar fondos para un hospital infantil es maravilloso, pero yo también era una niña. ¿Por qué no podía disfrutar yo también durante esas fechas?

—Ay, ven aquí, anda. —Evan me pasa un brazo por el cuello y me atrae hacia él para besarme en la coronilla—. Estaba de broma. Los padres son una mierda. Incluso los ricachones. De alguna forma u otra, todos estamos jodidos.

—Lo que quiero decir es que hacer esto los tres juntos significa mucho para mí —le digo, y me sorprendo a mí misma cuando me empiezan a picar los ojos. Como llore delante de estos tíos, me lo van a recordar toda la vida—. Es mi primera Navidad de verdad.

Cooper me sienta en su regazo y me abraza.

—Nos alegramos de que estés con nosotros.

Evan se va durante un momento y vuelve con una cajita.

—Vale. Iba a meterte esto en tu calcetín, pero creo que deberías tenerlo ya.

Miro la caja. Envolver regalos se le da fatal; las esquinas no están rectas y hay más cinta adhesiva de la necesaria.

—No te preocupes, no lo he robado —me dice.

Sonrío mientras lo abro con las mismas ganas que un niño de parvulitos. Veo una figura de plástico de una niña con un vestido rosa. Tiene el pelo negro, pintado con rotulador permanente, y una pequeña corona amarilla de papel pegada a la cabeza.

—Te juro que he buscado un adorno de princesa en seis tiendas distintas. No sabes lo complicado que es encontrarlos. —Sonríe—. Así que lo he hecho yo.

Los ojos se me anegan en lágrimas y vuelvo a sentir un nudo en la garganta.

—Quería regalarte algo para celebrarlo.

Me tiemblan las manos.

—A ver, se supone que debía hacerte gracia. Te prometo que no intentaba ser un cabrón, ni nada.

Me inclino hacia delante y me echo a reír como una posesa. Con tanta fuerza que hasta me duelen las costillas. Cooper es incapaz de sujetarme, por lo que me caigo al suelo.

—¿Está llorando o riendo? —le pregunta Evan a su gemelo.

Lo cierto es que es el detalle más bonito que han tenido conmigo nunca. Y significa mucho que Evan se haya esforzado para darme el regalo perfecto. Su hermano tendrá que ingeniárselas para ponerse a la altura.

En cuanto me recupero, me levanto y abrazo a Evan, que se alegra de que no lo mande a la mierda. Supongo que pensó que cabía la posibilidad de que el regalo le saliera rana, pero creo que ambos hemos llegado a un acuerdo tácito.

—Si habéis terminado, ¿podemos acabar de adornar este puto árbol, o qué? —Por lo visto, Cooper se siente desplazado y lo dice con un puchero.

—Si sigues con esa actitud, no te daré tu regalo esta noche —lo amenazo.

—Chicos, por favor —interviene Evan con un dedo sobre la boca—. Patatita Jesús os está escuchando.

Unos días más tarde, después de la mejor y más sencilla Navidad que he pasado nunca, estoy con Cooper en su taller, donde lo ayudo a limpiar, pulir y envolver muebles. Creo que verme gestionar la renovación del hotel le ha instado a esforzarse más con su propio negocio. Se ha movido y ha preguntado, y esta semana lo han llamado de un par de *boutiques* que quieren vender varios de sus muebles. Esta mañana hemos mandado fotos nuevas para sus páginas web y ahora estamos organizándolo todo para que se los lleven.

—No venderás los míos, ¿verdad? —le pregunto, nerviosa.

—¿Esos que no me has pagado? —Me guiña el ojo y se acerca cubierto de serrín.

—Las cosas se me complicaron, pero tienes razón, te debo el dinero.

—Olvídalo, no pienso aceptarlo. —Se encoge de hombros de manera adorable—. Siempre han sido tuyos, los quieras comprar o no. En cuanto pasaste la mano por encima, habría estado feo que terminaran en otro sitio.

El corazón me da un vuelco.

—Primero: eso es una de las cosas más bonitas que me has dicho nunca. Y segundo: claro que puedes aceptar mi dinero. Así funciona en todos lados.

—Eso solo lo dicen los clones de verdad.

Y por eso le doy con el trapo de pulir.

—Esas manos, Cabot.

—Te vas a enterar de lo que hacen mis manos, Hartley.

—Ah, ¿sí? —Me lanza una sonrisa socarrona, me acerca hacia su cuerpo y cubre mis labios con un beso cargado de posesividad.

Justo cuando enredamos nuestras lenguas, una voz femenina desconocida resuena junto a la puerta abierta del garaje.

—¡Toc, toc!

CAPÍTULO TREINTA Y CINCO
COOPER

Me quedo aturdido al oír esa voz a mi espalda. La sangre se me hiela en las venas. Mientras me doy la vuelta a regañadientes, espero que solo haya sido una alucinación.

Pero no tengo tanta suerte.

Ahí, en la entrada, está Shelley Hartley, y me saluda con la mano.

«Mierda».

No sé cuándo fue la última vez que vino al pueblo. Meses. Un año, tal vez. Su imagen en mi cabeza está distorsionada y cambia constantemente. Supongo que tiene el mismo aspecto. El pelo teñido de un rubio cutre. Más pintada que una puerta. Vestida como si tuviera veinte años y hubiera entrado en un concierto de Jimmy Buffet y no hubiera vuelto a salir. Pero su sonrisa es la que me hace subir la guardia mientras se adentra en el taller. No se la ha ganado.

La cabeza me va a mil por hora. Alguien ha sacado la anilla y me ha lanzado una granada a punto de estallar, así que me quedan meros segundos para evitar que me explote en la cara.

—Hola, cariño —dice, y me lanza los brazos al cuello. El pestazo a ginebra, cigarros y perfume de lilas hace que me suba la bilis por la garganta. Pocos olores me recuerdan tanto a mi infancia—. Mami te ha echado de menos.

«Sí, seguro».

Tarda unos seis segundos en percatarse de la presencia de Mac y de la pulserita de diamantes que lleva y que pertenecía a su bisabuela. Shelley me aparta y le agarra la muñeca a Mac bajo el pretexto de estrecharle la mano.

—¿Y quién es esta preciosidad de muchacha? —me pregunta con una sonrisa de oreja a oreja.

—Mackenzie. Mi novia —le digo secamente. Mac me mira, confusa—. Mac, esta es Shelley. Mi madre.

—Ah. —Mac parpadea y se recupera enseguida—. Encantada de... conocerla.

—Bueno, venid a ayudarme —dice Shelley, sin soltar la mano de Mac—. He traído la compra para hacer la cena. Espero que tengáis hambre.

No hay ningún coche en la entrada, solo un puñado de bolsas de papel en los escalones del porche. A saber cómo habrá llegado hasta aquí, o qué la habrá traído de vuelta al pueblo. Probablemente la haya echado de casa otro pringado al que habrá dejado sin blanca. O tal vez lo haya abandonado ella a él en mitad de la noche, antes de que descubriera que lo ha dejado seco. Pero una cosa sí que sé: no acabará bien. Shelley es una catástrofe andante. Solo deja la ruina a su paso, y casi toda a los pies de sus hijos. Hace mucho tiempo aprendí que nada es lo que parece con ella. Miente más que habla. Y, si te sonríe, debes estar pendiente de la cartera.

—Evan, cariño, mamá ha venido a casa —grita cuando entramos.

Mi hermano sale de la cocina al oír su voz. Su rostro palidece cuando se da cuenta, igual que yo, de que no es una broma de su imaginación. Se queda petrificado, casi como si esperara que desapareciera. La indecisión es evidente en sus ojos; no sabe si acercarse y arriesgarse a que le muerda.

Lo de siempre, vaya.

—Ven aquí —le insta Shelley con los brazos abiertos—. Dame un abrazo.

Indeciso al principio, y sin quitarme los ojos de encima para que le dé una explicación que no tengo, se deja envolver. Y, a diferencia de mí, él sí devuelve el abrazo.

La desaprobación aflora en mi interior. Evan es una fuente inagotable de perdón en lo referente a esta mujer, cosa que jamás entenderé. Nunca ha querido ver la verdad. Cada vez que nuestra madre entra por esa puerta, espera que sea la definitiva y piensa que por fin seremos una familia, pese a los años de decepciones y dolor que nos ha hecho pasar.

—¿Qué ocurre? —pregunta.

—Nada. Vamos a cenar. —Toma un par de las bolsas de papel y se las tiende—. Lasaña. Tu favorita.

Mac se ofrece a ayudar porque es demasiado educada. Quiero decirle que no se moleste. No tiene que impresionar a nadie. En cambio, me muerdo la lengua y no me alejo demasiado; no pienso dejar a Mac sola con esa mujer. Probablemente, Shelley le raparía el pelo para venderlo por un pastizal en el mercado negro de pelucas.

Más tarde, mientras Shelley y Evan están en la cocina, yo aprovecho para llevarme a Mac con el pretexto de poner la mesa.

—Hazme un favor —le digo—. No le hables de tu familia cuando te pregunte.

Arruga la frente.

—¿A qué te refieres? ¿Por qué no?

—Por favor. —Mi voz suena baja. Urgente—. No menciones nada de dinero ni a lo que se dedica tu padre. Nada que sugiera que están forrados. Ni que lo estás tú, ya puestos.

—Nunca trataría de incomodar a tu madre, si es eso a lo que te refieres.

Mac nunca le restregaría su fortuna a nadie, pero no es eso lo que quiero decir.

—No es eso, nena. No me importa lo que tengas que decir. Miente. Confía en mí. —Entonces, al acordarme de la pulsera, le agarro la muñeca y se la desabrocho antes de guardársela en el bolsillo de los vaqueros.

—¿Qué haces? —Parece asustada.

—Por favor. Hasta que se vaya. No te la pongas delante de ella.

No tengo ni idea de cuánto tiempo planea quedarse Shelley ni dónde pretende alojarse. Su habitación está igual que como la dejó. No entramos ahí. No obstante, a juzgar por las veces anteriores, se habrá marchado en busca de otro tipo a quien desplumar antes de medianoche.

Todos nos comportamos dolorosamente bien durante la cena. Evan, el pobre, hasta parece contento de que Shelley esté en casa. Charlan sobre lo que ella ha estado haciendo. Resulta que vivía en Atlanta con un tío que conoció en un casino.

—Nos peleamos por una máquina tragaperras —dice con entusiasmo, y se ríe por lo bajo—, ¡y terminamos coladitos el uno por el otro!

Ajá, claro, y seguro que vivirán felices y comerán perdices. Dado que está aquí, probablemente ya hayan roto.

—¿Cuánto tiempo piensas quedarte? —interrumpo su historia de amor, y mi tono brusco hace que Mac busque mi mano por debajo de la mesa. Me da un apretón para infundirme su apoyo.

Shelley parece ofenderse porque me haya atrevido a hacerle tal pregunta.

Evan me dirige una miradita sombría.

—Tío. Relájate, que acaba de llegar.

«Sí, y quiero saber cuándo se va a marchar», quiero soltar. Tengo que hacer uso de una fuerza sobrehumana para mantener la boca cerrada.

—Bueno, Mackenzie —dice Shelley después del silencio arduo y prolongado en el que se sume la mesa—. ¿Cómo terminaste saliendo con mi hijo? ¿Cómo os conocisteis? Cuéntamelo todo.

Durante los siguientes quince minutos, Mac esquiva como puede el montón de preguntas entrometidas que le lanza, y responde a las que no puede eludir con cualquier historia que se le viene a la cabeza.

Evan me fulmina con la mirada como si dijera «qué cojones», pero consigue mantener el maldito pico cerrado y nos sigue el rollo. Mi hermano puede ser un pusilánime en lo que a Shelley respecta, pero no es idiota. En cuanto a mí, hablo lo menos posible. Tengo miedo de que mi filtro deje de funcionar y sea incapaz de cortar la perorata que, seguramente, soltaría por la boca. Pocas personas me sacan más de quicio que Shelley Hartley.

Después de cenar, estoy enjuagando los platos en el fregadero cuando me acorrala a solas.

—Has estado muy callado —comenta mientras toma el plato que acabo de enjuagar y lo coloca en el lavavajillas.

—Estoy cansado —gruño.

—Ay, mi niño. Trabajas demasiado. Tienes que descansar más.

Emito un ruidito evasivo. Se me ponen los pelos de punta cada vez que intenta adoptar el rol de madre. No le pega.

—Mackenzie parece muy simpática. —Ese comentario está lleno de eufemismos, y ninguno de ellos es bueno.

Me esfuerzo al máximo por ignorarla mientras limpio los platos y se los paso con la cabeza gacha.

—Sí. Es una tía guay.

—Me he fijado en la pulsera. Y en el bolso en el salón.

Tenso los hombros.

—Muy caros. Bien hecho, cariño.

Saboreo la sangre del interior de mi mejilla cuando me lanza una sonrisa cómplice. No puede ser más evidente; cree que he encontrado a una chica que me mantenga. Ella lleva haciendo lo mismo desde hace tantísimo que no creo que recuerde cómo es vivir de otra manera.

—Y… oye, cariño…

Aquí viene. Cómo no, joder. Siempre pidiendo. Siempre buscando algo.

—¿Sabes? Casi no llego aquí de una pieza —prosigue, ajena a la rabia que se me forma en el estómago—. Ese cacharro de coche que tengo empezó a echar humo en plena autovía. Tuve que llamar a la grúa desde una vía de servicio. Resulta que una cajita de plástico en el motor ha estallado. —Se ríe de forma avergonzada—. Conseguí que me trajeran hasta aquí, pero voy un poco justa para cubrir los gastos de la reparación.

—¿Qué pasa? —Evan entra en la cocina a tiempo para oír el final de su trola. Maravilloso—. ¿Se te ha averiado el coche?

—Siempre le pasa algo a esa chatarra —dice, y se las da de damisela en apuros porque Evan es incapaz de resistirse a una oportunidad para hacerse el héroe—. La cosa es que estaba trabajando en un sitio, pero me echaron después de las vacaciones. Me está costando encontrar otro. Y esto se va a llevar todos mis ahorros.

—Estamos tiesos —la informo, y le lanzo una miradita a Evan—. Lo hemos invertido todo en la reparación de la casa.

—Y está quedando genial. —No me mira a los ojos. No cuando ve a Evan como un blanco más fácil—. Necesito unos doscientos dólares para retirar el coche. Así podré buscar trabajo por aquí. Os lo devolveré.

—¿Te vas a quedar? —pregunta Evan.

Pobre idiota. La esperanza en su voz es penosa. Me entran ganas de darle una colleja.

Shelley va hacia él y lo abraza por el costado antes de esconder la cabeza bajo su barbilla.

—Si me dejáis. Echo de menos a mis niños.

Evan se lleva la mano al bolsillo y saca unos cuantos billetes de veinte. Probablemente lo último que le quedaba de su sueldo.

—Aquí van ciento cincuenta. —Se encoge de hombros—. Iré al cajero a por el resto. —Vaya, que lo va a sacar de su cuenta de ahorros.

—Gracias, cariño. —Le da un beso en la mejilla y, al instante, se aparta de su abrazo—. ¿Quién quiere un batido? Como hacíamos por el paseo marítimo. Voy a salir rápido a por tabaco y traeré batidos para todos.

Me sorprendería que volviera antes del amanecer.

Más tarde, en la cama, no puedo dormir. Estoy tenso y nervioso por culpa de Shelley. No me he molestado en esperar para ver si realmente volvía con los batidos. En cuanto se ha ido, Mac y yo nos hemos escondido en mi habitación. O, mejor dicho, yo me he ocultado y ella ha venido a hacerme compañía. Ahora, se gira en la cama y enciende la lamparilla.

—Puedo oírte pensar —murmura cuando me pilla mirando fijamente el ventilador del techo.

—Sí, es que… siento haberte pedido eso antes. En cuanto te ha mirado y ha visto la pulsera y el bolso, mi madre ha sabido que estabas forrada. —El resentimiento me atenaza la garganta—. Shelley nunca le presta atención a nadie que no pueda usar. No quería que supiera que tu familia tenía dinero porque, ya te digo, encontraría la forma de hacerse con una parte.

—Vale, pero eso no tiene nada que ver con nosotros. —Mac me pasea una mano por el pecho y apoya la cabeza en mi brazo—. Yo tampoco querría que tú me juzgaras a mí por mis padres.

—Cree que solo estoy contigo porque eres rica.

—¿Sí? Bueno, pues se equivoca. Yo sé que no es verdad. Quiero decir que, joder, probablemente estarías intentando que te pague los muebles que todavía te debo y que siempre se me olvida pagarte.

—Te cobraré el interés pertinente, no te preocupes. —Le doy un beso en la coronilla y la acerco aún más a mí. Tenerla entre mis brazos me relaja—. No, pero en serio. Yo nunca te usaría así. No me parezco en nada a ella.

—Cooper. —Su voz es dulce, tranquilizadora—. No tienes que convencerme.

Puede. Pero siempre he sentido que tenía que hacerlo.

Mac se arrebuja contra mí.

—¿Cuánto crees que se quedará?

—Yo le doy veinticuatro horas. Cuarenta y ocho, como mucho.

—Qué triste.

Me río por lo bajo.

—Lo cierto es que no. Puede que antes sí, pero hoy día preferiría que se fuera y no volviera más. Cada vez que regresa juega con los sentimientos de Evan. Me estresa y les contesto mal a todos los que me rodean. Me paso los días conteniendo la respiración, con la esperanza de que se vaya, rezando para que esta vez sea para siempre.

—Pero no deja de volver. Eso tiene que significar algo, ¿no?

—Mac, bendito sea su corazón, trata de achacar las visitas de Shelley a alguna especie de amor y necesidad maternal por ver a sus hijos.

—Significa que su relación ha salido mal, o que se ha quedado sin dinero, o ambos —respondo sin más—. Créeme, princesa. Llevamos así desde que cumplí los catorce. Shelley no ha venido por nosotros, sino por sí misma.

Siento el cálido aliento de Mac en la clavícula mientras se apoya en el codo para darme un beso en el mentón.

—Lo siento, Cooper. No te lo mereces.

—Así es la vida.

—Déjalo ya —me reprende—. Acepta mi compasión y déjame ayudarte a olvidar por un ratito. —Deja un reguero de besos por mi cuerpo hasta llegar a los calzoncillos.

Cierro los ojos, gimo en silencio y me permito olvidar.

Cuarenta y ocho horas.

Yo habría apostado por las veinticuatro, pero oye, aun así, tenía razón. Justo dos días después de su abrupta llegada, pillo a Shelley saliendo por la puerta de atrás con un bolso de lona que le cuelga del hombro.

Apenas son las siete de la mañana y soy el primero en levantarse. Acababa de poner una cafetera justo después de sacar a Daisy cuando Shelley entra en la cocina sin hacer ruido.

—¿Ya te vas? —le increpo desde la encimera.

Se gira, sorprendida, pero lo disimula con una risita.

—Cariño. Me has asustado. Intentaba no despertar a nadie.

—¿Ni siquiera ibas a despedirte? —A mí me importa una mierda, pero marcharse sin avisar a Evan es causarle un dolor que no se merece.

—¿Por qué no preparo tortitas? —Deja el bolso en el suelo, junto a la puerta, y se acerca con su típica sonrisa engañosa—. Así podemos desayunar todos juntos.

Vale. Supongo que ahora toca jugar a las casitas. Puedo seguirle el rollo si con eso consigo que se vaya de aquí.

Mac y Evan se levantan poco después y entran en la cocina a tiempo para que Shelley les sirva el desayuno. Yo me llevo un buen pedazo a la boca y mastico despacio, luego me reclino en la silla y espero que empiece a soltar la sarta de mentiras de siempre. Pero Shelley evita mi mirada expectante a conciencia y agasaja a Mac con una historieta sobre nuestra niñez. Casi hemos terminado de desayunar cuando se hace evidente que Shelley no va a sacar el tema si no se la espolea un poquito.

—¿Y a dónde te vas ahora? —le pregunto, serio, e interrumpo otra anécdota de Evan y de mí de pequeños que estoy seguro de que se ha inventado para no parecer tan mala madre.

Shelley se calla de golpe y apenas es capaz de esconder la expresión de fastidio. Se limpia la boca y luego apura lo que le queda de zumo de naranja.

—Ha sido genial volver a veros, chicos —le dice a Evan con voz triste—. Ojalá pudiera quedarme más, de verdad, pero me temo que debo marcharme.

Él arruga el gesto.

—¿Por qué?

—La cosa, ya sabéis, es que ahora mismo no hay trabajo aquí. Pero conocí a un tipo en Baton Rouge que está buscando a gente. Vaya, prácticamente me ha suplicado que vuelva y lleve yo el sitio. —Hace un puchero—. Sabéis que no quiero dejaros, mis chicos, pero tengo que ganar algo de dinero. Quiero ayudaros a reformar la casa.

Sigue con la diatriba un poco más. Vendiendo humo. Convenciéndose de que hay nobleza tras su continuo abandono y catálogo de promesas rotas. Menuda mentira nos está soltando; ayer vi, por lo menos, cinco carteles de «Se buscan empleados» en el pueblo. Y estoy seguro de que ese tipo es su ex, a quien probablemente le haya comido la oreja para que le dé una segunda oportunidad. O, tal vez, ya haya pasado el tiempo suficiente como para volver a desplumarlo. Da igual. Si no fuera una excusa, sería otra. Nos dejaría por un sándwich de boloñesa siempre que fuera lejos de aquí.

—En cuanto me instale, tenéis que venir a verme —dice Shelley quince minutos después mientras se despide de Evan con un abrazo—. Voy a tener que conseguir un número de móvil nuevo. El último me lo cortaron, así que os llamaré en cuanto lo tenga.

No lo hará. No recibiremos ningún mensaje ni ninguna llamada. Ni pasaremos unas vacaciones en familia. A estas alturas, las despedidas de pacotilla y los comentarios hipócritas son como una rutina. A mí ya no me afectan, pero me jode que obligue a Evan a pasar por lo mismo otra vez.

—Sí, que no se te olvide pasarnos el número cuando lo tengas —asiente Evan con vehemencia—. Debemos tener un modo de hablar contigo.

«¿Por qué?», casi pregunto, pero controlo el impulso. Si Evan quiere vivir en un mundo de fantasía en el que su madre lo quiere, ¿quién soy yo para juzgarlo?

—Adiós, cariño. —Shelley me da un abrazo pese a mi visible reticencia. Hasta me planta un beso en la mejilla. Que alguien le dé un premio a la Madre del Año, rápido—. Os veo pronto, prometido.

Y entonces, tan rápido como apareció, Shelley desaparece de nuestra vida, aunque esta vez con el mínimo daño infligido, por suerte.

O eso creía.

No es hasta una semana más tarde, una noche después de trabajar, que descubro el verdadero alcance del daño que ha provocado la visita de mi madre. El cumpleaños de Mac es pronto —resulta que es el día anterior al mío— y, aunque me dijo que no le regalara nada, estoy decidido a comprarle algo increíble. Mac no me da muchas oportunidades para mimarla, así que decido ignorar su petición y hacer lo que me dé la gana.

En mi cuarto, bajo un tablón suelto del suelo debajo de mi armario, saco una lata antigua de tofe donde guardo el dinero y las drogas desde que tengo once años. Abro la tapa con la esperanza de encontrar el dinero que he acumulado, todo el negro que he ganado de trabajar aquí y allá, bien oculto y lejos de las garras de los bancos y los recaudadores de impuestos. Doce mil dólares sujetos por dos gomas elásticas. La guita de «por si todo lo demás falla».

Pero el dinero no está ahí.

Hasta el último centavo...

Perdido.

CAPÍTULO TREINTA Y SEIS
MACKENZIE

Estoy en el salón cuando oigo el caos en el cuarto de Cooper. Algo se rompe en la pared y cae al suelo de madera. De repente, aparece en el pasillo hecho una fiera.

Daisy ladra como una descosida; siempre se pone así una hora antes de que le demos de comer, y lo persigue por el salón.

—Oye, ¿estás bien? —Me levanto del sofá.

—Sí —dice, y gruñe entre dientes. Ni siquiera me mira.

—¿Qué pasa?

En lugar de contestarme, abre la puerta corredera de cristal y sale dando zancadas. Cierra la puerta en las narices de Daisy y por poco le da, aunque ella solo se entristece por no poder ir con él.

Para calmarla, le pongo la comida y me calzo antes de ir en busca de Cooper. Lo encuentro a unos noventa metros, en la playa, donde tira madera de deriva al agua. Para cuando llego hasta él, me arrepiento de no haberme puesto un suéter y unos pantalones largos, porque he salido en pantalones cortos y camisetita. Casi estamos a oscuras, y la brisa me deja helada en cuestión de minutos.

—¿Qué ha pasado? —le pregunto.

—Vuelve a casa. —Lo dice sin ganas, lo que contrasta con sus movimientos enérgicos y furiosos.

—Ya, sí. Pasemos directamente a la parte en la que me lo cuentas.

—Joder, Mac, ahora no, ¿vale? Déjalo. —Patea la arena en busca de algo más que lanzar, y se enfurece todavía más al ver que no le quedan opciones.

—Eso quiero. Si supiera que es lo mejor, lo haría, pero no lo es, así que…

Se pasa la mano por el pelo. Si pudiera, arrojaría su propia cabeza al agua.

—¿Por qué eres tan...?

El resto lo dice entre gruñidos.

—Supongo que viene de fábrica. —Hago caso omiso de su frustración. Me siento y lo invito a que haga lo mismo a mi lado.

Tras varios momentos en silencio, claudica y se deja caer en la arena.

—¿Qué pasa? —repito en voz baja.

—Me lo ha robado.

—¿El qué?

Cooper se niega a mirarme. Tiene los ojos clavados en el agua.

—Mis ahorros. Hasta el último centavo.

—¿Te refieres a tu madre? —Me quedo muerta—. ¿Seguro?

Suelta una risotada amarga.

—Sí. Evan ni siquiera sabe dónde los guardo.

Joder, menuda mierda.

—Debería haberlos escondido cuando vino —añade, y gruñe—. Cuando tenía trece años, descubrió mi hierba y se la fumó. Me había olvidado de eso hasta esta noche; había olvidado que se acordaba del escondite. O tal vez me he fiado demasiado de ella y he creído que no sería capaz de robarles a sus propios hijos.

—Lo siento. —Dadas las circunstancias, no me parece suficiente. ¿Cómo me disculpo con alguien por todo el dolor que ha sufrido?—. ¿Cuánto se ha llevado?

—Doce mil dólares —murmura.

Joder. Vale. La mente me va a mil por hora en busca de una solución, porque así funciono yo. Cuando surgen problemas con alguna de mis páginas o imprevistos con las renovaciones del hotel, me vuelvo analítica. Evalúo el problema e intento buscar una manera de solucionarlo.

—Es horrible, de verdad. Sé que estás enfadado y te sientes traicionado, y tienes todo el derecho del mundo a sentirte así. —Entrelazo un brazo con el suyo y descanso la cabeza en su hombro. En señal de apoyo, y también porque estoy helada.

Cooper siempre está caliente; es como una fuente de calor perpetua—. Pero al menos solo ha sido dinero. Yo puedo ayudarte. Te lo daré.

—¿Estás de coña? —Aparta el brazo del mío. —¿Por qué...? —Ni siquiera puede acabar la frase. Se pone en pie de un salto—. ¿Qué cojones, Mac? ¿Por qué siempre vas por ahí? Hala, a arreglar los problemas con dinero.

—Pensaba que el dinero era el problema —protesto.

Su expresión furibunda me pone de los nervios. ¿Por qué cada vez que me ofrezco a hacer algo por él me estalla en la cara?

—¿En qué idioma te lo digo? —me grita—. No quiero tu maldito dinero. ¿Sabes lo patético que es que tu novia te siga a todos lados con el bolso listo para soltar pasta?

—Yo no hago eso —rebato con la mandíbula apretada. Este chaval me está hartando. Si quiere enfadarse con su madre, vale. Si quiere desahogarse, vale. Pero yo no soy la mala de la película—. Solo intentaba ayudar. Necesitas dinero y yo tengo de sobra. ¿Por qué está mal que te lo ofrezca? El dinero no significa nada para mí.

—Lo sabemos. —Lo dice con un largo suspiro—. Ese es el puto problema. Los clones lo soltáis así como así y esperáis que el resto os lo agradezcamos. No soy otro sirviente más que se arrastra a tus pies para que le des propina, joder.

Así que de eso se trata. Vuelvo a ser una «clon». Pues muy bien.

—¿Sabes qué, Coop? ¿Por qué no lidias con tus problemas en lugar de achacármelos a mí? Estoy cansada de ser el saco de boxeo de este pueblo. Supéralo. Y que lo sepas: ricos o pobres, los malos padres serán siempre malos padres. Tu madre es horrible. Bienvenido al club. Tener dinero no habría hecho que se quedara.

Me arrepiento de lo que he dicho en cuanto las palabras salen por mi boca.

Ambos nos quedamos atónitos ante lo que ha pasado. Lo rápido que nos hemos atacado. Los sentimientos que he suprimido desde que mis padres me cortaron el grifo han salido a la superficie y se los he echado en cara a Cooper como si fueran culpa suya. Es justo lo mismo de lo que le acabo de acusar.

Rebosante de arrepentimiento, hago amago de disculparme, pero él ya se ha ido mientras grita por encima del hombro que ni se me ocurra seguirlo a menos que quiera que sea lo último de lo que hablemos. Esta vez, le creo.

Eso sí, horas después, al ver que no ha regresado, le pregunto a Evan si sabe por qué cada vez que llamo a Cooper salta el contestador, y me empiezo a preocupar. Lo aceptaría si solo se hubiera enfadado conmigo, pero por la manera en la que se ha marchado... la ira en sus ojos... Existen mil formas distintas de que alguien como Cooper se meta en problemas.

Aunque con una ya es suficiente.

CAPÍTULO TREINTA Y SIETE
COOPER

Hay un antro a una hora de Avalon Bay, más o menos, en dirección oeste. Un bareto, si es que siquiera se le puede llamar así, a un lado de una carretera municipal de dos carriles por donde no hay más que unos pantanos secos y ranchos pequeños. Por norma general, hasta se oye el rugir de las motos en el aparcamiento de tierra a más de medio kilómetro de distancia. Aparco la camioneta, apago el motor y me encamino al interior, que está muerto salvo por unos pocos moteros con pinta de mala leche junto a una mesa de billar y otros tantos viejales en la barra. Tomo asiento en un taburete y pido dos dedos de Jack. Cuando voy por la segunda copa, un tío a un par de banquetas de distancia empieza a parlotear con nadie en particular. Está dale que te dale sobre el fútbol y responde a todo lo que los presentadores de ESPN dicen en la única teLevisión que hay, sobre nosotros. Trato de ignorarlo hasta que se inclina hacia mí y da una palmada sobre la barra. Me lleva de vuelta al infierno que es servir copas en un bar, y me contengo para no soltarle cuatro cosas.

—¿Con quién vas? —inquiere, arrastrando las palabras. Al ver que hago caso omiso de él, lo repite más alto y despacio—. La Super Bowl. ¿Con quién vas, chico?

Lo miro.

—Te pago una copa si te pierdes de vista.

—Uhhh. —Se ríe y se burla de mí—. Vaya humos tenemos, ¿eh? Shhh... —Se lleva un dedo a la boca y se lo enseña a todos—. Callaos todos, joder. Que el chaval quiere paz y tranquilidad, ¿no lo veis?

He venido aquí para que me dejaran en paz. Es imposible que Mac me encuentre en este sitio; era el único lugar que se me ha ocurrido que Evan no conoce. Mientras él se aferraba a Shelley después de la muerte de nuestro padre, mi tío me trajo aquí para que me desfogara jugando a los dardos. Quiero estar solo, pero le daré una lección al imbécil este si sigue riéndose de mí. Puede que hasta me convierta en Evan y empiece una pelea y todo; ya sabéis, para soltar tensiones. Qué narices, por qué no.

Justo cuando me estoy haciendo a la idea, siento una mano que se posa en mi hombro desde atrás.

—Ponme dos cervezas —le dice una voz familiar al camarero.

Miro y veo que mi tío se sienta en el taburete contiguo. Mierda.

—Gary —le dice al borracho que se me había acercado—. ¿Por qué no vuelves a casa con la parienta?

—Pero es la Super Bowl —farfulla un beligerante Gary, que señala la tele con la mano—. No esperarás que me vaya durante la Super Bowl, ¿verdad?

—Es una reposición de la del año pasado —responde Levi con la paciencia de un santo—. La Super Bowl es el mes que viene, Gary. Anda, mejor vete a casa con Mimi, ¿quieres? Seguro que está a punto de soltar a los perros en tu busca.

—Esa maldita mujer. —Gary gruñe mientras abre la cartera y lanza unos cuantos billetes sobre la barra. Murmura algo parecido a «uno ya no puede ni beber» y luego se aleja dando tumbos hacia la puerta.

Pese a haber querido partirle los dientes hace unos segundos, no puedo evitar observar con preocupación cómo se marcha a trompicones.

—No te preocupes. No caminará ni trescientos metros antes de que ella se lo encuentre durmiendo la mona entre la maleza —dice Levi—. Estará bien.

Miro a mi tío con suspicacia.

—¿Te envía Mac?

—Evan me ha mandado un mensaje. Me ha dicho que te has ido pitando de casa.

Claro. Debería haber supuesto que Mac correría a su nuevo mejor amigo para ponerme verde juntos. Estoy harto de que esos dos se alíen en mi contra.

—No me apetece hablar de ello —murmuro sin dejar lugar a réplica.

—Bien. —Se encoge de hombros—. Yo he venido aquí a beber.

Levi le da un trago a su cerveza y clava los ojos en la tele. No desvía la mirada hacia mí ni una vez, y es un alivio. Al menos, al principio. Una hora después, mi mente empieza a torturarme con todo lo que ha pasado esta noche, desde que he descubierto que me había robado los ahorros hasta la pelea con Mac en la playa. Reproduzco varios extractos de la conversación en mi mente. No soy capaz de recordar muy bien lo que le he dicho, pero estoy seguro de que no puede ser bueno.

—Shelley volvió —digo por fin. El alcohol me ha soltado la lengua—. Durante dos días. Y luego se largó con mis ahorros.

Levi se gira noventa grados para mirarme.

—Doce mil dólares. —Hago circulitos con el posavasos de cartón sobre el agua condensada que hay en la barra—. Puf. Adiós. En mis narices.

—Madre mía. ¿Y tienes idea de dónde ha ido?

—No. Baton Rouge, quizá. Pero es posible que fuera mentira. Esto marca la diferencia. Esta vez ya no volverá. Es imposible.

—Lo siento, Coop. Esa mujer nunca trae nada bueno. —Levi apura la cerveza—. Dejé de disculparme por mi hermano hace mucho tiempo. Ya no lo excuso. Os dejó en muy mala situación con todas esas deudas. Pero esa puñetera Shelley no ha movido un dedo para ayudaros en todos estos años. —El rencor aflora en su voz—. Evan y tú os habéis deslomado para salir adelante, ¿y ahora viene la tipa esta y os roba en vuestra cara? Ni de broma. No mientras yo viva. —Aporrea la barra con la palma de la mano y mi copa de *whisky* tintinea.

Nunca he visto a mi tío tan enfadado. Es un hombre callado. Serio. Durante años, se ha mordido la lengua mientras Shelley entraba y salía de nuestra vida como le placía. Y tras convertirse en nuestro tutor, jamás nos hizo sentir que fuéramos una carga para él. Oírlo hablar así es lo más cerca que lo he visto de enfadarse. Y, encima, es por nosotros.

—¿Y qué hago? —Me siento tan resentido como él—. A estas alturas es imposible alcanzarla. Si no quiere, nadie la encontrará.

Se me retuercen las tripas de la rabia. Por el dinero, claro, pero también por la humillación. La traición. Por todas las formas en que esta mujer nos ha tomado el pelo a lo largo de los años y nos lo hemos creído. Puede que hasta Evan la crea todavía, aunque sepa que no debería. Quién sabe, puede que esta sea la definitiva. Maldita Shelley.

—No está todo perdido —me dice Levi—. Y se acabó eso de permitir el mal comportamiento de esa mujer, ¿me oyes?

Antes de poder responder, le hace un gesto a alguien al otro extremo de la barra

—Oye, Steve, tengo que hacerte una pregunta —grita Levi.

Sigo la mirada de mi tío y diviso a un policía, fuera de servicio, con la camisa del uniforme abierta y una camiseta interior blanca y sudada a la vista.

—¿Qué necesitas, Levi? —Steve le responde también a gritos, porque en Avalon Bay todo el mundo conoce a todo el mundo.

—¿Cómo presentamos cargos contra alguien que ya no está en el pueblo?

¿Qué? Miro a mi tío sorprendido de golpe, pero él sigue con la vista clavada en el poli, que se frota los ojos para espabilarse y se yergue en el taburete.

—¿De qué delito estamos hablando?

El tono de voz de Levi es sombrío. Letal, incluso.

—De hurto mayor.

CAPÍTULO TREINTA Y OCHO
MACKENZIE

Incluso Daisy ha perdido la fe en mí. Al principio, correteaba a toda prisa entre mis pies mientras me paseaba por la casa y escribía y borraba mensajes para Cooper. Después, se ha sentado al lado de la nevera con la cuerda para morder cuando me he puesto a limpiar la cocina como una posesa. Lo cual es increíble, porque a mí jamás me ha dado por limpiar cuando estoy estresada. Crecí en una casa con personal de limpieza, así que no podía. Cuando saco el aspirador, Daisy pone patas en polvorosa. No la culpo. De todas formas, en estos momentos soy una compañía horrorosa. Pero al ver que los suelos relucientes no me ayudan a calmarme, acabo en la habitación de Evan. Daisy está acurrucada a sus pies mientras él juega a un videojuego.

—Hola —lo saludo al tiempo que llamo a la puerta abierta. Deja de jugar.

—¿Qué pasa?

—Nada.

Evan responde a la pregunta velada.

—A mí tampoco me ha respondido.

—Me lo suponía. —Me abrazo al marco de la puerta. No sé para qué he venido, pero estaba cansada de darle vueltas sola. Yo soy proactiva, no de las que se quedan mirando. Odio quedarme de brazos cruzados. Si Cooper quería que escarmentara por nuestra pelea, lo está consiguiendo.

—Ven aquí. —Evan hace un gesto con la cabeza y toma el otro mando de la consola. Es bastante antigua y funciona en una tele plana que parece que la haya traído después de que alguien la tirara a la basura. Hay zonas que no se ven y una grieta en el marco que ha arreglado a medias con cinta adhesiva negra.

Lo primero que se me ocurre es que Evan necesita una tele nueva. Como si percibiera lo que estoy pensando, me lanza una sonrisa cómplice que me dice que ni lo intente.

Es verdad. Tengo que esforzarme por no cruzar los límites. No todo el mundo quiere mi ayuda.

—Tú serás este tío —me indica antes de explicarme de qué va el juego, sentados los dos en su cama—. ¿Lo pillas?

—Sí. —Creo que me he quedado con lo importante. Con el objetivo y con cómo moverme, básicamente. O algo así.

—Sígueme —me ordena a la vez que se inclina hacia delante.

La cosa se tuerce. Nos tienden una emboscada y, en lugar de disparar a los malos, activo una bomba que nos mata a los dos.

Evan resopla de forma ruidosa.

—A mí me gustan más los de carreras —le confieso mientras me encojo de hombros con una disculpa—. Esos se me dan bien.

—Ya, princesa. Ya he visto cómo conduces.

—Que te den. Soy una conductora maravillosa. Simplemente prefiero ir a los sitios como si tuviera prisa.

—Lo que tú digas.

Le doy un codazo mientras el juego regresa al principio del nivel. Esta vez, trato de concentrarme. Llegamos un poquito más lejos antes de que todo vuelva a saltar por los aires.

—No ayuda, ¿verdad?

Me muerdo el labio.

—No demasiado.

No sé por qué he pensado que sentarme junto al tío que es clavadito a Cooper me ayudaría a no acordarme de él. Es raro, pero casi nunca considero que sean iguales. Sus personalidades son muy distintas. Y, sin embargo, si soy sincera, a veces imagino lo distinta que habría sido mi vida de no haber sido por Bonnie y su lívido sin criterio.

Evan ve algo en mi expresión que lo insta a salir del juego y dejar los mandos a un lado.

—Venga, anda. ¿En qué piensas?

Aunque hemos mejorado en comparación con el último par de meses, Evan no es, ni de lejos, la primera persona con la que me desahogaría. Casi todo el tiempo demuestra tener la misma madurez que el cuenco del agua de Daisy, pero ahora es lo mejor que tengo, aparte de su hermano.

—¿Y si no vuelve? —digo en voz baja.

—Lo hará. Vive aquí.

Suelto un suspiro.

—Me refiero a conmigo. ¿Y si no vuelve conmigo? —Se me acelera el pulso solo de pensarlo. Es que... tengo la sensación de que esta vez es definitivo. Nos peleamos demasiado, y al final, agota. ¿Y si Cooper se ha hartado de mí?

—Oye. —Evan parece pensárselo durante un momento. A pesar de haber pasado un tiempo, todavía me resulta raro que tenga los mismos gestos que Cooper, pero es como el audio que no se termina de sincronizar con la imagen de un vídeo. Todo va con medio segundo de retraso—. No quiero parecer un insensible, de verdad, pero me parece una tontería.

—¿Qué parte?

—Todo. ¿No recuerdas cuando mi hermano me partió la cara una vez que fui borde contigo?

—¿Una vez? —repito con una ceja enarcada.

Evan sonríe.

—Bueno, ya sabes. La cosa es que no se va a marchar por unas cuantas peleas. Coop y yo estuvimos enfadados durante un verano, no recuerdo por qué, y nos peleábamos casi todos los días. —Se encoge de hombros—. No importó una mierda. Solucionamos las cosas a golpes.

—Pero vosotros sois hermanos —le recuerdo—. Es una diferencia bastante grande.

—Me refiero a que a Coop le importas mucho. No te deja vivir aquí por el dinero del alquiler o porque le guste cómo cocinas.

Tiene razón. No cocino. No lo he hecho ni una vez. En cuanto a lo del alquiler, todos los meses le dejo un cheque de lo más razonable en la cómoda, pero él se niega a cobrarlos, así que siempre hay otro de reserva en la de Evan.

—Pero... —Vuelvo a morderme el labio inferior—. No le has visto la cara cuando se ha ido.

—¿Qué cara? ¿No dirás esta? —responde, y se señala para hacerme reír.

Vale, eso ha tenido gracia.

—Mira —empieza—, llegados a cierto punto, Cooper volverá borracho como una cuba y te pedirá de rodillas que lo perdones en cuanto esté en sus cabales. Siempre pasa por las mismas fases. Deja que se calme solo.

Quiero creerlo. A pesar de no tener nada en común, Cooper y yo compartimos una conexión más fuerte que lo que nos separa y que va más allá de los momentos que lo mantienen en vela. La alternativa me duele demasiado, porque no puedo cambiar mi procedencia, al igual que él. Si nuestra relación no puede con esta distancia, no quiero ni pensar cómo será mi nueva vida sin él.

Evan me pasa un brazo por el hombro.

—Conozco a Coop mejor que nadie. Créeme cuando te digo que está enamorado hasta las trancas de ti. No tengo por qué mentir.

La conversación con Evan me saca de mi humor de perros, al menos un poco. Lo suficiente como para que, cuando bostezo, me entren ganas de irme a dormir.

—Prométeme que me despertarás si te llama —le pido, nerviosa.

—Te lo prometo —responde con un tono extrañamente suave—. No te agobies demasiado, Mac. Volverá dentro de poco, ¿vale?

Asiento sin fuerzas.

—Vale.

«Dentro de poco» se convierte en las doce y cuarto de la noche. Me despierto de un sueño inquieto cuando siento que la cama se hunde a mi lado. Cooper se mete bajo las sábanas. Todavía retiene el calor de la ducha y huele a champú y a pasta de dientes.

—¿Estás despierta? —susurra.

Ruedo hasta ponerme boca arriba y me froto los ojos. La habitación está a oscuras, a excepción de la tenue luz del foco del lateral de la casa que se cuela por las persianas.

—Sí.

Cooper suelta un gran suspiro por la nariz.

—He hablado con Levi.

¿Quiere empezar a hablar así? No sé cuánto tendrá que ver con nuestra pelea, y en parte quiero que deje de postergar el tema y me diga si estamos bien, pero mantengo la impaciencia a raya. Evan me ha advertido de que su hermano pasa por ciertas fases, así que esto tal vez forme parte de ellas.

—Ah, ¿sí? —le respondo.

—Sí. —Hace una pausa—. Voy a presentar cargos contra Shelley. Por robarme el dinero.

—Ostras. —Ni me había parado a pensar que se pudiera hacer eso, pero tiene sentido. Sea su madre o no, le ha robado más de diez mil dólares—. ¿Tú cómo estás?

—La verdad es que mal. Es mi madre, ya sabes. —Noto que se le quiebra la voz—. No quiero imaginarla en la cárcel, pero, a la vez, ¿quién le roba a su propio hijo? Si no necesitara el dinero, me daría igual, pero me ha llevado años ahorrar toda esa pasta.

Está hablando conmigo; eso es una buena señal.

Pero entonces, se queda callado y ambos permanecemos tumbados sin tocarnos, casi con miedo de empeorar el momento. Pasan varios segundos hasta que me doy cuenta de que debería hablar primero.

—Lo siento —le digo—. Antes me he pasado. Me he puesto a la defensiva y te he atacado. He sido borde y no te lo merecías.

—Bueno... —responde, y juraría que atisbo una sonrisa—. Me lo merecía un poco. Shelley me afecta, ya sabes. Cuando está por aquí, me entran ganas de destrozar cosas. Y encima va y me roba... —Siento que vuelve a tensarse y que le cuesta permanecer tranquilo. Entonces, inspira hondo y se vuelve a relajar—. Casi todo lo que te dije fue porque estaba enfadado con ella. Tenías razón. Hay cosas que tengo enquistadas desde antes de que aparecieras tú.

—Lo entiendo. —Me tumbo de lado y contemplo su silueta en la penumbra—. Pensaba que ofrecerte el dinero te resultaría útil, pero veo que en ese momento metí el dedo en la llaga. No era mi intención arreglar el problema con dinero o intentar humillarte, te lo prometo. Es solo que mi cerebro funciona así.

Busco soluciones de inmediato. ¿Que necesitas dinero? Toma dinero, ¿sabes? No lo he dicho para poner en evidencia la cantidad que tenemos cada uno en el banco. —Me arrepiento, sí—. Cuando vuelva a pasar algo así, en plan, problemas de familia, de dinero y tal, estaré a tu lado si me necesitas. Si no, no me inmiscuiré.

—No quería decir que no quiero que te involucres. —Él también se gira para mirarme de frente—. No quiero límites, reglas, ni mierdas así. —Cooper encuentra mi mano en la oscuridad y se la lleva al pecho. Está casi desnudo, solo lleva los calzoncillos puestos. Su piel es cálida—. El tema del dinero siempre estará ahí y tengo que dejar de obsesionarme con ello. Sé que tu intención no es hacerme sentir mal.

—Tenía miedo de que no regresaras. —Vuelvo a tragar saliva, esta vez con más vehemencia—. Me refiero a mientras me quedara aquí.

—Vas a necesitar mucho más que eso para deshacerte de mí. —Hunde los dedos en mi pelo y me acaricia la nuca con el pulgar. Un gesto dulce con el que trata de calmarme y que casi consigue que me vuelva a dormir—. Esta noche me he dado cuenta de una cosa.

—¿De qué?

—Estaba en un bareto de mala muerte con Levi y un montón de capullos que evitan estar con sus mujeres en casa. Tíos que me doblan la edad pero que ya han hecho de todo. Y he pensado: «Joder, tengo a una tía buena en casa y el mayor de nuestros problemas es que siempre está intentando comprarme cosas».

Sonrío contra la almohada. Visto así, parecemos un par de tontos.

—Y, de repente, me dio por pensar: «¿Y si no está en casa cuando vuelva?». Me quedé mirando un vaso y me sentí fatal. ¿Y si había mandado a la mierda lo único bueno que me ha pasado en la vida?

—Eso que has dicho es muy bonito, pero no creo que sea así.

—Lo digo en serio. —Su voz es suave e insistente a la vez—. Mac, las cosas nunca han ido bien aquí. Mi padre murió. Luego Shelley se fue. Nosotros conseguimos apañárnoslas. Nunca nos quejamos. Y, de pronto, apareciste, y empecé a montarme ideas en la cabeza. De que tal vez no tendría que conformarme con poco más que nada. De que tal vez incluso podía ser feliz.

Me rompe el corazón. Vivir infeliz y sin esperanza porque el mañana sea maravilloso te anula como persona. Es vivir en una nada infinita, oscura y fría, como absorbido por la desesperación. No puede crearse nada en el lugar vacío al que nos resignamos. No vivimos del todo. Es un túnel de autosuficiencia que vi cómo se cerraba a mi alrededor a medida que imaginaba el futuro que Preston y mis padres tenían pensado para mí.

Cooper me salvó. No porque me alejara de ellos, sino porque conocerlo me permitió ver todas las posibilidades que me estaba perdiendo. La adrenalina de la incertidumbre. La pasión y la curiosidad.

Vivía medio dormida hasta que llegó a mi vida.

—Creía que era feliz —le digo al tiempo que le acaricio las costillas de arriba abajo—. Durante mucho tiempo. No tenía nada de lo que quejarme. Me lo habían dado todo, salvo un propósito. Una elección. La opción de fracasar, de hacerme daño. De querer tanto a alguien que la sola idea de perderlo me abriera en canal. Esta noche, cuando pensaba que tú y yo habíamos terminado, se me ha pasado de todo por la cabeza. Me he vuelto loca.

Cooper me levanta la barbilla hacia él y roza mis labios con el más ligero de los toques. Lo suficiente como para dejarme deseosa de más.

Siento su respiración cálida contra mi boca.

—Puede que me esté enamorando de ti, Cabot.

El corazón me da un vuelco.

—Vaya...

—No te haces a la idea.

Me acaricia la columna con el dedo y activa cada nervio de mi cuerpo. Le muerdo el labio inferior y tiro un poquito de él; lo que en nuestro idioma se traduce como que lo necesito. Ya. Necesito que se lleve este dolor. Pero es metódico y paciente hasta la saciedad mientras me quita el top. Después, me acuna un pecho y lame el otro. Se baja los calzoncillos. Yo me quito la ropa interior mientras él se pone un condón. Me estremezco por la expectación hasta que se introduce en mi interior.

Me abraza con fuerza a la vez que me embiste. Sin prisa. Con movimientos lentos y lánguidos. Me aferro a él y ahogo mis gemidos contra su hombro.

—Yo también te quiero —le digo, y me estremezco entre sus brazos mientras me corro.

CAPÍTULO TREINTA Y NUEVE
COOPER

Unos cuantos días después de presentar cargos contra Shelley, recibo una llamada para que me presente en comisaría. Al teléfono con el *sheriff*, me entero de que la policía la ha detenido en Luisiana, donde se habrá olvidado de todas las multas sin pagar que tiene después de que su ex la echara de casa. Cuando les saltó la orden judicial de Carolina del Sur, el *sheriff* de Baton Rouge mandó que la transfirieran de vuelta a Avalon Bay.

Mac y mi hermano vienen a la comisaría conmigo, pero me cerioro de que Evan espere fuera mientras nosotros entramos a hablar con el *sheriff* Nixon. Evan se enfadó tanto como yo cuando se enteró de que Shelley me había robado el dinero, pero conozco a mi hermano; esa mujer siempre ha sido su punto débil. Y ahora mismo necesito mantener la cabeza despejada, no puedo permitir que nada me nuble el juicio.

—Cooper, siéntate. —El *sheriff* Nixon sacude la cabeza, se acomoda detrás del escritorio y va directo al grano—. Tu madre tenía unos diez mil dólares en efectivo cuando la trajeron mis compañeros de Baton Rouge.

El alivio me zarandea como una fuerte ráfaga de viento. Diez mil dólares. Son dos mil menos de lo que me robó, pero es mejor que nada. Joder, ya es más de lo que esperaba. Se fue hace unos días. Shelley es más que capaz de fundirse doce mil pavos en ese espacio de tiempo.

—No obstante, puede pasar bastante hasta que se te devuelva el dinero —añade Nixon.

Frunzo el ceño.

—¿Y eso por qué?

Parlotea sobre los protocolos y demás parafernalia, y mi cerebro trata de seguirle el ritmo a toda la información que está soltando. Lo importante es que Shelley tendrá que presentarse ante un juez. Mac hace un montón de preguntas porque yo estoy un poco sobrepasado con toda la situación. No dejo de pensar en Shelley vestida con un mono naranja y las muñecas esposadas. Odio todo lo que esa mujer nos ha hecho, pero la perspectiva de que acabe entre rejas no me gusta. ¿Qué clase de hijo manda a su propia madre a la cárcel?

—¿Está aquí ahora mismo? —le pregunto a Nixon.

—Bajo custodia, sí. —Se pasa una mano por su frondoso bigote. Mirándolo bien, sí que tiene el aspecto del típico *sheriff* de pueblo. Es nuevo en la bahía, así que dudo que sepa mucho de mí y de mi familia. Su predecesor, el *sheriff* Stone, nos odiaba con todas sus fuerzas. Pasaba las tardes de verano persiguiéndonos a Evan y a mí por el pueblo mientras buscaba una razón por la que fulminarnos con la mirada desde su vehículo particular.

—¿Qué pasaría si cambio de opinión?

A mi lado, Mac parece sorprendida.

—¿Quieres retirar los cargos? —me responde y me mira fijamente.

Vacilo.

—¿Si lo hago, recuperaré el dinero hoy mismo?

—No habría motivos para retenerlo como prueba. Así que sí.

Que es lo que yo quería, para empezar.

—¿Y qué le pasará a ella después?

—Es tu derecho como víctima. Si no quieres seguir adelante con el juicio, la soltaremos. Detuvieron a la señora Hartley en Luisiana a petición de este departamento. Las multas que deba allí son un asunto distinto. En este momento no existe ninguna otra orden judicial que nos indique que deba permanecer retenida.

Miro a Mac a sabiendas de que no es una decisión que ella vaya a tomar por mí, pero, de todas formas, quiero que me confirme que estoy haciendo lo correcto. Supongo que, en esta situación, cualquier cosa que haga estará mal.

Me escruta y asiente.

—Haz lo que sientas —murmura.

Devuelvo la atención al *sheriff*.

—Sí, quiero retirar los cargos. Acabemos con esto de una vez.

Nos lleva otra hora más rellenar todo el papeleo y esperar a que un agente aparezca con la bolsita de plástico de mi dinero. Cuenta los billetes y luego me pide que firme algunos papeles. Otra inmensa oleada de alivio me recorre cuando le tiendo el dinero a Mac para que lo guarde en su bolso. Después, reculo y lo ingreso en el banco; que le den a Hacienda.

Evan nos espera fuera, junto a la camioneta.

—¿Todo bien? —dice.

Asiento.

—Sí.

Estamos a punto de marcharnos cuando Shelley sale del edificio mientras se frota las muñecas.

«Mierda».

Se enciende un cigarrillo. A la vez que exhala una bocanada, su mirada aterriza sobre nosotros y repara en nuestro intento de huida.

—Yo me encargo de ella —se ofrece Mac con un apretón en la mano.

—No pasa nada —digo—. Espera en la camioneta.

Como es habitual en Shelley, mi madre se acerca con una sonrisa extremadamente alegre en la cara.

—Vaya, menudo día, ¿eh? Alguien ha metido la pata hasta el fondo, ¿verdad? No sé qué mosca les habrá picado. Se lo dije, llamad a mis niños. Ellos os dirán que no me llevé nada que no fuera mío.

—Dios, para ya.

Ella parpadea.

—Cariño...

—No, no me llames así. —Ya no aguanto ni un segundo más de sus mentiras, de sus evasivas y sus sonrisas. Me las he tragado desde que cumplí los cinco años y ya me he hartado—. Encontraste mi dinero y me lo robaste, y por eso te fuiste del pueblo. Espero que haya merecido la pena. —Clavo la mirada en ella—. Mamá.

—No, cariño. —Hace amago de agarrarme el brazo, pero doy un paso atrás—. Solo había tomado prestado un poco para poder empezar de cero. Iba a devolvértelo cuando me hubiera asentado. Lo sabes. No creía que fuera a importarte.

Una risotada incrédula sale de mi boca.

Se encoge en el sitio.

—Cooper, entiendo que estés molesto, pero todavía soy tu madre. Y vosotros seguís siendo mis niños. A la familia no se le da la espalda. —Mira a Evan, que ha permanecido en silencio y a mi espalda—. ¿Verdad, cariño?

—Esta vez, no —responde, y desvía la mirada hacia el tráfico. Rotundo. Estoico—. Estoy con Coop. Creo que es mejor que ya no vengas más.

Contengo las ganas de abrazar a mi hermano. Aquí no. No frente a ella. Pero sé el dolor que siente. La soledad. Hoy, Evan ha perdido a su madre.

Yo perdí a la mía hace mucho.

Shelley lo intenta una última vez antes de darse cuenta de que no daremos nuestro brazo a torcer. Y entonces, deja de aparentar. Su sonrisa desaparece y da paso a una expresión de completa indiferencia. Sus ojos se vuelven opacos y mezquinos. Su voz, resentida. Al final, apenas dice nada a modo de despedida. Casi ni nos mira mientras nos suelta todo el humo en la cara y se encamina hacia un taxi que la llevará a ser el problema de otro. Estaremos mejor sin ella.

Aunque, ahora mismo, no lo parezca.

Más tarde, mientras Mac pide *pizza* para cenar, Evan y yo sacamos a Daisy a pasear. No hablamos de Shelley. Joder, no hablamos de nada, en realidad. Somos dos almas en pena. Cada uno está perdido en sus propios pensamientos y, aun así, sé que pensamos lo mismo.

Cuando regresamos a casa, encontramos a Levi en el porche de atrás con una cerveza.

—Hola —nos saluda a medida que nos acercamos—. He venido para ver cómo os ha ido en comisaría.

Evan entra para coger un par de cervezas para nosotros, y yo me quedo junto a la baranda para poner a nuestro tío al día. Cuando llego a la parte donde Shelley ha desaparecido en un taxi sin apenas despedirse de nosotros, Levi asiente con sombría satisfacción.

—¿Crees que esta vez sí habrá captado el mensaje? —pregunta.

—Puede. Se la veía bastante derrotada.

—No me da pena, la verdad. —Levi nunca se ha llevado bien con Shelley, incluso antes de que se marchara. No me extraña. Lo único bueno que hicieron nuestros padres fue darnos un tío decente.

—Ahora somos huérfanos —comenta Evan, con la mirada en dirección a las olas.

—Joder, chicos, sé que no es fácil, pero no estáis solos. Si alguna vez necesitáis algo...

No acaba la frase, pero tampoco le hace falta. Levi siempre se ha esforzado todo lo posible por hacernos sentir como una familia pese a todas las piezas que nos faltan y, considerando la situación, ha hecho un trabajo maravilloso.

—Oye, sé que no te lo decimos mucho —le digo a mi tío—, pero estamos aquí porque tú estuviste ahí para nosotros. Siempre estás. De no haber sido por ti, habríamos acabado en un centro de menores. O en algún orfanato. Y, probablemente, separados.

—Te queremos —añade Evan con la voz cargada de emoción.

Levi se atraganta un poco y tose para intentar ocultarlo.

—Sois muy buenos chicos —responde, sin más. No es un hombre muy sentimental ni de muchas palabras. Aun así, sabemos lo que siente por nosotros.

Tal vez, nunca hayamos tenido la familia que nos merecíamos, pero hemos terminado con la que necesitábamos.

CAPÍTULO CUARENTA
MACKENZIE

No está siendo nada razonable.

—Me habías dicho que ibas a traer hielo de camino a casa —grito desde el jardín trasero con seis neveritas llenas de cervezas y refrescos calientes.

Febrero ha traído consigo un invierno feroz y repentino, así que mientras yo me congelo aquí fuera, las bebidas siguen calientes porque a Evan se le ocurrió la genial idea de colocar las cajas demasiado cerca de la hoguera. Ahora está relajándose un rato y me ha dejado sola mientras me peleo con una mesita plegable que se niega a cooperar cuando intento abrir las patas. Seguro que las ha diseñado un sádico, porque soy incapaz de abrirlas.

—El congelador de la licorería no funcionaba —responde Cooper desde el porche—. Heidi me ha dicho que se pasará por un súper de camino y comprará unas cuantas bolsas.

—Pero entonces las bebidas no estarán frías para cuando llegue la gente. ¡Por eso te lo he pedido con tiempo! —Estoy a punto de arrancarme el pelo. Es la tercera vez que intento explicárselo; es como hablar con la pared.

—Me habría pasado por allí, pero no quedaba de camino y he preferido venir a ayudarte a organizarlo todo. ¿Habrías preferido que te dejara sola y que tuvieras que hacerlo todo tú? —responde a gritos, y levanta las manos.

—Ya estoy yo aquí para ayudarla —dice Evan desde la silla. Todo este tiempo ha permanecido ahí sentado mientras se bebía la última cerveza fría que quedaba en lugar de ayudarme a organizarlo todo—. Tiene razón, Coop —añade, y asiente hacia mí, como si dijera: «¿Ves? Estoy de tu parte».

—Tú no te metas —le avisa Cooper.

Los fulmino a ambos con la mirada.

No puede haber muchas cosas peores en la vida que cumplir años con unos gemelos apenas adiestrados con solo un día de diferencia. Anoche tuvieron la brillante idea de organizar una fiesta de última hora en lugar de la cena que estaba planeando, así que ahora nos toca correr para prepararla. Sin embargo, Evan es un vago y Cooper tiene la capacidad logística de un arenque.

—Olvídalo. —Ni siquiera me apetecía una puñetera fiesta, pero han insistido porque cumplo veintiún años y dicen que hay que celebrarlo por todo lo alto. Así que me ha tocado encargarme de casi todo el trabajo—. Iré a por la comida a una punta del pueblo, a por la tarta a la otra, y luego otra vez a la primera a por el hielo. Deseadme suerte para que logre volver antes de que oscurezca.

Cooper gruñe, frustrado.

—La llamaré y le pediré que venga antes. ¿Contenta?

Le doy una patada a la mesa plegable y la mando a la mierda. Subo los escalones hacia la puerta corredera que ahora mismo bloquea Cooper.

—Paso. Es mi cumpleaños, y cuanto menos tiempo pase oyendo sus comentarios y aguantando sus miradas maliciosas, mejor. ¿Es mucho pedir?

—Ya he hablado con ella, ¿vale? No puedo controlar todo lo que hace. Dale tiempo, se le pasará.

—¿Sabes? Ni siquiera estoy enfadada con ella. Yo también estaría de mal humor si me hubieran dado esperanzas durante todo el verano.

—Eso no fue lo que pasó —rezonga él.

—Pues es lo que ella cree, y es lo que importa. A lo mejor es lo que debéis hablar.

—Joder, Mac, ¿me puedes dejar en paz diez minutitos?

—Oye, capullo, que tiene razón —grita Evan.

Cooper le hace una peineta a su hermano y me sigue al interior de la casa mientras me apresuro a tomar el bolso y sus llaves. Como no las veo en la cocina ni en el salón, voy a su habitación. Él me sigue; parece tan cansado como yo.

—¿Sabes qué? —Me giro para mirarlo—. Creo que esto ya no funciona.

Nuestras peleas son agotadoras. Y molestas, porque normalmente son sobre chorradas. Nos picamos y nos negamos a parar hasta que usamos toda nuestra fuerza y nos olvidamos de por qué discutíamos.

—¿Qué narices significa eso? —Toma las llaves de la cómoda antes de que lo haga yo.

Aprieto los dientes y suelto un suspiro.

—Se suponía que me quedaría aquí de forma temporal. Y dado que nos pasamos el tiempo discutiendo, creo que he abusado de vuestra hospitalidad.

Cooper se desinfla como si una ráfaga de viento lo hubiera zarandeado. Deja las llaves en mi mano abierta. Cuando habla, lo hace con tono suave.

—Yo no quiero que te vayas. Si estás lista para irte a tu propia casa, lo entiendo, pero no creas que tienes que marcharte por mi culpa. Me gusta que vivas aquí.

—¿Seguro? —Me he dado cuenta de que, desde que vivo aquí, cada vez se queja más de que haya invadido su espacio—. Prefiero que seas sincero y que no me regales los oídos.

—Te lo prometo.

Nos miramos a los ojos. Lo contemplo igual que él a mí, y sentimos que se crea algo. Como siempre. Cuando la ira y la frustración desaparecen, cuando la tormenta amaina, lo vuelvo a sentir. La forma en que sus tatuajes le marcan los músculos de los brazos. Su torso amplio. Su olor perenne a champú y a serrín.

Cooper posa las manos en mis caderas. Me mira con los ojos entornados, me empuja hacia atrás y cierra la puerta del cuarto antes de pegarme contra ella.

—Me gusta tenerte cerca —dice con voz ronca—. Irme a la cama contigo. Despertarme contigo. Hacer el amor contigo.

Agarra el dobladillo de mi vestido y lo levanta hasta que estoy desnuda de cintura para abajo. Siento el pulso errático. Me he acondicionado a él. Cuando me toca, mi cuerpo se estremece en señal de anticipación.

—¿Seguro que no te estoy cortando las alas? —le pico. Planto las palmas de las manos contra la puerta y clavo los dedos en las ranuras.

Me dedica una mirada desdeñosa y se acerca hasta que solo pasa una brizna de aire entre nosotros. Entonces, se relame y dice:

—Pídeme que te bese.

Mi cerebro no tiene respuesta para eso, pero me tenso y aprieto los dedos de los pies contra el suelo.

Pega su frente a la mía y me agarra de las costillas.

—Si ya hemos acabado de discutir, pídeme que te bese.

Odio pelearme con él. Pero esto. La reconciliación. Bueno, es como el sirope en la parte de abajo de un batido. Mi parte favorita.

—Bésame —susurro.

Sus labios rozan los míos en una caricia leve. Después, se separa ligeramente.

—Esto... —murmura, y su respiración me hace cosquillas en la nariz.

No acaba la frase, pero tampoco hace falta. Sé exactamente a lo que se refiere. A esto.

Solo... esto.

Resulta que se me dan de miedo los juegos de beber. De hecho, cuanto más bebo, mejor se me da. Nunca había jugado a darle la vuelta al vaso hasta ahora, pero, tras un par de rondas, soy invencible. Me desafían uno tras otro. Después, gano a tres contrincantes al *beer pong* y humillo a un tío con tatuajes en el cuello a los dardos. Por lo visto, en cuanto me bebo una botella de vino, doy en la diana sí o sí.

Ahora estoy junto al fuego mientras escucho cómo Tate habla de un experimento hipotético que me provoca dolor de cabeza.

—Espera. No lo entiendo. Si llegan barcos a la isla, ¿por qué no puedo subirme a uno y volver a casa sana y salva?

—¡Porque no se trata de eso! —exclama Tate, exasperado.

—Pero si básicamente me han rescatado —rebato—. ¿Por qué no puedo subirme? Prefiero hacer eso que elegir entre Cooper y un montón de suministros sin poder acceder a cualquiera de los barcos.

—¡Ese es el dilema! No cómo irte de la isla. Te toca elegir.

—¡Pues elijo los barcos!

Tate me mira como si fuera a matarme y eso me confunde, porque la respuesta al dilema de la isla es demasiado simple.

—¿Sabes qué? —Suspira y después sonríe, dejando a la vista un hoyuelo—. Tienes suerte de ser mona, Mac, porque los hipotéticos se te dan fatal.

—Oh, tú también eres mono, Tater-Tot. —Le doy unas palmaditas en el brazo.

—Te odio. —Y vuelve a suspirar.

No es verdad. Me ha costado, pero creo que por fin encajo en la vida de Cooper. Ya no me siento como un pez fuera del agua. Ya no es solo su vida, sino la nuestra.

—Tengo frío —comento.

—¿En serio? —Tate señala el fuego delante de nosotros.

—Una hoguera no quita que sea febrero —digo, terca.

Lo dejo allí y entro en la casa para ponerme una sudadera. Justo cuando llego a las escaleras de la parte trasera, oigo mi nombre y me giro para responder antes de caer en que Heidi está hablando con alguien en el porche. Echo la cabeza hacia atrás. A través de los huecos, veo la cabeza rubia de Heidi y la pelirroja de Alana junto con las de otras chicas que no conozco. Estoy a punto de subir el primer escalón cuando lo que dice Heidi hace que me detenga en seco.

—Puedo dejar pasar que sea tonta, pero es que es supersosa —dice Heidi antes de soltar una carcajada—. Y Cooper se ha vuelto un aburrido. Lo único que le apetece ahora es jugar a las casitas. Ya ni sale.

Me enfado. Será cabrona. No para. No he impedido que Cooper salga con Heidi ni una sola vez, ni le he pedido que no la invite, porque al menos soy capaz de tolerarla por él. ¿Por qué está tan empeñada en no hacer lo mismo? No lo entiendo. En cambio, siempre me fulmina con la mirada y se pasea con esa actitud de mierda. Y, por lo visto, también habla mal de mí a mis espaldas.

—Sigo sin entender cómo se creyó que Cooper jamás hubiera visto a ese tío. —Heidi vuelve a reírse, esta vez de manera burlona—. Joder, tía, abre los ojos y espabila, ¿o no?

Espera, ¿qué acaba de decir?

¿Está hablando de Preston?

—Me daría pena si no fuera tan ingenua.

Que le den a Heidi, ni siquiera sabe de lo que habla; pero aun así, quiero saber qué están diciendo, así que me oculto entre las sombras al tiempo que subo los escalones. Luego, trato de esconderme detrás de algunas personas que hablan en las escaleras.

—Ya, pero ha pasado mucho tiempo —dice otra chica—. ¿No crees que se ha pillado por ella de verdad?

—¿Y qué más da? —Heidi se encoge de hombros de manera despectiva—. Al final se enterará de que le ha mentido desde el principio, y que solo empezó con ella por venganza.

—Déjalos en paz —le pide Alana—. Prometiste pasar del tema.

Me quedo helada. ¿He oído bien? Porque eso ha sonado a una confirmación.

¿O no?

—¿Qué? —dice Heidi, evasiva.

Apenas estoy a un metro de ellas. Tan cerca que tiemblo.

—No he dicho que vaya a decírselo. O, por lo menos, no a propósito.

El corazón me late desbocado. Alana está ahí plantada con el pico cerrado. No lo ha rebatido.

Lo que significa, si he entendido bien, que Cooper me ha mentido desde que nos conocimos.

Peor aún; me ha mentido a la cara. Sin pestañear. Y también les ha pedido a sus amigos —a quienes creía que ahora eran nuestros amigos— que le siguieran el rollo. A Evan. Steph. Alana.

Me siento diminuta, como si pudiera escurrirme entre los huecos de los tablones. Totalmente humillada. ¿Quién más lo sabe? ¿Se han estado riendo a mis espaldas todo este tiempo? Pobrecita clon estúpida.

—Pues adelante —digo, y doy un paso hacia delante para encarar al grupo—. No esperes a que se corra la voz o que a alguien se le escape. ¿Por qué no me lo dices a la cara, Heidi?

Alana tiene la decencia de parecer consternada. Heidi, sin embargo, ni siquiera finge ocultar la sonrisita burlona.

En serio, esta tía me hace querer darle un puñetazo en una teta. Mira que he intentado ser buena con ella. De verdad. He intentado sacarle conversación. Mostrarme cortés. Darle tiempo. Pero, haga lo que haga, no deja de odiarme. Ahora comprendo la razón; no es que tuviéramos ninguna tregua incómoda, sino que era, más bien, una guerra fría de la que yo no tenía ni idea. Fallo mío.

—Lo pillo: me odias —le digo, de mal humor—. Cómprate una vida.

Entrecierra los ojos.

Paso de ella y me vuelvo hacia Alana.

—¿Es cierto? ¿Fue un plan para vengarse de mi ex? ¿Cooper me ha mentido?

Decirlo en voz alta me revuelve el estómago. El alcohol que he bebido me da vueltas cuando recuerdo todo lo que ha pasado en estos últimos seis meses. Recuerdo un montón de conversaciones con Cooper y me pregunto qué se me habrá pasado por alto. ¿Cuántas veces he tenido la respuesta en las narices? He estado demasiado cegada por sus ojos insondables y su sonrisa torcida.

Alana, como siempre, pone cara de póker. Vacila. Pensaba que había habido algún tipo de acercamiento entre nosotras, que habíamos dejado atrás los problemas y nos habíamos hecho amigas. Pero aquí está, en silencio, con expresión hermética mientras Heidi se ríe de mí. Supongo que así de tonta soy. Me la han colado todos.

—Alana —insisto, y casi me encojo ante el tono impotente de mi voz.

Tras una pausa increíblemente larga, su expresión cambia lo bastante como para que atisbe un toque de culpa.

—Sí —admite—. Es cierto. Cooper te ha mentido.

CAPÍTULO CUARENTA Y UNO
COOPER

Vislumbro a Mac a través de las llamas de la hoguera, un destello fugaz y radiante, antes de sentir una ola de cerveza aterrizar en mi cara.

—Cabrón.

La confusión me atenaza. Trastabillo hacia atrás y me limpio los ojos con los dedos llenos de arena. Parpadeo varias veces y me seco la cerveza de la cara con el antebrazo. Vuelvo a parpadear, y Mac se materializa justo delante de mí con un vaso rojo de plástico vacío en la mano. Mientras nuestros amigos nos miran como pasmarotes, yo me esfuerzo por comprender qué narices está pasando.

—Eres un cabrón mentiroso —repite con furiosa ferocidad.

Evan trata de acercarse a ella.

—Oye, ¿a qué viene eso?

—No. Que te jodan a ti también. —Lo señala con el dedo—. Me mentisteis. Los dos.

Por detrás de su delgado hombro, diviso a Alana, que se abre paso a través de la multitud, seguida por Heidi. Alana tiene expresión culpable. La de Heidi es de pura apatía.

¿Y en cuanto a la de Mac? De absoluta traición.

Y ahora lo entiendo. Mientras escruto su rostro, siento que caigo. Igual que en ese segundo en que el cerebro se sacude dentro del cráneo y experimentamos un momento de puro terror antes de descender, porque sabemos que va a doler. Ya no hay nada a lo que aferrarse. Me ha pillado.

—Mac, deja que te lo explique —empiezo, con la voz ronca.

—Me has utilizado —grita.

Lanza el brazo hacia delante y el vaso de plástico vacío rebota en mi pecho. El público, perplejo, permanece en silencio y retrocede hacia el otro lado de la hoguera.

—Todo ha sido por venganza. —Niega con la cabeza repetidamente y las emociones reflejadas en sus ojos pasan de la vergüenza al enfado, y luego, a la decepción.

Pienso en aquella primera noche en que me acerqué a ella y lo molesto que estaba por tener que fingir interés en una clon pija y estirada. Cómo me ganó con su sonrisa e ingenio.

¿Qué narices vio en mí para haber llegado hasta aquí?

—Empezó así —admito. Solo tengo segundos, con suerte, para sacarlo antes de que se marche y ya no vuelva a hablarme, así que me dejo de tonterías y pongo las cartas sobre la mesa—. Sí, te busqué porque quería vengarme de él. Fui un imbécil; estaba furioso. Pero entonces te conocí y pusiste mi vida patas arriba, Mac. Me enamoré de ti. Han sido los mejores seis meses de mi vida.

Y también algunos de los más duros. Y los ha pasado conmigo, a pesar de todo. Esta chica ha soportado más problemas míos de los que debería, y, aun así, ha hallado la forma de quererme. Pues claro que la tenía que fastidiar. ¿Cómo he podido pensar que no?

Pero, joder, la idea de perder a Mackenzie me duele más de lo que imaginaba. Siento como si alguien me estuviera destrozando el corazón y lo rompiera en mil añicos.

—Y, sí, tendría que habértelo dicho hace mucho. Pero tenía miedo. —Se me empieza a cerrar la garganta, y con ella, las vías respiratorias. Trato de tomar aire como puedo—. Tenía miedo de este momento. Cometí un error horrible y pensé que, si nunca te enterabas, te ahorraría sufrimiento. Yo solo quería protegerte.

—Me has humillado —escupe a través de las lágrimas y la rabia. Quiero estrecharla entre mis brazos y llevarme todo el dolor que está sintiendo, pero soy yo el que se lo está provocando, y a cada segundo que pasa que me dedica esa mirada llena de aflicción, más me rompo por dentro—. Me has hecho quedar como una tonta.

—Por favor, Mac. Haré lo que sea. —Le agarro las manos y se las aprieto cuando trata de irse. Porque sé que, en cuanto dé el primer paso, seguirá caminando para siempre—. Te quiero. Déjame demostrártelo. Dame una oportunidad.

—Ya tuviste una. —Las lágrimas corren por sus mejillas—. Podrías haberme contado la verdad hace meses. Has tenido un millón de oportunidades, incluido el día que te pregunté mientras te miraba a los ojos si conocías a Preston, y si por su culpa te habían echado. Pero en lugar de contarme la verdad, dejaste que todos se rieran de mí a mis espaldas. —Mac retira las manos de las mías para secarse los ojos—. Quizá te habría perdonado por todo lo demás si no me hubieras mentido a la cara. Porque eso tengo que concedértelo, Cooper: lo has hecho muy bien. Y encima les pediste a los demás, personas que consideraba amigos ya, que también me mintieran. Has jugado conmigo como has querido.

—Mackenzie. —Trato de aferrarme a la cuerda mientras esta se me escapa de entre los dedos. Con cada aliento que doy, Mac se aleja más de mí—. Déjame arreglarlo.

—No queda nada que arreglar. —Su expresión pierde todo rastro de brillo—. Iré a recoger todas mis cosas y me marcharé, porque es lo único que me queda por hacer. No intentes detenerme.

Entonces, se da la vuelta y desaparece más allá del resplandor del fuego.

A su paso, no deja más que silencio.

—Olvida lo que ha dicho —espeta Evan, que me da un empujón en el hombro—. Ve tras ella.

Me quedo mirando a la nada.

—No quiere que lo haga.

Conozco a Mac lo suficiente como para saber cuándo ha tomado una decisión inamovible. Cualquier cosa que haga solo la alejará y afianzará su odio. Porque tiene razón. Era una mierda de persona cuando la conocí.

Nada de lo que he hecho desde entonces ha demostrado lo contrario.

—Pues entonces iré yo —gruñe Evan, y se deshace de mi agarre cuando intento detenerlo.

Como quiera. No la hará cambiar de opinión. Se va a marchar.

Ya la he perdido.

Todos los demás se alejan poco a poco hasta que me quedo solo en la playa. Me desplomo sobre la arena. Me quedo allí sentado durante no sé cuánto tiempo; tanto, que la hoguera queda reducida a unos rescoldos fríos. Evan no vuelve. No tiene sentido decirme lo que ya sé. El sol se asoma por encima de las olas cuando me encamino de vuelta a la casa, a través de los restos de la fiesta frustrada.

Cuando entro, Daisy no corre hacia mí para que la deje salir. Su cuenco de agua no está en la cocina.

La mitad del armario de mi habitación está vacío.

Me lanzo a la cama y miro el techo. Me siento entumecido. Vacío.

Ojalá hubiera sabido entonces lo duro que sería echar de menos a Mackenzie Cabot.

CAPÍTULO CUARENTA Y DOS
MACKENZIE

He vivido toda mi vida sin Cooper Hartley. Ahora, hemos pasado seis meses juntos y se me ha olvidado cómo vivir sin él. Seis meses, y en solo unos minutos todo se ha ido a la mierda.

Por una conversación que he escuchado a hurtadillas.

Una confesión que me ha destrozado por dentro.

Mi corazón se entumece más rápido que lo que se tarda en soplar una cerilla.

Tras marcharme de casa de Cooper en una neblina de abatimiento, me siento en la parte trasera de un taxi con Daisy y le pago al hombre para que conduzca por el pueblo durante un par de horas. Llegados a un punto, el taxi me deja en Tally Hall. Me presento en la puerta de la habitación de Bonnie con la maleta en una mano y la correa de Daisy en la otra. Ella nos da la bienvenida con un puchero. Por suerte, su compañera duerme fuera casi todos los días. Por desgracia, en cuanto la gente empieza a despertarse para ir a clase y a caminar por el pasillo, Daisy empieza a ladrar, y enseguida viene el conserje para pedirnos que nos marchemos.

Para no meter a Bonnie en problemas, le digo que solo he venido a saludar unos minutos, aunque no sé si se lo cree. Esa misma tarde, Daisy y yo nos metemos en otro taxi en busca de un plan B. Por lo visto, no hay hoteles en Avalon Bay que permitan la entrada a mascotas. Algo me dijeron sobre un espectáculo de perros hace años que fue fatal.

Así que acabo en casa de Steph y Alana. La traidora de Daisy se sube al regazo de Steph, en el sofá. A mí me cuesta más, pero acabo junto a ellas mientras Alana se defiende. Me mandaron una pila de mensajes después de que me marchara de la

311

fiesta, y lo que me convenció de que eran sinceras no fueron sus palabras, sino su insistencia.

—En nuestra defensa diré que no sabíamos que eras guay —dice Alana, de pie y con los brazos cruzados.

Tengo que reconocérselo, está siendo ella misma. Incluso después de admitir que tuvo bastante que ver en lo de la venganza, no se corta.

—Ahora en serio —prosigue—. Contarte la verdad, cuando Cooper nos dijo que ibais en serio, habría sido de cabronas.

—No —respondo—. De cabronas fue mentirme.

Porque, aunque la verdad duela, la mentira te merma. Cuando me di cuenta de que Preston me había puesto los cuernos, entendí lo que significaba ser «esa chica». Durante años, nuestros amigos me habían sonreído sabiendo que era una pringada y que no tenía ni idea de la tanda de Marilyns con las que se acostaba. Jamás imaginé que Cooper también me mentiría. O que, de nuevo, las personas a las que consideraba mis amigos serían sus cómplices. A veces, las lecciones hay que aprenderlas dos veces.

Pero así es la vida. La lealtad es complicada. Eran amigos de Cooper antes que míos. Debo tener eso en cuenta. Podría odiarlos por su papel en esto, pero veo que estaban entre la espada y la pared. Deberían haberme contado la verdad, sí, pero Cooper les prohibió que lo hicieran. Le estaban salvando el culo a él.

Si hay alguien que merece cargar con la culpa, es él.

—Nos sentimos fatal —interviene Steph—. Hacerle eso a alguien es horrible.

—Pues sí —convengo.

—Lo sentimos, Mac. Lo siento. —Vacilante, estira el brazo para darme un apretón—. Y si necesitas un sitio donde quedarte, puedes dormir en nuestra habitación de invitados, ¿vale? No solo porque te lo debemos, sino porque eres guay, y yo, bueno, nosotras —Mira a Alana—, te consideramos una buena amiga.

A pesar de lo que eso implica, quedarme aquí es lo que mejor me parece, al menos hasta que encuentre una solución a largo plazo. Además, Daisy parece cómoda.

—Y no hablaremos de Cooper a menos que tú quieras —me promete Alana—. Aunque, si te sirve de algo, está fatal. Evan dice que se ha pasado la noche sentado en la playa, con este frío, mientras miraba a la bahía.

—¿Se supone que me tengo que compadecer de él? —digo con una ceja enarcada.

Steph se ríe, incómoda.

—Bueno, no, y tampoco queremos decir que no te enfades. Entendería que quisieras quemarle la camioneta.

—Lo del plan para vengarse fueron tonterías de adolescentes —apostilla Alana—. Pero no fingió enamorarse de ti. Le dijimos que no podía, de hecho, así que eso sí que era sincero.

—Y lo siente —dice Steph—. Sabe que ha metido la pata.

Espero unos segundos, pero parece que ya han acabado con sus discursitos. Ahora sí que podemos establecer unas normas.

—Entiendo que estáis en medio y que es una mierda —les digo—. Así que, si os parece, vamos a imponer una regla: no pondré mala cara cuando alguien lo mencione y no lo pondré verde delante de vosotras. A cambio, vosotras no lo defenderéis. ¿De acuerdo?

Steph esboza una sonrisa triste.

—De acuerdo.

Esa noche me permito llorar a oscuras. A sentir el dolor y la rabia. A dejar que me consuma. Y, después, la relego al fondo. Me despierto por la mañana y me recuerdo que tengo muchas más cosas en la vida aparte de Cooper Hartley. Este último año me he quejado de las cosas que me impiden concentrarme en mi negocio. Pues ahora ya no hay nada. Tengo tiempo y trabajo de sobra para las páginas web y el hotel. Ya es hora de limpiarme el rímel corrido y ser una tía dura.

Que le den al amor. Ha llegado la hora de erigir mi imperio.

CAPÍTULO CUARENTA Y TRES
COOPER

—Oye, Coop, ¿estás ahí?

—Aquí.

Heidi me encuentra en el taller, donde me he escondido durante las últimas seis horas. Los pedidos de muebles nuevos no dejan de llegar por la página web que Mac me abrió. Le pidió a uno de los encargados de sus aplicaciones que la diseñara, y otro de los de *marketing* también creó una página en Facebook para que promocionara el negocio. Otra forma más en las que mi vida ha cambiado a mejor. Los pedidos llegan casi más rápido de lo que soy capaz de prepararlos, así que cada segundo que no estoy trabajando para Levi, me encierro aquí para sacar adelante más trabajo. Tampoco es que me importe mucho la distracción. O me mantengo ocupado todo el día, o me lo paso regodeándome en la miseria.

Asiento con la cabeza a modo de saludo. Tengo un trozo de madera de roble en las manos que estoy esculpiendo en una pata de una silla. Los movimientos repetitivos —golpes largos y suaves— son lo único que me mantienen cuerdo estos días.

—¿Por qué el porche parece una funeraria? —pregunta Heidi mientras se sienta sobre la mesa de trabajo.

—Mac. No deja de devolverme los regalos.

Hace dos semanas que intento enviarle flores, cestas. Toda clase de mierdas. Y todos los días, acaban en mi porche.

Al principio, se los enviaba al hotel, pues sabía que estaría allí a diario para controlar el trabajo que Levi mandó empezar a una de sus cuadrillas. Pero, entonces, insistí a Steph hasta que me dijo que Mac estaba con ella y con Alana. Pensé que alguna de ellas aceptaría los envíos, pero no ha habido suerte.

La intensidad con la que esta chica se empeña en no dejar que me disculpe es ridícula. Hasta se ha llevado a nuestra perra. Me despierto en mitad de la noche pensando que he oído ladrar a Daisy. Entonces, me doy la vuelta en la cama para preguntarle a Mac si la ha sacado y me doy cuenta de que no están ninguna de las dos.

Echo de menos a mis chicas, joder. Estoy perdiendo la cabeza.

—Supongo que eso responde a la pregunta de cómo están las cosas entre vosotros. —Heidi dibuja una carita triste en el fino serrín sobre la mesa—. No es por nada, pero le dije...

—Te juro por Dios, Heidi, que como termines esa frase, no me vuelves a ver el careto.

—¿Qué leches te pasa, Coop?

Aplico demasiada fuerza sobre el cincel y agrieto la madera. Una enorme fractura se abre en mitad de la pata de la silla. Mierda. El cincel sale disparado de mi mano y acaba en el suelo, al otro lado del garaje.

—Has conseguido justo lo que querías, ¿verdad, Heidi? Mac no me habla. Y ahora, ¿qué? ¿Has venido a regodearte? Por favor, ahórrame el suplicio.

—¿Crees que he sido la que ha provocado esto?

—No lo creo, lo sé.

—Joder, Cooper, eres un imbécil. —Con las mejillas enrojecidas de la ira, Heidi me arroja un puñado de serrín a la cara.

—Hija de puta —maldigo. Tengo serrín en la boca y dentro de la nariz.

Murmuro por lo bajo, me echo un botellín de agua por la cabeza y escupo las miniastillas en el suelo de cemento. Sigo con recelo los movimientos enfurecidos de Heidi cuando se pone a pasear por el garaje.

—Te advertí de que era mala idea —dice, furiosa—. Te dije que era cruel jugar así con alguien, pero tú no me escuchaste porque, oh, pobrecita Heidi, solo está celosa. ¿Verdad? ¿No es eso lo que pensaste?

La culpa me atraviesa el pecho porque, sí, eso es justo lo que pensé cuando protestó en contra del plan de venganza de Evan.

—Bueno, pues siento que te haya explotado en la cara justo como sabía que haría. —Me señala con el dedo índice—. A mí no me metas.

315

La señalo de la misma forma.

—No, tú solo te aseguraste de hacerle la vida imposible a cada segundo que estaba contigo hasta que por fin tuviste la oportunidad de espantarla del todo.

—Nos escuchó a escondidas. Si juegas con fuego, al final te quemas.

Estoy hasta los cojones de Heidi y su actitud. Durante seis meses, me he obligado a sonreír y a soportarla, pero todo tiene un límite.

—Desde que empezamos a salir, le has dejado claro que no te cae bien. Te pedí, como amiga, que me hicieras este único favor. Y, en cambio, me has apuñalado por la espalda. Te lo juro por Dios, Heidi, pensaba que eras más íntegra.

Heidi se lanza hacia delante y me arroja un taco de lija a la cabeza, que atrapo antes de que me golpee en la cara.

—No empieces con la tontería esa de la lealtad. Desde verano actúas como si yo fuera la loca enamorada incapaz de pasar página, pero fuiste tú el que se presentó un día borracho y cachondo en mi casa y al siguiente me empezó a tratar como una acosadora.

—¿De qué narices hablas?

—De ti, imbécil. —Heidi rodea la mesa. Se acerca demasiado a los cinceles y a los mazos, para mi gusto—. Vale, sí, lo siento. Cometí el imperdonable error de empezar a sentir cosas por ti. ¿Y qué? ¿Me vas a crucificar por eso? Tampoco recuerdo que tú me dijeras que lo nuestro se había acabado. No recuerdo haber tenido una conversación donde me dijeras: «Oye, solo es sexo. Estamos bien, ¿no?», sino que un día me diste la patada y ya está.

Flaqueo y me obligo a retroceder hasta el verano pasado. Mis recuerdos están un poco borrosos y faltos de detalles. Ni siquiera sé cómo terminamos en la cama la primera vez. Tampoco puedo decir que recuerde haber hablado de los detalles. No hubo una conversación en la que discutiéramos lo que éramos ni donde estableciéramos unas reglas. Yo, simplemente…, di por hecho que sería así.

Y ahora, mientras el color desaparece de mi rostro y la culpa me retuerce las tripas, me doy cuenta de que, quizá, el cabrón he sido yo.

—No sabía que te sentías así —admito, y mantengo la distancia, porque es muy posible que le dé otro arrebato de furia—. Creía que pensábamos lo mismo. Y luego..., sí, supongo que me sentí un poco acorralado y opté por el camino fácil. No quería que las cosas estuvieran raras entre nosotros.

Heidi se detiene. Suspira y se desploma sobre un taburete.

—Me hiciste sentir como si fuera otro polvo más. Como si no significara nada para ti, ni siquiera como amiga. Me dolió mucho, Coop. Me enfadé lo indecible contigo.

Mierda. Heidi siempre me ha apoyado. He estado tan cegado con mis cosas que ni siquiera me he parado a pensar en lo mal que me he portado con ella.

—Ven aquí —le digo con voz ronca, y abro los brazos.

Tras un segundo, ella se acerca y me deja que la abrace. Aunque me aporrea en las costillas antes de envolverme la espalda con los brazos.

—Lo siento —me disculpo—. No era mi intención hacerte daño. Si hubiera visto a otro tratarte así, le habría dado una paliza. No ha estado bien.

Me mira y veo humedad adherida a sus pestañas. Se seca los ojos enseguida.

—Supongo que yo también. Tendría que haber sido más valiente y haberte puesto los puntos sobre las íes en vez de pagarlo con tu novia.

Ay, Heidi. Nunca se puede dar nada por hecho con esta chica.

Le doy otro abrazo antes de soltarla.

—¿Estamos bien?

Se encoge de hombros.

—Eh... lo estaremos.

—Si necesitas que me arrastre un poco más, solo dilo. —Le dedico una sonrisita autocrítica—. Este último par de semanas me he vuelto un hacha.

Sus labios se crispan de la risa.

—Las flores en el porche me dicen lo contrario. Pero, sí, arrástrate, anda. No puedes portarte como un pichabrava y esperar marcharte de rositas.

Me encojo en el sitio.

—Por Dios, no. No me dejes irme de rositas. —Suelto un quejido—. Acabo de darme cuenta de algo. Soy Evan. Joder, te he hecho un Evan.

Heidi se ríe de forma histérica, se dobla hacia delante y se agarra el vientre.

—Ay, madre. Es verdad —aúlla. Cuando recupera la compostura, tiene las mejillas ruborizadas y llenas de lágrimas, pero esta vez de la risa, no de dolor. Me sonríe y dice—: Me parece que eso es casi castigo suficiente.

Conozco a Heidi lo bastante como para saber que arreglaremos las cosas, y más después de nuestra conversación en el garaje. La más difícil ahora es Mac, cuya determinación por ignorarme ha superado hasta mis estimaciones más pesimistas. Las dos semanas se convierten en tres, y la cabezota sigue actuando como si yo no existiera.

Me he acostumbrado a mandarle un mensaje cuando salgo de trabajar, una recompensa por conseguir superar el día sin haberle dejado un montón de mensajes de voz en el contestador. Nunca me responde, pero me aferro a la esperanza de que algún día lo haga.

Acabo de enviar mi último «Por favor, llámame» cuando Levi nos hace un gesto a Evan y a mí mientras nos subimos a la camioneta, y nos pide que nos reunamos con él en el despacho de su abogado, en la calle principal del pueblo. Hace poco mencionó algo de cambiar su testamento, así que supongo que es para eso, pero cuando llegamos allí nos suelta la bomba.

Tras guiarnos hasta una pequeña sala de reuniones y sentarnos, Levi nos tiende un fajo de papeles sobre la mesa.

—Para vosotros, chicos —dice.

—¿Qué es? —pregunto.

—Echadle un vistazo rápido.

Confundido, examino los documentos. Abro los ojos como platos cuando leo las palabras *Hartley e hijos*.

—Levi, ¿qué es esto? —repito.

Evan se acerca los papeles para leerlos mejor.

—Voy a reestructurar la empresa —explica Levi mientras nos tiende dos bolígrafos—. Y, si te interesa, Coop, quiero que tu futuro negocio salga bajo el nombre de H & H.

—Espera. —Evan levanta la cabeza tras leer minuciosamente el contrato—. ¿Quieres convertirnos en copropietarios?

Levi asiente con una sonrisa reservada.

—Socios igualitarios.

—Yo… —Estoy sin palabras. Pasmado. Esto sí que no me lo esperaba—. No lo entiendo. ¿A qué viene esto?

Levi se aclara la garganta y le dedica a su abogado una mirada que hace que el hombre se levante de la silla de piel para darnos intimidad.

—El día en que Shelley se marchó del pueblo para siempre, cuando me pasé por vuestra casa para ver cómo estabais —empieza. Luego se detiene y se vuelve a aclarar la garganta—. Lo que me dijisteis me llegó al corazón. Eso de que ahora os habíais quedado solos y que os sentíais como dos huérfanos. Y, bueno, si os soy sincero, yo siempre os he considerado como mis hijos.

Levi nunca se ha casado ni ha tenido hijos propios. Hasta que Evan y yo no llegamos al instituto, no comprendimos que su amigo y compañero de piso Tim en realidad era su novio. Llevan juntos desde que tengo memoria, pero nunca han sido muy evidentes con el tema. El Avalon Bay en el que Levi creció pertenecía a otra época, así que lo entiendo. Prefiere mantener su vida personal en privado, y nosotros siempre hemos respetado esa decisión.

—Pensé que, bueno, ¿por qué no hacerlo oficial? —Traga saliva y se remueve incómodo en la silla—. Si a vosotros os parece bien, claro. —Traga saliva otra vez—. Quiero asegurarme de que tengáis un legado en el pueblo del que os enorgullezcáis.

Lo único que puedo hacer es mirarlo, porque… joder. Nadie ha apostado nunca por nosotros. De pequeños, la mayoría nos tomaba por un caso perdido, destinados a acabar como nuestros padres. Unos borrachos. Unos vagos. Unos marginados. Todos han esperado el día en que pudieran chasquear los dedos y decir: «¿Veis? Lo sabía». Pero Levi no. Tal vez porque es de la familia, pero también porque es un tío decente. Vio que merecíamos protección. Sabía que, si nos daban la oportunidad y nos echaban una mano, nos convertiríamos en unos adultos ejemplares. Tal vez un poco exaltados, pero buena gente, al final.

—Bueno, entonces, ¿qué me decís? —nos pregunta.

A mi hermano le falta tiempo para tomar uno de los bolígrafos.

—Joder, pues claro —exclama, aunque a juzgar por la fractura en su voz, sé que la noticia le ha afectado tanto como a mí.

Siempre he sabido que nuestro tío se preocupaba por nosotros, que nunca nos defraudaría, pero esto es más de lo que nunca hubiera esperado. Es un futuro de verdad. Algo sobre lo que construir. Es la sensación de que tanto Evan como yo tenemos los pies bien puestos sobre la tierra. Algo que no se nos cae a pedazos sobre la cabeza.

Evan garabatea su firma al final de la hoja. Se pone de pie y le estrecha la mano a Levi antes de abrazarlo y darle una palmada en la espalda.

—Gracias, tío Levi —dice con un tono de voz serio, muy poco habitual en Evan—. No te defraudaremos, te lo prometo.

Me tiembla un poco la mano cuando añado mi firma a la página. Me levanto y abrazo a nuestro nuevo socio.

—Darte las gracias se queda corto —le digo a nuestro tío—. Esto significa muchísimo para nosotros.

—No me las des todavía —comenta con una sonrisita—. Ahora sois propietarios. Eso significa madrugar mucho y trasnochar más todavía. Aún tengo mucho que enseñaros.

—Me muero de ganas —respondo, y lo digo completamente en serio.

—Bien. Creo que lo primero que voy a hacer es poner a uno de vosotros como responsable del equipo de demolición en el hotel de Mackenzie. Eso me dará vía libre para centrarme en el restaurante de Sanderson.

Me tenso. Oír a alguien pronunciar su nombre me produce un dolor insoportable.

—Sí. Tal vez Evan pueda encargarse. No creo que Mac esté preparada para verme allí todos los días.

Levi frunce el ceño.

—¿Seguís en las mismas?

Asiento con tristeza.

—No responde a mis llamadas ni acepta mis regalos.

—¿Regalos? —repite, divertido.

Mi hermano no se corta y le describe con todo lujo de detalles la inmensa cantidad de flores, las tantísimas cajas de bombones con forma de corazón y las cestas gigantescas que le he enviado.

—Mira, no sabes cuántas cestas le ha enviado —enfatiza Evan—. Es patético.

—E inútil —añade Levi después de un leve ataque de risa—. Chaval, a una chica así no te la puedes ganar con chucherías ni flores.

—Ah, ¿no? —La frustración me atenaza la garganta—. ¿Entonces qué hago? ¿Cómo consigo que hable conmigo?

Mi tío me da una palmadita en el hombro.

—Fácil. Piensa a lo grande.

CAPÍTULO CUARENTA Y CUATRO
MACKENZIE

De camino a casa de Steph desde el hotel, me paro para comprar comida en su restaurante chino favorito. Los empleados de Levi empezaron a quitar la moqueta y el pladur hace pocas semanas. Han tirado los muebles inservibles, los empotrados y los que no se pueden reutilizar, y el sitio ya parece otro por dentro.

Como un lienzo en blanco.

He cambiado de opinión respecto al diseño del interior. Todavía quiero conservar el original tanto como sea posible, pero también me inclino por cambiar otras cosas. Me apetece abrir más el hotel y que entre la luz del exterior. Llenarlo de luz natural y de distintas plantas. Reflejar una sensación de relajación lujosa. Mi arquitecto está hasta las narices de mí por todas las llamadas y correos que le he mandado para cambiar los planes. Pero seguro que me tranquilizo cuando empiecen las obras. Es que quiero que quede perfecto. Al fin y al cabo, estoy construyendo mi legado. Con suerte, seguirá en pie otros cincuenta años más.

Aparco en la entrada el coche de segunda mano que me compré la semana pasada en el concesionario del pueblo. Al final claudiqué después de ver que no me puedo pasar toda la vida yendo y viniendo en taxis y Ubers.

Justo cuando estoy apagando el motor, recibo un mensaje de mi madre.

Mamá: Mackenzie, te adjunto el nombre de mi diseñadora. Si insistes en seguir adelante con ese proyecto, más vale que lo hagas bien.

La risita hace eco en el coche. Es lo más cercano a un sello de aprobación por su parte. Tras pasarme meses sin hablar con mis padres, me puse en contacto con ellos una semana después de haberme marchado de casa de Cooper. Culpo a mis emociones descontroladas. Pero lo cierto es que, a pesar de su forma de ser, condescendiente y controladora, siguen siendo mis padres. Son la única familia que tengo. Así que les di una ofrenda de paz y, sorprendentemente, la han aceptado.

Hace unos días, incluso vinieron a ver el hotel; aunque solo unos diez minutos. Lo suficiente para que mi padre esbozara muchas muecas y mi madre me pusiera la cabeza como un bombo con la ropa de cama. Sé que no les hizo gracia, pero, de todas formas, se esforzaron. Es un pequeño paso a la hora de normalizar nuestra relación.

Le escribo una respuesta corta:

Yo: Gracias, mamá. Mañana la llamo.

Mamá: Si necesitas otra opinión cuando te dediques al diseño de interiores, ponte en contacto con Stacy y, si tengo tiempo, te hará un hueco en mi calendario.

Pongo los ojos en blanco al leer la pantalla. Típico de Annabeth Cabot. Aunque tampoco es que pueda hacer nada para evitarlo.

Apenas he entrado por la puerta cuando mis compañeras se me echan encima para quitarme la comida de las manos. Ponemos la mesa y cenamos mientras Steph pone su maratón nocturna de investigaciones paranormales en la tele. Seis horas seguidas de hombres con gafas de visión nocturna que corren por un centro comercial abandonado y gritan cuando una rata tira un vaso en la zona de restaurantes, o algo así. Pero, en fin, es lo que le gusta.

—¿Qué me estabas contando del trabajo? —dice Alana al tiempo que se adjudica todo el cerdo de los fideos chinos antes de que nos hagamos con el envase.

—Ah, sí. —Steph habla mientras mueve los palillos como si dirigiera una orquesta—. Caitlynn le ha dicho a Manny que su ex lo ha puesto verde en *AscoDeNovio,* y ahora todos los del bar lo saben.

—¿Cómo saben que es sobre él? —inquiere Alana.

—Porque estábamos todos allí cuando pasó. En resumen: Manny conoció a una tía en el bar, el mes pasado, y se la llevó a casa. Unos días después, volvió a verla y le pidió salir. Llevaban unas semanas juntos y, cuando fuimos a la bolera, por lo visto la llamó con otro nombre. No sé cómo pasó todo ese tiempo sin decir su nombre, pero resulta que, la primera noche, con quien se había acostado era con la hermana mayor de esta chica, y cuando vio a esta por la calle, las confundió.

—Madre mía. —Cada vez que creo que nada puede sorprenderme ya, me tengo que callar.

—Total, que esta noche Caitlynn le estaba enseñando a Manny la publicación en *AscoDeNovio* cuando ha entrado un adolescente. Ha ido directo a la barra. Era la hora de cenar, así que estábamos hasta arriba. El chico le ha gritado algo a Manny en español, ha tomado la bebida de un tío, la ha derramado en la madera y ha prendido una cerilla.

Ahogo un grito.

—Ay, Dios, ¿está bien?

Steph hace un gesto desdeñoso con la mano.

—Sí, sí, está bien. Joe lleva décadas aguando las bebidas.

Y esa es la razón por la que una de las primeras cosas que hice cuando empecé a obtener beneficios fue conseguir un abogado que redactara un descargo de responsabilidad para la web.

—Al ver que la barra no se quemaba, se ha puesto hecho una furia y ha saltado por encima —prosigue Steph—. El chico apenas medía metro y medio y no tendría más de quince años. Seguro que no era la primera vez que perseguían a Manny, porque jamás lo he visto moverse tan deprisa.

Alana suelta una risita.

—Se ha agachado y ha puesto pies en polvorosa. El chaval ha empezado a saltar por las mesas. Lo ha atacado con una silla hasta que Daryl lo ha agarrado y lo ha sacado fuera. Ha bloqueado las puertas hasta que el chaval se ha rendido y se ha marchado. Manny ha salido por la puerta de atrás. —Steph se parte de la risa—. Por lo visto, era el hermano pequeño de las chavalas, que ha venido a darle una paliza a Manny. Adorable, vaya.

—Pues me alegro por el chaval —digo al tiempo que intento no atragantarme con la comida.

—¿A que sí?

Doy varios bocados al pollo al limón y estiro el brazo para tomar una lata de Coca Cola *Light*.

—Hablando de ex amargados, me he encontrado a Preston mientras comía con Bonnie en el campus.

Steph enarca una ceja.

—¿Y qué tal?

—No muy mal —confieso—. Estaba con su nueva novia. Es mona, la típica chica de Garnet con un papi que trabaja en fondos de protección y una madre heredera de una fortuna por ventiladores o algo así. Llevan un par de meses juntos, creo.

Alana pone una mueca.

—Pobre chica.

Me encojo de hombros.

—A saber. Adora a Preston, y supongo que eso es lo único que él quiere. A alguien que sonría y le dé las gracias por tomar todas las decisiones por ella. —Me llevo otro trozo de pollo a la boca y hablo mientras mastico—. Si ambos están felices así, ¿quién soy yo para juzgar lo que hagan?

—Ya. Oye, ¿has visto esto? —Alana se acaba el rollito de primavera, se limpia la salsa de pato de los dedos y me pasa su móvil—. Es de hoy.

Miro la pantalla y veo una publicación nueva en *AscoDeNovio*. Pero esta empieza con una advertencia. No es de una novia contrariada que pone verde a su novio de manera anónima, sino que es del novio que le confiesa al mundo lo que ha hecho.

Yo sí que soy un #AscoDeNovio

Sí, habéis leído bien. Doy asco. Mucho. He arruinado lo que tenía con la chica de la que estoy enamorado, he acabado con nuestra relación y me he quedado destrozado.

Alzo la cabeza para mirar recelosa a Alana. Ella finge que come.

Arruiné lo mejor que me ha pasado. Dejé que la chica perfecta se me escapara de las manos porque soy un cabrón egoísta. La noche que la conocí solo pensaba en vengarme. Me había peleado con su novio. Quería darle un escarmiento por haber hecho que me despidieran, por sacar a la superficie todas mis inseguridades sobre ser un paleto de pueblo y un perdedor, por quedarme aquí sin posibilidades de encontrar algo mejor.

Pero empecé a conocerla y pasó algo. Me inspiró. Me enseñó que soy más que el ancla en mi cuello. Me hizo creer que soy capaz de hacer cosas increíbles.

Tenía razón, y a la vez, no. Porque no quiero hacer cosas increíbles. No quiero un futuro maravilloso si no puedo disfrutarlo con ella.

Siento un agujero en el estómago mientras leo. Es dulce, honesto. Se me entumecen los dedos y me empiezan a picar los ojos.

No me debe una segunda oportunidad, lo sé. No me debe nada, pero la pienso pedir igualmente.

Dame otra oportunidad, princesa. Te prometo que jamás volveré a mentirte. Jamás te subestimaré. Jamás olvidaré lo muchísimo que vales.

Para cuando acabo de leer, ya casi ni puedo ver por culpa de las lágrimas. La publicación acaba con una súplica para que este sábado quede con él a las seis en el lugar donde rescatamos a nuestra perra.

—Joder —murmuro mientras dejo el móvil en la mesa—. Pensaba que habíamos hecho un trato.

Alana me pasa una servilleta para que me limpie la cara.

—Sí, pero está fatal. Y tú igual. No estáis superándolo. Siento haberlo hecho por sorpresa, pero tía, ¿qué hay de malo en escucharlo?

—No estoy fatal —la corrijo—. Estoy pasando página.

Steph me lanza una mirada que deja claro que no piensa lo mismo.

—Estás en fase de negación —me rebate Alana—. Te pasas diez horas en el hotel y otras cinco en tu cuarto, mientras trabajas en tus webs, y eso no es de alguien que haya pasado página.

Ha sido difícil, sí. Cuando todo se me va de las manos, me refugio en mi trabajo. Me distrae, y es la manera más efectiva de no pensar en Cooper.

La verdad es que es difícil superarlo. No pasa un día sin que me despierte con la esperanza de sentir sus brazos a mi alrededor, en la cama. Casi le escribo diez veces al día sobre alguna broma divertida del hotel, hasta que recuerdo que ya no estamos juntos. Daisy no deja de buscarlo. Encuentra su olor aquí y allá. Se tumba a los pies de la cama, en su lado. Espera en la puerta a alguien que no va a venir nunca.

No me siento bien en este pueblo sin él.

Pero eso no quita que me mintiera. Varias veces. No me dejó elegir. Me engañó, y no puedo pasar eso por alto fácilmente. Si no me respeto yo, nadie lo hará.

—Queda con él —me insta Alana—. Escúchalo. Después, actúa con el corazón. ¿Qué hay de malo?

Un daño irreparable. Una grieta pequeña en el dique que da paso a un dolor increíble. Cuando dejé a Cooper, levanté unas murallas robustas y duraderas. No las diseñé para que se abrieran y cerraran cuando quisiera. Lo que más miedo me da es no dejar de sentir este dolor tan acuciante aunque lo vea. Que, si lo perdono, vuelva a pasarlo mal. Porque no sabría cómo dejar a Cooper Hartley una segunda vez.

Puede que ni sobreviva.

CAPÍTULO CUARENTA Y CINCO
COOPER

Son las siete.

Me siento como un imbécil. Tendría que haberme vestido mejor. O traerle flores. He dado tumbos por casa toda la tarde mientras trataba de no pensar demasiado en esto, hasta que, al final, me he vuelto loco de remate. He salido de casa vestido con unos pantalones de camuflaje y una camiseta; como un puñetero vagabundo dispuesto a pedirle a la mujer más maravillosa del mundo que lo perdone por haber sido un completo imbécil desde el día en que lo conoció.

«¿Qué coño hago aquí?».

Me tiembla el ojo. Me pasa desde hace dos días. Alana me dijo que le enseñó a Mac la publicación que escribí, pero no quiso extenderse mucho en su reacción, solo me contó que, al menos, no tiró el móvil al otro lado de la calle. No obstante, ya ha pasado una hora desde las seis, y con cada segundo que pasa, mis esperanzas se evaporan más y más. No sé por qué estaba tan seguro de que era un plan sin fisuras. Mac vería mi sinceridad y consideración y, por supuesto, me perdonaría.

Menuda tontería. ¿Cómo se me ocurrió que sería romántico abrirle mi corazón en una página web que ella misma había creado para criticar a los imbéciles como yo? Soy patético. Tal vez, si hubiera ido tras ella la noche de la fiesta, ahora no estaría aquí, solo, con las gaviotas rodeándome como si planearan atacarme en grupo. Doy una patada a un montoncito de arena para recordarles quién está en lo alto de la cadena alimenticia.

Las siete y cuarto.

«No va a venir».

Quizá no tendría que haber supuesto que me la ganaría con un único gesto grandioso, pero tampoco pensé que fuera a darme calabazas de esta forma. Se me corta la respiración justo en el centro del pecho. Las luces del paseo marítimo se encienden a medida que el sol se pone tras el pueblo.

No va a venir de verdad.

Acepto mi destino. Me doy la vuelta despacio, hacia el camino por donde he venido, y entonces veo una figura solitaria que camina en mi dirección.

Entro en pánico en cuanto veo que Mac se aproxima. Ahora no está ni a diez metros. Cinco. Está impresionante, ataviada con un vestido azul de escote bajo y la falda hasta los tobillos. No he olvidado ninguna de sus pecas, ni las motitas azules que decoran sus profundos ojos verdes. El pliegue de sus labios cuando pronuncia mi nombre. Al verla otra vez, todo me vuelve a borbotones.

—No creía que fueras a venir —le digo, y trato de mantener la compostura. Aquí está. Lo último que quiero es espantarla, aunque me muera por abrazarla una vez más.

—Y casi no lo hago.

Se detiene a unos cuantos pasos de mí. Esa pequeña distancia se me antoja insalvable. Es extraño cómo ahora no soy capaz de leerla tan bien como la primera vez que nos vimos. Es impenetrable. No deja nada a la vista.

Paso demasiado tiempo perdido en el recuerdo de cómo es sentir su pelo entre los dedos, y se impacienta.

—Bueno... ¿qué quieres? —pregunta.

Durante días, lo único que he hecho ha sido ensayar lo que diría y haría hoy. Pero, ahora que estoy aquí, todo lo que me había preparado me suena tremendamente cursi. Me estoy muriendo.

—Mira, lo cierto es que, diga lo que diga, voy a hacerlo fatal, así que voy a soltarlo sin más y ya está. —Respiro hondo. «Ahora o nunca, imbécil»—. Me he arrepentido de cada día que fui demasiado cobarde como para contarte la verdad. Fui egoísta y estúpido, y tienes todo el derecho del mundo a odiarme. He tenido mucho tiempo para pensar en cómo convencerte de que lo siento y en por qué deberías perdonarme. Y, sinceramente, no tengo una buena razón.

Mac aparta la mirada, y sé que la estoy perdiendo porque nada suena como quiero, pero soy incapaz de detener el torrente de palabras que sale por mi boca.

—Lo que quiero decir es que sé que lo que hice está mal. Sé que traicioné tu confianza. Que te traicioné. Que no fui capaz de cuidar algo tan preciado. Pero, joder, Mac, estoy tan enamorado de ti que me mata que sigas por ahí, lejos de mí, cuando, en lo más profundo del alma, sé que puedo hacerte feliz de nuevo, si me dejas. He sido un cabrón y, aun así, quiero que me des otra oportunidad. No es justo. Merezco sufrir por todo el daño que te he hecho, y estoy sufriendo, joder. Y te estoy suplicando que me saques de mi miseria. Ya no sé cómo vivir sin ti.

Estoy sin aliento cuando cierro la boca, después de que el mensaje atrasado de «Cierra el maldito pico» por fin me haya llegado al cerebro. Mac se limpia los ojos y tengo que hacer acopio de fuerzas para no acercarme a abrazarla. Pasan segundos mientras espero a que responda. Y, entonces, siento un frío y un vacío mudos al ver que no lo hace.

—Quiero enseñarte algo —espeto cuando percibo que está a punto de marcharse—. ¿Das un paseo conmigo?

No cede.

—¿El qué?

—No está lejos. Por favor. Solo será un minuto.

Sopesa mi oferta durante casi más tiempo de lo que mis nervios son capaces de soportar. Y luego, asiente con la cabeza.

Le tiendo la mano, pero echa a andar delante de mí.

Caminamos un rato por la playa hasta que la insto a subir al paseo, frente a su hotel. Todavía es un cascarón vacío, aunque los escombros ya no están. Sobre lo que queda del porche, hay dos hamacas iguales que miran hacia el agua. Varias velas titilan y delinean toda la barandilla.

A Mac se le corta la respiración. Despacio, se gira para mirarme.

—¿Qué es esto? —susurra.

—La primera vez que me trajiste aquí me dijiste que imaginabas a los huéspedes sentados aquí fuera, en hamacas, mientras bebían vino y contemplaban las olas.

Levanta la vista hacia mí con las miles de lucecitas del paseo marítimo reflejadas en su mirada.

—No me creo que aún te acuerdes.

—Recuerdo todas y cada una de las palabras que me has dicho.

Sus ojos regresan a la terracita. Siento cómo se ablanda y la tensión de su cuerpo se reduce.

—Mac, cuando me imagino mi futuro, me veo viejo y con canas, sentado en una mecedora en el porche de una casa. Contigo a mi lado. Ese es mi sueño.

Antes de conocerla, no me molestaba en pensar ni a cinco años vista. La previsión nunca era bonita. Suponía que me pasaría los días sobreviviendo, conformándome con lo mínimo. Nunca consideré la posibilidad de que alguien pudiera enamorarse locamente de mí, pero Mac sí que lo hizo, y yo la he espantado.

—No puedo prometerte que no vaya a meter la pata otra vez —consigo decir a través de la arenilla que me raspa la garganta—. Tampoco tengo una gran referencia en lo que se refiere a relaciones. A veces, me encierro demasiado en mí mismo y no miro más allá de mi puto ombligo, pero te prometo que intentaré ser el hombre que te mereces. Alguien de quien te enorgullezcas. Y que nunca te volveré a mentir. —A cada segundo que pasa, mi voz se torna más ronca—. Por favor, Mac. Vuelve a casa. No sé qué será de mí si no puedo quererte.

Se mira los pies a la vez que se retuerce las manos. Me preparo para lo peor al ver que no habla, pero, por fin, toma aire.

—Me has roto el corazón —dice tan bajito que hasta la brisa podría llevarse sus palabras—. Nadie me había hecho tantísimo daño en la vida. No es algo tan fácil de olvidar, Cooper.

—Lo entiendo. —El corazón me va a mil y siento que voy a caer de rodillas al suelo como no me diga que sí.

—Tendrás que prometerme algo más.

—Lo que quieras. —Hasta vendería un riñón por ella si me lo pidiera.

Se le dibuja una sonrisa en los labios.

—Tendrás que aceptar mis cheques del alquiler.

Mi cerebro lucha por entender la situación. Entonces, ensancha la sonrisa y me agarra de la camiseta antes de acercar mis labios a los suyos. Aliviado, la aúpo y la insto a que me rodee las caderas con las piernas mientras la beso hasta que nos quedamos sin aire. Nunca he besado a nadie con tanta convicción o intensidad. Nunca he necesitado nada como he necesitado sentirla otra vez entre mis brazos.

—Te quiero —murmuro contra sus labios. No me parece suficiente decirlo y, aun así, no consigo pronunciar las palabras lo bastante rápido—. Muchísimo. —Por los pelos. Casi la pierdo. Casi pierdo esto.

Se pega a mí y me devuelve el beso con urgencia. Mi pecho rebosa de esa clase de amor sincero y desnudo que nunca pensé que sería capaz de sentir. Ni de encontrar. Durante estos últimos meses, he aprendido muchas cosas sobre mí. Y una de ellas ha sido que debo cuidar mejor de la gente que quiero.

Mac se echa un poco hacia atrás y me mira con esos preciosos ojos que tiene.

—Yo también te quiero —jadea.

Y en este momento juro que, cueste lo que cueste, le demostraré a esta chica que no se arrepentirá de haberme entregado su corazón.

AGRADECIMIENTOS

Todos los que me conocen saben que llevo mucho tiempo obsesionada con pueblecitos costeros y pintorescos. Puede que Avalon Bay sea ficticio, pero es una amalgama de mis partes favoritas de los pueblos costeros que he visitado a lo largo de los años, y ha sido maravilloso perderme en sus calles. Claro que no podría haberlo hecho sin el apoyo de estas personas increíbles: gracias a mi agente, Kimberly Brower, y a mi editora, Eileen Rothschild, por su entusiasmo contagioso con esta historia; Lisa Bonvissuto, Christa Desir y el maravilloso personal de SMP, ¡y a Jonathan Bush por su cubierta maravillosa para la edición norteamericana!

A los lectores beta y mis amigos escritores, que me dan críticas constructivas y citas increíbles; a Natasha y Nicole, por ser las humanas más eficientes del planeta; a todos los que han reseñado, a los *bloggers, instagrammers, booktokkers* y lectores que han apoyado, compartido y querido esta novela.

Y, como siempre, a mi familia y amigos, por soportarme cuando entro en modo «fecha de entrega». Os quiero a todos.

Sigue a Wonderbooks
en www.wonderbooks.es
en nuestras redes sociales
y suscríbete a nuestra *newsletter*.

Acerca tu teléfono móvil a los códigos QR
y empieza a disfrutar de información anti-
cipada sobre nuestras novedades y conte-
nidos y ofertas exclusivas.